Campus mortel

*

Un cœur à sauver

JUNO RUSHDAN

Campus mortel

Traduction française de
CHRISTINE BOYER

BLACK ROSE

HARLEQUIN

Collection : BLACK ROSE

Titre original :
WYOMING RANCH JUSTICE

HARPERCOLLINS FRANCE
83-85, boulevard Vincent-Auriol, 75646 PARIS CEDEX 13
Service Clients — https://www.harlequin.fr/contenu/contactez-nous
ISBN 978-2-2805-1796-6 — ISSN 1950-2753

Édité par HarperCollins France.
Composition et mise en pages Nord Compo.
Imprimé en juillet 2025 par CPI Black Print (Barcelone)
en utilisant 100% d'électricité renouvelable.
Dépôt légal : août 2025.

MIXTE
Papier
FSC® C159065

Pour limiter l'empreinte environnementale de ses livres, HarperCollins France s'engage à n'utiliser que du papier fabriqué à partir de bois provenant de forêts gérées durablement et de manière responsable.

Prologue

Mardi 17 septembre

22 h 39

Il avait attendu le plus longtemps possible, retenu son désir ardent jusqu'à ce qu'il devienne irrépressible. Ce soir, il allait enfin assouvir l'envie impérieuse qui lui dévorait les reins et trouver un certain soulagement.

En la regardant, il s'humecta les lèvres. Tout excité, il imaginait déjà la suite avec impatience. Il avait tout prévu, tout organisé. Tout était prêt. Le SUV. La seringue. La cachette. Ils y seraient tranquilles, en toute intimité, et il aurait le temps de jouer avec elle. Elle avait l'air plus énergique et courageuse que les autres. Peut-être résisterait-elle plus longtemps, plus qu'un jour ou deux. Il nourrissait de grands espoirs avec celle-ci.

Jessica éteignit l'ordinateur du laboratoire d'informatique de l'université et commença à ranger ses affaires.

Maintenant. Il glissa un livre dans son sac à dos, le jeta sur son épaule et hâta le pas pour la devancer à la porte sans avoir l'air de se précipiter. Pour ne pas l'inquiéter. La clé du succès, il l'avait appris après une mauvaise expérience, résidait dans le timing. Le choix du moment était capital. S'il la laissait devant lui, elle serait sur la défensive, se demanderait s'il la suivait.

Quitter les lieux en premier – que ce soit le laboratoire d'informatique, le Wheatgrass Café ou le centre sportif – puis attirer la fille par la ruse pour qu'elle vienne à lui était plus simple et surtout plus efficace que de lui sauter dessus. En tout cas, le procédé lui avait toujours permis d'attraper sa proie.

Il fit semblant de boiter, en appuyant ostensiblement sur son pied gauche, l'autre étant maintenu dans une botte orthopédique. Tout en clopinant, il poussa la porte du laboratoire d'informatique de la SWU, la Southeastern Wyoming University – l'université du sud-est du Wyoming –, et sortit dans l'air frais de la nuit. Comme il portait des gants couleur chair, il ne craignait pas de laisser ses empreintes digitales. Il baissa la visière de sa casquette, enfoncée sur une perruque rousse hirsute, et détourna la tête en passant sous la caméra de surveillance.

Il déjouait les pièges. Il était prudent. Et surtout, préparé.

Il se dirigea vers le SUV qu'il utilisait exclusivement pour ces *soirées spéciales* et ralentit lorsqu'il l'entendit quitter le bâtiment. Quand la porte se referma derrière elle avec un claquement, un frisson de plaisir anticipé le traversa.

Elle n'était plus qu'à quelques pas derrière lui. Elle se rapprochait. Il boitilla jusqu'à son véhicule garé au fond du parking, près de la ruelle qu'elle empruntait pour se rendre à l'arrêt de bus. En général, elle évitait la rue, mieux éclairée mais plus longue, qui faisait le tour du pâté de maisons et elle prenait le raccourci.

Comme par mégarde, il laissa tomber ses fausses clés par terre en jurant. Il se pencha et fit mine d'avoir du mal à ramasser son trousseau, qu'il avait envoyé sous la voiture d'un discret coup de pied.

— Eh, merde !

Un autre juron lui échappa alors qu'il promenait les yeux autour de lui, attirant son regard.

Il la héla avec un signe de la main. Il s'assura qu'elle voyait bien qu'il avait l'autre bras en écharpe. Comme il l'espérait, elle ralentit.

— Tu veux bien m'aider, un instant ? demanda-t-il.

Quand elle s'arrêta, il remonta les lunettes sans ordonnance sur son nez et clopina sur quelques pas, lui donnant une vue dégagée sur sa botte orthopédique.

— Si je m'accroupis pour récupérer mes clés, je crains de ne pas réussir à me redresser, poursuivit-il.

Il lui décocha un sourire chaleureux tout en luttant contre l'envie de se gratter le dessus des lèvres. Sa fausse moustache le démangeait. Il avait hâte de se débarrasser du déguisement. Même ses lentilles colorées l'irritaient.

Jessica jeta un coup d'œil aux alentours puis considéra son bras en écharpe et sa botte orthopédique. Elle réfléchit.

Elle était parfaite, tout à fait son genre. Blanche. Mince. Blonde. Comme il les aimait. Ses yeux noirs, ses pommettes hautes et sa jolie bouche le ravissaient. Du haut de ses vingt ans, elle semblait sympa, décontractée. Pas trop méfiante.

Il en avait repéré quelques autres mais il avait eu un vrai coup de cœur pour cette Jessica. La nuit s'annonçait fabuleuse.

— Cela m'apprendra à circuler à vélo pour préserver l'environnement, dit-il en soulevant l'écharpe. Un automobiliste qui ne faisait pas attention m'a renversé.

Avec un hochement de tête, Jessica se dirigea vers lui. Elle ne le percevait pas comme une menace… Une erreur.

— Je suis comme toi, écolo responsable, dit-elle. Mes parents m'avaient proposé de m'aider à acheter une voiture mais je prends soit mon vélo, soit le *Secure Ride*, ajouta-t-elle, faisant référence au service de bus gratuit proposé par l'université.

Elle ne se doutait pas qu'elle n'atteindrait jamais l'arrêt du bus, ce soir-là.

— J'aurais bien emprunté le *Secure Ride,* moi aussi, dit-il, mais il n'y a pas de banc à l'abribus et j'aurais été obligé de rester debout pour l'attendre. Mon médecin m'a recommandé de ne pas trop appuyer sur mon pied.

Alors qu'elle se rapprochait de lui, il élargit son sourire.

Il allait l'avoir, comprit-il, l'excitation à son comble. Et un délicieux frisson le parcourut.

— Merci beaucoup de m'aider, dit-il en cachant sa main droite derrière lui. C'est sympa. Pour te remercier, je t'offrirai un café ou un coca au Wheatgrass Café, le bistrot du campus, d'accord ?

Comme elle parvenait à sa hauteur, elle repoussa ses cheveux en arrière et les douces fragrances de son parfum l'enveloppèrent. Elles lui rappelèrent une précédente aventure.

— Ce n'est pas la peine, lui assura-t-elle.

Elle le dévisagea un instant en plissant les yeux.

— Mais je te reconnais, ajouta-t-elle. Tu es dans mon cours de Mythologie 101, non ? J'ai failli te faire tomber, l'autre jour.

Aussitôt plus détendue, elle lui sourit.

Assister à l'un de leurs cours était une autre clé du succès. Plus il était prisé par les étudiants et donc fréquenté, mieux cela valait. Il lui était alors très simple de se fondre dans la masse avant de disparaître. Il lui suffisait de s'asseoir non loin d'elles une ou deux fois, en étant déguisé. De s'arranger pour les croiser ou de les heurter comme par mégarde. Ce premier contact, l'étincelle initiale, facilitait la phase cruciale, le moment où le piège se refermait sur elles. En effet, dès qu'elles se souvenaient de lui, elles baissaient la garde.

— Oui, c'est vrai, dit-il d'une voix teintée d'une agréable surprise. Je ne t'avais pas reconnue.

En vérité, il avait parfaitement mémorisé son visage, la forme de son corps, la façon dont elle bougeait. Il avait fantasmé une bonne centaine de fois sur cette nuit à venir.

— Au fait, je m'appelle Theodore Cowell. Theo.

Les présentations les rassuraient davantage encore.

— Jessica Atkinson.

Il se récapitula les étapes suivantes. *Prendre la seringue cachée sous l'écharpe, piquer la fille, l'attraper et la neutraliser au plus vite.* Elles tentaient toujours de se défendre, de lutter, mais perdaient chaque fois. *Ouvrir le coffre, la jeter à l'intérieur, la menotter, lui mettre les fers aux pieds, la bâillonner. Puis s'installer au volant et filer.*

L'opération durerait moins d'une minute. Son record était de vingt-deux secondes. Aucune de ses proies n'avait jamais réussi à s'échapper.

Quand il lancerait le processus, Jessica subirait déjà les effets de la kétamine, un anesthésique d'action rapide, qu'il lui aurait injectée. Elle dormirait plusieurs heures.

Et dès qu'elle se réveillerait, la fête commencerait.

— Merci encore.

Il caressa du bout des doigts la crosse du pistolet dissimulé dans la poche de sa veste. Il ne le portait que pour se rassurer. Il n'aurait aucun problème à presser la détente, à tuer un animal ou une personne – il était chasseur dans tous les sens du terme et était même tireur d'élite, capable d'atteindre une cible à un kilomètre de distance. Mais se servir d'une arme pour capturer sa proie serait de la triche.

— De rien, répondit-elle.

Elle se mit à quatre pattes et tendit la main sous la voiture pour chercher ses clés à tâtons.

Le procédé marchait toujours à merveille.

Il regarda autour de lui, balaya une dernière fois les alentours des yeux, pour s'assurer que personne ne rôdait à proximité.

Ils n'étaient que tous les deux. Il n'y aurait pas de témoin.

Le cœur battant d'impatience, il sortit la seringue...

1

Mardi 17 septembre

22 h 46

Hannah Delaney descendit du bus *Secure Ride*, exploité par l'université, surprise qu'il soit arrivé à destination avec quatre minutes d'avance. Son sac à dos sur l'épaule, elle se dirigea vers le laboratoire d'informatique pour travailler sur un projet.

Ou du moins, pour le faire croire…

La cheffe de la police de Laramie lui avait confié cette mission d'infiltration en catastrophe. En effet, dix jours plus tôt, the University Killer, le Tueur de l'université, avait brusquement refait surface et tué Madison Scott, une étudiante de vingt et un ans. Depuis près d'une décennie, ce tueur en série frappait de manière intermittente. Il assassinait toujours trois étudiantes en un mois, en utilisant le même mode opératoire, avant de disparaître de nouveau.

Hannah devait donc servir d'appât, l'attirer pour le perdre. Dans ce but, elle avait étudié avec soin les habitudes des précédentes victimes. Elle avait listé ce qu'elles avaient en commun et essayé de recréer leur mode de vie. Elle s'était d'abord installée dans un logement sur le campus et inscrite à une myriade de cours. Elle fréquentait assidûment le Wheatgrass Café, empruntait le bus *Secure Ride* le soir, pratiquait plusieurs sports au Sweetwater Recreation Center, circulait à vélo pour se rendre dans le centre-ville et sortait souvent au Watering Hole, le bar local, pour écouter les musiciens qui se produisaient sur scène.

Elle n'avait pas encore trouvé le temps de travailler régulièrement au laboratoire d'informatique le soir comme l'avaient fait certaines des victimes du tueur. Le semestre d'automne n'avait commencé que trois semaines plus tôt. Les activités pour étudiants, susceptibles d'attirer un prédateur, étaient nombreuses et comme ses journées ne comportaient que vingt-quatre heures, Hannah n'avait pas encore eu la possibilité de tout faire. Elle avait dû établir des priorités. Le laboratoire d'informatique du campus n'était pas en tête de sa liste puisque Madison Scott n'y était jamais allée. D'ailleurs, Hannah ne comprenait pas pourquoi tant d'étudiants s'y rendaient alors qu'ils possédaient tous un ordinateur portable personnel.

Le temps pressait. Le tueur allait bientôt enlever sa prochaine victime. Il ne lui restait que vingt jours pour prendre deux autres vies. Hannah se démenait dans l'espoir d'attirer son attention. Elle était prête à tout pour empêcher une autre fille d'être violée et assassinée. Depuis près de quinze ans, elle s'était donné pour mission d'arrêter les monstres, le seul moyen pour elle d'expier ses fautes et de faire taire ses démons. Cet objectif était sa raison de vivre. Voilà pourquoi elle se levait le matin, était devenue inspectrice de police et même pourquoi elle gardait tout le monde à distance.

Tu l'auras. Il le faut.

Pour paraître plus jeune et se fondre parmi les étudiants, elle était vêtue d'un jean, d'une chemise en flanelle ouverte sur un débardeur et elle avait noué ses cheveux blonds en queue-de-cheval.

Mais l'arme dissimulée dans son dos et la petite lame glissée dans la boucle de sa ceinture la différenciaient des autres.

Elle s'engagea dans la ruelle, un raccourci vers le laboratoire. Elle n'avait aucun moyen de savoir avec certitude si l'une des autres victimes l'avait empruntée et était tombée sur le tueur. Il était plus sûr de faire le tour du pâté de maisons. Les rues étaient bien éclairées et plus fréquentées. Mais les jeunes, inconscients de la fragilité de la vie, avaient tendance à préférer la commodité à la sécurité.

Toutes les jeunes femmes assassinées avaient été décrites par leurs camarades comme des filles gentilles, attentionnées, naïves. Un peu solitaires. Et surtout, des créatures d'habitudes.

Si Hannah correspondait physiquement aux victimes, elle n'avait pas eu le temps, en moins de dix jours, d'établir une routine cohérente. Elle le regrettait, certaine que le Tueur de l'université traquait ses victimes, les espionnait avec soin, pour déterminer précisément quand et où frapper.

Si elle ne parvenait pas à l'attirer, deux autres étudiantes allaient bientôt mourir.

Des bruits étouffés de bagarre à l'autre bout de la ruelle, près du parking du laboratoire d'informatique, éveillèrent soudain son attention.

Aussitôt en alerte, Hannah accéléra le pas. Malgré la pénombre, elle entrevit un gros SUV sombre.

Quand le coffre s'ouvrit, elle entendit une jeune femme crier d'une voix frénétique :

— Qu'est-ce que tu fabriques ?

Hannah aperçut une petite blonde, âgée d'une vingtaine d'années, aux prises avec un homme. Il la frappa au visage avant de la traîner, à moitié assommée, à l'arrière du véhicule.

Elle laissa tomber son sac à dos et se précipita vers eux. Tout en courant, elle sortit son arme.

— Police ! cria-t-elle en tenant son Glock à deux mains.

Le type aux cheveux roux se retourna, prit la fille contre lui comme un bouclier, un bras pressé contre sa poitrine. À la vue du coffre ouvert, Hannah mesura à quel point il avait été proche de pousser la jeune femme à l'intérieur.

— Lâchez-la ! ordonna Hannah. Tout de suite !

Gardant sa proie devant lui, l'homme recula vers la portière du conducteur. La pauvre saignait du nez, les yeux écarquillés de terreur. Agrippée au bras de son ravisseur, elle tentait de desserrer l'étau sur sa gorge tout en traînant des pieds pour ralentir le mouvement.

Hannah jeta un coup d'œil à l'intérieur du coffre et un frisson la parcourut. L'intérieur était capitonné. Une bâche en plastique y était étendue. Des menottes pendaient au bout de chaînes boulonnées de chaque côté. Une odeur d'eau de Javel flottait dans l'air. Le SUV n'avait pas de plaque d'immatriculation.

Elle contourna le véhicule et se retrouva face à lui.

— Lâchez-la, répéta-t-elle. Ou je tire.

Elle bluffait. Certes, elle était tireuse d'élite mais elle n'allait pas risquer de faire feu alors qu'il se servait de la blonde comme d'un bouclier humain.

Entre les cheveux roux hirsutes, la moustache et les lunettes, Hannah n'avait rien pour l'identifier, d'autant qu'il se dissimulait derrière sa proie.

Il plaqua la malheureuse contre la portière, sortit un pistolet de sa poche et le pressa contre sa tempe.

— Laissez tomber votre arme, ordonna-t-il à Hannah. Ou je tire.

Refusant de céder, elle garda son Glock pointé sur lui.

— Ce n'est pas ce que vous voulez, dit-elle. Je ne crois pas que vous allez la tuer.

Elle connaissait son mode opératoire. Il étranglait ses victimes après les avoir violées pendant des jours. Prendre la vie de cette étudiante sur une impulsion ne le satisferait pas. De plus, il perdrait du même coup son seul moyen de pression.

— Qui parle de la tuer ? répliqua-t-il en regardant la portière.

Il enfonça le canon dans le flanc de la fille, si fort qu'elle grimaça.

— Laissez tomber votre flingue, répéta-t-il. Ou elle prendra une balle.

Hannah hésita. L'envie d'abattre ce monstre et de mettre un terme à ces assassinats la torturait. S'il lui glissait entre les doigts maintenant, elle n'aurait peut-être plus d'autres occasions de le neutraliser.

— La première sera pour son ventre, promit-il.

Dans l'immédiat, sortir cette jeune femme vivante de ce cauchemar était la seule chose qui comptait. Hannah jeta un coup d'œil par-dessus son épaule vers la benne à ordures de la ruelle. S'il lui tirait dessus, elle pourrait se mettre à couvert.

Elle leva les mains, en tenant son arme à la verticale, le canon pointé vers le haut. Lentement, elle posa son Glock sur le sol, sans jamais les quitter des yeux.

— Vous me prenez pour un imbécile ? lança-t-il. Envoyez-le valser d'un coup de pied sous la voiture.

Elle obtempéra. Le ventre noué de peur, la gorge sèche, elle craignait pour la vie de la pauvre étudiante.

— Ouvre la portière, ordonna-t-il à la blonde en resserrant sa prise autour de son cou.

Hannah n'avait pas l'intention de le laisser s'enfuir avec une autre victime. Au pire, s'il parvenait à faire monter la fille dans la voiture, elle sortirait son arme de secours et tirerait sur ses pneus. Il n'irait pas loin.

D'une main tremblante, la jeune femme s'exécuta. Elle saisit la poignée. Les paupières à moitié closes, elle vacillait.

La serrait-il trop fort ? s'inquiéta Hannah.

— Lâchez-la ! cria-t-elle en avançant vers lui. Vous l'étouffez ! Elle ne peut plus respirer.

— Ne bougez pas. Pas un pas de plus.

Il recula, se servant toujours de la blonde comme d'un bouclier. Tout en montant dans le véhicule, il desserra son bras autour de sa gorge, l'arme toujours pointée sur elle.

De nouveau, la jeune femme chancela. Elle semblait sur le point de s'effondrer.

Il l'avait droguée, comprit Hannah. Il avait déjà dû lui administrer de la kétamine.

Le moteur de la voiture rugit. Il n'avait pas lâché sa proie.

— Maintenant, vous allez devoir choisir, cria-t-il. Entre elle et moi.

Choisir ? Que veut-il dire ?

Il fit feu sur la blonde, qui s'écroula sur le sol, et démarra.

Non !

Au volant de son SUV, il traversa le parking sur les chapeaux de roues et s'engagea dans la rue. Il fonça jusqu'au carrefour et s'éloigna à toute vitesse. Ses pneus crissaient sur l'asphalte, tandis qu'Hannah se précipitait vers la malheureuse. Elle s'agenouilla à côté d'elle et examina la blessure.

Heureusement, la balle ne l'avait pas touchée au ventre mais sur le côté, au-dessus de la hanche.

La pauvre avait perdu connaissance sous l'effet conjugué de la drogue qu'il lui avait administrée et du choc.

Hannah retira sa chemise et la pressa sur la plaie pour juguler l'hémorragie.

— Tiens bon. Tu vas t'en sortir.

Elle tira son smartphone de sa poche et composa le 911.

Très vite, des hurlements de sirènes déchirèrent la nuit. Comme elles se rapprochaient, elle se demanda quels policiers du campus avaient été envoyés sur les lieux.

Discuter avec eux ne lui poserait aucune difficulté, à l'exception d'un seul : le chef de la police du campus.

Matt Granger.

2

Mardi 17 septembre
23 h 19

Au volant de son pick-up, les dents serrées, Matt Granger fonçait sur la voie express en direction du campus. Depuis qu'il s'était réveillé ce matin, il ressentait un picotement familier sur la nuque. Un signe avant-coureur d'ennuis. En principe, il ne travaillait pas à l'université le mardi mais, à cause de ce mauvais pressentiment, il avait hésité à y retourner. Il avait prévu de longue date une journée de travail au ranch, avec ses cousins. Alors qu'il s'apprêtait à se détendre avec eux, une bonne bière fraîche à la main, son sergent l'avait appelé pour lui annoncer une nouvelle qu'il redoutait depuis trois semaines.

Une étudiante avait été blessée par balle par un homme – le Tueur de l'université, ils le craignaient tous. Et, nul ne savait par quel miracle, une inspectrice de police s'était trouvée sur les lieux et les avait aussitôt contactés.

Il soupira en songeant aux nombreux problèmes en perspective. Il les attirait comme un aimant. En général, il les voyait venir de loin et avait appris à les neutraliser, un talent très utile lorsqu'il servait dans l'armée en tant qu'opérateur dans les Forces spéciales. Son travail consistait alors à prévoir le pire pour s'assurer qu'il se produise… dans les lignes ennemies. Mais, témoin de trop de carnages, il avait finalement démissionné et était retourné au ranch familial, situé entre Laramie et Bison Ridge dans le Wyoming.

Après l'armée, travailler pour la police de Laramie, puis pour celle de l'université, lui avait paru naturel, voire facile. Il avait cru – à tort – que loin des champs de bataille, dans ces deux petites villes où les gens étaient chaleureux et accueillants, où les voisins s'entraidaient, il trouverait la paix.

Mais qu'il soit dans l'armée, au sein de la police de Laramie ou à la tête de celle de l'université, il n'avait pas réussi à échapper aux ennuis ni à la mort qui s'ensuivait toujours.

Il se gara devant les bureaux de la police et se précipita à l'intérieur. Bâtis au-dessus d'un parking couvert, les locaux des forces de l'ordre étaient modernes et spacieux.

En entrant, il salua les policiers présents d'un signe de tête.

Comme l'un d'eux le dévisageait d'un air surpris, Matt se rappela qu'il sortait d'une longue journée de labeur au ranch.

Pour élargir les sources de revenus de sa famille, il avait eu l'idée de réserver une petite partie de leur propriété à la chasse au gros gibier. Il avait pris l'initiative de construire des cabanes en rondins pour les louer à des chasseurs ou à des randonneurs. Maintenant que les câbles électriques avaient été posés, ses cousins et lui avaient commencé à mettre des plaques de plâtre sur les murs.

Tout en retirant son stetson, il regretta de ne pas avoir eu le temps de se doucher ou, au moins, d'avoir pensé à changer de chemise. La sienne était trempée de sueur. Il aurait dû aussi se confectionner un sandwich avant de partir pour se restaurer en roulant.

Le sergent Lewis s'était installé dans le bureau de Matt. Il s'entretenait avec une femme, l'inspectrice de police présente au moment du drame, sans doute. Assise sur une chaise, elle lui tournait le dos. Lewis leva les yeux, aperçut Matt et vint lui ouvrir la porte.

— Bonsoir, patron.

Quand l'inspectrice de police pivota sur la chaise et jeta un coup d'œil par-dessus son épaule, Matt la reconnut. Et réprima un soupir.

Lewis la désigna d'un geste de la main.

— Voici l'inspectrice...

— Hannah Delaney, le coupa Matt avec une pointe d'agacement.

Hannah Delaney était l'incarnation même des ennuis.

— Oh ! vous vous connaissez, tous les deux, dit Lewis, surpris. Je l'ignorais.

— Oui, répondit-elle au sergent sans cesser de dévisager Matt. Nous avons mené une enquête ensemble avant qu'il renonce à ses fonctions d'inspecteur de police à Laramie pour venir se cacher ici.

Matt réprima la réplique qui lui brûlait les lèvres. Ce n'était pas la première fois qu'un inspecteur de police le méprisait d'avoir pris ce poste. Chaque fois, piqué par ces réactions dédaigneuses, il se mettait sur la défensive.

Une réaction stérile.

Bizarrement, dès lors qu'elles émanaient d'Hannah, ses railleries lui rappelaient qu'il n'était pas seulement policier mais aussi un homme.

— J'avais oublié que tu pouvais être aussi…

Il ne finit pas sa phrase, conscient que la terminer ne contribuerait pas à améliorer leurs relations déjà houleuses.

— Directe ? proposa-t-elle. Sincère ?

Il s'obligea à une réponse mesurée pour atténuer les tensions avant qu'elles deviennent ingérables.

— J'allais dire percutante, sans concession.

Il ne comprenait pas pourquoi il trouvait cette attitude sexy.

Lewis restait silencieux, les dévisageant d'un air gêné.

Matt l'entraîna vers la porte et la referma derrière lui.

— Si vous voulez bien nous excuser, sergent… Que fais-tu sur mon campus ? ajouta-t-il en reportant son attention sur elle.

Il traversa la pièce pour s'asseoir sur le bord du bureau, face à elle. Il remarqua alors les taches de sang sur son débardeur.

— Et comment as-tu été mêlée à la fusillade de ce soir ?

Le sergent Lewis lui avait donné peu de détails, n'ayant pas encore eu la possibilité d'interroger Hannah.

— Je suis sur le campus depuis dix jours, répondit-elle en croisant les jambes. Je me fais passer pour une nouvelle étudiante,

Helen Davis, dans le cadre d'une opération d'infiltration destinée à arrêter le Tueur de l'université.

Elle travaillait sous couverture ? Il ne l'avait pas vue venir, celle-là.

— J'ai adopté les habitudes des précédentes victimes, continua-t-elle, et j'ai surpris le tueur en train d'essayer d'enlever la suivante. D'après sa carte d'étudiante, elle s'appelle Jessica Atkinson.

Jessica était maintenant soignée à l'hôpital universitaire. Au téléphone, Matt avait demandé à Lewis d'envoyer un policier pour veiller sur elle.

— Où est ton coéquipier ? demanda Matt.

— Je travaille en solo sur cette affaire.

Pourquoi était-elle venue seule, sans renforts ?

Il espérait qu'elle ne faisait pas cavalier seul, qu'elle n'avait pas décidé de son propre chef de jouer les appâts, hors des canaux officiels. En réalité, il n'en serait pas étonné. Hannah était par nature ingérable, une agitatrice, une rebelle.

Quelques mois plus tôt, ils avaient dû faire équipe sur une enquête, parce que personne d'autre ne voulait travailler avec elle et qu'il venait de perdre son coéquipier. Il se reprochait toujours la mort de ce dernier, même si ses supérieurs l'avaient innocenté.

Il croisa les bras sur son torse.

— Pourquoi t'ont-ils choisie ? Et pourquoi seule ?

Elle fronça les sourcils.

Ses questions n'avaient pas pour but de l'agresser, encore moins de l'insulter. Il connaissait la vaste expérience d'Hannah en matière d'infiltration. Elle savait comme personne s'immerger dans un monde différent, devenir une autre – et vite. Pourtant, quelque chose chez elle le mettait mal à l'aise.

— La cheffe m'a choisie, dit-elle, faisant référence à Wilhelmina Nelson qui dirigeait la police de Laramie. Elle estimait que je serais l'appât parfait.

Hannah correspondait en effet au profil des victimes du Tueur de l'université : blonde, mince, petite, avec des yeux noirs. Bien qu'elle ait vingt-huit ans, sa tenue vestimentaire, combinée à son look de fille simple et nature comme à sa petite taille, lui donnait l'air d'une adolescente.

— Tu aurais dû me prévenir de ton opération d'infiltration, dit-il en passant la main dans sa barbe de trois jours. Par simple courtoisie professionnelle.

— Je n'ai pas eu voix au chapitre. Je n'ai fait que suivre les ordres. Si cela te pose un problème, parles-en à la cheffe Nelson.

Sa suggestion l'irrita davantage encore.

Ils savaient tous les deux qu'il n'allait pas se plaindre à qui que ce soit à ce sujet.

— Pourquoi n'ai-je pas été mis au courant d'une opération sur mon campus ? En as-tu une idée ?

— Trois chefs de police de l'université successifs ont essayé d'identifier ce type… sans succès.

— Et la police de Laramie pense que je serai le quatrième ?

— Le Tueur de l'université a toujours eu deux longueurs d'avance sur la police et vous a échappé pendant près d'une décennie. Il y a sans doute une raison à cela.

— Qu'insinues-tu exactement ? Que le coupable serait l'un des policiers du campus ?

— Je n'insinue rien. Je ne fais qu'énoncer un fait. Certains de tes hommes travaillent ici depuis plus de dix ans. Trois sergents et un dispatcher. Tous les autres ont étudié à l'université ou vivent dans la région depuis assez longtemps pour être suspectés. Ont-ils fait l'objet d'une enquête ? demanda-t-elle.

Il lui jeta un regard agacé. Le prenait-elle pour un imbécile ?

— Bien sûr, y compris les assistants.

Dix étudiantes avaient été violées et assassinées au fil des ans. Le tueur n'avait jamais pris la peine de porter un préservatif, laissant sur leurs cadavres son ADN ainsi qu'une carte, une reine de cœur dont il avait gratté les yeux.

Matt avait pris ses fonctions de chef de police depuis peu. Pourtant, l'incapacité de ses hommes à identifier le tueur lui pesait. Il avait espéré que l'assassin était mort à présent ou trop vieux pour refaire surface. Mais dès que le corps de Madison Scott avait été découvert – le premier depuis qu'il occupait ce poste –, il avait décidé d'enquêter sur chaque membre de son personnel.

— Précaution supplémentaire, je les ai tous soumis à un examen polygraphique, ajouta-t-il.

Le détecteur de mensonges n'était pas infaillible et ses résultats rarement recevables auprès d'un tribunal. Mais le simple fait de demander à des suspects de passer ce test en disait long. Certains refusaient. D'autres commettaient alors une erreur. En tant qu'inspecteur de police, il avait même vu un jour un type avouer son crime lorsqu'il lui avait demandé d'expliquer sa nervosité pendant l'examen.

— Tous leurs alibis ont été vérifiés. Cela dit, deux des policiers n'en avaient pas, reconnut Matt.

— Lesquels ? Qui sont-ils ?

Il hésita mais ne pas le lui révéler ne ferait qu'accroître ses soupçons.

— La policière Laura Jimenez, dit-il, et il vit le visage d'Hannah se détendre à la mention d'une femme. Et Carl Farran. Il devait avoir douze ans au moment du premier meurtre et il a accepté de se soumettre à des prélèvements d'ADN alors que rien ne l'y obligeait.

Tous les autres membres de la police du campus avaient été innocentés.

— La cheffe Nelson est persuadée qu'il y a des brebis galeuses dans tous les troupeaux, ajouta-t-il. Mais j'espère que tu ne partages pas cette opinion, évidemment biaisée.

La cheffe Nelson avait de bonnes raisons de voir le mal partout. Elle avait été nommée à Laramie avec pour mission de débarrasser le service de tous les policiers corrompus, et il y en avait beaucoup. Au point de nécessiter l'aide de la DCI, la Division des enquêtes criminelles, sous l'autorité du procureur général de l'État du Wyoming. Nelson avait découvert des pratiques inimaginables. Un lieutenant corrompu, par exemple, vendait des informations personnelles concernant tous ses collègues en mettant du même coup en danger des familles, la vie de leurs enfants. Le pire était que le coupable n'avait jamais été identifié.

— Mes hommes ne sont pas corrompus et ne sont certainement pas des tueurs en série, protesta-t-il d'un ton sec.

— Tu me sembles un peu susceptible sur le sujet, Matt.

C'était un euphémisme. Non seulement il avait travaillé pour la police de Laramie et y avait eu des amis… avant d'apprendre qu'ils étaient corrompus, mais son cousin, Holden Powell, avait été confronté à un scandale. En effet, son patron, l'ancien shérif, s'était révélé être le pire du pire en matière de corruption. Pendant longtemps, les gens avaient regardé Holden de travers, en se demandant s'il était coupable par association ou stupide pour ne pas avoir vu ce qui se tramait sous son nez.

Voilà pourquoi Matt avait tenu à s'assurer que son service était au-dessus de tout soupçon.

— Qu'un de ses hommes soit suspecté de corruption, ou pire, de meurtres, a de quoi rendre tout chef de police digne de ce nom susceptible, non ?

Elle serra les mâchoires.

— La police du campus n'a aucune piste, aucun suspect solide et n'a trouvé aucune correspondance avec l'ADN laissé par l'assassin. Le Tueur de l'université continue de glisser entre vos doigts comme des grains de sable.

Frustré par cette incapacité à identifier ce tueur en série, Matt avait soumis l'ADN du tueur à un service privé de tests génétiques et généalogiques accessible au public. Ce service avait permis à plus d'une centaine de personnes de retrouver un parent éloigné, aussi proche parfois qu'un cousin au troisième degré. Il faudrait de quatre à six mois de recherche pour réduire le nombre de personnes susceptibles d'être le Tueur de l'université. Un enquêteur à la retraite du DCI travaillait sur le sujet, à l'insu de quiconque, dans son bureau. Tôt ou tard, le meurtrier serait arrêté. Ce n'était qu'une question de temps… du temps qu'il n'avait pas.

— Tu ne t'en sors pas beaucoup mieux toute seule, rétorqua-t-il.

Il t'a échappé ce soir, non ? Tu as l'habitude de prendre tous les risques mais là, tu as fait preuve d'imprudence, voire de témérité. Et pour quel résultat, à part une victime blessée ?

Furieuse, elle bondit. Les mains sur les hanches, elle se rapprocha de lui et planta les yeux dans les siens.

— Mieux vaut être blessée que morte. Et elle serait morte à l'heure qu'il est si je n'avais pas été là, à travailler sous couverture. Cette opération était dangereuse, c'est évident. Pas imprudente. Peut-être joues-tu depuis trop longtemps au chef de police universitaire pour te rappeler les risques du métier.

Il prit une inspiration pour se calmer. Il ne voulait pas discuter avec elle, d'autant qu'elle avait raison : Jessica Atkinson s'en était tirée saine et sauve grâce à Hannah.

— Si tu avais eu des renforts, nous l'aurions peut-être arrêté.

— Des renforts auraient signifié un coéquipier pendu à mes basques. Ce type est vraiment doué. Son dispositif était sophistiqué. Un bras en écharpe, une botte orthopédique, le coffre de sa voiture capitonné pour étouffer les bruits. Des menottes et des chaînes pour les pieds. Une simple précaution supplémentaire puisqu'il drogue ses victimes avant même de les y enfermer. Et le coffre puait l'eau de Javel. Ce qui prouve qu'il fait attention à ne pas laisser d'ADN dans son véhicule. Il aurait vite repéré un coéquipier. Peut-être même deviné que je jouais les appâts pour le piéger.

Difficile de nier le flair d'Hannah. Matt devait reconnaître qu'elle en avait plus appris en dix jours sur la façon dont ce tueur opérait que quiconque en une décennie. Cela dit, il n'appréciait pas la manière dont la cheffe Nelson avait fait d'Hannah un appât. Elle l'avait laissée se débrouiller sans aucun renfort et ne lui en avait pas dit un mot, à lui – le chef de la police universitaire ! –, sur l'opération menée sur son propre campus. Mais il ne savait plus s'il était malin ou suicidaire qu'Hannah ait été envoyée seule là-bas.

— Le tueur n'avait encore jamais utilisé d'arme à feu, à notre connaissance, dit-il, cherchant un terrain d'entente avec elle. Grâce à toi, nous aurons une balistique.

— Si seulement j'avais eu un peu plus de temps pour l'attirer, dit Hannah avec un soupir. Je suis sûre que tôt ou tard, il aurait tenté de m'enlever.

Il espérait quelque part que ce n'était pas vrai, même s'il était conscient de la nécessité de mettre un terme à ces meurtres. Aucune victime n'avait échappé au Tueur de l'université. Jusqu'à ce soir. L'idée que ce psychopathe jette son dévolu sur Hannah le dérangeait. Lorsqu'ils avaient travaillé ensemble, il avait vu de ses propres yeux les risques qu'elle prenait. Ironie du sort, qu'elle s'expose ainsi au danger avait contribué à leur succès. Et bien sûr, son instinct protecteur avait aussitôt réagi. Mais elle lui avait bien fait comprendre qu'elle n'appréciait pas.

Non qu'il puisse s'en empêcher. L'armée l'avait programmé pour protéger son pays, ses coéquipiers et tous ceux qui en avaient besoin.

Il se leva et fit le tour de son bureau pour s'éloigner d'elle.

— Eh bien, ta couverture est éventée maintenant. Il t'a vue. Mais j'imagine que tu ne vas pas demander pour autant à être retirée de l'affaire.

Une lueur de défi brilla dans ses yeux sombres.

— En effet, il n'en est pas question.

Il admirait le courage et la détermination d'Hannah. Elle ne reculait jamais devant l'adversité. Mais son jusqu'au-boutisme l'inquiétait aussi parce qu'un jour elle risquait de se faire tuer.

Il se laissa tomber sur sa chaise. S'il était physiquement épuisé, l'adrénaline alimentait toujours la vivacité de son esprit.

— Mon service va également continuer à enquêter, dit-il. Pour éviter de gaspiller des ressources et de dupliquer les efforts, il paraît logique d'unir nos forces. Nous progresserons plus rapidement. De plus, tu auras peut-être besoin d'un coéquipier pour aboutir.

— Tu veux dire que la police du campus aura besoin d'une inspectrice de police ?

En ravalant un autre soupir, il sourit.

— Mon avancement au poste de chef n'a rien changé à mes compétences d'inspecteur de police, lui rappela-t-il.

Elle se balança sur ses talons, le regard méfiant.

— J'espère que tu ne suggères pas que toi et moi travaillions ensemble.

— En fait, si. Y a-t-il un autre policier de mon service qui, selon toi, serait plus qualifié que moi ? Plus capable de te suivre ? *Sans se laisser marcher dessus* ? Et sur qui tu pourrais compter pour assurer tes arrières malgré ta tendance à prendre tous les risques ?

Sans répondre, Hannah détourna la tête et passa une main sur sa queue-de-cheval.

C'était la première fois qu'il la voyait déstabilisée et il se félicita d'en être la cause.

— Qu'en dis-tu ? À moins que tu n'aies besoin d'obtenir la permission de ta cheffe avant de décider.

Elle se redressa et leva les yeux vers lui.

— Nelson m'a autorisée à prendre toutes les mesures nécessaires pour attraper ce type. Mais je pense préférable de m'occuper de cette affaire avec un autre inspecteur de police qui serait à plein temps.

Elle voulait vraiment le vexer. Peut-être espérait-elle qu'il céderait et confierait le dossier à la police de Laramie.

Matt n'était pas du genre à se dérober, il n'était pas question pour lui de renoncer à cette enquête. Le tueur ciblait des étudiantes de *son* campus, ce qui en faisait *sa* responsabilité. Hannah travaillerait avec lui, que cela lui plaise ou non.

— Je ne suis pas encore rouillé. Je ne suis chef de la police du campus que depuis un an, lui rappela-t-il. Je vais laisser mon numéro deux, le sergent Starkey, gérer les affaires courantes ici, pour être tout à toi à temps plein, dit-il en sachant qu'elle n'en avait aucune envie.

Il vit une lueur d'agacement passer dans ses yeux mais une légère rougeur colora ses joues.

L'énervait-il autant qu'elle l'exaspérait ?

Pendant quelques instants, elle le dévisagea sans rien dire.

— Moins je passerai de temps avec toi, mieux cela vaudra, asséna-t-elle enfin.

Comme il l'avait deviné. Il aurait aimé pouvoir dire que le sentiment était réciproque. Mais plus elle lui menait la vie dure, plus il avait envie de briser sa coquille pour mieux la comprendre.

Mais peut-être se trompait-il. Peut-être était-il simplement attiré par les ennuis.

— Je comprends que je ne sois pas ta préférence ni même sur ta liste.

Il se demanda s'il existait quelqu'un avec qui elle aurait envie de travailler, quelqu'un à sa hauteur. Elle était tellement solitaire.

— Mais nous formions une bonne équipe sur l'affaire du cartel, non ?

Une branche d'un cartel mexicain notoire s'était installée à Laramie pour fabriquer et vendre des amphétamines. Tous deux avaient réussi à remonter la filière et à la disloquer. L'opération n'avait pas été facile, ils avaient failli mourir au cours du processus, mais Hannah ne pouvait nier qu'ils avaient été efficaces.

Elle fronça les sourcils.

— Oui, nous l'avons fait, dit-elle, comme s'il lui coûtait de le reconnaître.

Heureusement qu'il n'avait pas un ego fragile.

— Je veux coincer ce type autant que toi, dit-il.

Davantage encore, sans doute. Toutes ces femmes enlevées sur son campus, violées et assassinées, l'empêchaient de dormir la nuit.

— Nous pouvons l'arrêter. Si nous menons l'enquête ensemble, j'en suis persuadé.

Après un long moment, elle accepta d'un hochement de tête.

— D'accord. Nous sommes donc de nouveau coéquipiers, ajouta-t-elle avec un soupir. Collés ensemble pour la bonne cause.

Montrer un minimum d'enthousiasme était-il vraiment au-dessus de ses forces ?

Mais oui, bien sûr. Hannah Delaney aurait préféré mourir plutôt que de paraître contente. Il la connaissait assez pour le savoir.

— Quelle chance, dit-il d'un ton sarcastique. Écoute, plus tôt nous attraperons ce type, plus tôt tu pourras retravailler en solo.

Elle fourra les mains dans ses poches.

— Et c'est tant mieux, je fonctionne mieux en solitaire. Mais soyons clairs : je ne vais pas suivre ton exemple ni jouer la carte de la sécurité, cette fois-ci.

Comme si elle l'avait déjà fait.

— Pour le coincer, poursuivit-elle d'un ton dur, nous procéderons à ma façon.

Pourquoi n'était-il pas surpris ?

— Je ne m'attendais à rien de moins.

Mais *procéder à sa façon* ne signifiait pas qu'il abandonnerait tout bon sens.

Cette fois-ci, il s'assurerait qu'ils feraient, l'un et l'autre, des compromis et se comporteraient comme de véritables partenaires. C'était le seul moyen pour eux d'éviter une nouvelle confrontation avec la mort.

3

Mercredi 18 septembre

6 heures

Voilà des heures qu'il ne parvenait pas à dormir ni même à se calmer. Il ne pensait qu'à Jessica, à son joli visage, à ses lèvres, à ses seins, à ses jambes fuselées.

Il l'imaginait nue, soumise à ses désirs.

Mais il l'avait perdue à cause de cette policière diabolique. En intervenant, elle avait tout gâché. Alors qu'il avait tellement besoin d'aboutir.

La colère et la frustration se déchaînaient en lui, s'entremêlaient et gonflaient au point de le faire trembler. Il avait été privé de la satisfaction à laquelle il aspirait tant. Il n'avait pas eu la possibilité de se libérer des tensions dont il était la proie.

Avec un juron, il frappa du poing la balustrade de son porche du chalet et regarda les flammes danser dans le brasero. Il avait mal à la tête. Peut-être devrait-il appeler le bureau pour se faire porter pâle et panser ses plaies, seul dans sa tanière au fond des bois. Mais il valait toujours mieux s'en tenir à la routine dans les heures qui suivaient l'enlèvement d'un de ses jouets.

Il avait *tenté* de l'enlever mais il n'y était pas parvenu, se dit-il, en remuant une fois de plus le couteau dans la plaie.

Cela dit, cet échec n'était qu'un contretemps. Il avait perdu une bataille, pas la guerre. Renoncer n'était pas son genre. Il se battrait pour obtenir ce qu'il voulait. Comme il l'avait toujours fait. Et n'en éprouverait aucun remords.

Mais rater un plan minutieusement préparé réveillait en lui d'autres émotions, des émotions qu'il savait dangereuses. L'envie de finir, coûte que coûte, ce qu'il avait commencé avec Jessica, par exemple.

Non, non. Non ! Trop risqué.

Il devait plutôt se concentrer sur la prochaine étape. Aller de l'avant. S'il ne faisait rien, le désir ardent qui lui cisaillait les reins finirait par le détruire. Il devait trouver un plan B.

Et vite.

Il songea à la policière, la petite blonde, responsable de son échec. Celle qui travaillait sous couverture et se faisait passer pour une étudiante. Elle avait les yeux noirs, des courbes féminines où il le fallait. Il l'avait repérée depuis longtemps. Comment aurait-il pu ne pas la remarquer ? Elle se démarquait.

Mais il avait d'autres filles sur sa liste, une liste élaborée avec soin.

Tiens-t'en aux blondes déjà sélectionnées.

Il enlèverait une autre étudiante. Avec toutes les festivités prévues sur le campus dans les jours à venir, cette semaine était le meilleur moment pour agir. Tout serait parfait.

Mais qu'allait-il faire de cette insupportable policière ?

Elle méritait une leçon. Il la punirait pour avoir perturbé ses plans. Il jouerait avec elle, la materait.

Avant de la tuer, elle aussi.

Le sourire aux lèvres, il descendit les marches du porche pour aller verser un peu d'essence dans le brasero.

Le feu gronda plus fort, les flammes montèrent vers le ciel. La fumée s'enroulait autour de lui. Il ramassa la perruque, la fausse moustache et l'écharpe qu'il avait jetées par terre et les lança dans le brasier.

De toute façon, parfois, moins il se déguisait, mieux le plan fonctionnait. Les lunettes et les lentilles n'étaient pas indispensables. Depuis toujours, depuis l'enfance, il avait un côté caméléon.

Il était doué pour se métamorphoser. Cela dit, détruire l'écharpe et la botte orthopédique l'ennuyait. Il s'était habitué à les utiliser pour attirer ses proies.

Il devenait paresseux, complaisant, se reprocha-t-il. Il allait à présent devoir trouver une nouvelle façon de capturer les filles, songea-t-il, en gravissant les marches du porche.

Il s'installa dans son fauteuil à bascule et contempla les bois qui entouraient le chalet. Il adorait la forêt. Être seul ici le calmait, le recentrait. Tout en se balançant et en admirant le paysage, il réfléchissait au meilleur moyen d'atteindre ses objectifs.

Les flics détestaient perdre. Être vaincus par l'ennemi. Il sourit. Maintenant, il savait exactement comment procéder.

Non seulement il battrait cette harpie sur son propre terrain mais il allait aussi l'humilier, la briser et lui faire regretter de s'être mêlée de ses affaires. Cette perspective le remplit de joie anticipée.

Mais d'abord, il devait en apprendre davantage sur elle. Ce ne serait pas difficile.

Comme elle ignorait qui il était, elle n'avait aucune raison de se méfier de lui.

4

Mercredi 18 septembre

10 h 05

Alors qu'elle regardait le dessinateur de la police judiciaire terminer le portrait-robot du Tueur de l'université, Hannah sentait un profond regret l'envahir. Elle se repassait dans sa tête la scène de la veille au soir, se remémorait l'odeur d'eau de Javel, les menottes, la bâche… Elle avait vraiment été à deux doigts de l'arrêter. Mais elle avait finalement échoué…

Et maintenant, ce psychopathe était toujours en liberté, à la recherche de sa prochaine victime.

L'artiste tourna son carnet de croquis pour le montrer à Jessica Atkinson, allongée dans son lit d'hôpital.

— Reconnaissez-vous votre agresseur ?

— Oui, il ressemblait beaucoup à votre portrait, dit-elle.

Un frisson la parcourut et elle remonta les draps jusqu'à son cou en grimaçant.

D'après le chirurgien, si la balle l'avait frappée deux centimètres plus haut, Jessica aurait sans doute été tuée. Une fois rétablie, et après quelques séances de rééducation, elle parviendrait à remarcher sans boiter. Ses analyses sanguines avaient révélé la présence de GHB, le gamma-hydroxybutyrate, plus connu sous le nom de *drogue du violeur.* Ils en avaient également trouvé dans le sang de Madison Scott. Ils savaient maintenant que le Tueur de l'université avait utilisé du GHB lors de l'enlèvement de ses précédentes victimes et pendant toute la période où il les avait retenues captives jusqu'à leur assassinat.

Le portraitiste judiciaire, qui travaillait en free-lance pour les forces de l'ordre locales, posa son carnet de croquis.

— Vous m'avez bien aidé, mademoiselle Atkinson. Je n'ai eu qu'à dessiner ce que vous me décriviez.

Hannah photographia le portrait-robot avec son smartphone.

— Vous remettrez votre dessin au sergent Starkey au poste de police, dit Matt à l'artiste. Je veux que ce portrait soit placardé partout, que tout le monde le voie, avant midi.

Cela ne leur servirait à rien.

— Il était déguisé, dit Hannah à Matt, à voix basse. Il va se contenter de changer d'apparence.

En voyant le regard apeuré de Jessica, Hannah se reprocha de ne pas avoir parlé plus bas encore.

Matt lui prit le bras d'une main ferme pour l'entraîner à l'écart et elle serra les dents pour s'interdire de le repousser.

De l'autre côté de la pièce, le portraitiste s'efforçait de réconforter la jeune femme, qui hocha la tête, les yeux brillant d'espoir.

Hannah ne se souvenait pas de la dernière fois qu'elle avait ressenti de l'espoir et encore moins quand elle en avait suscité.

Dès qu'ils atteignirent la fenêtre, elle se libéra de son emprise.

Du haut de son mètre quatre-vingt-dix, Matt mesurait une bonne tête de plus qu'elle. Brun, très musclé, ce cow-boy à temps partiel n'avait pas l'habitude de faire dans la dentelle.

Ils avaient travaillé ensemble lorsqu'il était inspecteur de police à Laramie. Bien qu'ils aient résolu ensemble une enquête difficile, il n'avait cessé de l'irriter.

Un mot le décrivait bien. *Trop.* Matt était trop grand. Trop baraqué. Trop bien-pensant. Trop intelligent et trop malin pour être chef de police universitaire. Même son énergie était inquiétante, tant elle débordait. Sans parler de ses yeux bleus trop perçants.

Bref, il était trop séduisant.

Elle ne pouvait le nier et ce n'était pas faute d'avoir essayé. Mais le simple fait de penser à lui la faisait frémir.

L'apparence parfaite de Matt Granger la dérangeait.

Il était trop beau pour être vrai. Tout le monde autour de lui y croyait, persuadé que l'image qu'il donnait correspondait à ce qu'il était en réalité. Pas elle. À quatorze ans, elle avait appris que le diable avait parfois le visage d'un ange. Il se cachait derrière un masque, un masque si convaincant, si calculé, que même ses proches ne voyaient pas le mal qui se dissimulait derrière.

— Oui, il s'était sans doute déguisé, reconnut Matt.

Vêtu d'un T-shirt noir trop moulant – qu'il portait à dessein pour mettre en valeur sa musculature, elle en était sûre – et d'un jean, il arborait son badge sur son torse. Son talkie-walkie à sa ceinture utilitaire et son stetson sur la tête complétaient sa panoplie de chef de police locale. Il la considéra de l'un de ces regards désapprobateurs – qu'elle avait appris à mépriser – avant de poursuivre :

— Mais il lui faudra un peu de réflexion et donc un jour ou deux pour en changer. En attendant, nous avons non seulement son déguisement actuel mais aussi son mode opératoire. Nous veillerons à ce que les étudiantes se méfient de tout individu ayant le bras en écharpe ou des bottes orthopédiques ou, plus important, de toute personne leur demandant de l'aide.

Hannah hocha la tête.

— Nous devrions également les encourager à ne jamais circuler seules sur le campus, à se déplacer en binôme.

— Lorsque j'ai pris mes fonctions de chef de la police universitaire, j'ai très vite été confronté à une légère augmentation des vols et des agressions sexuelles. J'ai donc créé une organisation étudiante chargée de promouvoir la sécurité. Les ECV, les Étudiants contre la violence. Je vais les convoquer en urgence pour en discuter avec eux. Ils feront passer le message aux autres.

— Créer une organisation de ce genre et leur parler ouvertement du danger me semblent deux bonnes idées.

Peut-être avait-il un impact positif sur le campus. Mais cela ne changeait rien au fait qu'il en aurait un beaucoup plus important en travaillant pour la police de Laramie.

Il afficha un sourire ironique.

— Je rêve ou tu viens de me faire un compliment ?

Il était involontaire. Par mégarde, elle avait baissé sa garde. Elle avait tendance à se laisser aller en sa présence et pour compenser, elle se montrait plus revêche que d'habitude.

— Ne va pas te faire des idées, dit-elle. Je manque de caféine, voilà tout. En arrivant ce matin, j'espérais que tu me servirais un délicieux café avec ta machine à expresso, manifestement haut de gamme.

De toute évidence, ils avaient les moyens à l'université.

— Elle est en panne, désolé. Mon gestionnaire de bureau s'efforce de la réparer.

En effet, elle avait vu Dennis Hill occupé à bidouiller l'appareil. Il n'avait pas vraiment l'air de savoir ce qu'il faisait. Cela dit, elle n'avait rien d'une experte en bricolage.

— Je t'offrirai une tasse de café à la cafétéria en sortant, proposa-t-il.

À ce stade, elle avait besoin d'une triple ration, d'un triple expresso, mais puisqu'il l'invitait, elle n'allait pas faire la difficile.

Matt sortit son smartphone.

— Je ferais mieux d'envoyer un texto au sergent Starkey pour le prévenir que le portrait-robot est en route et lui expliquer ce que je veux qu'il en fasse.

Le portraitiste rangea ses affaires et les salua d'un geste de la main avant de quitter la chambre.

Hannah s'approcha de Jessica.

— Parler de cette agression est difficile pour toi, je le sais, mais très important. Nous n'avons plus que quelques questions à te poser.

Comme la jeune étudiante hochait la tête, elle poursuivit :

— Possèdes-tu un ordinateur portable personnel ?

— Oui. Bien sûr.

— À quelle fréquence te rends-tu au laboratoire d'informatique ?

Jessica passa la main sur l'une de ses joues meurtries. Son nez – du moins n'était-il pas cassé – était rouge et gonflé.

— Tous les mardis, jeudis et samedis.

Matt s'avança.

— Pourquoi uniquement ces jours-là ? demanda-t-il.

— J'ai commencé à y aller dès la rentrée les jours où j'ai cours d'ingénierie – les mardis et jeudis. Maintenant, j'y vais aussi le samedi, pour faire face à la charge de travail.

Hannah le nota dans son calepin.

— Pourquoi as-tu besoin du laboratoire d'informatique puisque tu disposes d'un ordinateur portable ?

— Ceux du labo sont tous équipés du logiciel de modélisation. Pour l'utiliser sur mon ordinateur personnel, je devrais acheter la licence. Elle coûte une fortune. De toute façon, mon ordinateur n'a pas assez de gigaoctets pour le faire fonctionner sans planter. Ceux du laboratoire sont beaucoup plus puissants. Et imprimer les documents y est gratuit. Ils n'en font pas état. Les étudiants qui le savent y vont tout le temps pour en profiter. J'avais besoin d'imprimer un document pour mon cours de Communication orale 1.

Les larmes lui montèrent aux yeux.

— Mais je n'en ai pas eu le temps parce que je voulais prendre le bus.

— Tu passeras les épreuves pour décrocher ton diplôme au printemps prochain, poursuivit Matt. La plupart des étudiants suivent le cours de Communication orale 1 pendant leur première année. Pourquoi as-tu attendu si tard ?

— Pour équilibrer les cours les plus difficiles avec d'autres, plus faciles. J'espérais que ce serait moins stressant.

— Dans quels créneaux es-tu inscrite ? s'enquit Hannah.

Le cours de Comm. 1, comme l'appelaient les étudiants du campus, était proposé, ce trimestre-là soit le lundi, le mercredi et le vendredi de 15 à 16 heures, soit le mardi et le jeudi de 9 heures à 10 h 30. Le secrétariat administratif de l'établissement avait promis de leur envoyer par mail l'emploi du temps de Jessica avant midi. Mais plus tôt ils l'auraient, mieux cela valait.

— Celui qui a lieu trois jours par semaine, dit Jessica.

Hannah sentit un frisson lui parcourir l'échine. Elle aussi s'était inscrite au cours de Comm. 1 à ces horaires-là. Elle ne se souvenait pas d'y avoir vu Jessica mais l'amphithéâtre était bondé. Et beaucoup de blondes y assistaient.

— À part son prétendu accident de vélo, de quoi d'autre t'a-t-il parlé avant de t'agresser ? demanda Matt.

Jessica secoua la tête.

— Je ne sais plus. Tout s'est passé si vite. Alors qu'il semblait blessé et adorable, d'un seul coup, il a changé du tout au tout. J'ai senti l'aiguille me piquer avant même d'avoir eu le temps de me relever. Puis il m'a arraché les clés des mains.

Les victimes avaient tendance à oublier les détails d'une agression, un réflexe inconscient pour ne pas revivre le traumatisme de l'attaque.

— Essaie de te rappeler tout ce qu'il a dit ou fait susceptible de nous aider, insista Hannah en soutenant son regard larmoyant.

Elle songeait à toutes les autres, aux femmes qu'il avait tuées.

— N'importe quel détail, aussi petit ou insignifiant semble-t-il, nous permettra peut-être de l'arrêter avant qu'il s'en prenne à quelqu'un d'autre.

Jessica opina d'un air ravagé et ferma les paupières. Un instant plus tard, elle poursuivit :

— Il m'a proposé de me remercier de lui avoir donné un coup de main en m'offrant un café ou un coca au Wheatgrass Café.

Hannah et Matt échangèrent un regard. Elle se tourna vers Jessica.

— Tu fréquentes souvent ce bistrot ?

— J'y prends habituellement mon déjeuner. Comme il n'est pas loin du *Quad*, c'est pratique.

Le *Quad* désignait l'immense espace vert en forme de quadrilatère au centre des campus américains.

Jessica rouvrit brusquement les yeux.

— J'allais oublier ! Hier soir, pendant que je lui parlais, je me suis souvenue de l'avoir déjà croisé. Je le lui ai dit.

— Où l'avais-tu croisé ? s'enquit Hannah. Et quand ?

— Au cours de Mythologie 101. Mais j'ai oublié quel jour. Peut-être celui où le prof nous expliquait le mythe des Titans. La semaine dernière, mardi ou jeudi, je ne peux pas le dire avec certitude. En tout cas, le cours avait lieu de 16 à 17 heures.

— Es-tu sûre que c'est bien toi qui t'es souvenue de lui et non l'inverse ? demanda Matt.

— Oui, j'en suis sûre. Il a prétendu ne pas me reconnaître.

Un mensonge patent. Il l'avait évidemment traquée pendant des jours, des semaines, peut-être plus longtemps.

— Pour te pousser à baisser la garde, dit Hannah, réfléchissant à voix haute.

— Ça a marché.

Jessica ferma de nouveau les paupières, alors qu'un frisson la parcourait.

— C'est à ce moment-là qu'il s'est présenté, ajouta-t-elle. Il m'a dit s'appeler Theodore Cowell.

Un faux nom, certainement, mais Hannah le nota quand même. Ils creuseraient et avec un peu de chance, cette fausse identité les mènerait quelque part. Elle tourna la page de son carnet et passa en revue tous les endroits fréquentés par les autres victimes.

— T'es-tu déjà rendue au centre de loisirs Sweetwater ?

La salle de fitness était très prisée par les étudiantes. Celles qui s'abonnaient pour y venir au moins six heures par trimestre avaient droit à une adhésion gratuite.

— Au cours de ma première année, je m'étais inscrite au programme HOPES.

— HOPES ? demanda Hannah.

— Healthy Options for the Prevention and Education of Substances, répondit Matt. Ils enseignent aux étudiants à faire des choix sains et éclairés pour consommer – ou pas – différentes drogues et certains médicaments.

— Le cours n'était pas du tout moralisateur ou critique, précisa Jessica. J'y ai beaucoup appris.

— Te souviens-tu du nom de la personne chargée de cet enseignement ? s'enquit Hannah.

— Perry Slagle.

Hannah le nota. Perry Slagle s'était approché d'elle à son arrivée, lui avait proposé de lui présenter son cours mais elle avait refusé. Peut-être avait-elle eu tort.

— À quels intervalles fréquentes-tu le centre de loisirs ?

— J'y vais nager une fois par semaine. La piscine est immense, les installations magnifiques. Mais honnêtement, j'utilise surtout le centre pour décompresser. Je prends rendez-vous deux fois par semaine pour passer un moment dans la cabine de relaxation ou dans le fauteuil de massage.

— Tu t'inscris en ligne ? demanda Hannah sans cesser d'écrire.

— Parfois. Il est également possible de se rendre sur place le jour même pour voir s'il reste des places disponibles. Par ailleurs, je circule à vélo en journée pour ne pas prendre du poids. Mais le soir, j'emprunte toujours la navette *Secure Ride.* Le bus est censé être plus sûr.

Le service était distinct du bus scolaire normal, qui respectait un itinéraire et des horaires préétablis sur le campus. *Secure Ride* ne fonctionnait que les jours de semaine de 18 heures à 2 heures du matin et tout le week-end. Les étudiants pouvaient également télécharger l'application *Secure Ride* sur leurs portables et demander à être récupérés ou déposés à n'importe quel endroit en ville pendant ces tranches horaires.

— *Secure Ride* est plus sûr et réduit le nombre de conduites en état d'ivresse et d'accidents liés à l'alcool, lui confirma Matt. La police recommande à tous les étudiants d'utiliser cette navette gratuite.

— Depuis combien de temps leur est-elle proposée ? s'enquit Hannah.

— Une bonne vingtaine d'années.

Elle lui jeta un regard entendu. Ils devaient enquêter sur les conducteurs. Il hocha la tête.

Jessica enroula les bras autour de son ventre.

— Vous pensez vraiment que le type qui m'a attaquée est le Tueur de l'université ?

Hannah hocha la tête avec gravité.

— Oui. Nous en sommes certains.

— Je n'arrive pas à croire que je sois tombée dans son piège, dit Jessica, les larmes aux yeux. Comment ai-je pu être aussi stupide...

— Ne te reproche rien, la coupa Matt d'une voix chaleureuse et apaisante. Ce qui s'est passé n'était pas ta faute. Ce type est un prédateur, un tueur de sang-froid, qui s'est servi de ta gentillesse pour t'attaquer.

Hannah reconnut la culpabilité qui assombrissait les yeux de Jessica. Elle savait mieux que quiconque à quel point il était facile de laisser l'ombre d'un autre éteindre sa propre lumière.

— Te souviens-tu d'autre chose ?

— Non, je suis désolée, répondit Jessica.

Hannah l'était aussi.

— Tu devrais consulter un psychothérapeute sur le campus, dit-elle. Parler à quelqu'un de ce que tu as vécu t'aidera à cicatriser et à aller de l'avant.

La psychothérapie avait permis à Hannah de donner un sens à son passé, de gérer le fait d'avoir découvert que son père était un monstre. Mais aucune thérapie ne l'avait empêchée de construire des murs autour de son cœur. Et n'avait ébranlé sa conviction que l'amour était un jeu réservé aux inconscients et aux téméraires.

Matt se frotta les mâchoires, le regard lointain comme s'il pensait à quelque chose. Hannah se promit de l'interroger à ce sujet. Il n'était pas du genre à dissimuler des informations à un coéquipier mais il pouvait oublier d'en parler.

— Je vais poster un policier devant ta porte vingt-quatre heures sur vingt-quatre, sept jours sur sept, jusqu'à ce que ce type soit capturé, dit Matt à Jessica. Nous allons te protéger.

— Maintenant, repose-toi et rétablis-toi, ajouta Hannah en lui tendant une de ses cartes. Si tu te souviens d'autre chose, s'il te plaît, appelle-nous.

Comme ils sortaient de la chambre, le policier assigné, qui était assis sur une chaise à côté de la porte, bondit.

Carl Farran.

— Tu n'as pas besoin de te lever chaque fois que je passe devant toi, lui dit Matt.

Farran se tenait droit comme un piquet, au garde-à-vous.

— Bien, chef.

Hannah et Matt remontèrent le couloir.

Elle glissa son calepin dans la poche de sa veste.

— Je ne pense pas que ce soit une bonne idée de le charger de cette tâche tant que ses analyses d'ADN ne l'ont officiellement innocenté.

— C'est noté, répondit Matt tout en continuant à marcher, sans un regard vers elle.

— C'est tout ? Tu n'es pas d'accord ? Tu n'as pas l'intention de le retirer de son poste ?

— Non.

Comme elle ouvrait la bouche pour protester, il leva une main pour l'intimer au silence.

— Lorsque la première victime a été assassinée il y a presque dix ans, Carl avait douze ans et pesait quarante-cinq kilos tout mouillé. Je le sais parce que j'ai interrogé son ancien pédiatre. A-t-il vraiment le profil d'un violeur et d'un meurtrier d'une femme adulte ? Ou de quelqu'un qui saurait si bien couvrir ses traces ?

Elle jeta un coup d'œil vers Farran par-dessus son épaule.

Il s'était rassis et les regardait marcher vers l'ascenseur. Avec son corps maigre et son visage de bébé, il ne ressemblait pas à un tueur, en effet.

Mais le père d'Hannah non plus.

— Non, il n'a pas le profil, je le reconnais. Mais c'est toi qui répètes à l'envi qu'il ne faut pas prendre de risques. Pour protéger un témoin, choisir un homme qui n'a pas encore été écarté de la liste des suspects me paraît imprudent. Pour ne pas dire dangereux. Voire téméraire.

Elle était contente de lui renvoyer ce dernier mot au visage. Elle n'avait pas aimé qu'il la qualifie ainsi.

En général, elle se moquait des insultes et des jugements de valeur des gens. Bizarrement, seuls ceux de Matt l'atteignaient. Elle détestait qu'il pense qu'elle n'était pas bonne dans son travail, qu'elle manquait d'intelligence.

— Étiquette-le comme tu veux, dit-il, sans avoir l'air le moins du monde ébranlé. Carl n'est pas suspect. Il est tout au plus une personne d'intérêt et encore. Cela me paraît très exagéré. Je dois utiliser mes hommes de manière efficace. Pour empêcher ce type d'enlever une autre femme, j'ai besoin que mes policiers les plus expérimentés patrouillent sur le campus. Pas de leur demander de faire du baby-sitting.

— Tu avais accepté de mener cette enquête à ma façon...

Il s'arrêta net, la regarda d'un œil sévère et releva le bord de son stetson d'un doigt.

— En effet. Et je le ferai. Mais ne me cherche pas. Nous avons de nombreuses raisons d'être en désaccord, Hannah. Une décision de bon sens ne devrait pas en faire partie.

Matt était très à cheval sur les règles et les respectait à la lettre. *Personne n'est jamais trop prudent* était sa devise. Cette approche ne lui ressemblait pas. Cela dit, elle ne l'avait jamais vu à la tête d'une équipe ou d'un service avec des gens à gérer. Quoi qu'il en soit, elle décida de ne pas insister. Farran était en effet trop grand pour être l'homme qu'elle avait croisé la veille au soir.

— Nous devons voir s'il y a des caméras de surveillance à l'entrée de l'amphithéâtre où se déroule le cours de Mythologie 101. Je ne sais pas si des images seraient utiles puisqu'il portait un déguisement mais je vais demander à Starkey de se pencher sur la question. J'aimerais aussi qu'il obtienne les noms des chauffeurs qui travaillaient lorsque Jessica et Madison Scott ont emprunté le *Secure Ride*, poursuivit Matt.

— Notre suspect a mentionné le Wheatgrass Café. Ce n'était sans doute pas pour rien.

Les dix victimes fréquentaient ce bistrot. Hannah avait fait l'effort d'y passer deux fois par jour.

— C'était peut-être simplement parce que tout le monde le connaît sur le campus mais nous devrions aussi y jeter un œil. Allons prendre un café là-bas plutôt qu'à la cafétéria, proposa-t-il.

— Il nous faut également parler au professeur de Communication orale, dit Hannah. Toutes les victimes ont suivi le même cours.

— Comme tous les autres étudiants. Cette matière est obligatoire pour obtenir son diplôme, quel que soit le cursus choisi.

— Raison de plus pour l'interroger.

— Le seul problème est qu'au cours des neuf dernières années, le professeur a changé quatre fois. À part le programme, les cours n'ont rien en commun.

Hannah sentit sa frustration grimper d'un cran.

— Super. Encore une piste qui tombe à l'eau.

— Pas forcément, dit Matt en appuyant sur le bouton d'appel de l'ascenseur. Les cours se sont toujours déroulés au même endroit. L'amphithéâtre se trouve en face de celui où Bradford Foster donne ses cours depuis onze ans. Il enseigne deux matières très prisées par les étudiants. *Psychologie du crime et de la justice* et *Psychologie des tueurs en série*. Ce n'est pas tout : l'une des victimes du Tueur de l'université faisait partie de ses élèves.

— Son domaine d'expertise lui permet, en prime, de savoir comment devenir un tueur en série sans se faire pincer.

— C'est exactement ce que je pense.

L'ascenseur émit un petit *cling* en arrivant à l'étage.

— Quand nous finissions d'interroger Jessica, tu avais cette petite étincelle dans les yeux, dit Hannah.

— Quelle étincelle ?

Les portes de la cabine s'ouvrirent et ils y entrèrent.

— Comme si tu avais trouvé une pièce du puzzle.

Il secoua la tête.

— J'aimerais bien. En entendant cette pauvre fille se reprocher ce qui s'était passé, je me suis remémoré la façon dont les tueurs en série s'attaquaient à leurs victimes.

Hannah pressa le bouton du hall d'entrée.

Elle devinait à son ton tendu qu'il ne lui disait pas tout.

— Il n'y a pas que ça, Matt. Je déteste quand tu te censures, ajouta-t-elle.

— Ce n'est rien, vraiment. Il se trouve qu'il y a quelque temps, j'ai regardé un documentaire sur Ted Bundy. En écoutant Jessica, je pensais à lui, aux ruses qu'il utilisait pour attirer ses victimes près de son véhicule. Une jambe plâtrée. Un bras en écharpe. Parfois, il marchait avec des béquilles. Il demandait à ses cibles de l'aider à porter quelque chose jusqu'à son véhicule. Notre tueur adopte un procédé similaire, à croire qu'il a vu ce documentaire et pris des notes.

Hannah réfléchit à ce que Matt venait de dire.

— Tu as raison. Son mode opératoire est très similaire, dit-elle en sortant son smartphone.

— Que fais-tu ? demanda Matt.

— Tu as peut-être trouvé une piste, dit-elle en tapant *Ted Bundy* dans le moteur de recherche.

Elle ouvrit la page qu'elle cherchait et la parcourut des yeux. Deux paragraphes plus loin, elle poussa un juron.

Elle tourna son téléphone pour permettre à Matt de voir l'écran.

— Ted Bundy est né Theodore Robert Cowell.

— Le nom qu'il a donné à Jessica.

L'ascenseur s'arrêta et les portes s'ouvrirent de nouveau.

— C'est une sorte de jeu pour lui, dit-elle en sortant de la cabine avec Matt. Il met une reine de cœur sur le corps de ses victimes.

Alors qu'ils se dirigeaient vers la sortie, elle ajouta dans un murmure :

— Les violer sans préservatif est imprudent de sa part. Laisser son ADN derrière lui ne semble pourtant pas lui poser de problèmes.

— Il ne craint pas de se faire pincer. Il doit être certain de ne figurer dans aucune base de données.

— Pas encore, en tout cas, reconnut Hannah. Mais la quantité d'eau de Javel qu'il a utilisée dans le véhicule prouve qu'il ne voulait pas y laisser d'ADN. Sur ses victimes, cela ne le dérange pas. Mais dans la voiture, il n'en est pas question. Pourquoi ?

— Le cadavre, il s'en débarrasse, tandis que la voiture est son domaine, elle fait partie de son terrain de chasse. Il y passe beaucoup de temps et veut la garder propre. D'où l'eau de Javel.

Elle fut impressionnée par sa perspicacité.

— En effet, c'est très logique.

Une preuve supplémentaire qu'il portait le mauvais badge. Travailler avec lui représentait un défi à plus d'un titre mais ensemble ils avaient résolu l'une des enquêtes les plus difficiles de sa carrière. Peut-être pourraient-ils le refaire.

Les portes extérieures s'ouvrirent à leur approche et ils sortirent dans l'air frais du matin. Elle frissonna en sentant la bise et jeta un coup d'œil aux bras nus de Matt.

— Tu n'as pas froid ?

— J'ai chaud.

— Pourquoi n'en suis-je pas étonnée ?

Tout chez lui était chaud.

Ressaisis-toi, se réprimanda-t-elle *in petto*.

— Tu peux parler, répliqua-t-il en secouant la tête. Tu souffles le chaud et le froid en permanence.

Elle ne pouvait le nier et n'avait pas l'intention de s'en excuser.

— Nous gérons le stress différemment.

Y compris le stress de la tension sexuelle mais elle n'en souffla mot. Elle tenait à se cantonner aux limites de cette enquête.

— J'ai l'impression d'avoir une horloge dans la poitrine, un compte à rebours jusqu'au moment où notre gars attaquera de nouveau.

Il ne lui restait que douze jours dans le mois pour enlever ses deux prochaines victimes.

Elle était terrifiée à l'idée d'échouer encore une fois.

— Je parie qu'il n'avait pas prévu de se servir de son arme. Il l'a fait uniquement parce que tu l'as surpris. Une erreur de sa part. Nous aurons les résultats des analyses balistiques demain. Elles révéleront peut-être quelque chose.

Le tueur qui utilisait l'université comme terrain de chasse étranglait ses victimes, une mort lente et cruelle. Et qui ne laissait pas de traces balistiques.

Matt posa la main sur son épaule et le geste la rassura, même si elle se le reprocha.

— Peu importe le jeu auquel joue ce malade, nous allons nous assurer qu'à la fin, il ne le gagnera pas.

5

Mercredi 18 septembre
12 h 25

Comme Matt ouvrait la porte du Wheatgrass Café, son smartphone vibra. Il le sortit de sa poche et jeta un œil à l'identifiant de l'appelant.

— C'est Starkey, dit-il à Hannah. Prends-moi un grand café avec deux dosettes de sucre, s'il te plaît.

Elle grimaça.

— J'avais compris que tu m'invitais…

Il sortit son portefeuille et le lui lança avant de s'éloigner.

— Que se passe-t-il ? demanda-t-il au téléphone.

— Les tracts à l'effigie du Tueur de l'université ont bien été imprimés.

— Tu as bien ajouté en dessous l'avertissement, en caractères gras et en rouge ?

— Bien sûr, chef. C'est fait. Nous sommes en train de les placarder partout en commençant par le *Quad*, l'endroit le plus fréquenté du campus. J'en ai envoyé un exemplaire à la chaîne d'information universitaire. Il sera diffusé vingt-quatre heures sur vingt-quatre. J'en ai également fait parvenir un par mail à Erica Egan.

Matt fronça les sourcils en entendant le nom de la journaliste.

— Il n'est pas question que la police ait affaire à elle. Elle verse dans le sensationnalisme en se moquant bien de blesser au passage des innocents. Compris ?

Egan avait écrit des articles qui avaient ciblé des membres de sa famille. Ses cousins Holden et Sawyer et sa jeune épouse, Liz, en particulier, en avaient fait les frais.

— Désolé, répondit Starkey. Mais nous voulons que la *Laramie Gazette* ait l'un de ces tracts, n'est-ce pas ?

— La *Gazette*. Pas Egan. La prochaine fois, envoie-le au rédacteur en chef.

— Je croyais bien faire. Erica Egan m'a donné sa carte un jour en me disant de m'adresser directement à elle si j'avais quelque chose à dire au journal. Où est le problème ?

Matt secoua la tête devant la naïveté de son sergent.

— Te l'a-t-elle glissée un soir en buvant un verre dans un bar tout en caressant ses longues jambes, l'air de rien ?

Le silence de mort à l'autre bout du fil lui fit comprendre qu'il avait vu juste.

— Dois-je te rappeler que tu es marié ? Avec des enfants ?

Certes, ils n'étaient plus des bébés mais même à dix-huit et vingt ans, ils ressentiraient l'impact d'une liaison paternelle.

— Ne mets pas ton mariage en péril pour une Erica Egan.

— Je n'ai pas couché avec elle. Pour moi, il ne s'agissait que d'un petit flirt inoffensif, dit Starkey. Elle est gentille.

Matt savait qu'il n'y avait rien de gentil chez cette vipère.

Il poussa un soupir agacé.

— Et très jolie. Et sexy. Et prête à tout pour révéler un scoop et voir son nom sous les gros titres de la une. Tiens-la à distance. Tu m'as bien compris ?

— Bien sûr. Bon, je vais continuer à coller les tracts.

— Attends. J'ai besoin, par ailleurs, que tu te renseignes pour savoir s'il existe des enregistrements filmés par des caméras de surveillance du cours de Mythologie 101 de la semaine dernière, mardi et jeudi. Il y a peut-être des images de notre gars échangeant avec Jessica Atkinson dans l'amphi. De plus, j'aimerais que tu contactes les services de transport au sujet de l'application *Secure*

Ride. Demande-leur la liste des conducteurs qui ont récupéré ou déposé Atkinson et Scott.

— Bien reçu.

— Et où est Dennis ? demanda Matt, qui avait besoin que son chef de bureau s'occupe de quelque chose pour lui.

— Il est toujours en train de bricoler la machine à expresso.

— Je souhaite qu'il appelle tous les membres des Étudiants contre la violence, et organise une réunion en urgence à 18 heures dans le hall du syndicat des étudiants.

Les cours seraient finis pour la plupart d'entre eux à ce moment-là et le bâtiment donnait sur le *Quad*, ce qui facilitait l'accès à la résidence universitaire pour ceux qui y vivaient.

— Je le lui dirai.

— Et je veux qu'une pile de tracts m'attende là-bas pour pouvoir les distribuer lors de la réunion.

— Entendu, chef.

Matt se déconnecta, rangea son smartphone dans sa poche et retourna à l'intérieur du café. Hannah était au comptoir devant deux grands gobelets à emporter et quelques barres protéinées. Son calepin à la main, elle discutait avec la gérante, une femme d'une soixantaine d'années.

Il inclina son chapeau vers cette dernière, Barbara S., à en croire son badge.

— Bonjour, madame.

— Voici mon coéquipier, le chef de la police du campus, Matt Granger, dit Hannah, se chargeant des présentations.

Barbara lui décocha un sourire.

— Je suis au courant. Le journal de l'école a publié un excellent article sur vous. Comme je le disais à l'inspectrice Delaney, mon équipe habituelle est là. Ils travaillent en semaine à des horaires flexibles du lundi au vendredi, de 5 à 18 heures, au gré de leurs disponibilités. Ils s'arrangent entre eux. Je m'occupe de la caisse le week-end. Le bistrot est beaucoup plus calme quand il n'y a pas cours.

Matt regarda les employés. Ils étaient quatre – deux filles et deux garçons, tous âgés de vingt ans à peine. L'un des garçons portait un appareil dentaire. L'autre pesait cent kilos et ne correspondait en rien à la description physique du tueur.

— Depuis combien de temps travaillent-ils pour vous ?

— Depuis l'année dernière pour deux d'entre eux, dit Barbara. Les deux autres sont nouveaux et ont été embauchés au début du trimestre.

— Quelqu'un se charge-t-il des livraisons ? demanda Hannah.

— Nous ne livrons que l'hôpital universitaire et les locaux de la police du campus. Sinon, j'aurais besoin d'un coursier spécialisé. En général, j'envoie l'un des garçons et je le remplace ici pendant son absence.

Matt s'empara de son gobelet et d'une barre protéinée.

— Merci pour votre temps.

Son gobelet à la main, Hannah sortit du café. Elle avait détaché ses longs cheveux blonds. Ils flottaient dans son dos comme un voile tandis qu'elle marchait et captaient la lumière du soleil.

Elle portait une veste bleu marine sur un T-shirt ajusté, un jean, des talons hauts, son badge accroché à sa ceinture et son arme sur la hanche. Même si elle semblait plus jeune que son âge, sans sa queue-de-cheval, elle n'avait plus rien d'une adolescente. Elle était femme jusqu'au bout des ongles.

Il désigna la barre protéinée.

— C'est ça, le déjeuner ? lança-t-il en se demandant où était passée la bonne vivante dont il avait gardé le souvenir, qui aimait se régaler de bons repas.

— Plutôt une collation énergétique. Si ma mémoire est bonne, tu as besoin de nourriture toutes les deux heures ou tu deviens grincheux. Et crois-moi, je n'aime pas quand tu es grincheux.

Avec un soupçon de sourire, elle lui rendit son portefeuille.

— Je suis surprise que tu me l'aies laissé. Quelle marque de confiance !

— Pourquoi ? répliqua-t-il en glissant ledit portefeuille dans sa poche. Tu es ma coéquipière, pas une inconnue. Ce n'est pas comme si tu allais me voler mon numéro de carte bleue. De plus, je n'ai rien à cacher.

Il croqua la barre protéinée.

La tête penchée sur le côté, elle l'observa un long moment sans rien dire.

— Qu'y a-t-il ? demanda-t-il, gêné par son regard silencieux.

— Rien. J'essaie seulement de te comprendre.

Elle prit une gorgée de café.

— De deviner ce qui se cache derrière ton apparence parfaite, précisa-t-elle.

Son apparence parfaite ? À en juger par le ton sur lequel elle avait prononcé ces mots, il ne s'agissait pas d'un compliment. Cela dit, il était le premier à reconnaître qu'il avait des défauts.

— J'ai la même curiosité à ton sujet, répondit-il.

— N'essaie pas de me décrypter, répliqua-t-elle avec un grand sourire. Tu perdrais ton temps. Je ne suis qu'une femme avec un badge et une arme, déterminée à mettre les salauds en prison, quel qu'en soit le prix. Rien de plus.

Manifestement, elle refusait de se livrer.

— Tu aimerais peut-être qu'il n'y ait rien d'autre à voir mais tu es plus que cela, rétorqua-t-il.

Beaucoup plus.

Et il avait l'intention de découvrir ce qu'elle dissimulait derrière son apparence de flic pure et dure.

Elle posa une paire de lunettes de soleil sur son nez et détourna le regard.

— Crois ce que tu veux. Je propose que nous allions parler à Slagle, maintenant.

— Le centre de loisirs Sweetwater n'est qu'à trois pâtés de maisons, dit Matt. Tu as envie de te dégourdir les jambes ?

— Bonne idée. J'ai besoin de brûler un peu d'énergie. De plus, le pavillon des Arts et des Sciences est juste en face du centre de remise en forme.

Tout en marchant, Matt termina sa barre protéinée et son café.

Il jeta ses déchets dans la poubelle près des portes d'entrée du centre de loisirs.

— Sais-tu à quoi ressemble ce type ? demanda-t-il.

— Coupe courte, cheveux foncés, yeux marron, rasé de près, répondit-elle en ouvrant la porte. Mince et musclé. On voit bien qu'il fait beaucoup de sport. Il doit avoir la trentaine. Il est vraiment bavard. Et pour tout dire, j'ai trouvé sa logorrhée pénible.

Le complexe sportif avait été rénové et agrandi quelques années plus tôt. L'endroit était immense et ultramoderne. Matt aurait aimé en profiter mais il n'en avait jamais le temps. De toute façon, le travail au ranch le maintenait en forme.

Il se dirigea vers une femme assise au comptoir de la réception derrière une pile de serviettes éponge.

— Bonjour, dit-elle en souriant. Comment puis-je vous aider ?

Hannah lui montra son insigne.

— Nous aimerions parler à Perry Slagle. Est-il dans le coin ?

Le sourire de la réceptionniste s'envola lorsqu'elle vit le badge bien en évidence sur la chemise de Matt.

— Bien sûr.

Elle décrocha le téléphone et pressa un bouton.

— Salut, Perry. La police est là et souhaite te parler.

Elle écouta un moment.

— D'accord. Je le leur dis. Il est en train d'installer quelqu'un dans le fauteuil de récupération, leur annonça-t-elle en raccrochant. Il vous rejoint dès qu'il aura fini.

— Vraiment ? Comme c'est gentil de sa part, dit Hannah. Où pouvons-nous le trouver ?

— Dans la salle de bien-être. Là-bas, ajouta-t-elle en désignant une porte du doigt.

Hannah s'éloigna comme si elle savait où était l'endroit.

Matt la suivit, tout en promenant les yeux autour de lui. Les cloisons en verre et les jeux de miroirs permettaient de contempler des corps en sueur s'activant au milieu d'équipements ultramodernes à perte de vue.

Ils passèrent devant un grand panneau indiquant *Salle de bien-être*. Il ne leur fallut pas longtemps pour trouver Perry debout à côté d'un étudiant de la taille d'un joueur de football, assis dans ce qui semblait être un confortable fauteuil du Salon de l'univers spatial.

— Je l'ai programmé pour diminuer progressivement ta température corporelle puisque c'est ta première fois, vieux, disait Perry. Mais crois-moi, tu vas te sentir incroyablement bien après et encore mieux au cours des prochains jours. Ta fatigue musculaire ne sera plus qu'un lointain souvenir. Ce fauteuil est aussi efficace qu'un bain de glace, sans l'inconvénient de se mouiller.

Hannah soupira.

— Qu'est-ce que je t'avais dit ?

— Peut-être enchaînera-t-il sur des aveux.

— Perry Slagle ? lança Hannah.

Quand il se tourna vers elle, elle lui tendit son badge.

— Nous aimerions vous parler.

— Dans trente minutes, tu pourras partir, dit-il en tapotant l'épaule du jeune homme.

Il s'approcha d'eux, un sourire aux lèvres, les yeux pétillant d'énergie.

— Pourquoi êtes-vous venus jusqu'ici ? J'avais dit à Mindy que je vous rejoindrais dans le hall dans quelques instants, dit-il d'un ton amical.

— Nous n'avions pas envie d'attendre, répondit Hannah en l'entraînant dans le couloir.

— Que puis-je faire pour vous ?

Les yeux plissés, il regarda Hannah.

— Je vous connais ! Vous avez refusé de visiter le complexe, la semaine dernière. Vous ne vouliez même pas jeter un œil au mur d'escalade. Il est pourtant impressionnant. Tout le monde veut l'admirer. Je pensais que vous étiez étudiante.

— Je suis l'inspectrice de police Delaney. Voici le chef de la police du campus Granger. Nous enquêtons sur le meurtre d'une étudiante, Madison Scott.

— Oh ! oui. J'ai lu ça dans la *Laramie Gazette*. Quelle tristesse.

— La connaissiez-vous ? demanda Matt.

— Nous n'étions pas amis mais je me souviens d'elle. Je lui ai parlé. Je l'ai souvent vue ici.

Hannah sortit son calepin.

— Lui aviez-vous fait visiter les lieux ?

Perry haussa les épaules.

— C'est possible. Nous ne gardons pas trace des visites, mais j'en fais tout le temps. J'adore montrer les installations et la salle de sport. Elles sont magnifiques, non ?

— Savez-vous si elle suivait votre programme HOPES ? demanda Matt.

— En fait, oui. Une fille adorable. Elle avait aussi amené sa colocataire. J'encourage les étudiants à venir nombreux à mon cours. Contrairement à certains programmes de prévention de la toxicomanie qui s'appuient sur la peur et qui conseillent aux jeunes de s'abstenir purement et simplement de toute consommation, HOPES adopte une approche plus positive. Et se concentre sur la réduction des risques. Les étudiants sont de jeunes adultes, qui ont la capacité intellectuelle de prendre des décisions responsables et éclairées concernant leur consommation de substances. J'ai moi-même un fils de dix-huit ans inscrit ici.

Hannah leva les yeux de ses notes.

— Gardez-vous trace de ceux qui assistent à ces cours ?

— Il le faut. Le cours est obligatoire pour tous les étudiants de première année et pour ceux qui ont moins de vingt et un ans.

Matt et Hannah échangèrent un bref regard. Toutes les victimes avaient donc suivi ce programme.

— La salle de sport est ouverte de 5 heures du matin à 22 heures, dit Matt. Quels sont vos horaires de travail ?

— Je suis en général ici en semaine de 9 à 15 heures mais je fais de l'entraînement personnel en plus. Je suis en congé le week-end, sauf si je donne un cours particulier.

— Il doit être agréable d'avoir un emploi du temps aussi flexible, dit Hannah.

En souriant, Perry croisa les bras. Son T-shirt mettait en valeur des biceps solides et des avant-bras puissants.

— Ma femme apprécie, en tout cas. Elle est infirmière à l'hôpital universitaire. Elle travaille la nuit. Je prends le relais avec les enfants. Et quand Tina est en congé, j'ai plus de temps pour moi.

— Des enfants ? demanda Matt. Vous n'avez mentionné que votre fils inscrit à l'université.

— Il était notre bébé surprise quand nous étions nous-mêmes étudiants. Nous avons décidé d'attendre pour en avoir d'autres. Notre second fils a douze ans et notre fille dix.

Trois enfants. Cela semblait stressant.

— Où étiez-vous, le samedi 7, entre minuit et 1 h 30 du matin ?

Ils ignoraient l'heure précise à laquelle Madison Scott avait été enlevée, mais ils avaient l'heure approximative de sa mort.

Perry promena les yeux autour de lui tout en réfléchissant.

— C'était le week-end de la fête du Travail. Ma femme avait emmené les plus jeunes à Boise pour rendre visite à ses parents. Samedi, j'étais à la maison, à regarder le match de football. La SWU contre Las Vegas. Il a commencé à 20 h 45. Il ne s'est pas terminé avant 1 heure du matin. Il y a eu des prolongations. Très beau match. Notre quart-arrière vedette, Linder, avait tout donné.

— Avez-vous suivi le match seul ? demanda Matt.

— Ouais.

Hannah finit d'écrire.

— Où étiez-vous hier soir entre 22 et 23 heures ?

— À la maison avec les enfants. Ma femme était au travail.

— À quelle heure se couchent-ils ? s'enquit Matt.

— À 20 h 30, s'ils ont école le lendemain. Sinon, à 22 heures.

— Dorment-ils bien ? reprit Matt en souriant pour empêcher le gars de se méfier. Se lèvent-ils au milieu de la nuit pour demander de l'eau ? Font-ils des cauchemars ? Ce genre de choses ?

— J'ai de la chance. Ils sont bons dormeurs. J'arrête de leur donner à boire une heure avant d'aller au lit. Et ne le dites pas à ma femme, mais si l'un d'eux est agité ou grincheux, je lui propose un bonbon pour dormir.

Il n'avait donc pas d'alibi pour le meurtre de Scott et aurait facilement pu s'éclipser la veille au soir pendant que ses enfants dormaient. Maintenant restait la question la plus délicate.

— Accepteriez-vous de nous donner un échantillon de votre ADN ?

Le sourire de Perry s'envola.

— Pourquoi ? Je ne suis pas suspect, n'est-ce pas ?

— Nous recherchons des points communs entre les victimes, déclara Hannah. Et il se trouve que vous étiez plus ou moins en relation avec toutes. Le prélèvement buccal est très simple et prendrait trente secondes. On passe un coton-tige à l'intérieur de votre joue. C'est tout. Ensuite, nous pourrons vous rayer de notre liste.

Perry hocha la tête. Il était manifestement mal à l'aise et il serra les mâchoires.

— Ouais, ouais. C'est logique. Mais ça paraît aussi un peu intrusif.

— Ce serait utile, remarqua Matt.

— J'aimerais vous aider, vraiment. Je n'ai rien à cacher, mais je ne vois toujours pas où je me situe dans l'équation.

— Bien sûr et, plus vite nous passerons à autre chose, mieux cela vaudra pour tout le monde. Que diriez-vous de faire un saut au poste de police à la fin de votre journée de travail ? proposa Matt. Ça ne prendra qu'un instant. Je vous le promets.

Perry baissa la tête, le regard fuyant.

— Je ne peux pas. Impossible, aujourd'hui.

Il leva les yeux vers eux.

— J'aimerais d'abord en parler à ma femme et demander l'avis d'un, euh, avocat. D'accord ?

Ils l'avaient perdu. Il ne donnerait jamais volontairement un échantillon d'ADN après en avoir discuté avec un avocat.

Hannah se raidit. Sans doute était-elle parvenue à la même conclusion.

— D'accord.

— Suis-je libre de partir maintenant ? reprit Perry.

Matt hocha la tête.

— Bien sûr. Si nous avons d'autres questions, nous savons où vous trouver.

Perry s'éloigna rapidement dans le couloir.

— Toutes les victimes suivaient le programme HOPES. Elles avaient ce point commun, dit Hannah en désignant Perry d'un geste du menton.

— Sans compter qu'il a eu l'occasion avec Scott et Atkinson. Il était difficile de demander aux gens de se rappeler où ils étaient il y a deux ou trois ans, et encore moins neuf ans.

— Donnons-lui quelques jours. Pour l'inquiéter. Je doute qu'il parle à un avocat et encore moins à sa femme. Aborder le sujet avec elle risquerait de provoquer des conflits conjugaux. Ensuite, lorsqu'il pensera que nous sommes passés à autre chose, nous irons le revoir. Et la prochaine fois, nous apporterons le kit de prélèvement buccal.

Matt se tourna vers l'entrée.

— En attendant, allons parler à Bradford Foster. Nous aurons peut-être plus de chance avec lui.

6

Mercredi 18 septembre

13 h 45

Quand ils arrivèrent au pavillon des Arts et des Sciences, le cours de Bradford Foster n'était pas fini.

— À quelle heure se termine-t-il ? demanda Hannah, tout en regardant l'un des tracts de la police déjà collés au mur.

En plus du portrait-robot du Tueur de l'université figuraient d'autres informations, sa taille approximative, sa carrure, une demande d'assistance comme manœuvre d'approche, son véhicule – un SUV sombre, particulièrement massif et puissant –, peut-être un Range Rover ou un Chevrolet.

En bas du texte était écrit en rouge et gras :

ATTENTION, LE SUSPECT PORTE TRÈS PROBABLEMENT UN DÉGUISEMENT ET SON APPARENCE PHYSIQUE EST SUSCEPTIBLE DE CHANGER.

SOYEZ VIGILANTES. DÉPLACEZ-VOUS À PLUSIEURS, JAMAIS SEULES.

— À 14 h 30, répondit Matt.

Elle jeta un coup d'œil à sa montre. Il leur restait quarante-cinq minutes à patienter.

Elle se retourna vers les grandes portes de l'amphithéâtre situé de l'autre côté du couloir.

— Son cours se termine juste avant le début de celui de

Communication orale 1. Il lui serait facile de voir les étudiants entrer dans l'amphi. Il est généralement bondé. Deux cents étudiants, peut-être davantage, assistent au cours. La moitié sont des femmes.

Elle prit son calepin et feuilleta les pages.

— Le cours de Mythologie 101 que Jessica a suivi se tient les mardis et jeudis à 16 heures. Sais-tu si Bradford Foster donne un cours à cette heure-là ?

Il sortit son smartphone de sa poche et effectua une recherche rapide sur l'emploi du temps de Foster.

— Non. Il ne travaille pas ces deux jours-là, ce trimestre.

Elle regarda les portes de la salle où enseignait Bradford Foster et hésita. Il y avait deux façons de procéder. Attendre qu'il ait fini son cours et le prendre au dépourvu. Ou entrer maintenant. Certes, ils perdraient alors l'effet de surprise mais leur présence avait des chances de le déstabiliser.

— Pourquoi ne pas aller nous asseoir et écouter son exposé ? Nous apprendrons peut-être quelque chose.

— À toi de voir.

En chemin, pour limiter au maximum ses échanges avec Matt, elle avait lu la biographie du professeur pour savoir à qui ils auraient affaire et se familiariser avec lui. Bradford Foster était divorcé, avait deux enfants qui avaient tous deux fréquenté l'université. Il avait écrit quelques livres et travaillé comme consultant pour la police de Seattle avant d'emménager dans le Wyoming.

Maintenant, Hannah était prête à le voir en action.

Elle ouvrit la porte et se glissa à l'intérieur. Matt la suivit dans la salle faiblement éclairée. Contrairement à l'amphithéâtre de l'autre côté du couloir, celui-ci était beaucoup plus petit, avec moins de cinquante places assises.

Debout devant un pupitre sur l'estrade, Bradford Foster cliqua sur la diapositive suivante pour illustrer son propos.

Il tourna les yeux vers Hannah et Matt, qui s'installaient au dernier rang, avant de poursuivre.

— Les tueurs en série n'entrent pas tous dans la même case,

dit-il. Ils sont tellement différents qu'il est impossible de généraliser à leur sujet, au-delà de la simple définition. Selon celle-ci, un tueur en série a tué au moins deux victimes dans un intervalle de temps allant de quelques heures à des années. De nombreux facteurs conduisent quelqu'un à devenir violent, à tuer et à chercher à reproduire un meurtre. Aucun ne suffit à lui seul pour expliquer ce type de comportements. Il s'agit le plus souvent d'un faisceau de causes. Cela étant dit, il existe des caractéristiques communes aux tueurs en série qui se retrouvent également dans les personnalités psychopathes. L'absence de remords et d'empathie, une forte impulsivité, le besoin de tout contrôler...

Tout en parlant, Foster sillonnait l'estrade.

— Tous les psychopathes ne sont pas des tueurs en série, mais la plupart des tueurs en série présentent des traits psychopathiques : une personnalité charmante, une tendance pathologique à mentir. Ils ont une grande estime d'eux-mêmes, se croient plus malins que tout le monde mais ont aussi des côtés antisociaux.

Il cliqua sur la diapositive suivante.

— Voyons à présent les liens de cause à effet avant de nous plonger dans l'étude du tueur en série d'aujourd'hui.

Manifestement, les étudiants étaient fascinés par son exposé. Ils suivaient chacun de ses gestes des yeux. La plupart enregistraient le cours sur leurs smartphones ou sur leurs ordinateurs plutôt que de prendre des notes.

Hannah devait l'admettre, le professeur Foster était captivant. Sa façon de disséquer l'esprit des tueurs psychopathes était limpide. Il savait présenter avec brio leurs pulsions incontrôlables, leur colère, leur excitation ou leur besoin d'attention comme autant de moteurs de leur comportement criminel.

— Comme vous le savez, j'aime alterner l'analyse des tueurs en série du passé et celle des criminels qui ont frappé plus récemment. La dernière fois, nous avions étudié Jack l'Éventreur. Aujourd'hui, nous allons nous intéresser à Edward Ressler.

Hannah se raidit. Elle sentit son sang se glacer dans ses veines.

Foster passa une autre diapositive, faisant apparaître un portrait de son père. Et soudain, elle eut du mal à respirer. Elle avait l'impression que l'air avait été aspiré hors de la pièce.

Matt se pencha vers elle, posa une main douce sur son avant-bras et chuchota :

— Ça va ?

Glacée, elle ne put répondre tout de suite. Matt avait dû percevoir sa détresse mais il en ignorait évidemment la cause.

Personne ne connaissait sa véritable identité, personne ne savait qu'elle était en réalité Anna Ressler, la fille d'un tueur en série. Pas même Matt.

— Tu en es sûre ? murmura-t-il avec inquiétude.

Les yeux rivés sur l'écran, elle hocha la tête.

— Oui, oui, lui assura-t-elle.

Elle n'allait pas bien du tout. Elle avait envie de s'enfuir, de sortir de cet amphithéâtre, de quitter au plus vite le bâtiment et de marcher pour oublier qu'elle était la fille du mal absolu.

— Ressler ciblait principalement les femmes de son comté du Colorado, poursuivait Foster. Il était connu sous le nom de Neighborhood Killer, le Tueur du quartier. Il a assassiné plus de quarante femmes. Ressler était considéré comme un pilier de sa communauté. Il se rendait à l'église chaque dimanche, était un bon mari, un père dévoué…

Chaque mot était pour Hannah un coup de poignard. Tout était vrai. Jusqu'à son arrestation, elle n'avait que de bons souvenirs avec lui. Elle se revit tournoyant avec lui dans le salon au rythme d'une musique folk-rock, se remémora leurs randonnées dans les montagnes Rocheuses. Elle n'avait pas oublié non plus les sorties de pêche le week-end ni les barbecues dans le jardin…

Très vite, des images déchirantes l'envahirent mais elle s'efforça de les repousser. Elle serra les poings, en enfonçant les ongles dans ses paumes pour s'empêcher de hurler.

— Sa femme, Mary-Beth, a été mariée avec lui pendant vingt ans et a affirmé n'avoir jamais rien soupçonné. Après son arrestation,

Ressler a fini par reconnaître que lorsqu'il s'était marié, il avait cessé de tuer pendant un certain temps grâce à sa femme. Il avait alors réussi à enterrer ses pulsions meurtrières. Vous vous demandez peut-être ce qui s'est passé qui l'a poussé à recommencer ?

Foster s'interrompit pour provoquer un effet théâtral.

— Il est devenu père, dit-il enfin en riant.

Certains étudiants s'esclaffèrent avec lui.

Mais ces paroles ravagèrent Hannah. Elle les avait déjà entendues mais chaque fois, la blessure se rouvrait comme si elle n'avait jamais cicatrisé.

— Ressler a expliqué aux enquêteurs que le stress lié à la paternité avait libéré sa fureur et attisé sa soif de sang qu'il pensait avoir maîtrisée, poursuivit Foster. Ironie du sort, c'est sa fille, Anna, qui a conduit plus tard à son arrestation.

Hannah sentait la sueur couler le long de son échine. Son cœur battait à tout rompre. Voir son père, sa vie - sa tragédie - disséquée comme un rat de laboratoire, les intestins piqués et examinés au microscope, la glaçait. Ces étudiants n'imaginaient pas ce que signifiait vivre et aimer quelqu'un de vraiment maléfique.

De nouveau, elle avait du mal à respirer et elle porta les mains à sa gorge, submergée par une sourde terreur.

Foster jeta un coup d'œil à l'horloge murale.

— Ce sera tout pour aujourd'hui, nous n'avons plus le temps.

La classe gémit de frustration tandis qu'Hannah poussait un soupir de soulagement.

Foster se dirigea vers le mur et ralluma.

La lumière crue éblouit Hannah, qui plissa les paupières. Les étudiants commencèrent à ranger leurs affaires.

— Es-tu sûre que ça va ? demanda Matt en posant une main sur son genou. Tu es toute pâle. Comme si tu avais vu un fantôme.

Quelle était la probabilité que Foster fasse un cours sur son père aujourd'hui ?

Hannah desserra ses mains.

— Ce n'est rien, je souffre sans doute d'hypoglycémie.

Encore un mensonge.

— Parce que tu n'as pas mangé de barre protéinée, dit Matt. Tu veux aller prendre un morceau sur le pouce avant de parler à Foster ?

Le simple fait d'imaginer ingurgiter quoi que ce soit lui donnait la nausée. Elle secoua la tête. Mieux valait en finir et sortir prendre l'air.

— Allons-y.

Elle se leva et descendit vers l'estrade, croisant les étudiants qui quittaient l'amphithéâtre.

Parvenue en bas des marches, une pensée la remplit soudain d'effroi. Et si Foster la reconnaissait, l'identifiait comme Anna Ressler, la fille du Tueur du quartier ?

Sur les photos d'elle parues à l'époque, elle avait quatorze ans. Pour préparer son cours, Foster s'était certainement rafraîchi la mémoire en parcourant les articles concernant son père.

Elle ralentit pour laisser Matt passer devant elle.

Il lui lança un autre regard teinté d'inquiétude avant de s'approcher du professeur.

— Nous aimerions vous parler, monsieur Foster. Je suis le chef de la police du campus, Matt Granger, et voici ma coéquipière, l'inspectrice de police Hannah Delaney.

Elle aurait préféré que Matt ne mentionne pas son prénom, même s'il avait été légèrement modifié. Elle portait désormais le nom de jeune fille de sa mère. Mais *Hannah* était assez proche d'*Anna* pour que Foster comprenne pourquoi son visage lui disait quelque chose.

Elle scruta les traits de Foster avec attention, à la recherche d'une réaction. Elle surprit un éclair de reconnaissance dans ses yeux mais il disparut vite. Ce n'était sûrement rien.

Bradford Foster éteignit le projecteur.

— Et à quel sujet souhaitez-vous m'entretenir ?

Pour un homme de cinquante-deux ans, le professeur semblait extraordinairement en forme. Son polo moulait des biceps fermes et un ventre plat. Ses cheveux épais étaient parsemés de gris. Son sourire était amical.

— Il s'agit de la réapparition du Tueur de l'université, répondit Matt.

Foster attrapa une veste accrochée au dossier de sa chaise et l'enfila.

— Vraiment ? Voulez-vous que je jette un œil au dossier et vous donne deux ou trois conseils sur l'affaire ? J'ai travaillé en free-lance pour les forces de l'ordre à Seattle avant d'accepter le poste ici. Mon avis leur avait paru inestimable.

Une autre vague de nausées envahit Hannah et elle posa une main sur le bureau dans l'espoir de se calmer.

— Nous sommes au courant mais non, ce n'est pas cette raison qui nous amène.

— Laquelle alors ? s'enquit Foster, le visage bronzé et rayonnant.

Hannah sortit son calepin.

— Connaissiez-vous Madison Scott ?

Il fronça légèrement les sourcils.

— La jeune étudiante assassinée sur le campus, il y a quelques jours ? Non, pas du tout.

— Elle suivait le cours de Communication orale 1, en face de cet amphithéâtre, dit Matt. Vous l'avez peut-être vue en passant, entre vos cours. Vous lui avez peut-être même parlé.

— Si c'est le cas, je ne m'en souviens pas.

Matt lui rappela la date de sa mort.

— Où étiez-vous cette nuit-là, entre 2 et 4 heures du matin ?

— Chez moi. Endormi. Seul, précisa Foster d'un ton arrogant, les défiant de mettre sa parole en cause.

— Connaissez-vous Isabel Coughlin ? reprit Matt.

Isabel avait été la dernière victime du Tueur de l'université assassinée il y a presque trois ans, trente mois, pour être précis.

Foster réfléchit à la question.

— Ce nom me dit quelque chose.

— Je l'espère, dit Matt. Elle était l'une de vos étudiantes. Vous lui aviez attribué un C à l'examen final.

— Je ne me souviens pas de tout le monde. Peut-être aurait-elle dû prêter davantage attention à mes cours, ajouta-t-il en glissant son ordinateur portable dans une sacoche en cuir. Je m'efforce de donner à mes étudiants les outils nécessaires pour repérer les comportements psychopathes et s'en protéger.

Matt lui donna le jour et l'heure de la mort d'Isabel Coughlin.

— Vous rappelez-vous l'endroit où vous vous trouviez ce soir-là ?

— Pas du tout. C'était il y a longtemps.

Hannah n'avait pas pris la peine de noter ses réponses parce qu'elle savait comment cela allait se passer.

— Et hier soir ? Où étiez-vous entre 22 h 30 et 23 heures ?

— Pourquoi ? Une autre femme a-t-elle été enlevée ou agressée ? Si vous me laissiez jeter un œil au dossier, je suis sûr que je pourrais vous aider.

Matt afficha un sourire crispé.

— Répondez seulement à la question. Où étiez-vous ?

— Chez moi, devant la télé.

— Seul ? demanda Hannah.

— En fait, oui, répondit-il avec assurance.

Hannah rangea son calepin.

— Que regardiez-vous ?

— Une émission de cuisine, dit-il avec un grand sourire. Je pense me lancer bientôt dans la confection d'un bœuf Wellington. Je le servirai avec une purée de pommes de terre à la truffe et l'accompagnerai d'un bon bordeaux. Si vous voulez, je serais ravi de vous inviter à le partager avec moi. Nous en profiterions pour discuter de l'enquête et je vous donnerais mon avis éclairé et éclairant.

Il était hors de question pour Hannah de dîner avec ce beau parleur. Elle doutait d'être capable de supporter un repas en sa compagnie.

Matt s'approcha, envahissant un peu son espace personnel.

— Quels véhicules possédez-vous ?

— Je conduis un petit cabriolet Camaro bleu clair. Pourquoi ?

Les hivers dans le Wyoming devaient être rudes pour le professeur au volant d'un cabriolet Camaro, un modèle peu adapté à la conduite sous la neige. Or il neigeait beaucoup dans le Wyoming. Il n'était pas rare de se réveiller sous de vingt-cinq à trente centimètres de neige ou davantage. La plupart des gens du coin qui possédaient une petite voiture avaient un deuxième véhicule, plus robuste.

— Accepteriez-vous de passer un test ADN ? demanda-t-elle. Simplement pour vous écarter au plus vite de la liste des personnes d'intérêt et nous permettre de nous concentrer sur les vrais suspects.

Foster prit son sac.

— Non. L'idée que mon ADN soit stocké dans une base de données me dérange.

Elle se rappela que même les innocents étaient susceptibles de faire preuve de prudence.

— Et de nous laisser jeter un œil à votre véhicule et à l'endroit où vous le garez ? suggéra Matt. Vous possédez une belle voiture et vous la laissez sûrement dans un garage.

Le but était d'y entrer avec le consentement de l'intéressé, puis de repousser un peu les limites de leur exploration pour voir ce qu'ils pourraient trouver.

Foster ricana. Son sourire n'avait plus rien d'amical.

— Il faudrait d'abord que vous me présentiez un mandat...

À son ton défensif, Hannah comprit qu'il était temps de changer de cap.

Le professeur se dirigea vers la sortie.

— Nous ne voulions pas vous offenser, dit-elle en lui emboîtant le pas. Nous suivons simplement la procédure.

Il continuait de marcher.

— À bien y réfléchir, ajouta-t-elle, discuter de l'affaire autour d'un verre de vin et d'un bœuf Wellington semble être une bonne idée.

Elle n'avait aucune envie de déjeuner avec lui mais la perspective d'avoir accès à sa maison et d'obtenir en toute discrétion un échantillon de son ADN était séduisante.

Foster s'arrêta et se retourna lentement vers eux.

— Pour que l'un d'entre vous puisse se rendre en catimini jusqu'à ma salle de bains, trouver mon peigne et fourrer mes cheveux dans un sac d'indices ? Ou glisser ma fourchette dans sa poche ? Me prenez-vous pour un imbécile, inspectrice Delaney ? Vous avez perdu l'occasion de profiter gracieusement de mon aide.

— Seul un coupable ou quelqu'un qui a quelque chose à cacher ne coopérerait pas avec nous, intervint Matt.

— Au contraire. Un innocent n'a rien à prouver à la police. Tout citoyen intelligent devrait adopter cette approche. Essayer de convaincre la police que ses soupçons sont infondés est voué à l'échec et ne fait qu'exposer un innocent à des risques considérables. Je l'enseigne à mes étudiants dans mon cours de *Psychologie du crime et de la justice*. Vous devriez vous y inscrire, tous les deux. Je vous garantis que vous apprendrez beaucoup de choses.

Hannah soutint le regard suffisant de Foster.

— Vous n'avez pas d'alibi. Sans doute à cause de votre côté antisocial, malgré votre grande estime de vous-même. Vous avez le profil, non ? Vous cochez toutes les cases, en tout cas. Vous êtes charmant...

Elle ne le pensait pas mais ses étudiants, oui.

— Vous vous trouvez plus malin que tout le monde. Vous aimez tout contrôler. Je continue ?

Ils se regardèrent jusqu'à ce que l'arrogance peinte sur le visage se mue en embarras.

— Mes étudiants apprécient mon charme et mon esprit, rétorqua-t-il. Et je n'ai pas à m'excuser d'être un expert dans mon domaine. Oui, apparemment, je connaissais l'une des victimes et une autre a suivi un cours non loin de l'endroit où j'enseigne à peu près à la même heure.

— Toutes les victimes ont suivi un cours en face de l'amphithéâtre où vous enseignez, déclara Matt.

— Et alors ? Simple coïncidence. Rien de plus. Certes, je n'ai aucun alibi pour le meurtre de Madison Scott ni pour je ne sais quel événement funeste qui aurait eu lieu hier soir et sur lequel vous enquêtez également. Mais quel serait mon mobile ? Admettons, pour les besoins de l'argumentation, que je suis le Tueur de l'université. Qu'est-ce qui m'aurait poussé à tuer de nouveau, après tout ce temps ?

Il les testait.

— Le mois dernier, la titularisation que vous convoitiez vous a été refusée, répondit Matt. J'ai entendu dire que vous l'aviez mal pris.

Foster resta impassible.

— Cela me paraît un bon mobile, asséna Hannah avec un petit sourire.

— Je suis un professeur estimé par mes supérieurs. Ils m'ont assuré que cette titularisation me serait accordée la prochaine fois. Si c'est tout ce que vous avez, vous aurez du mal à obtenir un mandat.

Foster fit encore quelques pas, s'arrêta de nouveau et les regarda.

— Les flics sont tous les mêmes, dit-il avec dédain. Vous êtes trop imbus de vous-mêmes pour reconnaître que vous n'êtes pas à la hauteur, dépassés. Ou que vous auriez besoin de l'aide d'un expert. J'étais prêt à vous apporter mes lumières, vous les avez refusées, tant pis pour vous. Mais laissez-moi vous donner un conseil, au risque de froisser votre ego. Vous devriez faire appel à un profileur. Sinon, ce type va tuer deux autres femmes avant de disparaître pendant quelques années. Et vous regretterez alors de ne pas avoir accepté ma proposition de vous éclairer sur ce dossier.

Il gravit les dernières marches d'un pas vif et sortit de l'amphithéâtre.

Matt s'adossa à une chaise et croisa les bras.

— Que penses-tu de lui ?

— Même s'il n'est pas le Tueur de l'université, il m'a déplu. Cet air de supériorité m'est insupportable. Si tu y ajoutes sa suffisance, sa capacité à tout maîtriser, il réunit, soit dit en passant, toutes les caractéristiques d'un tueur en série, qu'il a lui-même rappelées.

— D'accord.

— Et sa recommandation de faire appel à un profileur semble louche.

Cela dit, s'ils avaient un profileur à la police de Laramie, elle irait directement lui présenter le dossier.

— D'accord, répéta Matt.

Elle le regarda avec incrédulité.

— Tu penses à quelque chose. Je le vois sur ton visage.

— Suis-je si transparent ou tenter de me deviner est-il devenu ton passe-temps favori ?

Il n'était pas facile à décrypter. Pas du tout.

— Alors ? Quelle idée t'a-t-elle traversée ?

— Comme Foster vit sur le campus, je vais demander à un policier de le suivre, habillé en civil par discrétion. Et de fouiller ses poubelles pendant qu'il y est pour obtenir un échantillon de son ADN. Pour être sûrs.

Parfois, il y avait des moments, comme celui-ci, où ils étaient en parfaite synchronisation au lieu d'être en opposition. Aux anges, elle eut envie de lui donner quelque chose de plus affectueux qu'un *high-five*.

— Et Foster a raison, dit Matt en sortant son smartphone de sa poche. Nous avons besoin d'un profileur.

Une fois de plus, ils étaient sur la même longueur d'onde.

— Tu dis ça tout en pianotant sur ton téléphone comme si tu en avais un dans ta liste de contacts.

En guise d'aveu, il lui sourit.

Cet homme ne cessait jamais de l'étonner.

7

Mercredi 18 septembre

15 h 10

— Merci, Liz. Tu me retires une grande épine du pied. J'ai hâte de vous voir, Sawyer et toi, à Thanksgiving. Salue-le pour moi.

Matt termina sa conversation téléphonique et retrouva Hannah en haut de l'amphithéâtre.

En l'attendant, elle avait fait les cent pas, monté et descendu les marches un nombre incalculable de fois. Elle débordait d'énergie. Alors qu'elle n'avait pas encore pris le temps de se restaurer.

— Alors ? lui demanda-t-elle tandis qu'ils sortaient dans le hall.

— J'ai réussi. Mon cousin, Sawyer Powell…

— L'un des quatre cousins avec qui tu vis au ranch Shooting Star ?

— Plus ou moins. Bref, Sawyer vient d'épouser Liz Kelley.

— La célèbre agente du FBI qui l'a aidé à mener une enquête ?

À l'époque, Sawyer et Liz avaient fait la une des journaux.

— Exactement.

— Elle profile des tueurs en série ? demanda Hannah.

— Non. Veux-tu m'écouter ?

Ils quittèrent le bâtiment.

— Désolée. Je me sens comme une pile électrique. J'espérais que sillonner l'amphithéâtre me calmerait mais non.

— Déjeuner t'y aiderait peut-être, suggéra-t-il, mais elle secoua la tête. Bref, poursuivit-il, Sawyer et Liz vivent désormais en Virginie. Liz travaille à Quantico.

— La maison des profileurs. Et elle t'a donné les coordonnées de quelqu'un. Oups ! Désolée de t'avoir encore interrompu. Continue, je t'en prie.

— Exactement. Elle m'a fait patienter pendant qu'elle appelait une collègue et réglait tout. Bref, Nancy Tomlinson a accepté de jeter un œil à notre dossier en raison de l'urgence de la situation. Le Tueur de l'université va en effet s'attaquer très bientôt à deux autres femmes. Elle m'a demandé de lui envoyer tout ce que nous avions sur l'affaire et de la tenir au courant de nos avancées, quelle que soit leur importance.

Hannah leva la main pour qu'il tape dans la sienne.

Il mourait d'envie de la prendre dans ses bras et de l'embrasser. Mais il se contenta d'un *high-five*.

— OK. Maintenant développe un peu le « Plus ou moins » que tu m'as sorti tout à l'heure, dit-elle. J'aimerais que tu me parles de ta vie avec tes cousins au ranch Shooting Star. Le sujet attise ma curiosité.

Il en fut surpris.

— Nous ne vivons pas tous sous le même toit, répondit-il. Ma tante et mon oncle occupent la maison principale. Quand Sawyer est parti pour Quantico, Logan s'est installé dans l'appartement au-dessus du garage. Holden habite avec sa femme dans un chalet que ses parents ont fait construire pour eux sur la propriété. Monty réside, lui aussi, dans une cabane en rondins sur le ranch, mais seul.

— Et tes parents ?

D'où venaient toutes ces questions ? Qu'elle joue les Grands Inquisiteurs le gênait.

La dernière fois qu'ils avaient travaillé ensemble, elle voulait en savoir le moins possible sur lui.

— Mon père vit dans le baraquement des hommes. Quant à ma mère…

Il n'avait aucune envie d'évoquer celle qui avait abandonné sa famille. Qui l'avait abandonné.

— Et toi ? demanda-t-elle, sans insister sur sa mère.

Parler de lui ne lui était pas facile. Et parler de lui à propos de sa famille était un sujet plus épineux encore.

— L'un des fils des Powell héritera un jour du ranch et reprendra l'exploitation. Mais ma tante Holly voulait que j'aie quelque chose.

Pour apaiser sa culpabilité. Bien qu'elle n'ait rien à se reprocher. La seule responsable du mal fait à lui et à son père était sa mère, la sœur jumelle de Holly.

— Ils m'ont laissé choisir une parcelle de terrain, neuf cents hectares environ, où j'ai construit mon chalet.

— Neuf cents hectares ? s'exclama Hannah en s'arrêtant net. Mais quelle est la taille du ranch ?

— Vingt-cinq mille hectares.

— Vingt-cinq mille hectares ? répéta-t-elle, sidérée.

Il hocha la tête avec une grimace et précisa :

— Et non, je ne suis pas riche. Holly et Buck Powell le sont. Mais oui, j'ai accepté les terres qu'ils m'ont données.

Il s'était installé le plus loin possible du reste du clan et vivait presque à Bison Ridge. Et avait accepté ce terrain uniquement pour empêcher sa tante de culpabiliser en songeant aux souffrances qu'il avait subies, enfant.

— Mais je paie pour y vivre. De plus, j'ai créé une autre source de revenus pour le ranch sur ces terres.

— Sur *tes* terres mais *au profit du* ranch Shooting Star ?

— C'est compliqué.

Elle l'étudia avec gravité mais il perçut une douceur dans son regard. Cette fois, il ne se sentit pas mal à l'aise.

— C'est ta faille, non ? demanda-t-elle. Nous avons tous une faille cachée.

Elle avait tout à fait raison. Sa famille, sa mère et ses relations avec les Powell étaient en effet son point faible. Sa faiblesse. Et pourtant aussi, paradoxalement, sa force.

Des sonnettes d'alarme se déclenchèrent dans sa tête. Hannah se comportait de façon bizarre depuis le cours de Foster. Et après avoir interrogé le professeur, sa nervosité n'avait fait qu'empirer. Elle bougeait sans arrêt, refusait de se nourrir, lui posait une myriade de questions personnelles…

Pour détourner son attention d'elle, devina-t-il.

— C'est quoi ta faille à toi ? demanda-t-il.

Elle se tendit et commença à se balancer sur ses talons.

— La même que la tienne, répondit-elle enfin d'une voix sinistre. La famille.

Il fronça les sourcils. Elle lui avait répondu avec sincérité mais ne lui avait rien appris qu'il ne savait déjà.

Son smartphone bipa. Il le prit et lut le texto de Starkey.

Les responsables de Secure Ride veulent que vous passiez les voir pour discuter de visu de votre requête.

— Qu'y a-t-il ? s'enquit Hannah d'un ton froid.

Matt soupira. Sa joie à l'idée de bénéficier de l'aide d'une profileuse avait disparu. Elle reprenait déjà ses distances.

— Nous devons nous rendre aux services de transport *Secure Ride* pour obtenir les noms des chauffeurs.

— Alors, allons-y. Qu'attendons-nous ?

Quand ils arrivèrent au centre de transport, Hannah resta en retrait tandis que Matt se dirigeait vers la réception.

Il se présenta.

— Je suis ici pour m'entretenir avec un responsable au sujet d'une demande d'informations que mes services ont envoyée plus tôt.

La réceptionniste hocha la tête et décrocha le téléphone. Matt jeta un coup d'œil interrogateur à Hannah par-dessus son épaule mais elle détourna la tête.

Elle était passée sans explication d'une ribambelle de questions au mutisme.

Elle avait les nerfs à vif depuis le cours de Foster, et la façon étrange dont Matt parvenait à lui faire baisser la garde – en étant simplement lui-même – n'arrangeait rien. Elle craignait de finir par révéler ses secrets, des secrets qu'elle cachait depuis l'adolescence. Ce serait une catastrophe pour elle.

Un homme à la calvitie prononcée entra dans le hall.

— Je suis Otis Ortiz, le responsable de *Secure Ride*.

Matt lui serra la main.

— Chef Granger, et voici l'inspectrice Delaney.

— J'ai bien reçu votre requête et j'aimerais vous aider, mais nous avons pour politique de ne jamais divulguer d'informations sur nos employés.

— Nous enquêtons sur le meurtre de Madison Scott et sur la tentative d'enlèvement d'une autre étudiante, hier soir. Les renseignements que j'ai demandés sont d'une importance capitale pour nos investigations. Je suis sûr que si vous compreniez la gravité de la situation, vous accepteriez ma demande et ne feriez pas obstacle à la justice.

Otis jeta un coup d'œil autour de lui et croisa les regards curieux des employés disséminés dans le hall de la réception.

— Je ne vous dirai rien mais venez avec moi, dit-il en se hâtant vers le couloir.

Matt et Hannah le suivirent jusqu'à son bureau.

— Fermez la porte, ordonna Otis. Et asseyez-vous.

Après avoir échangé un regard perplexe, tous deux prirent place. Otis les surprit en déclarant :

— J'ai déjà fait imprimer les renseignements que vous demandez mais je devais jouer la comédie pour faire croire que je refusais de vous les livrer.

— Pourquoi donc ? demanda Hannah.

Otis s'essuya le front d'un revers de main.

— Je tiens à la vie.

— Je ne comprends pas, dit Matt en fronçant les sourcils. Vous voulez m'expliquer ?

— Oui, oui, j'y viens. J'ai recoupé les fois où Madison Scott et Jessica Atkinson avaient utilisé le *Secure Ride* avec nos chauffeurs. Deux noms sont apparus, ajouta-t-il en prenant une feuille de papier. Bobby Evers et Shane Yates. Bobby est à l'hôpital depuis deux jours. Comme vous avez évoqué une tentative d'enlèvement hier soir, je suppose que ce nom ne vous intéresse plus.

— Pourquoi est-il à l'hôpital ? demanda Hannah.

— Crise d'appendicite. Ils ont dû l'opérer en urgence. Il devrait sortir dans un jour ou deux.

— Alors nous n'avons en effet pas besoin d'informations sur lui, dit Matt. Mais ça n'explique toujours pas votre petit numéro dans le hall.

Otis prit une profonde inspiration et chuchota :

— Ce qui m'amène au deuxième conducteur. Shane Yates.

— Est-il là ? demanda Hannah. Vous craignez qu'il ne vous entende nous parler de lui ?

— Il n'est pas là en ce moment. Il était censé travailler ce soir mais il s'est de nouveau fait porter pâle. Il le fait souvent.

Hannah avait besoin d'une explication plus claire.

— Alors pourquoi chuchotez-vous ? demanda-t-elle, irritée.

— Je ne veux pas que les autres employés m'entendent et aillent lui raconter que je suis un mouchard.

Matt poussa un soupir, sans doute agacé lui aussi.

— Et vous avez peur de lui parce que...

Otis les regarda comme si la réponse était évidente.

— Parce que les balances finissent mal, en général.

— S'il vous a menacé, dites-le, s'exclama Matt. Nous rédigerons un rapport et ce serait un bon motif de licenciement.

Otis secoua la tête.

— Il n'en est pas question.

— Pourquoi ? demanda Matt.

— Shane fait partie du gang de motards.

Hannah le fusilla d'un regard noir. Qu'il distille ses réponses au compte-gouttes l'exaspérait.

— Les Iron Warriors ?

Leur chef, Rip Lockwood, un ancien militaire, surveillait ses hommes de près. Jusqu'ici, il n'avait jamais causé de problèmes aux forces de l'ordre. Lockwood était un dur à cuire, indéniablement, et sexy aux yeux d'une fille attirée par les mauvais garçons à moto. Mais d'après ce qu'elle savait de lui, il n'était pas adepte du harcèlement ni de l'intimidation.

Otis soupira.

— Je connais bien Rip, le chef des Iron Warriors. Nous sommes allés au lycée ensemble. Un brave type. Il a même servi dans les Marines pendant quelques années. Il a fait le ménage au sein du gang, ce qui a provoqué une scission. Tous ceux qui versaient dans l'illégalité sont partis et ont fondé un nouveau gang sous la direction de Todd Burk. Les Hellhounds.

Hannah avait vaguement entendu parler de Todd Burk – une ordure. Le reste était nouveau pour elle.

— Quand est-ce arrivé ?

— Le mois dernier.

— Ils n'en ont pas fait état, constata Matt, qui tombait manifestement des nues, lui aussi.

— Ils ne sont pas du genre à vouloir attirer l'attention.

Mais Hannah était surprise de n'avoir jamais vu les nouveaux motards. Peut-être avait-elle été trop occupée pour les remarquer.

— Où traîne ce nouveau gang ? demanda Matt.

Otis se rassit dans son fauteuil d'un air sombre.

— Rip leur a donné le club-house des Iron Warriors.

Waouh. Le club-house était un immense bâtiment de plain-pied. D'après les rumeurs, chaque motard y avait sa propre chambre, donc quand ils faisaient la fête, ils avaient chacun un espace privé où dormir. L'endroit était également équipé d'un bar, d'une salle de jeux, d'une armurerie, d'une salle de conférences, d'une salle de sport et d'un dancing, avec des barres de strip-tease. Remettre les clés du club-house à un gang rival n'était pas rien.

— Pourquoi a-t-il fait ça ?

— Pour éviter un bain de sang, j'imagine, dit Otis. Todd ne voulait pas se plier aux règles de Rip. Beaucoup de menaces ont été proférées. D'après ce que je sais, Rip a fini par céder le club-house aux Hellhounds pour que la transition se fasse sans remous.

— Et vous craignez de dénoncer ou de virer Shane parce que vous pensez que les Hellhounds vous causeraient des ennuis si vous le faisiez ? demanda Hannah.

— J'ai peur, oui. Et je ne *pense* pas qu'ils le feraient. Ils le feront, je le *sais*.

— Alors portez plainte, l'exhorta Matt. Et nous les mettrons en prison.

Otis secoua la tête d'un air sinistre.

— Ils enverraient des gars cagoulés casser les fenêtres de ma maison et me harceler. Même si vous parveniez à attraper les vandales, les Hellhounds me le feraient payer très cher. Il est plus simple de laisser Shane à son poste, de ne rien dire et de m'épargner ainsi beaucoup d'ennuis.

— Donnez-nous son adresse personnelle, dit Matt.

Otis leur remit un feuillet. Y figuraient non seulement l'adresse de Shane mais aussi son emploi du temps et sa photo en haut de la page.

— Yates n'a pas travaillé, hier soir, remarqua Matt.

Hannah se leva.

— Si quelqu'un vous demande si vous nous avez communiqué des informations, dites-lui simplement que vous avez été obligé de vous conformer à une ordonnance du tribunal, et tout ira bien.

Otis ne semblait pas convaincu.

— Si vous le dites…

Matt sortit une carte de visite et attrapa un stylo.

— Je vous laisse mon numéro de portable personnel, dit-il en le griffonnant au dos de la carte. Appelez-moi de jour comme de nuit si vous recevez des menaces à ce sujet.

Il prit son chapeau, se leva et se dirigea vers la porte.

— Merci pour votre aide.

Comme ils quittaient le bureau et gagnaient le hall, Matt tendit à Hannah la feuille sur Shane Yates. Elle la plia et la mit dans sa poche.

Elle surprit le regard d'un des employés derrière le bureau alors qu'ils poussaient les portes pour sortir du centre de *Secure Ride*.

Elle le vit décrocher aussitôt son téléphone, les yeux toujours rivés sur eux.

— Nous avons bien fait de venir ici, dit-elle en se dirigeant vers le SUV de la police du campus.

— Pourquoi ?

— Parce que j'ai le vague sentiment que si nous voulons attraper Yates chez lui, nous devons nous dépêcher.

8

Mercredi 18 septembre

16 h 05

Alors que Matt s'engageait sur Blackberry Lane, la rue qui menait chez Shane Yates, une moto les croisa à toute vitesse. Le motard portait des cheveux longs qui flottaient au vent.

— Tu veux parier que c'était Yates ? lança Matt.

Hannah jeta un œil à la photo de leur suspect.

— Inutile de parier. C'était bien lui. Il file se réfugier au sein de son gang.

— Comment as-tu su qu'il allait déguerpir ? demanda Matt en opérant un rapide demi-tour.

Hannah était intelligente et dotée d'un bon instinct mais là, sa perspicacité frisait la clairvoyance.

— J'avais vu le réceptionniste avec qui tu as parlé passer un appel tout en nous regardant partir.

Matt écrasa la pédale d'accélérateur et fonça derrière Yates.

— Il aurait été gentil de ta part de le mentionner.

— Je t'avais dit qu'il fallait nous dépêcher de venir ici.

— J'aurais préféré comprendre tout de suite pourquoi.

— C'est noté, répliqua-t-elle d'un ton froid.

Il n'était pas difficile pour Matt de deviner ce qu'elle n'avait pas apprécié. Manifestement, qu'il la traite d'*imprudente* voire de *téméraire* et lui dise *c'est noté* lui avaient déplu...

Yates leur jeta un coup d'œil par-dessus son épaule et accéléra. Il prit le virage suivant à toute allure.

Matt le suivit.

— Je suis désolé de t'avoir traitée d'imprudente, dit-il. Tu sais l'être mais enquêter sous couverture, seule, pour attraper le Tueur de l'université était surtout courageux de ta part. Tu n'as pas froid aux yeux.

Elle prenait trop de risques à son goût mais son courage et son implication étaient indéniables.

— Et j'ai eu tort de te répondre d'un ton aussi dur quand j'ai dit « C'est noté » à propos de Farran à l'hôpital. J'ai tendance à être très, sans doute trop, protecteur avec mes hommes, ajouta-t-il en négociant un autre virage serré.

Il accéléra ensuite pour rester dans le sillage de Yates.

Comme il jetait un bref coup d'œil à Hannah, il s'aperçut qu'elle s'était tournée vers lui et le dévisageait bouche bée, les yeux écarquillés.

Il reporta son attention sur la route et sur Yates.

— Quoi ? Surprise que je sois capable de m'excuser ?

— En fait, non. Tu es du genre à le faire. Tu te soucies des autres. Tu es empathique et tu crois que des excuses peuvent tout changer. Je suis seulement étonnée que tu aies remarqué que ces éléments de langage m'avaient dérangée.

— Je te propose un marché, dit-il. Je vais m'efforcer de m'exprimer de façon moins désobligeante si tu essaies de moins exprimer ta colère par des insinuations et des comportements non verbaux.

Quand Yates s'engagea sur le parking du club-house des Hellhounds, Matt jura.

Elle grimaça.

— Oh ! super ! Maintenant, au lieu d'interroger un Hellhound, nous allons devoir nous expliquer avec toute la bande.

Lorsque Matt entra à son tour sur le parking, Yates avait garé sa moto et disparu dans le bâtiment. Il arrêta le SUV, coupa le moteur.

Comme il s'apprêtait à ouvrir la portière, Hannah posa la main sur son avant-bras nu pour l'arrêter.

— Je regrette aussi de t'avoir agressé avec mes insinuations et ma colère larvée. Quand tu m'as traitée d'imprudente, j'ai entendu que tu me jugeais nulle, incapable.

— Loin de là, répondit-il avec un sourire. Je n'ai jamais fait équipe avec quelqu'un de plus doué que toi.

Il songea à Joe, le coéquipier qu'il avait perdu, et ressentit un petit pincement au cœur. Avec un soupir, il sortit de la voiture.

Hannah le suivit. Tout en marchant, elle prit un chewing-gum et lui en offrit un. Matt secoua la tête.

Ils se dirigèrent vers la porte d'entrée mais avant qu'ils l'atteignent, Todd Burk apparut sur le seuil avec deux autres Hellhounds, des fusils à la main.

Depuis qu'ils avaient quitté le lycée, Todd avait souvent eu des démêlés avec les forces de l'ordre et Matt n'était pas très fier de l'époque où il traînait avec les Iron Warriors. Mais même lorsqu'il était adolescent, aucune charge n'avait jamais été retenue contre Todd.

Les Iron Warriors l'avaient surnommé le Teflon, un sobriquet approprié.

— J'ai l'impression que tu t'es perdu, lui lança Todd avec un grand sourire.

Avec ses longs cheveux noirs et ses tatouages, il avait le look parfait d'un chef de gang de motards hors la loi. Il examina Hannah d'un regard salace et s'humecta les lèvres.

— Il vaudrait mieux pour toi que tu remontes dans ta voiture et quittes notre propriété.

Les deux autres hommes la dévisageaient, eux aussi, d'un air lubrique. Hannah était mince mais dotée de courbes féminines suffisantes pour faire tourner les têtes.

— Je ne suis pas perdu, répliqua Matt, les mains sur les hanches. Je suis venu parler avec Shane Yates.

— Je ne connais personne de ce nom. Et vous, les gars ? ajouta Todd en se tournant vers ses comparses.

Ces derniers secouèrent la tête.

— Mentir à un policier au cours d'une enquête constitue un délit de classe une, passible d'une peine pouvant aller jusqu'à douze mois de prison et d'une amende de deux mille cinq cents dollars, déclara Matt. Vous devriez peut-être reconsidérer votre réponse.

Todd eut un sourire narquois.

— Je ne prends même pas la peine de contacter mon avocat pour si peu. Il est bien trop cher. Je ne fais appel à lui que pour un crime. Et si tu l'ignores encore, je ne vais jamais en prison. Elle n'est pas propice à ma vie sociale.

Matt releva le bord de son chapeau.

— J'ai vu Yates entrer par cette porte il y a moins d'une minute. J'ai besoin qu'il réponde à quelques questions. Cela ne concerne pas le club-house ni le gang. C'est tout.

Avec un ricanement, Todd secoua la tête.

— Vous, les Powell, vous dirigez peut-être cette ville, mais pas mon club.

— Je ne suis pas un Powell, répliqua Matt en s'avançant.

— Continue à t'en convaincre, si ça t'amuse. En tout cas, tu es peut-être chef de la police de l'université mais tu n'as aucun pouvoir ici. Alors dépêche-toi de retourner au campus avant que je te fasse déguerpir à ma façon. Allez. Dégage.

Les deux autres Hellhounds chargèrent leurs fusils.

Mais Hannah surprit tout le monde en éclatant soudain de rire.

— Waouh ! Les gars, je suis épatée ! Je n'avais pas vu d'exhibition de testostérone aussi impressionnante depuis la dernière fois que j'ai regardé un combat de catch à la télévision.

Elle repoussa sa veste, détacha son badge de sa ceinture et le brandit devant Todd.

— Je suis l'inspectrice Delaney et j'ai tous les pouvoirs ici. Allez me chercher Yates. Tout de suite.

Todd releva le menton.

— Ou quoi ?

Hannah souffla une bulle avec son chewing-gum, la fit gonfler devant son visage jusqu'à ce qu'elle éclate.

Elle était douée. Vraiment douée. En sortant de la voiture, elle avait anticipé la difficulté et prévu ce petit coup d'éclat.

— Ou bien, répondit-elle avec ce regard perçant qui avait le don de disséquer quelqu'un, je vais mettre vos deux acolytes en prison pour obstruction à la justice et intimidation des forces de l'ordre. Je ne m'occuperai pas de vous directement, puisque, à vous entendre, vous savez toujours vous tirer d'affaire. Mais je reviendrai. Avec beaucoup d'autres policiers. Et même si nous parvenons à parler à Yates à ce moment-là, je vous ferai payer les efforts supplémentaires et la paperasse que j'aurai dû me coltiner à cause de vous. Et ma seule ambition sera de vous pourrir la vie et celle des Hellhounds.

Comme d'habitude, elle s'exprimait d'une façon claire et directe. Sa voix était tranchante comme une lame de rasoir.

— Il y aura des descentes de police. En permanence. Vos gars se feront arrêter et verbaliser s'ils dépassent d'un iota les limites de vitesse. Nous inventerons de bonnes raisons pour fouiller vos véhicules, en particulier les camions qui entrent et sortent de ce parking. Et nous cesserons de fermer les yeux, de tolérer certains écarts avec la loi. Par exemple, nous vous rappellerons qu'il est interdit à un criminel de posséder une arme à feu, y compris dans le Wyoming, le pays des cow-boys. Nous agirons en conséquence. Bref, nous braquerons les projecteurs sur vous. Vous n'aurez plus un moment de tranquillité.

Matt en eut le souffle coupé. Elle était magnifique.

L'un des comparses de Todd, un barbu costaud, posa son fusil par terre et recula, les mains levées.

Matt adorait la regarder travailler, un spectacle à ne pas manquer.

— Méfiez-vous, dit Todd. Je n'aime pas les menaces et vous risquez des ennuis, vous aussi. Vous voilà prévenue.

Comme le chef du gang s'avançait vers elle, Matt posa la main sur son torse pour lui faire comprendre qu'il ne le laisserait pas s'approcher davantage.

Mais Hannah écarta Matt et se mit face à Todd.

— Ce n'était pas une menace. Mais une promesse. Et vos manœuvres d'intimidation ne m'effraient pas. Elles me mettent seulement en colère.

Todd sourit.

— Vous avez du cran, je vous l'accorde. Parce que je vous aime bien et que je me sens l'âme généreuse, je vais vous accorder dix minutes avec celui que vous cherchez s'il est bien ici... Quel est son nom déjà ?

— Shane. Yates, répondit Hannah avec un sourire en coin.

— D'accord.

Todd adressa un signe de tête au barbu qui se précipita à l'intérieur du club-house.

— Et nous voulons lui parler seuls à seul, dit Hannah.

— Très bien. Mais pendant dix minutes. Pas une de plus.

La porte du club-house s'ouvrit. Shane apparut, tête basse, en tirant sur une cigarette.

Yates avait la taille et la carrure du type qui avait attaqué Jessica Atkinson. Il était plus difficile de déterminer son âge. Il avait sans doute la trentaine mais consommé trop d'alcool et trop de cigarettes. Mais peut-être était-il aussi vieux qu'il en avait l'air, la quarantaine avancée. Comme l'agresseur de Jessica portait un déguisement, personne ne connaissait son âge réel.

— Faites attention à vous, inspectrice Delaney, ajouta Todd avec un sourire narquois. Les rues sont parfois dangereuses. Surtout pour une femme. À plus tard, Powell.

Matt serra les dents en entendant la menace à peine voilée qui ciblait Hannah. Il n'appréciait pas non plus d'être traité de Powell. Une réplique brûla ses lèvres mais il la ravala. Todd n'en valait pas la peine.

— Enchanté de te rencontrer, Shane, dit Todd en posant une main sur son épaule. Ne dis rien de compromettant, ajouta-t-il à mi-voix.

Une fois Todd et ses hommes de main rentrés, Matt saisit Shane par le col.

— Pourquoi ton ami au centre de *Secure Ride* a-t-il eu besoin de te prévenir que nous allions venir te poser quelques questions ?

— Il voulait sans doute prendre de mes nouvelles.

— Alors pourquoi as-tu pris la fuite ? demanda Hannah.

— Parce que les flics n'aiment pas les motards.

— Les mensonges me sont insupportables, dit Hannah. Alors essaie de donner de meilleures réponses si tu ne veux pas que nous t'embarquions. As-tu envie de poursuivre cette conversation dans les locaux de la police de Laramie ?

Yates secoua la tête.

— Non.

Matt le lâcha.

— Nous avons deux questions pour toi.

— Trois, corrigea Hannah. Pour commencer.

— Allez-y, dit Shane en tirant sur sa cigarette. Que voulez-vous savoir ?

— Où étais-tu hier soir entre 22 et 23 heures ? demanda Hannah. Et ne me dis pas que tu étais dans ce club-house, parce que, pour moi, ce ne serait pas un alibi valable.

Yates baissa la tête et ferma un instant les paupières.

— Je ne peux pas vous dire où j'étais.

— Eh bien, tu ferais mieux de le faire si tu ne veux pas devenir notre suspect numéro un dans les meurtres de l'université.

Yates pâlit, les yeux écarquillés comme des soucoupes.

— Je n'ai tué personne.

— Non ? Difficile à croire.

— Je faisais quelque chose d'illégal, lâcha-t-il enfin en tirant une autre bouffée. Mais rien qui ressemble à un meurtre ou à un viol.

Hannah se tourna vers Matt, qui hocha la tête.

— Si c'est vrai, tu n'as pas grand-chose à craindre. Crache le morceau. Et vite, ajouta-t-elle avec un coup d'œil à sa montre. Nous n'avons pas toute la journée.

— Je faisais mon trafic habituel. Vous comprenez ?

Matt le saisit de nouveau par le col.

— Que trafiques-tu ? De la drogue ? Tu en vends sur mon campus ? rugit-il.

Yates leva les mains.

— Ça va ! Ce ne sont pas des enfants. Ils sont tous majeurs et vaccinés. Et paient en espèces. Ce sont de bons clients. Ils me demandent de la came, je leur en fournis. Voilà.

— Lâche-le, Matt.

Comme il renâclait à le faire, elle posa une main sur son bras et à contrecœur, il obtempéra.

— Prouve-le, dit-elle à Yates. Montre-nous tes SMS.

S'il vendait et livrait sa came sur le campus, il y en aurait une trace numérique.

Yates sortit son smartphone, le déverrouilla et leur montra ses textos de la veille.

Il y avait tout : les demandes, les messages annonçant qu'il était en route ou arrivé avec leur commande. Il s'exprimait en argot avec des émojis pour désigner l'hydrocodone, l'oxy, l'amphétamine, la cocaïne, l'Adderall, la marijuana, les champignons, la kétamine et le GHB.

— Tu as vendu du GHB, la drogue du viol, sur mon campus ? s'écria Matt avec colère. À qui ?

— Aux étudiants des fraternités, essentiellement.

— Essentiellement ? répéta Hannah en fronçant les sourcils. Quelqu'un d'autre – un type plus âgé que tes clients habituels – t'a-t-il déjà acheté du GHB ? Peut-être plus d'une fois ?

— Euh. Maintenant que vous en parlez..., répondit Yates en hochant la tête. Un type bizarre. Vraiment flippant.

Venant d'un trafiquant de drogue qui fréquentait les bas-fonds de la société, le mot *flippant* en disait long.

Hannah sortit son smartphone pour faire apparaître la photo du portrait-robot.

— C'est lui ?

— Oui. C'est 666.

— Pourquoi l'appelles-tu ainsi ? demanda Matt.

— Il s'appelle comme ça. Il m'a acheté toute ma réserve de GHB il y a quelques semaines. Mais avant ça, je ne l'avais pas revu depuis un moment. Des années.

Shane Yates avait fourni au Tueur de l'université les drogues qu'il utilisait pour enlever ses victimes.

Matt sentit son ventre se nouer. Il regarda Hannah.

— Il n'est pas question de laisser ce type dealer sur mon campus.

Le motard blêmit d'angoisse.

— Si j'arrête mes trafics, ils comprendront que je vous ai parlé et ils me tueront.

— Et nous les arrêterons pour ton meurtre, répondit Matt.

— Vous ne retrouverez même pas mon cadavre. Mais vous vous en moquez. Si je disparaissais, cela ne vous ferait ni chaud ni froid.

— Ne t'inquiète pas, Yates, dit Hannah en lui tapotant la joue. Tu vas pouvoir continuer ton petit commerce.

Matt la dévisagea avec incrédulité.

— Quoi ? Tu plaisantes ! Il n'en est pas question.

— En échange, tu deviens mon indic secret, continua-t-elle. Tu me renseigneras sur ce qui se passe à l'intérieur.

Yates secoua la tête, l'air terrifié.

Les portes du club s'ouvrirent à la volée. Les motards commencèrent à sortir.

— Tu le feras, murmura Hannah. Sinon, le chef Granger mettra fin à tes trafics et je préviendrai tes copains que tu es une balance.

Le message était clair. Dans les deux cas, il risquait sa vie.

Les Hellhounds enfourchèrent leurs engins et firent gronder leurs moteurs jusqu'à ce que le bruit devienne assourdissant.

Leur temps était écoulé et la conversation terminée.

Hannah planta les yeux dans ceux de Yates, lui posant sans un mot une question. Il répondit d'un discret signe de tête.

Mais leur accord ne satisfaisait ni Yates ni Matt.

9

Mercredi 18 septembre

17 h 50

Hannah n'arrivait pas à croire qu'elle se disputait encore avec Matt. Dans le passé, ils avaient déjà été confrontés à de profonds désaccords et en avaient parlé jusqu'à la nausée.

— Voilà pourquoi personne ne veut faire équipe avec toi, dit-il avec colère. Parce que tu deviens vite incontrôlable. Tu te comportes comme ceux que tu es censée arrêter !

— Et voilà pourquoi je préfère travailler seule, rétorqua-t-elle. Pour éviter les réactions comme les tiennes et les complications qu'elles engendrent. Que les autres ne veuillent pas de moi comme coéquipière ne me dérange pas. Ils me snobent parce que je ne fais pas de politique. Je me moque du qu'en-dira-t-on ou de froisser les susceptibilités des uns et des autres. L'important pour moi est d'aboutir.

Mais en réalité, la fureur de Matt et l'opinion qu'il avait d'elle ne la laissaient pas indifférente, loin de là. Elle n'aimait pas le voir aussi furibond et encore moins en être la cause.

— Je savais que tu attirais les ennuis comme un aimant, dit-il – et elle reçut ses mots comme une gifle. Mais je n'imaginais pas que travailler avec toi exposerait ce campus au danger. Je suis responsable de la sécurité et de la santé de ces étudiants. En es-tu consciente ?

Les membres de l'association Étudiants contre la violence

commençaient à arriver pour la réunion programmée en urgence. Regroupés dans le hall du syndicat étudiant, ils les observaient avec étonnement.

Hannah s'en aperçut et prit Matt par le bras pour l'entraîner à l'écart, dans un coin où ils seraient tranquilles.

— Je comprends mais parle moins fort. Cette discussion risque de provoquer la mort d'un homme.

— D'un homme qui tue lentement les jeunes de cette université. En décidant de faire de ce type un indic, tu prouves ton mépris pour mon travail. Ce genre de situation heurte mes principes éthiques et me met dans une position intenable. Mais ce n'est pas ton problème. Tu t'en moques complètement !

— Ce n'est pas vrai.

— Que veux-tu me faire croire ensuite ? Que le jour est la nuit, le soleil la lune, un chat un chien...

— Et que les cochons savent voler, dit-elle pour tenter de détendre l'atmosphère.

Mais il se contenta de la fusiller du regard et elle poursuivit :

— Tu sais très bien que si nous interdisions à ce motard de vendre sa came sur le campus, il serait remplacé dans l'heure par un autre. En le prenant comme indic, je le tiens sous ma coupe. J'aurai au moins la possibilité de m'assurer qu'il ne fournira plus de GHB à quiconque. Et comme il va nous renseigner de l'intérieur, nous parviendrons peut-être enfin à démanteler les réseaux de Burk, à mettre un terme à toutes ses activités et en particulier aux trafics de drogue dans cette ville. En attendant, veille à ce que toutes les jeunes filles sachent que leurs boissons sont susceptibles d'être droguées à leur insu. Charge ceux qui sont là, ajouta-t-elle en désignant le groupe des Étudiants contre la violence, de relayer les consignes de prudence auprès de leurs camarades. Si je peux faire quelque chose, n'importe quoi, pour limiter le nombre d'agressions sexuelles sur le campus, je le ferai. Que mes méthodes te hérissent, je le comprends, mais tu avais donné ton accord pour mener cette enquête à ma façon, lui rappela-t-elle. Et n'oublie pas que nous sommes dans le même camp, nous nous battons pour la même cause. Je te le promets.

Matt prit une profonde inspiration et expira lentement.

— Tu as raison. Tes méthodes me déplaisent, me heurtent, me choquent. Mais en effet, après avoir tué Yates pour le punir de nous avoir livré des informations, ils trouveraient vite quelqu'un pour le remplacer. Pour eux, il n'est rien d'autre qu'un pion interchangeable.

— Il trafique, ce qui fait de lui une ordure mais je protège ceux avec qui je travaille. Tous. Y compris mes indics. Dès qu'il l'aura compris et me fera confiance, je le retournerai contre les Hellhounds. Contre Todd Burk.

— Tu es consciente que tu t'es mise dans la ligne de mire de Burk, n'est-ce pas ?

Qu'il s'en soucie la toucha.

— Il n'osera pas s'en prendre lui-même à un membre des forces de l'ordre. Il m'enverra un de ses hommes quand il pensera que je ne m'y attends pas.

Les Burk du monde entier ignoraient qu'elle se préparait toujours au pire, qu'elle était en permanence sur le qui-vive et capable de gérer tout ce qu'ils chercheraient à lui faire subir.

— Ne va pas t'imaginer que nous sommes intouchables parce que nous sommes flics, dit-il. Des salauds comme Burk n'hésiteront pas à s'attaquer à nous et à nous faire du mal.

Personne ne pourrait lui faire davantage de mal que son propre père. Il ne s'était pas servi de ses poings ou de ses pieds mais il l'avait profondément blessée.

— Je sais. Je serai vigilante. Promesse de scoute.

— Tu étais scoute ?

— Non. Si je l'avais été, j'aurais été vite virée pour insolence.

— C'est sûr, ils ne t'auraient pas gardée.

Ils se mirent à rire et elle se détendit, soulagée d'avoir fait la paix avec lui. Elle préférait voir briller l'amusement dans ses yeux plutôt que la colère. Il avait un rire charmant, chaleureux et profond. Sexy. Mais derrière son sourire, elle devinait chez Matt une infinie tristesse, tapie derrière une apparence parfaite. Un côté sombre et douloureux qu'elle reconnaissait parce qu'elle avait le même. Et c'était ce qui l'effrayait chez lui. La part d'ombre qu'il retenait cachée.

Il la dévisagea et repoussa l'une de ses mèches blondes derrière l'oreille. Mais quand il lui prit le menton avec douceur et passa le pouce le long de sa mâchoire, elle tressaillit de surprise et, recouvrant ses esprits, elle s'écarta.

Il la considéra un long moment.

— Je comprends maintenant, murmura-t-il d'un ton grave.

Elle n'était pas sûre d'avoir envie de le savoir mais la curiosité l'emporta et la question lui échappa.

— Compris quoi ?

— Tu crains plus la tendresse que la souffrance.

Il ne manquait pas de perspicacité. Ni d'audace.

En tout cas, il avait raison, elle ne pouvait le nier.

— Chef !

Dennis Hill arrivait au pas de course, en nage, en agitant des tracts dans leur direction.

— Nous devrions commencer, lui dit Matt.

— Il n'y a pas de *nous*. C'est *ta* réunion. Je ne suis ici qu'en simple spectatrice, répondit-elle avec un sourire en coin.

Ils se dirigèrent vers Hill. Comme tous les autres assistants, le gestionnaire de bureau portait un polo noir avec les mots SWU Police brodés dessus et un pantalon kaki.

— Tout va bien, Dennis ? s'enquit Matt.

Hill semblait essoufflé. Ses joues étaient rouges, ses cheveux ébouriffés et des gouttes de sueur perlaient sur son visage.

— Le sergent Starkey, dit-il d'une voix hachée, m'a fait courir. Il m'a chargé de placarder ces prospectus partout.

Il souleva les flyers restant dans ses mains.

— Le temps que je me souvienne que vous en aviez besoin pour la réunion, j'étais déjà à l'autre bout du campus et j'ai dû cavaler pour arriver à temps.

Matt lui donna une tape amicale dans le dos.

— Cela t'a donné l'occasion de faire un peu d'exercice.

S'il ne souffrait pas de surpoids, Hill avait un peu de ventre et ne semblait pas en grande forme physique. Ses cheveux s'éclaircissaient sur le dessus et grisonnaient sur les tempes.

— C'est ce que je me suis répété tout l'après-midi, répondit-il en s'essuyant le front.

— Je vais commencer, dit Matt. Pendant que je leur parle, distribue ces tracts à tout le monde. D'accord ?

— Pas de problème, chef.

Matt accueillit les Étudiants contre la violence. Ils étaient une quarantaine. Hannah aurait préféré qu'ils soient plus nombreux mais la réunion avait été organisée à la dernière minute. Si Laramie et Bison Ridge étaient de petites villes, l'université attirait près de dix mille étudiants du Wyoming, mais aussi de tout le pays et même de l'étranger. Les frais de scolarité étaient peu élevés mais, en échange, les étudiants étaient tenus de travailler pour des entreprises locales.

Quelqu'un se fraya un chemin à travers le groupe et posa un escabeau.

Matt grimpa dessus et tous les regards se braquèrent sur lui. Il avait une présence, une aura, songea Hannah. Où qu'il aille, quoi qu'il fasse, tout le monde le remarquait. Il attirait l'attention naturellement, sans même le vouloir.

Son charisme sautait aux yeux.

Elle s'appuya contre une colonne du fond pour l'écouter pendant que Hill tendait des tracts aux étudiants en les chargeant de les transmettre aux autres. L'idée était de sensibiliser un maximum de personnes.

De loin, Matt ne perdait rien de son sex-appeal. Comme Hannah se remémorait le moment où il lui avait touché les cheveux, caressé la joue, elle sentit un délicieux frisson la parcourir. Une réaction idiote au demeurant.

— Ne sous-estimez pas la gravité de cette menace, disait Matt. Le Tueur de l'université a déjà pris la vie de dix jeunes femmes et nous craignons qu'il ne tente d'en tuer deux autres avant la fin du mois. Jusqu'à présent, il a ciblé les petites blondes âgées de dix-huit à vingt-deux ans mais cela ne signifie pas qu'il ne s'attaquera pas à un autre profil. Dites-le bien à toutes les étudiantes de votre connaissance. À toutes celles que vous croiserez sur le campus. Plus nous attirerons l'attention sur le sujet, mieux ce sera.

Sa barbe de trois jours assombrissait ses joues et ses mâchoires. Il respirait la virilité et la force.

Une rouquine leva la main.

— S'il porte un déguisement, comment sommes-nous censées le repérer ?

— Il est d'une taille et d'une carrure moyennes. Peut-être vous demandera-t-il de l'aide ou utilisera-t-il un autre stratagème pour vous attirer près de son véhicule avant de vous injecter un puissant sédatif et de vous jeter à l'intérieur.

De l'eau de Javel.

Des menottes.

Des chaînes.

Un frisson glacé parcourut Hannah quand elle se remémora la tentative d'enlèvement de Jessica.

— Faites confiance à votre instinct, à vos antennes, continuait Matt. Si vous êtes la proie d'un mauvais pressentiment, si vous avez l'impression que vous êtes suivie, allez immédiatement dans un endroit sûr, très fréquenté. Si vous vous trouvez dans une situation qui vous met mal à l'aise, fuyez au plus vite. Surtout, sortez en binôme. Tant que nous n'avons pas capturé ce type, aucune étudiante ne devrait circuler seule, surtout la nuit. En fait, il serait préférable pour toutes de rester à l'abri dans vos dortoirs et appartements, la nuit.

— Ça n'arrivera pas, chef, lança un blondinet vêtu d'un sweat à l'effigie de l'université. La *rush week* commence ce vendredi.

Pour aider les nouveaux étudiants à s'intégrer, les universités américaines mettaient en place des fraternités et des sororités étudiantes. Leur but était d'aider les élèves de première année à s'adapter, à trouver un logement ou une colocation, à faire partie d'un réseau partageant les mêmes valeurs. La *rush week* était la semaine au cours de laquelle ces fraternités et sororités recrutaient leurs nouveaux membres.

Hannah sentit son estomac se nouer. Au cours de la *rush week*, des fêtes sauvages étaient organisées tous les soirs et l'alcool coulait à flots.

Dennis Hill finit de distribuer les tracts et se tourna vers elle.

— C'est la première *rush week* du chef, dit-il à voix basse. Je suis surpris que le sergent Starkey ne le lui ait pas rappelé.

Hannah se souvint alors que Matt avait quitté la police de Laramie en octobre dernier, pour prendre la tête de celle de l'université. Préoccupé par le meurtre et la tentative de rapt, il avait sans doute oublié ces festivités. Il était en effet regrettable que son second ne lui ait pas rafraîchi la mémoire.

La rousse leva de nouveau la main.

— Il a raison. Des tonnes de fêtes sont prévues. Tout le monde aura envie d'y participer. C'est l'événement festif majeur de l'année. La plupart des étudiants que je connais pensent même sécher les cours, vendredi.

Hannah jura à voix basse. Le Tueur de l'université s'attaquait aux filles qui n'avaient que peu d'amis, plus faciles à isoler. Il était peu probable qu'il choisisse l'une des membres des sororités. Mais toutes les étudiantes ou presque assisteraient à ces fêtes universitaires. Il y aurait énormément de monde. Les jours à venir promettaient d'être un cauchemar.

— Mais bon, ajouta Hill, le sergent Starkey est sans doute encore énervé contre lui. Il espérait être promu au poste de chef et il a encore été court-circuité. C'est la troisième fois.

— Pourquoi prévoient-ils de sécher les cours ? demanda Matt à la rouquine.

— Parce qu'ils auront la gueule de bois. Les festivités débutent demain soir.

Les étudiants n'étaient pas conscients de la face cachée des fêtes universitaires qui n'étaient pas sans conséquence. Overdoses, agressions sexuelles, arrestations, comas éthyliques, conduites sous emprise de l'alcool, soumissions chimiques et bien d'autres horreurs auxquelles Hannah préférait ne pas penser.

— Au bureau, on appelle le week-end de la *rush week* le *blitz*, poursuivit Hill. Vous comprenez pourquoi... Ils seront tous ivres morts.

Il ne faisait pas référence au Blitz, les raids aériens menés par l'aviation allemande contre le Royaume-Uni au cours de la Seconde Guerre mondiale. Mais à un mot d'argot *blitzed* qui signifiait « bourré », « torché ».

La peur d'Hannah s'intensifia.

— Oui. Je comprends.

— Ce qui me rappelle, dit-il, que je dois finir de réparer la machine à expresso au plus vite. Nous allons en avoir besoin !

— Faites peut-être appel à un professionnel, suggéra Hannah.

— J'ai identifié le problème. Rien de grave. Il faut seulement changer le joint. Je vais en acheter un en rentrant. D'ailleurs, je ferais mieux d'y aller avant la fermeture du magasin, ajouta-t-il avec un coup d'œil à l'horloge murale. De plus, je dois être rentré à la maison à temps pour le dîner, sinon ma femme piquera une crise. Comme elle fait l'effort de préparer le repas, elle estime qu'être à l'heure pour le manger pendant qu'il est chaud est la moindre des politesses. Quoi qu'il en soit, vous aurez droit à un bon expresso, demain matin.

— Bien, merci, dit-elle avec un demi-sourire.

— J'aimerais attirer votre attention sur un autre point, continuait Matt. Certains étudiants, certains membres de fraternités, en particulier, ont acheté du GHB, la drogue du viol. Il est facile d'en glisser une dose dans vos verres. Je préférerais vraiment que vous restiez chez vous ce week-end.

— Ce n'est pas une option, lança quelqu'un.

L'envie de faire la bringue les pousserait à sortir, alors que la peur du meurtre aurait dû les inciter à jouer à des jeux vidéo dans leurs chambres.

Matt soupira.

— Ne laissez jamais votre verre sans surveillance. Si vous l'avez oublié quelque part, n'y touchez plus ensuite. N'allez nulle part seule. Le nombre garantit la sécurité. Rendez-vous aux fêtes en groupe et revenez en groupe. Désignez quelqu'un qui demeurera sobre et qui gardera un œil sur les autres. Ce n'est pas le moment de faire confiance à des inconnus ni de commencer à sortir avec quelqu'un. Passez le message à autant de personnes que possible. Avez-vous bien compris ce que je viens de dire ?

— Soyez prudents, veillez à votre sécurité, restez en vie, répétèrent les étudiants à l'unisson avant de commencer à se disperser.

Une poignée de jolies filles, dont la rousse, s'approchèrent de Matt, en exigeant son attention. Et à en juger par leurs regards brillants et leurs sourires aguicheurs, elles le draguaient ouvertement. Elles n'avaient pas froid aux yeux et ne craignaient pas de flirter.

Cela faisait d'elle une lâche ? se demanda Hannah.

Ressaisis-toi, Delaney.

Dès qu'il eut fini de leur parler, Matt la rejoignit.

— Tu as tout un fan-club, dit-elle, en mesurant l'admiration sans bornes de ces étudiantes pour le séduisant chef de police du campus.

Les garçons de l'université semblaient moins audacieux.

Il haussa les épaules d'un air nonchalant.

— Sans doute, oui.

— La plupart des hommes seraient incapables de résister à de jeunes et jolies femmes, aussi désireuses de leur plaire.

Elle se félicita qu'il ne soit pas comme la plupart.

— Je sens un compliment dissimulé derrière cette réflexion, répondit-il. Mais au cas où j'aurais mal compris ton commentaire, permets-moi de remettre les pendules à l'heure. Si je cherchais l'attention d'un jeune être, mignon et désireux de plaire, j'adopterais un chiot.

Mais très vite, son expression s'assombrit, il redevint sérieux. Hannah partageait son inquiétude. Elle songeait aux fêtes à venir.

— Comment ai-je pu oublier la *rush week* ? gémit-il.

— Tu faisais face à des problèmes plus importants, mais ton second aurait dû te le rappeler.

Le moment n'était peut-être pas idéal pour lui rapporter les propos de Dennis concernant Starkey.

— Je ne sais pas comment je vais réussir à protéger ces adolescentes, reprit-il. Surtout ce week-end. Je dois passer au bureau et envoyer un mail à la collègue de Liz, l'agente Nancy Tomlinson, pour lui communiquer ce que nous avons jusqu'à présent. Ensuite, pourquoi ne pas dîner ensemble et discuter de l'enquête ?

— Je ne peux pas. Je dois vider et nettoyer ma chambre d'étudiant et tout rapporter chez moi. Moi qui me vante de toujours voyager léger, je n'en reviens pas de tout ce que j'ai apporté.

— Allons-y avec mon pick-up. Nous emballerons tes affaires avant de rouler jusque chez toi. Après avoir tout déchargé, nous ferons le point sur l'affaire autour d'une pizza. Ou d'un repas chinois. L'important est de se faire livrer.

Il y a quinze jours, il lui avait fallu deux voyages pour transporter tout son matériel, en plus de son attirail de la parfaite étudiante. Se retrouver coincée au milieu de nulle part, sans l'essentiel, n'était pas possible pour elle. Elle avait besoin du minimum, de fusées de détresse, de munitions, de couvertures de survie, d'une trousse médicale, de chargeurs de rechange et bien sûr, de vêtements et des articles de toilette.

— Et ma voiture ? demanda-t-elle.

— Je passerai chez toi demain matin et je viendrai te chercher en rentrant.

Elle y réfléchit.

— Tu dois te restaurer, ajouta-t-il.

Il avait raison.

— Et avec le week-end chargé qui commence demain..., ajouta-t-il en secouant la tête.

Le *blitz*.

— D'accord, dit-elle. Puisque tu fournis une main-d'œuvre gratuite, j'achète.

10

Mercredi 18 septembre

20 h 45

— Tu devrais peut-être parler aux administrateurs de l'université, suggéra Hannah, adossée contre le canapé de son salon. Leur expliquer la gravité de la situation et leur demander d'annuler la *rush week*.

Malheureusement, ce n'était pas si simple.

Assis à côté d'elle sur le tapis, Matt avala un morceau de pizza, qu'il fit descendre avec une gorgée de bière.

— Non seulement ils refuseront sans doute d'annuler la *rush week* mais, dans l'hypothèse où ils accepteraient, les étudiants, eux, ne renonceront pas aux festivités. Ce sont elles qui les attirent, en réalité… la musique, la danse, l'alcool… et probablement aussi la drogue. Le recrutement de nouveaux membres n'est qu'un prétexte.

Songer à Shane Yates qui vendait des stupéfiants sur son campus le rendait malade. Mais Hannah avait fait valoir des arguments recevables. Shane leur permettrait peut-être d'arrêter Todd Burk et de mettre un terme aux trafics de drogue des Hellhounds, une bonne fois pour toutes.

— Et si tu les menaçais d'envoyer des policiers sous couverture sur le campus en les chargeant d'arrêter quiconque serait surpris en train de boire avant l'âge légal ? Je ne vois pas de meilleur moyen de casser l'ambiance. Dans ce contexte, personne n'osera se rendre aux fêtes, qui seront annulées. Problème réglé.

Elle réfléchissait comme une policière de Laramie, pas comme quelqu'un travaillant pour une université.

— Lorsque j'ai accepté ce poste, mes supérieurs ont été très clairs sur les limites de mes interventions. Je me dois de défendre la réputation de l'université. Si de futurs étudiants apprenaient qu'ils risquent de finir leur scolarité avec un casier judiciaire, les inscriptions chuteraient. De plus, une telle mesure serait compliquée à mettre en œuvre, voire impossible. Il me faudrait arrêter huit étudiants sur dix. Je n'ai ni le nombre d'hommes nécessaire, ni assez de place dans les cellules sans parler de la logistique et de la procédure judiciaire. Ce n'est pas faisable, conclut-il en secouant la tête.

Hannah prit une autre part de pizza et en retira les morceaux de pepperoni avant de la croquer.

— Et avoir un assassin sur le campus ne nuit pas à la réputation de l'université peut-être ? Et ne leur pose pas de problème ? Demande-leur d'instaurer un couvre-feu.

— Je n'ai pas assez d'éléments pour justifier une telle mesure. L'administration est réticente au changement.

— Que leur faut-il de plus ? Le meurtre d'une autre fille ?

Il espérait que non.

— En venir à une telle extrémité serait considéré comme un échec de ma part, de mon travail. Ils veulent que ce type soit arrêté mais sans provoquer de remous ni sur le campus, ni au sein de l'administration, ni dans la vie étudiante.

Elle leva les yeux au ciel.

— Incroyable.

— C'est ma faute, je n'ai pas anticipé cette semaine de festivités, les plus importantes de l'année scolaire. J'étais tellement obnubilé par mon désir d'attraper le tueur que j'ai zappé la *rush week*. Une grave erreur de ma part.

— Hé, tu n'es pas le seul à avoir des reproches à te faire. J'en ai commis moi aussi. Le sergent Starkey aussi. Il travaille pour la police de l'université depuis des années. Il est au courant de la *rush week*. Sais-tu comment tes hommes surnomment cette période ? Le *blitz*.

Non. Il n'avait jamais entendu parler du *blitz*.

— Quel était l'alibi de Starkey ? reprit-elle.

— Attends. Qu'il n'ait pas attiré mon attention sur les fêtes ne fait pas de lui un meurtrier. Mais un piètre second.

— Starkey sait qu'avec un tueur en liberté sur le campus, les étudiantes seront très vulnérables lors de ces fêtes. Il aurait dû prendre des mesures en amont pour atténuer les risques. Il a choisi de ne pas le faire. Pourquoi ?

— C'est une bonne question.

— Savais-tu qu'il avait postulé pour devenir chef de la police de l'université mais n'avait pas été retenu ? demanda-t-elle. Trois fois de suite.

Ça aussi, Matt l'ignorait.

— Comment es-tu si bien informée ?

Elle lui sourit et il eut envie de lui caresser le visage mais il se retint, craignant qu'elle ne s'écarte de nouveau.

— Je sais écouter. Quel est son alibi ? insista-t-elle.

— Sa femme. Elle jure qu'ils étaient tous deux chez eux le soir où Madison Scott a été assassinée. Elle n'a aucune raison de mentir. En revanche, nous devrions examiner de plus près les faits et gestes de Foster.

— Je suis d'accord. Il ne passe certainement pas l'hiver ici au volant d'un cabriolet Camaro, renchérit Hannah en buvant une gorgée de bière. Pas avec toute la neige qui recouvre les routes entre décembre et mars. J'ai bien une idée mais elle est fastidieuse. Nous contactons le DMV, le Department of Motor Vehicles, du Wyoming, l'organisme gouvernemental chargé de l'enregistrement des permis de conduire et des véhicules. Et leur demandons les dossiers de tous les SUV Range Rover et Chevrolet de couleur foncée immatriculés dans le coin. Nous les passons ensuite au peigne fin pour voir si Foster possède un deuxième véhicule dont il aurait oublié de nous parler. Ou si quelqu'un d'autre affilié au campus aurait un SUV de ce genre. Nous ferions alors d'une pierre deux coups. En vérifiant ses dires, nous tomberons peut-être sur une piste menant à un autre suspect.

— As-tu une idée du nombre de personnes qui conduisent ces véhicules ici et du temps qu'il faudra pour vérifier si elles sont liées de près ou de loin au campus ? Cela représente un travail titanesque. Je vais désigner un de mes hommes pour s'en charger. Et j'en aurai besoin d'un autre pour prendre Foster en filature afin de m'assurer qu'il est seul chez lui et pour fouiller ses poubelles quand l'occasion se présentera. Mais je vais avoir un problème de main-d'œuvre. J'ai à peine assez de personnel pour patrouiller et maintenant je dois couvrir aussi les fêtes du campus.

Elle posa sa bière et se tourna vers lui.

— J'ai peut-être une solution. La cheffe Nelson m'a accordé d'avance tout ce dont j'aurais besoin pour attraper ce type et clore cette affaire. Je vais demander à mon collègue de Laramie, Kent Kramer, de venir filer le train de Foster.

Kramer était un bon inspecteur de police. L'un des rares à avoir survécu à la purge des policiers corrompus à Laramie.

— Si je lui demande gentiment, il n'est pas exclu que la cheffe me donne un autre de ses hommes pour parcourir les dossiers du Department of Motor Vehicles.

Matt se pencha vers elle.

— Tu es gentille. Mais tu n'aimes pas le montrer, nuance.

— Cette remarque prouve à quel point tu me connais mal.

Il s'efforçait d'y remédier.

— Tu as un côté tendre, lui assura-t-il.

Elle se mit à rire.

— Quand as-tu vu la moindre tendresse chez moi ?

— Tu avais sauvé un chat errant que nous avions trouvé près d'un laboratoire de méthamphétamine et tu l'avais donné à ta voisine âgée. Le sien venait de mourir.

— C'était un geste purement égoïste de ma part. En lui offrant ce chat, j'espérais l'empêcher de frapper à ma porte pour me tenir la jambe pendant des heures parce qu'elle se sentait seule.

Hannah vivait dans un quartier pittoresque à proximité du centre-ville. Un contraste frappant avec l'immense ranch Shooting Star, sans voisins à des kilomètres à la ronde.

— Tu me nourris à toute occasion, poursuivit-il. Tu n'étais pas obligée de m'acheter cette barre protéinée au café.

— Encore une fois, je ne pensais qu'à moi. J'ai commis l'erreur de ne pas te nourrir, ce matin, et tu as failli m'arracher la tête à cause de Shane Yates.

Il était devenu grincheux et l'avait accablée de reproches. Il le regrettait.

— Tu as commandé une pizza au pepperoni parce que j'en avais envie alors que manifestement, tu n'aimes pas le pepperoni, continua-t-il.

— Par radinisme, Granger. Pas par gentillesse. Prendre deux pizzas aurait été du gaspillage. Je ne suis pas gentille. Je suis un aimant à problèmes. Tu t'en souviens ?

— Tu peux être les deux. Et certains ennuis valent la peine d'être vécus.

Elle lui sourit.

— Je n'ai jamais reçu de déclaration plus touchante.

Il planta les yeux dans les siens. Le sourire d'Hannah s'envola aussitôt, balayé par l'incertitude. Visiblement, elle hésitait à aller plus loin et il sentit sa gorge se serrer.

Lentement, il saisit son menton et se pencha vers ses lèvres. Elle n'était pas belle au sens classique du terme mais quelque chose chez elle – sa silhouette, ses courbes féminines ou la férocité de son esprit, il n'en savait rien – le fascinait.

Il se rapprocha encore mais s'arrêta, à un cheveu de l'embrasser.

Elle parut peser le pour et le contre mais s'écarta brusquement, sauta sur ses pieds et recula.

— J'aimerais un peu d'eau. Je vais…

Un bruit fracassant de verre brisé la fit se tourner vers la fenêtre et Matt bondit.

Des flammes dansaient sur le capot de son pick-up, comme si quelqu'un y avait lancé un cocktail Molotov.

— Reste ici, dit-il en se dirigeant vers la porte d'entrée.

— Pas question. Je suis chez moi. Ce qui s'y passe me concerne !

Elle atteignit la porte en premier, l'ouvrit et sortit en trombe.

Matt la talonnait quand il entendit un bruissement dans les buissons qui flanquaient la porte.

Un type en jaillit dans l'obscurité, le chargea et le frappa au ventre, pour le faire tomber. Mais Matt encaissa le coup avec un gémissement, l'attrapa par le col et le jeta à terre. Sur le haut du blouson en cuir se trouvait un écusson Hellhounds. Rien d'autre. Il comprit qu'il avait affaire à un nouveau, pas à un membre à part entière du gang.

Du coin de l'œil, il vit un deuxième motard se précipiter sur Hannah et il se tendit. Il lui serait difficile de contrer un assaillant plus grand et plus fort qu'elle.

Mais à la vitesse de l'éclair, elle para le coup, retournant l'élan et la masse de l'homme contre lui, et lui envoya le genou dans le bas-ventre. Tous deux roulèrent au sol.

Avant que Matt ait eu la possibilité d'être impressionné, l'autre gars se jeta de nouveau sur lui. Tête baissée, il lui envoya son poing en pleine figure.

— Personne ne touche aux Hellhounds ! hurla-t-il.

Il tira plusieurs fois sur sa ceinture comme s'il cherchait à attraper quelque chose qui s'était coincé. D'instinct, Matt devina qu'il s'agissait d'une arme à feu. Si ce type tirait le premier, il était mort.

D'un geste vif, il s'empara de son pistolet et le brandit vers le motard.

— Les mains en l'air !

Il entendit alors claquer un coup de feu derrière lui et son cœur cessa de battre.

Hannah !

— Donne-moi une raison de ne pas te descendre, hurla-t-elle à son agresseur.

Matt poussa un soupir de soulagement. Elle allait bien.

— Allonge-toi sur le ventre, ordonna-t-elle au jeune bleu. Face contre terre, les mains derrière la tête. Et si tu bouges une oreille, je t'abats.

Matt sourit.

— Fais ce que te dit la dame.

11

Jeudi 19 septembre

13 h 30

— Merci d'avoir accepté ce travail, Kent, dit Hannah. C'est sympa de ta part de venir nous donner un coup de main.

Tout en parlant à Kent Kramer assis en face d'elle dans le bureau de Matt, elle jetait des coups d'œil furtifs à travers la cloison en verre, dans la salle de l'autre côté du couloir. Matt s'y entretenait en tête à tête avec le sergent Starkey.

— Je ne l'ai pas accepté, répliqua l'inspecteur de police Kramer, en sirotant un cappuccino – Dennis avait bien réparé la machine à expresso. Je n'ai fait que suivre les ordres de la cheffe Nelson.

Au lieu d'être habillé en costume comme à son habitude, il était en jean et en sweat-shirt. Une tenue décontractée plus appropriée pour une surveillance ou une filature.

Hannah avait passé la matinée dans les locaux de la police de Laramie avec Matt pour régler les démarches administratives concernant l'agression devant chez elle et pour confirmer à Nelson sa demande de main-d'œuvre supplémentaire. Elle en avait profité pour appeler le Department of Motor Vehicles et pour prendre contact avec les Homicides de la police de Seattle. Mais il n'y avait personne au bout du fil et elle attendait leur rappel. Ils avaient regagné le campus vers midi.

— Eh bien, merci quand même, dit-elle.

Elle lui tendit une copie de l'emploi du temps de Bradford Foster et jeta un nouveau coup d'œil vers le bureau voisin.

La conversation semblait houleuse, du moins du côté de Matt. C'était surtout lui qui parlait, tandis que Starkey, l'air ennuyé, se contentait de réponses courtes et soupirait beaucoup.

— C'est un sacré œil au beurre noir que tu as là, dit Kent, détournant son attention.

Le motard avait réussi à la frapper avant qu'elle parvienne à dégainer son arme. Matt avait insisté pour qu'elle mette de la glace sur l'hématome. En fait, il avait lui-même pris la compresse glacée pour la poser avec douceur sur son visage. Et elle l'avait laissé faire et accepté sa tendresse – un aveu de faiblesse qu'elle ne s'autorisait avec personne d'autre. Malgré la glace, aucun maquillage n'aurait réussi à dissimuler son œil au beurre noir. Elle n'avait donc même pas essayé de le faire.

— L'autre type est dans un état pire, dit-elle.

Elle avait en effet infligé une bonne correction au jeune Hellhound. Mais si elle ne l'aurait jamais reconnu, elle-même avait besoin de quelques heures de sommeil supplémentaires et d'antalgiques.

— J'ai entendu dire que ces deux-là avaient agi de leur propre chef et qu'il sera impossible d'incriminer Burk.

Leur avocat, maître Friedman, était miraculeusement arrivé au poste dix minutes après leur arrestation.

— En effet. Ils prétendent que personne ne leur a donné l'ordre de m'attaquer pour leur permettre d'accéder, en échange, au statut de membres à part entière.

— De te tuer, tu veux dire ? demanda Kent. J'aimerais bien savoir comment ils ont eu ton adresse.

— Ils l'auraient trouvée sur le Dark Web. Bizarrement, seul mon nom figurait sur le site où ils l'ont découverte. Il n'est pas difficile de deviner qui a transmis ces informations. Todd Burk. Malheureusement, je ne peux pas le prouver.

Comme beaucoup de gens, elle avait hâte de voir ce Burk derrière les barreaux d'une prison.

Un mouvement de l'autre côté du couloir attira son regard. Matt s'était levé. Starkey aussi.

Kent soupira.

— Tu sais, si tu jettes une grenouille dans de l'eau bouillante, elle en saute tout de suite. Mais si tu la mets dans une casserole remplie d'eau à température ambiante sur une plaque de cuisson dont tu augmentes progressivement l'intensité, la grenouille ne remarque pas le changement de température avant que l'eau soit presque à ébullition. Et à ce moment-là... eh bien, il est trop tard. Elle n'a plus la force de se libérer.

Hannah réfléchit à ce que venait de dire le vieil inspecteur de police.

— Suis-je censée être la grenouille dans cette histoire ? Et l'augmentation de la température représente ma charge de travail et ce qu'elle me coûte ?

Sans répondre, il garda une expression évasive.

Hannah apprécia sa sagesse mais n'imaginait pas subir un jour un tel sort.

— Je saurai quand le moment sera venu de dire stop.

— En es-tu sûre ? Nous pensons tous avoir cette lucidité. Et regarde où nous en sommes. Je suis toujours dans la casserole, alors que j'aurais probablement dû quitter la police il y a déjà plusieurs années.

La porte de l'autre côté du couloir s'ouvrit brusquement, heurtant le mur avec fracas. Le sergent Starkey sortit du bureau. Il ne portait plus ni son badge ni son arme de service.

— Et maintenant, on verra comment vous vous en sortez sans mon aide, espèce d'ingrat !

— Il est temps pour moi d'y aller, dit Kent en jetant son gobelet vide dans la poubelle. Le professeur a des heures de bureau aujourd'hui. Le prendre en filature devrait être assez simple.

Matt entra dans le bureau.

— Salut, Kent. C'est gentil de ta part de nous aider en gardant un œil sur Foster.

— La cheffe m'a dit de venir. Alors me voilà. Puis-je avoir un plan du campus ?

— Bien sûr.

Matt ouvrit un tiroir et en attrapa un.

— Tiens. De plus, voilà un passe qui te permettra de te garer sur les places réservées aux professeurs. Au fait, Foster conduit un petit cabriolet Camaro bleu clair.

Il donna à Kent le numéro de la plaque d'immatriculation.

Le smartphone d'Hannah sonna. En voyant l'indicatif de Seattle s'afficher sur l'écran, elle répondit en mettant le haut-parleur.

— Ici l'inspectrice de police Delaney.

— Bonjour. Je suis l'inspecteur de police Trahern. J'ai reçu votre message concernant Bradford Foster.

— Oui. Merci de m'avoir rappelée. Je suis avec deux collègues, Matt Granger, le chef de la police de l'université du Wyoming et l'inspecteur Kramer. J'ai cru comprendre que Foster vous avait aidé à serrer le Boucher d'Emerald City.

— Ce n'est pas tout à fait comme ça que je présenterais les choses. Son intervention a conduit à l'arrestation et à la condamnation d'un suspect, Sam Lee. Mais une anomalie m'a toujours dérangé dans cette affaire.

Hannah jeta un coup d'œil à Matt et à Kent.

— Et laquelle ?

— Nous n'avons jamais pu relier l'ADN de Lee à aucune des victimes.

— Alors comment avez-vous obtenu sa condamnation ?

— Des trophées pris aux victimes avaient été découverts chez Lee. Il avait juré qu'il ne les avait jamais vus et ignorait comment ils étaient arrivés là, ajouta Trahern.

— Quels genres de trophées ? demanda-t-elle.

— Leurs cartes d'identité, des bijoux, de la lingerie.

Matt croisa les bras.

— Vous pensez qu'il a été piégé ?

— Aucun desdits trophées ne portait ses empreintes. Cela m'a semblé bizarre mais à l'époque, nous voulions surtout en finir avec cette enquête. Je ne sais pas s'il a été piégé. J'espère que non. Si c'était le cas, mon coéquipier et moi en serions responsables, dit Trahern d'une voix triste. Cela m'amène au deuxième détail qui m'interpelle. La majorité des tueurs en série se vantent de leurs exploits en détention. D'abord, à cause de leur ego souvent surdimensionné mais aussi parce que si vous êtes un grand assassin, la vie derrière les barreaux est plus facile. J'ai gardé un œil sur Lee toutes ces années. À ce jour, il n'a jamais cessé de clamer son innocence.

— Foster a publié un livre sur son travail avec votre équipe, dit Matt. Et s'attribue une grande partie du mérite.

— J'en suis bien conscient. Chaque fois que j'en vois un exemplaire, j'en suis malade et j'ai envie de le brûler.

— Mais les meurtres ont cessé dès que Lee a été arrêté, n'est-ce pas ? demanda-t-elle.

— En effet. Mais une autre façon de voir les choses est de remarquer qu'ils se sont arrêtés lorsque Foster a quitté Seattle.

Kent secoua la tête avec une grimace.

— L'une des victimes du Boucher a-t-elle été violée ?

— Elles l'ont toutes été. Mais le tueur utilisait un préservatif, et elles ont toutes été tuées à la suite d'un traumatisme à la tête. Bien qu'il y ait des marques de ligature autour de leurs poignets, chevilles et cous.

— Parfois, les tueurs en série qui opèrent depuis un certain temps évoluent, dit Kent. Ils deviennent plus violents. Plus sophistiqués. Plus audacieux.

— Cette vieille affaire a-t-elle un rapport avec celle sur laquelle vous travaillez actuellement ? demanda Trahern.

— Le Tueur de l'université frappe de manière intermittente depuis dix ans, dit Matt. Chaque fois, il enlève trois femmes.

Toutes blondes et jeunes. Il les viole et les étrangle.

— Les victimes du Boucher étaient jeunes aussi, de la fin de l'adolescence au début de la vingtaine, mais pas toutes blondes. Comment Foster est-il impliqué ?

Hannah étouffa un gémissement.

— Disons qu'il fait partie des suspects. Les meurtres ont commencé un an après qu'il a commencé à enseigner à l'université et au moins une victime était l'une de ses anciennes étudiantes. Il a été proche de toutes les autres et n'a pas d'alibi. Quand nous l'avons interrogé, il a essayé de noyer le poisson en nous proposant son aide pour l'enquête.

— C'est un type louche et fuyant, déclara Trahern. Avez-vous trouvé de l'ADN sur les victimes ?

— Oui, oui, répondit Matt. Notre gars n'a jamais utilisé de préservatif.

— Alors votre Tueur de l'université n'est pas le Boucher d'Emerald City. Nous avions découvert des poils du tueur sur l'une des victimes. Vous auriez obtenu une correspondance dans le CODIS.

Le CODIS, le Combined DNA Index System, était une base de données nationale de profils ADN de délinquants condamnés, d'indices de scènes de crime et de personnes disparues.

— Même s'il n'a rien à voir avec vos meurtres, dit Trahern, je ne travaillerai plus jamais avec ce crétin prétentieux.

— Merci de nous avoir parlé.

— Pas de problème. Si vous avez d'autres questions, n'hésitez pas à me rappeler, dit Trahern avant de raccrocher.

Hannah glissa son smartphone dans sa poche, l'esprit en ébullition. Restait à savoir si le professeur était ou non leur homme.

— Mon instinct me souffle que nous devrions quand même nous intéresser à lui.

— Je suis d'accord, dit Matt.

— Je vais lui coller aux basques, dit Kent.

Il se tourna vers Matt.

— Je n'ai jamais eu l'occasion de te féliciter pour ton nouveau poste, vieux. Tu as quitté Laramie du jour au lendemain sans crier gare. Nous n'avons même pas eu le temps de t'organiser un pot de départ.

— Ils sont réservés aux départs à la retraite et aux promotions.

— C'en est une. Une promotion qui mérite d'être célébrée, dit-il en tapotant Matt dans le dos.

Et Hannah leva les yeux au ciel avec un soupir.

— Pas pour tout le monde, dit Matt en la regardant.

— Ne laisse pas cette grincheuse te saper ta fierté et ta joie, dit Kent. Elle ne sait pas se réjouir des belles choses qui lui arrivent. Il serait irréaliste d'espérer qu'elle soit heureuse pour les autres. Delaney repérerait au premier coup d'œil le seul nuage noir dans un ciel d'été ensoleillé.

— Ne parle pas de moi comme si je n'étais pas là, dit-elle. Et pour info, je sais comment être heureuse.

— Tu ne reconnaîtrais pas le bonheur s'il t'approchait, Delaney. Tu le chasserais, en le prenant pour une menace. Idem pour l'amour, j'en suis sûr. Pauvre petite. L'amour n'est pas censé faire mal.

Et pourtant, son amour filial l'avait anéantie.

Kent se tourna vers Matt.

— Appelle-moi un de ces quatre et je t'inviterai à boire un coup pour fêter ta promotion, *chef* Granger. Bon, je ferais mieux de me mettre au travail.

Kent partit aussi discrètement qu'il était entré.

— J'ai vu que ta conversation avec le sergent ne s'était pas bien passée, dit Hannah pour changer de sujet.

Starkey était venu le voir pour lui montrer les enregistrements des caméras de surveillance du cours de Mythologie. Puis leur échange avait pris une tournure différente.

— J'y reviendrai dans un instant.

Matt ferma la porte et s'appuya contre le bureau, les bras croisés en la regardant fixement.

— Kent a raison. J'ai travaillé dur pour arriver là où j'en suis, pour décrocher ce poste. Pourquoi es-tu jalouse de cette promotion ? Chaque fois que tu en as l'occasion, tu la minimises et insinues que je l'ai acceptée par lâcheté. Tu m'as littéralement accusé de me planquer ici.

Avec un soupir, Hannah se laissa tomber sur une chaise. Elle aurait préféré éviter cette conversation mais puisqu'il insistait...

— Tu es le meilleur inspecteur de police avec qui je n'ai jamais travaillé. Patient et impartial quand il le faut. Astucieux. Très doué pour cibler les criminels. Comme si tu devinais d'instinct la menace. Nous avons besoin d'inspecteurs de police de ta trempe dans les rues. Pour abattre les Burk et démanteler les cartels qui empoisonnent cette ville.

Elle leva les yeux vers lui. Le paradoxe de Matt Granger la perturbait. Il lui semblait incompréhensible.

— Tu es un héros de guerre, Matt. L'inspecteur de police le plus décoré de Laramie. Qu'es-tu venu faire ici si ce n'est te planquer ?

12

Jeudi 19 septembre

14 h 45

Matt en resta sans voix. Il n'aurait jamais imaginé qu'elle le tenait en si haute estime.

Le meilleur inspecteur de police avec qui elle n'avait jamais travaillé ?

La réponse à sa question n'était ni facile ni simple à expliquer. Tout en réfléchissant à la meilleure façon de la formuler, il s'assit à côté d'elle et étira ses longues jambes.

— J'ai longtemps travaillé dans les Forces spéciales. Au cours de mes différentes missions, j'ai été amené à tuer beaucoup d'hommes et j'ai vu de nombreux copains mourir. D'autres ont été gravement blessés. Ce travail était nécessaire et j'étais très doué dans mon domaine mais j'en ai trop vu. Et à force, être témoin de ces carnages m'a ravagé et a laissé des traces. Quand je suis rentré chez moi, j'ai rejoint la police de Laramie. Je voulais toujours faire la différence. Toujours. Mais je croyais qu'un inspecteur de police dans une petite ville – et non dans une métropole avec ses bas-fonds sordides – serait confronté à moins de violence, à moins d'effusions de sang. Que je ne risquerais plus de perdre quelqu'un qui m'était cher à cause de ce métier.

— Et puis ton coéquipier a été tué, dit-elle avec douceur.

— Nous n'aurions pas dû nous séparer. Mais nous l'avons fait et un criminel lui a tiré dessus. Quand je suis arrivé près de lui, il était encore vivant. Je lui ai tenu la main et je l'ai regardé mourir. Il a rendu l'âme au moment où l'ambulance arrivait.

— Je suis désolée, dit-elle en posant la main sur son bras.

— Je pensais m'en remettre, j'y avais été entraîné. Mais cette mort m'a fait plus mal que les autres. Non pas parce que Jo comptait plus que d'autres frères d'armes tombés au cours des combats. Mais je n'arrivais plus à réprimer mes émotions. J'avais perdu la faculté de les anesthésier, de m'engourdir. Elles débordaient et je ne savais pas les gérer. Puis nous avons mené ensemble l'enquête sur le cartel et tu as failli te faire descendre.

Resserrant son étreinte, elle lui caressa le bras, un geste rare chez elle, et il savoura le réconfort qu'elle lui offrait.

— Je ne voulais pas repasser par là. Voilà pourquoi, quand ce poste s'est libéré, j'ai sauté sur l'occasion. Parce que je croyais que mon travail à l'université serait plus sûr. Plus calme. Que je ne risquais plus de perdre quelqu'un d'autre à qui je tiens. Tu as sans doute raison. Je me planque. Ou du moins, j'ai voulu le faire. Mais avec le retour du Tueur de l'université, j'ai compris que je m'étais lourdement trompé. Qu'il n'y avait aucun moyen d'échapper aux ténèbres et à la mort.

Pendant des années, il avait gardé ces émotions au plus profond de lui. Il ne pouvait pas en parler à sa famille et il avait pensé qu'il ne les confierait jamais à quiconque. Jusqu'à Hannah.

Elle lui caressa la joue.

— Tout le monde n'est pas fait pour ce métier. Mais nous le sommes. Il n'est pas facile et demande beaucoup de sacrifices. Nous payons un lourd tribut pour que d'autres puissent regarder le ciel les jours ensoleillés sans y voir de nuages sombres.

Il se rendit compte alors qu'Hannah Delaney avait renoncé à être heureuse, en estimant sans doute qu'il s'agissait d'un inconvénient du poste. Beaucoup de policiers déprimés et alcooliques venaient étayer cette croyance mais cela l'attristait et le mettait en colère de savoir qu'elle se refusait le meilleur de la vie.

— Je me trompais sur la raison pour laquelle tu avais postulé, continua-t-elle. Tu as préféré venir te terrer ici mais après tout, rien ne t'obligeait à rester dans les forces de l'ordre. Tu aurais pu devenir éleveur à plein temps, par exemple, dit-elle. (Il y avait pensé.) Au lieu de quoi, tu as sollicité ce poste parce qu'une menace, qu'aucun de tes prédécesseurs n'avait réussi à éliminer, revenait. Et tu l'as sans doute senti. Tu as candidaté parce que quelque part, tu savais qu'il t'appartenait d'arrêter le Tueur de l'université.

Il n'avait pas vu les choses ainsi. Avait-elle raison ?

Comme si elle se rendait soudain compte qu'elle le touchait, elle laissa tomber sa main, se leva et s'éloigna.

Elle méritait tellement plus que ce qu'elle s'autorisait à avoir. Pourquoi n'en était-elle pas consciente ?

— Les enregistrements des caméras de surveillance ont-ils donné quelque chose ? demanda-t-elle.

Refoulant son trop-plein d'émotions, il se ressaisit.

— Pas vraiment. Sur aucune des images des vidéos prises à l'intérieur de l'amphi, il n'est en interaction avec Jessica Atkinson. Il n'apparaît que dans le hall alors qu'il y entre ou en sort en boitant.

Elle s'empara d'une bouteille d'eau et la lui offrit, mais comme il secouait la tête, elle en but une gorgée.

— Que s'est-il passé avec le sergent Starkey ?

Il poussa un long soupir.

— Nous nous sommes disputés quand je lui ai reproché d'avoir oublié de me rappeler la *rush week*. Il savait forcément qu'avec toutes les fêtes à venir, une autre étudiante risquait d'être enlevée et tuée. Il aurait dû m'en parler. Notre échange a été houleux, je n'en suis pas très fier, mais il est devenu évident qu'il voulait que j'échoue à ce poste.

— L'as-tu viré ?

— Non. Il s'est mis en congé avec effet immédiat.

— Mieux vaut qu'il soit parti.

— Avec la *rush week*, nous aurons besoin que tout le monde soit sur le pont. Plus il y aura de policiers, mieux ce sera. Maintenant, j'en ai un de moins.

— Si Starkey est le tueur, il est préférable qu'il ignore où les policiers seront placés et quelles zones seront vulnérables.

— Il en a déjà une idée. Mais je ne pense pas qu'il soit le tueur. Un mauvais second ? C'est sûr. Et son alibi ? Sa femme a juré qu'il était à la maison.

— Il lui aurait été possible d'être chez lui avec elle sans l'être réellement.

— Comment ça ?

— Tout est une question de perception. Pas vrai ? Peut-être était-il à la maison, au début de la soirée. Ils ont dîné ensemble. Puis il a décidé de descendre au garage bricoler la voiture ou au sous-sol pour se consacrer à une passion quelconque, dans l'espace qu'il s'est réservé. Un lieu sacré. À ne pas violer. Où personne ne doit le déranger. Il n'est pas difficile d'allumer une radio ou une télévision pour masquer le fait qu'il s'est éclipsé. Peut-être a-t-il utilisé un autre véhicule garé en bas de la rue pour aller tuer quelqu'un. Pendant ce temps, sa femme était persuadée qu'il était là et l'affirmera haut et fort de bonne foi.

Il se rassit et la regarda fixement.

— C'était très, très précis comme scénario. De façon inquiétante.

Elle détourna le regard, avala une autre gorgée d'eau, pour se donner une contenance.

— C'est un schéma qui m'est venu à l'esprit. Quoi qu'il en soit, il est possible que les choses se soient déroulées ainsi. Qu'en penses-tu ?

— Bien sûr. Tout est possible. Y compris les plus folles hypothèses.

— Il a un passe-temps, quelque chose qui l'intéresse. Non ?

La plupart des gens avaient un hobby.

— Regarder le base-ball à la télévision. Rien de suspect là-dedans.

— Les matchs durent parfois tard dans la nuit, non ?

Le dernier match dont Matt avait eu connaissance avait duré dix-huit manches et ne s'était terminé qu'à 4 heures du matin.

— C'est vrai mais sa femme m'a dit qu'ils étaient allés au lit ensemble.

— L'a-t-elle formulé ainsi ? Ou était-ce plus général, plus vague ?

Un peu comme s'ils avaient dîné tous les deux, regardé le match de base-ball et étaient allés se coucher. Cela pourrait signifier qu'elle avait dîné avec les enfants. Pendant qu'il se restaurait seul devant la télévision dans l'espace qui lui est réservé, où il n'aime pas être dérangé. Puis elle est allée se coucher. Quand elle s'est réveillée, il était à côté d'elle, et elle a donc supposé qu'il l'avait rejointe peu après qu'elle s'est endormie.

Il ne se souvenait pas des mots exacts de la déclaration mais il avait mémorisé l'essentiel. La femme de Starkey était sûre qu'il était à la maison ce soir-là.

— N'oublie pas qu'il s'est soumis au détecteur de mensonges.

Elle haussa les épaules.

— Cela ne veut rien dire. Peut-être sait-il comment en fausser le résultat. Ils ne sont pas fiables à cent pour cent, dit-elle.

Il devait le reconnaître.

— Voir sa candidature écartée trois fois de suite et être forcé de seconder le gars qui a décroché ce poste si convoité n'est pas simple. Avant de l'énerver, tu aurais dû lui demander de passer un test ADN.

Malheureusement, à ce stade, Matt aurait du mal à obtenir un mandat pour un prélèvement d'ADN puisque le sergent Starkey s'était soumis à un test polygraphique *et* avait un alibi *et* que rien ne le justifiait.

— Peut-être faut-il demander à Kent de fouiller ses poubelles aussi.

— Je lui envoie tout de suite un texto à ce sujet, dit-elle en sortant son smartphone.

— Il y a quelque chose que tu dois savoir. J'ai soumis l'ADN du tueur à deux de ces grandes entreprises de tests génétiques généalogiques accessibles au public. Une centaine d'utilisateurs ont ainsi découvert un parent éloigné, un cousin au troisième degré, par exemple.

La correspondance idéale dans une recherche généalogique était un parent, un frère ou une sœur, un demi-frère ou une demi-sœur, un cousin germain ou une cousine germaine. C'était l'équivalent pour l'ADN de trouver le filon principal.

— Logan Powell, mon cousin qui travaille à la DCI, la Division des enquêtes criminelles, m'a mis en contact avec l'un de leurs enquêteurs à la retraite, poursuivit-il. Il a accepté d'effectuer ces recherches, mais il lui faudra sans doute six mois pour réduire le volume à un nombre exploitable de personnes susceptibles d'être le Tueur de l'université.

Plus les correspondances remontaient loin, plus il fallait étendre les branches de l'arbre généalogique.

— Personne d'autre n'est au courant au bureau. Je préférais garder ces recherches secrètes. Il y a dix ans, lorsque ce type a commencé à tuer des femmes, la police n'utilisait pas les sociétés publiques de tests génétiques pour traquer les suspects. Mais si notre gars avait vent que nous sommes sur le point d'identifier certains de ses proches, il risquerait de s'enfuir et de disparaître.

Elle fronça les sourcils.

— Mais pourquoi ne m'en as-tu pas parlé plus tôt ?

Il n'avait pas vraiment de raison à lui donner. Il n'y avait rien de personnel dans cet oubli. Il avait confiance en elle.

— Tout s'est passé si vite, je n'y ai pas pensé. De plus, nous devons arrêter ce type avant qu'il tue deux autres femmes dans quelques jours. Que je te le dise maintenant ne semblait pas vital, si ?

Elle détourna les yeux et secoua la tête. Comme son smartphone bipait, elle regarda le message.

— Kent est d'accord pour fouiller les poubelles de Starkey mais veut nous prévenir que personne n'a vu Foster depuis plusieurs heures. Certains étudiants viennent souvent lui parler pendant les heures de bureau mais il ne s'est pas présenté. L'un d'eux prétend qu'il part parfois pêcher près de Gray Reef ou de North Platte.

— Demande à Kent de jeter un œil chez Foster, dit Matt.

— Je l'ai déjà fait. Il va là-bas maintenant.

Elle posa son téléphone.

— Pour revenir aux festivités de ce soir, nous devrions mettre en place un dispositif inattendu.

— Qu'as-tu en tête ? demanda-t-il, sa curiosité piquée au vif.

— Peux-tu demander un service à ton autre cousin ?

— Lequel ?

— Holden, le shérif. Nelson ne peut pas se permettre de mettre des agents supplémentaires sur cette affaire. Mais peut-être Holden accepterait-il de nous envoyer quelques adjoints. Ils seraient en civil et traîneraient dans les différentes soirées.

— C'est une bonne idée.

Ce soir, ils avaient besoin de toute l'aide possible.

13

Jeudi 19 septembre

18 h 10

L'arôme alléchant d'un hamburger-frites du Wheatgrass Café flottait dans l'habitacle. Il se gara à proximité de l'hôpital universitaire, loin des caméras de surveillance, enfila ses gants et retira le bouchon du gobelet rempli de Coca-Cola. Il y versa quelques gouttes oculaires – à base de chlorhydrate de tétrahydrozoline –, un produit qui s'achetait partout. Au cas où le policier chargé de surveiller la douce Jessica ne buvait pas de soda, il avait glissé une bouteille d'eau dans le sac de livraison du café. Il en avait déjà drogué le contenu.

S'il avait mis le bon dosage, le policier serait seulement malade – très malade – et se précipiterait bientôt aux toilettes pour vomir. En revanche, s'il avait forcé la dose par inadvertance, l'homme tomberait dans le coma, serait pris de convulsions. Et mourrait peut-être.

Certes, il avait été obligé de renoncer à sa soirée avec Jessica, un sacrifice nécessaire, mais elle n'en restait pas moins sa proie. Lui prendre la vie était essentiel. Sa mort serait la première punition infligée à l'inspectrice de police infiltrée.

Hannah Delaney.

Il allait lui apprendre à sa façon que dès lors qu'il avait jeté son dévolu sur une femme, elle était à lui. Les seules vies qu'elle sauverait seraient celles qu'il avait décidé d'abandonner.

L'ingérence de cette Delaney était intolérable et elle en paierait le prix.

Il ouvrit la boîte à gants, en sortit la petite enveloppe et sourit.

Comme il ne profiterait pas de Jessica comme des autres, elle ne serait jamais l'une de ses reines. Par conséquent, il ne pouvait laisser sur elle une reine de cœur, sa signature habituelle.

À la place, il avait eu l'idée d'un message spécial, unique, réservé à l'inspectrice de police.

Il le glissa dans la poche intérieure de sa veste, où se trouvait déjà la seringue contenant la dose mortelle de GHB.

La sonnerie de son smartphone retentit et il jura. En général, il ne prenait jamais d'appel avant de tuer mais en reconnaissant le numéro, il comprit qu'il le fallait.

— Salut, fiston.

— Salut, papa. Comment vas-tu ?

— Très bien, répondit-il tout en scrutant les alentours. Tu es impatient de vivre ta première *rush week* en tant que membre à part entière de la fraternité, j'imagine ?

— Oui, j'ai trop hâte, répondit son fils. J'en avais assez d'être un nouveau. Mais maman me rend fou. Elle n'arrête pas de m'appeler pour me dire de ne pas boire, que je ne suis pas à l'université pour faire la fête mais pour apprendre.

— Ta mère t'aime et veut te protéger, voilà tout.

— Pourquoi ne peut-elle pas être cool comme toi ?

— Les mamans et les papas sont différents. Je te fais confiance pour faire les bons choix. Tu sauras trouver par toi-même le juste équilibre entre études et plaisir, j'en suis certain.

— Parle-lui, dit Liam. Dis-lui d'arrêter.

— Il m'est impossible de demander à ta mère de cesser de t'aimer ou de ne pas s'inquiéter.

— Tu viendras au week-end des parents de ma fraternité ?

— Bien sûr.

— Je préférerais que maman ne vienne pas.

— C'est entre elle et toi. Je refuse de m'en mêler.

— C'est le dernier week-end du mois.

— Je sais. Je ne le raterais pour rien au monde.

— Super. Je dois y aller, papa. Je me suis porté volontaire pour être un frère sobre ce soir mais je dois d'abord assister à une réunion organisée par le conseil.

— De quoi parles-tu ?

— Le chef de la police du campus a contacté le conseil parce qu'il s'inquiète de la sécurité des étudiants, en particulier des filles, répondit Liam. Il a demandé des volontaires qui resteront sobres et veilleront sur les autres pendant les fêtes.

— Vraiment ? Intéressant.

— Et ils renforcent la présence policière ce week-end.

Heureusement qu'il avait pris deux longueurs d'avance. Ils n'avaient aucun moyen de l'arrêter. Pas ce soir.

Il sourit.

— Je suis fier de toi. Te mobiliser pour protéger tes camarades prouve que tu es quelqu'un de bien, Liam. Amuse-toi bien ce week-end. Je t'aime, fiston.

— Moi aussi, papa.

Ils mirent fin à l'appel et il se recentra sur la tâche à accomplir. Il avait besoin de se concentrer sur son personnage.

Il jeta un coup d'œil dans le rétroviseur pour inspecter sa nouvelle apparence. Il appuya sur sa barbe pour s'assurer qu'elle ne bougerait pas, peigna de la main les cheveux de sa perruque et baissa la visière de sa casquette. Il tapota son faux ventre pour vérifier qu'il était bien fixé.

— Voilà, dit-il, en s'entraînant à prendre un accent du Sud.

Parfait.

Il sortit de la voiture et verrouilla la portière. Baissant la tête au cas où il passerait devant des caméras en chemin, il se dirigea vers l'hôpital.

Dès qu'il y entra, il gagna la réception.

— Bonjour. J'ai une livraison pour le policier de garde, dit-il, en brandissant son sac à l'effigie du Wheatgrass Café.

L'employée sourit et tapa sur l'ordinateur.

— Chambre 411.

— Merci.

La tête toujours baissée, il se hâta vers la rangée d'ascenseurs et s'engouffra dans une cabine derrière un homme âgé.

— Quatrième, s'il vous plaît.

Quand il atteignit le quatrième étage, l'ascenseur émit un petit *ding* et les portes s'ouvrirent.

Lentement, il remonta le couloir, localisant les chambres qui semblaient inoccupées. Il passa devant le bureau des infirmières et se détourna. Quelques portes plus loin, il aperçut le policier. Assis sur une chaise, il était penché sur son smartphone.

Il brandit la boisson et le sac.

— Bonsoir. Je vous apporte votre dîner, offert par vos amis de la police de l'université.

Le visage du jeune homme s'éclaira.

— Merci. Les plats servis au Wheatgrass Café sont bien meilleurs que ceux de l'hôpital.

— Bon appétit, dit-il avant de s'éloigner.

Alors qu'il approchait de l'ascenseur, il jeta un coup d'œil par-dessus son épaule. Le policier avait sorti la paille du sac et l'insérait dans le gobelet.

Comme il l'avait escompté.

Il se glissa dans une chambre inoccupée et gagna la salle de bains. Il enfila une blouse blanche, jeta la casquette à la poubelle et peigna de nouveau la perruque des doigts.

Dans quelques instants, le chlorhydrate de tétrahydrozoline commencerait à faire effet, au moment précis du changement d'équipes, quand le personnel serait distrait. Comme toujours, tout était dans le timing.

Il rendrait alors une dernière visite à sa douce Jessica.

14

Jeudi 19 septembre

19 h 17

Le cœur lourd, Hannah suivit Matt dans l'ascenseur de l'hôpital. Ils montèrent au quatrième étage. Le policier Carl Farran y avait été admis pour de sévères vomissements accompagnés de difficultés à respirer, d'une tension artérielle élevée et de tremblements. Il avait sans doute été empoisonné. Sa chambre se trouvait au même étage que celle de Jessica.

Ils montrèrent leurs badges à l'agent de sécurité en faction devant la porte de Jessica Atkinson. Il en contrôlait l'accès comme ils le lui avaient demandé lorsqu'ils avaient appris avec horreur ce qui s'était passé. Avant de les laisser entrer, l'homme nota leurs noms dans un registre.

La chambre était froide et silencieuse comme une tombe. Hannah s'approcha du lit et regarda le visage de Jessica, ses yeux bruns écarquillés, figés dans la mort.

Elle serra les mâchoires. Comment avait-elle pu laisser ce tueur psychopathe atteindre la malheureuse ? Jessica avait-elle compris qu'il était revenu la tuer avant qu'il soit trop tard ?

Il n'y avait aucun signe de lutte. Il avait dû se déguiser en médecin ou en infirmier pour lui injecter un poison mortel via la poche de perfusion.

En proie à une profonde culpabilité, Hannah se sentait ravagée.

Comme elle se penchait vers Jessica, elle remarqua soudain une petite enveloppe blanche posée sur son ventre.

Elle fouilla ses poches pour en tirer des gants en latex. Elle enfila une paire et en tendit une autre à Matt.

Elle s'empara de l'enveloppe d'une main tremblante. Ce drame la bouleversait plus qu'elle ne l'avait imaginé.

Le rabat n'avait pas été scellé. D'un doigt, elle le souleva et sortit avec précaution le feuillet à l'intérieur.

Trois lignes avaient été tapées à la machine :

Personne ne me prendra mes proies.

La police se croit compétente mais ne m'empêchera pas d'en enlever deux autres pendant la rush week.

La fête sera pour moi, que cela plaise ou non au palindrome de service.

— Ce malade a eu le culot de nous laisser un message ! s'exclama-t-elle, au bord de la nausée.

— Je crois qu'il s'adresse à toi en particulier, dit Matt avec inquiétude. Regarde la dernière ligne. Ton prénom est un palindrome. Il se lit de gauche à droite et de droite à gauche sans changer de sens.

Submergée par une vague de colère et de frustration, elle avait envie de frapper ce monstre.

— Ses mots me sont destinés, oui. Ce fumier jubile. Je l'ai empêché de kidnapper Jessica, je croyais l'avoir sauvée, mais il est quand même arrivé à la tuer. Je n'ai pas été capable de la protéger alors que je m'y étais engagée. Il s'est montré plus fort que moi. Il veut que j'aie honte de moi.

Et il avait réussi.

Les larmes brûlaient ses paupières. La gorge serrée, elle glissa le message dans un sac d'indices.

— C'est moi qui m'étais engagé à la protéger, corrigea Matt. Et il s'est attaqué à l'un de mes policiers aussi. C'est ma faute. Pas la tienne.

— Mais c'est moi qui suis la cible de ses sarcasmes. La façon dont il a formulé la dernière ligne est révélatrice. Je vais échouer, il n'en a pas l'ombre d'un doute. Quoi que je fasse, quels que soient mes efforts, il parviendra à ses fins, il en est certain.

Son ventre se révulsa à cette idée.

Elle ne supporterait pas d'en perdre une autre.

— Pourquoi n'a-t-il pas laissé une reine de cœur comme avec les autres ? demanda Matt, réfléchissant à voix haute.

Accablée, elle devina le raisonnement du tueur.

— Sans doute ne considère-t-il pas cet assassinat comme faisant partie de ses meurtres rituels. Il a empoisonné un policier et tué cette malheureuse dans sa chambre d'hôpital, au risque de se faire pincer, uniquement pour me faire payer le fait d'être intervenue, l'autre soir. D'avoir perturbé ses plans avec elle.

Elle regarda le corps froid et pâle de Jessica.

— Il va violer et assassiner deux autres femmes, comprit-elle.

— Non. Nous ne le laisserons pas faire, dit-il en posant une main sur son dos. Tu m'entends ?

Mais le doute s'emparait d'elle, la peur la gagnait.

— Et si cette enquête nous dépassait ? Si nous n'avions pas la capacité de lutter contre ce type ? S'il était plus fort que nous ?

Au fil des ans, elle avait appris qu'un bon inspecteur de police maîtrisait ses émotions. Personne ne l'avait jamais vue hésiter, encore moins flancher. Elle avait toujours su se ressaisir et faire face, quitte à craquer plus tard, en privé.

Mais là, devant cette pauvre étudiante qu'elle n'avait pas réussi à protéger, le message provocateur du meurtrier l'ébranlait et elle n'arrivait plus à dissimuler le désespoir dont elle était la proie.

— Ce type n'est pas aussi intelligent qu'il le pense, répliqua Matt. Nous l'aurons. Tôt ou tard.

Il avait raison, ils finiraient par l'arrêter. Ce n'était qu'une question de temps. Le tueur s'était en effet montré trop confiant et avait commis l'erreur de laisser son ADN sur ses victimes.

Mais cette lettre sordide la poussait à s'interroger sur la suite. Comment allait-elle l'empêcher de prendre deux autres vies ?

— Pourquoi ne pas profiter du fait que nous sommes ici pour trouver l'infirmière Slagle et discuter avec elle de son mari ? demanda-t-il.

— Bonne idée.

Ils se rendirent au bureau des infirmières.

— Nous aimerions parler à Tina Slagle. Savez-vous où elle est ?

— Tina est en congé aujourd'hui. Elle doit être chez elle, à s'occuper de ses enfants.

— Merci, dit Matt.

Alors qu'ils s'éloignaient, il chuchota à Hannah :

— Tu as remarqué qu'elle a dit *s'occuper de ses enfants* et non *avec sa famille* ?

— Tout à fait. Un détail sans doute révélateur. Nous n'avons pas beaucoup de temps avant la réunion prévue pour organiser la sécurité des festivités de ce soir. Mais je pense que nous devrions passer chez les Slagle.

Une sourde terreur la rongeait.

Matt lui saisit le bras.

— L'hôpital va nous envoyer par mail les images de vidéosurveillance. Cela nous épargnera l'attente. Nous avons donc largement le temps d'aller interroger Tina Slagle.

Il l'entraîna dans un coin.

— Le message du tueur t'a affectée, Hannah, je le vois bien. Mais tu ignores encore un trait de ma personnalité. Quand je me fixe un objectif, je me donne tous les moyens de l'atteindre et je vais jusqu'au bout. Je ne m'arrête pas avant d'avoir abouti.

Ses efforts pour la rassurer la touchèrent, mais l'idée que Jessica Atkinson soit morte par sa faute la dévastait.

— As-tu déjà mené une bataille en étant persuadé que tu ne pouvais pas la gagner ni même y survivre, Matt ? Et as-tu déjà eu peur au point de vouloir fuir le combat ?

— Plusieurs fois, quand j'étais dans l'armée.

Matt avait eu peur ? Vraiment ? Elle n'en revenait pas.

— Qu'as-tu fait alors ?

— J'ai gardé le doigt sur la détente, l'œil sur ma cible, et j'ai continué à me battre, jusqu'au bout. Comme tu vas le faire maintenant. Tu n'es pas seule, je suis avec toi. Nous l'aurons. Ensemble. J'ai besoin que tu y croies, Delaney. Ne le laisse pas entrer dans ta tête. Ne lui permets pas de saper ta confiance, de te priver de ta force. De ta volonté. De ton désir de justice. C'est ce qu'il cherche. Il veut que tu doutes de toi. Mais tu as déjà réussi à l'empêcher de tuer, une fois. Tu sauras le refaire. Nous l'aurons, sois-en certaine.

L'autre soir, elle avait été seule pour lutter contre ce monstre. Maintenant, elle avait un coéquipier. Quelqu'un qui avait prouvé qu'elle pouvait compter sur lui. Quelqu'un qui l'aiderait à accomplir sa mission, même si, pour y parvenir, ils devaient aller en enfer et affronter le diable en personne.

— Nous l'aurons, répéta-t-elle. Ensemble.

Alors que Matt se garait devant chez les Slagle, qui habitaient à cinq minutes du campus, Hannah prit l'un des kits de prélèvement buccal d'ADN qu'il gardait dans la boîte à gants de son pick-up. Elle glissa dans sa poche le tube en verre contenant l'écouvillon.

Matt se tourna vers elle.

— Souviens-toi qu'on n'attrape pas les mouches avec du vinaigre.

Elle sourit.

— Alors je vais essayer d'être tout miel ou, en tout cas, de faire preuve d'un minimum d'amabilité...

Quand Matt frappa à la porte d'entrée, une femme d'une quarantaine d'années vint leur ouvrir. Elle s'essuya les mains dans un torchon qu'elle jeta ensuite sur son épaule.

— Bonjour.

— Tina Slagle ?

— Oui ?

— Je suis le chef de la police de l'université, Matt Granger et voici l'inspectrice de police Delaney. Votre mari est-il là ? Nous aimerions lui parler.

— Il vient de rentrer, dit-elle en s'écartant pour les laisser passer.

Hannah la salua d'un petit sourire.

— De rentrer d'où ?

— Du cinéma. Lorsque je ne travaille pas, j'essaie de lui accorder quelques heures pour lui. J'aurai les miennes plus tard, quand tout le monde dormira. Perry ! La police est là. Puis-je vous demander de quoi il s'agit ? ajouta-t-elle en reportant son attention sur eux.

— Nous enquêtons sur les meurtres du Tueur de l'université, dit Hannah alors que Perry surgissait dans l'entrée. Nous examinons les liens éventuels entre les victimes et leurs proches avant d'éliminer tous ceux que nous pouvons.

Tina fronça les sourcils.

— Je ne comprends pas ce que Perry a à voir là-dedans.

— Euh, toutes les victimes avaient suivi mon cours HOPES, répondit son mari. C'est tout. Il n'y a pas lieu de t'inquiéter.

— Perry, où étiez-vous tout à l'heure, entre 18 et 19 heures ? demanda Matt.

— Aujourd'hui ? J'étais au cinéma. Pourquoi ?

— Quel film avez-vous vu ? s'enquit Hannah.

— Un film d'épouvante, répondit Tina à sa place. Horrible et gore. Comme je ne supporte pas ce genre d'images, Perry y va toujours sans moi.

Son mari hocha la tête avec un sourire pincé.

Il semblait moins à l'aise qu'au centre de fitness et moins bavard, remarqua Matt.

— Pouvons-nous voir votre billet ? poursuivit Hannah.

— Euh, non... Je l'ai jeté après la projection.

Un téléphone sonna à l'arrière de la maison.

— Elijah ! Veux-tu aller répondre, s'il te plaît ?

— Bien sûr, maman.

Matt sourit.

— Ce n'est pas grave. Laissez-nous jeter un œil sur vos relevés bancaires pour nous montrer le montant débité.

— J'ai payé en espèces.

— Sûrement pas, chéri, intervint Tina. Tu n'utilises jamais d'argent liquide. Tu ne dois même pas savoir où se trouve le distributeur.

— Maman, c'est l'hôpital ! Je crois qu'ils veulent que tu remplaces quelqu'un.

Tina soupira.

— Excusez-moi, je reviens.

Elle se dirigea vers le salon.

Après avoir jeté un coup d'œil par-dessus son épaule dans la direction qu'avait prise son épouse, Perry les regarda.

— Et si je n'étais pas allé au cinéma ? Et si je n'étais pas seul et que je ne voulais pas que ma femme le sache ?

— Cela fait beaucoup de *si*, remarqua Hannah avec un regard de biais à Matt. Avec qui étiez-vous ?

— Une étudiante. Je préfère ne pas dire qui.

Matt croisa les bras.

— Désolé mais nous devons le savoir pour que cette personne puisse confirmer vos dires.

Perry secoua la tête.

— Il doit y avoir un autre moyen qui n'implique ni Tina ni cette jeune femme.

— Incroyable, s'exclama Tina en revenant vers eux. Je dois remplacer une collègue. Son petit ami a failli mourir, elle est anéantie. Il est policier. L'un de vos hommes, si j'ai bien compris. Apparemment, il a été empoisonné à l'hôpital et une femme a été assassinée.

Elle écarquilla soudain les yeux.

— Est-ce la raison pour laquelle vous êtes ici ? Et que vous avez demandé à Perry où il était tout à l'heure ?

— Nous sommes venus vérifier que votre mari n'était pas mêlé à ce drame, répondit Hannah. Puisque vous n'êtes pas en mesure de prouver que vous étiez au cinéma, ajouta-t-elle en regardant Perry, le plus simple est de nous autoriser à prélever votre ADN. Ainsi, nous n'aurons pas besoin d'interroger qui que ce soit d'autre. Et dès que nous aurons les résultats, nous annoncerons aux médias que vous ne figurez pas sur la liste des suspects.

Perry jeta un coup d'œil à Tina, qui haussa les épaules.

— Tu n'as rien à craindre, dit-elle. Tu n'as rien fait de mal.

— Bien sûr. Je vais le faire.

— Super.

Hannah enfila des gants en latex et ouvrit le tube en verre. Quand Perry ouvrit la bouche, elle frotta l'intérieur de sa joue avant de replacer le coton-tige dans l'éprouvette.

— C'est tout ? demanda Perry.

— C'est tout, répondit Matt. Nous allons l'envoyer au laboratoire et vous pouvez reprendre le cours de votre vie. Pour l'instant.

Hannah et Matt partirent et regagnèrent le pick-up.

Elle tenait la fiole entre ses doigts.

— Nous devons le faire analyser au plus vite, au cas où il serait coupable et tenterait à présent de s'enfuir.

Debout devant le grand tableau blanc de la salle de conférences, Matt dirigeait la réunion tandis qu'Hannah sirotait son cinquième expresso de la journée.

Deux des policiers qui travaillaient pourtant depuis le début de la matinée avaient accepté de rester et d'effectuer des heures supplémentaires. Quatre autres étaient prévus pour la soirée et Holden leur avait envoyé trois de ses adjoints en civil. Ils seraient donc onze, en comptant Hannah et lui-même pour assurer la sécurité de la *rush week*. C'était loin d'être suffisant mais il leur faudrait s'en contenter.

— Comme vous le savez, dit-il, le policier Carl Farran a été hospitalisé et Jessica Atkinson, la jeune femme qui avait échappé de justesse à une tentative d'enlèvement, il y a quelques jours, a été assassinée. Le légiste s'apprête à déterminer la cause du décès. L'équipe médicale a réussi à stabiliser Carl et attend les résultats de ses analyses sanguines. Ils soupçonnent une intoxication alimentaire ou un empoisonnement. L'inspectrice de police Delaney et moi-même avons étudié les images de vidéosurveillance de l'hôpital, et voici ce que nous avons trouvé.

Il lança la vidéo sur l'écran. Tout le monde vit le Tueur de l'université, vêtu d'un nouveau déguisement, entrer à l'hôpital et se rendre au quatrième étage. Après avoir remis au policier Farran une boisson et un repas dans un sac à l'effigie du Wheatgrass Café, il s'était glissé dans une chambre inoccupée. Quelques instants plus tard, Carl se précipitait vers les toilettes au bout du couloir tandis que le tueur sortait de la chambre vide et entrait dans celle de Jessica. Il portait maintenant une blouse blanche.

— Il avait tout programmé pour agir au moment du changement d'équipes du personnel de l'hôpital. Tout le monde était occupé à transmettre et à recevoir les consignes des soins à donner aux malades. Moins d'une minute plus tard, le tueur quittait la chambre de Jessica. Ce qui nous amène à penser qu'il lui a injecté une drogue par intraveineuse.

Hannah se leva et brandit une photocopie du message.

— Il nous a laissé cette lettre au lieu d'une reine de cœur, sa signature habituelle. Lisez-la, dit-elle en la faisant passer. Il nous nargue. Il prévoit d'enlever sa prochaine victime ce week-end, peut-être ce soir, sans doute lors d'une fête. Nous devons lui montrer que, même s'il a deux longueurs d'avance sur nous, nous sommes très doués pour rattraper notre retard.

Tous les policiers présents hochèrent la tête.

— Les analyses balistiques ont déterminé l'empreinte de la balle tirée par le tueur, mardi soir, poursuivit Matt. Mais nous n'avons aucune correspondance. Avec ce week-end de *blitz*, qui commence ce soir, nous avons une autre occasion de l'attraper. Les sororités n'organisent aucune fête mais six fraternités en ont prévu. J'ai parlé au Conseil inter-confréries, aux quatre étudiants qui dirigent les fraternités. S'ils ont refusé d'annuler la *rush week*, ils ont accepté d'exiger que chaque confrérie ait cinq membres sobres, qui surveilleront de près les fêtes. Maintenant, je suis réaliste. Ce sont des adolescents, pas des policiers entraînés. Je n'attends pas grand-chose de cette initiative mais qu'ils s'efforcent de rester vigilants est un point positif.

Le conseil avait également promis de découvrir qui utilisait des drogues du viol et de mettre un terme à ces pratiques mais là encore, Matt n'y croyait pas beaucoup. Il préférait compter sur Hannah pour faire ce qu'elle avait promis.

— Bon, maintenant nous allons passer en revue la stratégie et les endroits où vous devrez vous poster le long des locaux des confréries. La nuit promet d'être longue. Les fêtes dureront jusqu'à 4 heures du matin.

Des gémissements résonnèrent dans la salle.

— Tout le monde doit être caféiné et concentré.

La porte de la salle de conférences s'ouvrit et un jeune policier stagiaire, qui travaillait à la réception, passa la tête à l'intérieur.

— Chef ! Une journaliste demande la version de l'inspectrice Delaney concernant un incident survenu devant chez elle. Et par ailleurs, elle aimerait que vous fassiez une déclaration à propos du meurtre de Jessica Atkinson.

— Qui ? demanda-t-il, connaissant la réponse.

— Erica Egan.

— Répondez : *pas de commentaire*.

Le jeune homme fronça les sourcils.

— Elle m'a dit qu'elle devait déposer son article dans une heure et elle voulait vous donner la possibilité de vous défendre.

De nous défendre ?

— Excusez-nous un instant, dit-il aux autres policiers.

Comme Matt et Hannah quittaient la salle de conférences, son téléphone bipa et elle lut le texto qu'elle venait de recevoir.

— Foster n'est toujours pas rentré chez lui, dit-elle. Kent n'a aucune idée de l'endroit où il se trouve. Mais il a ramassé des échantillons de ses poubelles avant que les éboueurs s'en chargent.

— Enfin une bonne nouvelle. Je vais demander à Logan de les

obtenir de Kent. Il faut que la DCI isole et analyse au plus vite son ADN.

— Mais ils sont connus pour leurs retards…

— Le budget qui leur est alloué a dernièrement été augmenté et la DCI a embauché plus de personnel pour gérer des demandes urgentes comme celle-ci.

— Enfin. Il était temps. Je préviens Kent.

Elle lui envoya un texto.

Ils entrèrent dans le hall où Erica Egan les attendait.

La journaliste était parfaitement soignée, les cheveux tirés en arrière sur un visage bien maquillé. Elle portait un pull décolleté, un jean moulant, des talons hauts et arborait un grand sourire.

— Comment êtes-vous au courant de l'incident chez Delaney ? demanda Matt.

— Des rapports ont fait état de coups de feu tirés par l'inspectrice de police lors d'une altercation avec deux membres du gang de motards Hellhounds, dit Egan, sans vraiment répondre à la question. D'après le chef des Hellhounds, Todd Burk, vous les aviez provoqués en harcelant des membres et en leur lançant des menaces injustifiées qui ne relevaient pas de votre autorité. Souhaitez-vous donner votre version de l'histoire ? ajouta-t-elle en lui tendant son micro.

Hannah se pencha vers le magnétophone.

— Pas de commentaire. Hannah s'écrit avec deux *h*. Vous avez besoin que je vous épelle le nom Delaney ?

Matt détestait Egan, mais il aimait beaucoup le style d'Hannah.

La journaliste pinça les lèvres.

— Vous ne pourrez pas prétendre que je ne vous ai pas donné l'occasion de rétablir les faits.

— Vous les biaisez systématiquement, sans tenir compte des déclarations de la police et vous déformez les événements pour influencer l'opinion de vos lecteurs. Pour vous justifier, vous rappelez sans cesse que le public a le droit de savoir.

— C'est le cas, répliqua Egan d'un air offensé. Et je suis une journaliste objective.

— Cessez de dire n'importe quoi. Seul le nombre d'abonnés vous importe.

— Mon rédacteur en chef se soucie du nombre d'abonnés, qui n'a fait qu'augmenter depuis que j'ai rejoint la *Gazette*. Les controverses et les articles épicés se vendent bien et me rapportent des primes.

Elle agita son micro sous le nez de Matt.

— Chef Granger, pourriez-vous commenter votre échec à empêcher le meurtre de Jessica Atkinson, une étudiante que vos services étaient censés *protéger*, dit-elle, en mimant des guillemets avec les doigts. Et nous expliquer pourquoi le Tueur de l'université continue de vous échapper ?

Matt réprima les mots furieux qui brûlaient ses lèvres.

— Le Tueur de l'université a empoisonné un policier. Il l'a rendu malade pour pouvoir assassiner de sang-froid une jeune femme. Mes hommes, ainsi que l'inspectrice de police Delaney, ne prendront pas de repos tant que ce tueur en série n'aura pas été arrêté.

— Est-il vrai que vous n'êtes pas préparé à assurer la sécurité des étudiants pendant le *blitz* de la *rush week* parce que vous aviez oublié que l'un des plus grands week-ends de fête de l'année universitaire se déroulait cette semaine ?

Il avait espéré que Starkey n'irait pas courir en parler à la journaliste mais l'allusion au *blitz* laissait peu de place au doute.

— Mes policiers et moi sommes prêts, dit-il, et nous prendrons des précautions supplémentaires au cours des prochains jours.

— Vous nous assurez donc qu'aucune autre étudiante ne sera enlevée et assassinée ce week-end, grâce aux mesures de protection que vous mettez en place ? demanda Egan.

— Je ne veux pas entrer dans les détails des mesures que nous prenons mais nous ferons tout pour assurer la sécurité de tous.

— Deux femmes ont été tuées depuis que vous occupez vos fonctions. Pensez-vous que vos efforts sont suffisants ? Êtes-vous prêt à risquer votre poste là-dessus ? Si le Tueur de l'université frappe de nouveau avant de disparaître, devrez-vous démissionner ?

— Nous ne sommes pas des joueurs, rétorqua Hannah d'un ton glacial. Mais des policiers. N'oubliez pas que le Tueur de l'université a échappé à d'autres chefs de police du campus.

— C'est vrai, répondit Egan avec un sourire narquois. Mais de ce fait, ils ont tous démissionné ou ont été renvoyés. Je pose la question parce que les lecteurs voudront savoir s'il s'agira pour vous d'une démission ou d'une révocation.

Matt n'avait prévu ni l'une ou l'autre.

Hannah secoua la tête en soupirant.

— Vous semblez certaine que nous échouerons. Nous, nous nous efforçons, sans relâche, de réussir à coincer ce tueur.

Le regard d'Egan glissa vers Matt.

— Vous souhaitez ajouter quelque chose, chef ?

— Mon seul objectif est d'arrêter ce meurtrier et de le traduire en justice. C'est tout ce que j'ai à dire.

Egan éteignit le magnétophone.

— Assurez-vous de lire mon article. Il sortira tout chaud des presses à 3 heures du matin.

D'après son expérience passée et la façon dont Egan avait traité sa famille dans ses papiers, rien de ce qu'elle publierait ne serait bon pour lui, Hannah ou l'université.

— Je l'attendrai pour m'en servir pour allumer les feux dans ma cheminée, répliqua-t-il.

15

Vendredi 20 septembre
3 h 59

La nuit s'était mieux passée qu'il ne l'avait escompté. Elle avait été parfaite. Il n'avait jamais eu l'intention de s'infiltrer dans une fête et d'y enlever une proie.

Pour s'en tenir à ses plans, il avait prévu de kidnapper une fille chez elle. Et elle s'y trouvait bien. Sa colocataire était sortie, sans doute pour profiter des festivités de la *rush week*. En revanche, il ne s'attendait pas à découvrir l'une de leurs copines endormie sur le canapé. Embarquer la blonde sans réveiller l'autre aurait été impossible.

Les aléas faisaient partie de la vie. Heureusement, il s'était préparé à tout, comme toujours.

Il se frotta les yeux pour réussir à lire la une de la *Laramie Gazette*. Il était épuisé. Mais il ne comptait pas dormir de sitôt. Il avait encore beaucoup à faire avant le lever du soleil et ensuite, une longue journée l'attendait.

Avec un petit rire, il feuilleta la *Gazette*. Ils étaient toujours les premiers à publier les scoops et voilà pourquoi il commençait toujours par parcourir leur journal. Il en avait acheté un exemplaire, ainsi qu'un café, à la dernière station-service sur sa route, avant de quitter la ville. Il lui fallait monter au chalet dans les bois pour y déposer sa précieuse *cargaison* et la mettre en sécurité.

Il y jeta un coup d'œil par-dessus son épaule et sourit en imaginant le plaisir qu'il en tirerait bientôt. Il en avait l'eau à la bouche.

Il avait le temps de s'octroyer une petite pause, décida-t-il. De siroter tranquillement son café et de voir ce que la charmante Erica Egan avait écrit sur lui. Il se rendrait ensuite dans la cabane en rondins dans les bois mais ne s'y attarderait pas. Il devrait vite retourner en ville. Une journée chargée, très chargée, l'attendait.

En lisant l'article, il avait envie d'embrasser cette journaliste sexy et accro au crack. Elle avait non seulement décrit son travail à l'hôpital avec brio mais également brossé un portrait au vitriol de Granger et de Delaney. En quelques mots, elle avait réussi à les présenter comme des irresponsables et des incompétents. Il était ravi.

Il avait hâte qu'Hannah Delaney y jette un œil. Sa lettre, posée sur le corps de Jessica, avait dû lui faire l'effet d'un coup de poignard et le papier d'Egan mettrait une bonne dose de sel sur la plaie.

Revigoré, il se redressa et s'intéressa à un autre article, au bas de la page suivante, qui rapportait une échauffourée devant la maison de l'inspectrice Delaney, *au 720 Sagebrush Drive*.

Il en resta bouche bée. Il avait presque envie de se pincer.

L'adresse d'un policier imprimée dans le journal ! Et celle d'une inspectrice de police, de surcroît.

Était-ce de la chance, un heureux hasard ou son karma ?

Non. C'était le *destin*. Il commençait à y croire.

Une nouvelle occasion se présentait. Une véritable aubaine, en vérité. Devait-il la saisir ? Ou s'en tenir au plan initial ? Tout en y réfléchissant, il fit craquer ses articulations.

Seul un imbécile laisserait passer une occasion pareille, unique. Il jeta un coup d'œil à l'horloge numérique du tableau de bord. Pour réussir son coup, il devait se dépêcher, même s'il aurait préféré – et de loin – prendre son temps, faire durer le plaisir.

Mais le jeu en valait la chandelle.

Il démarra, quitta le parking de la station-service et retourna en ville.

16

Vendredi 20 septembre
6 h 25

Hannah était exténuée.

— Dieu merci, la nuit s'est déroulée sans incident, dit-elle alors qu'ils retournaient au bureau de Matt après avoir terminé leur débriefing avec l'équipe.

— À notre connaissance, corrigea Matt. En tout cas, dans le quartier des confréries, tout s'est bien passé.

— Tu n'as pas l'air content, remarqua-t-elle en entrant dans la pièce à sa suite.

— Si, si, je le suis mais... quand nous patrouillions là-bas pour nous assurer que tout allait bien, j'ai ressenti des picotements le long de mon échine. En général, ils annoncent des ennuis, l'imminence d'un drame...

— Détends-toi. Pas de nouvelles, bonnes nouvelles.

Par précaution, ils avaient même posté des agents de sécurité devant le laboratoire d'informatique et devant le centre de loisirs.

— Demander à des étudiants sobres de garder un œil sur les festivités s'est avéré être une excellente idée, dit-il. Ils ont empêché deux filles de se faire droguer et les garçons qui avaient essayé de leur faire ingérer du GHB seront poursuivis.

Il s'assit à son bureau et alluma son ordinateur.

— Je dois mettre l'agente Tomlinson au courant de l'empoisonnement de Carl Farran et de l'assassinat de Jessica Atkinson. Ensuite, que dirais-tu d'un bon petit déjeuner ?

Elle roula les épaules et étira son cou.

— Avec plaisir, je meurs de faim. Après quoi, j'aurai besoin de quatre heures de sommeil. Deux suffiront peut-être. Je passe la commande chez Delgado, ajouta-t-elle en sortant son smartphone pour les appeler.

Elle bâilla à s'en décrocher la mâchoire.

— Il sera prêt dans dix minutes. Allons-y, je suis épuisée.

— Moi aussi, dit Matt.

Il pianotait toujours sur le clavier de son ordinateur. Il avait l'air brillant, professionnel et pas du tout fatigué.

Un exemplaire de la *Gazette* atterrit sur son bureau. Le policier de service du matin, qui venait de le lancer, les regarda avec colère.

— Vous êtes tous les deux dans le journal.

— Nous nous y attendions, répondit Matt.

— Vous ne vous attendiez pas à ce qui a été imprimé, rétorqua le policier. Page quatre, en bas à droite.

Hannah s'empara du quotidien en se demandant quelles horreurs la journaliste avait encore écrites sur elle. Mais comme elle parvenait à la page quatre et posait les yeux sur l'article désigné, elle sentit le sang se retirer de son visage.

— C'est grave ? demanda Matt.

— Pire. Beaucoup plus que tout ce que tu aurais pu imaginer.

Emplie de rage, elle lutta contre l'envie insensée de déchirer le journal et d'aller ensuite trouver Egan pour la tabasser encore et encore.

— Je vais la tuer.

Non seulement son adresse avait été publiée sur le Dark Web, à la disposition de tous les criminels et pauvres types du pays, mais maintenant Egan l'avait publiée dans le journal, au vu et au su de tous. Hannah le vivait comme un viol.

Calmement, Matt lui prit le journal des mains et le lut. Ses yeux brillèrent de fureur.

— Cette journaliste mériterait d'être virée.

— Son rédacteur en chef a approuvé cet article, l'a autorisé et imprimé. Le journal se dédouanera en invoquant le premier amendement, le droit à la liberté d'expression. Ils diront que mon adresse était déjà en ligne.

— Ça ne leur donne pas le droit de t'exposer davantage.

— Egan est une menace.

Matt la regarda de nouveau.

— Je voulais justement t'en parler. Hannah, tu ne peux pas rester chez toi. Savoir que ton adresse circulait sur le Dark Web m'inquiétait déjà mais là, il n'y a plus à tergiverser. Tous les voyous de la ville vont traîner près de chez toi, en attendant l'occasion de faire Dieu seul sait quoi.

— J'accrocherai un panneau de bienvenue et installerai un stand de limonades. Peut-être gagnerai-je quelques dollars.

— Je suis sérieux, Hannah. Tu dois trouver un nouvel endroit où vivre. Dès aujourd'hui.

— Le chef a raison, intervint le policier. Erica Egan a peint une cible sur vous, ou plutôt, sur votre maison.

— Je n'ai pas à ma disposition un génie dans une bouteille capable d'exaucer mes désirs d'un claquement de doigts, répliqua-t-elle. Je ne vois pas comment trouver un nouveau logement aussi vite.

— Tu es la bienvenue chez moi, en attendant.

Elle sourit.

— Si c'est une ruse pour me fourrer dans ton lit, cow-boy, oublie. Je ne marche pas.

— J'ai une chambre d'amis, protesta-t-il.

— Je vous laisse, dit le policier de service.

— Merci pour l'information, lui lança Matt.

— Il n'est pas question d'aller chez toi, reprit-elle. Ça serait dépasser une ligne jaune. Ou l'effacer.

Si elle s'installait chez lui, elle serait tentée de transgresser ses propres règles : ne jamais coucher avec quelqu'un avec qui elle travaillait. Ne jamais passer la nuit avec lui. Ne jamais nouer des relations personnelles. Pas d'attaches. Jamais.

Leurs relations étaient déjà bien trop personnelles à son goût. Et elle avait failli l'embrasser hier soir, alors qu'ils étaient chez elle, à discuter de l'enquête tout en se régalant d'une pizza. Et pire, elle en avait eu envie. Elle avait imaginé le plaisir que ce baiser lui procurerait, la façon dont il la tiendrait dans ses bras. Elle y pensait toujours.

Trop dangereux.

— Tu as le choix : chez moi ou dans le ranch de ma famille, dit Matt en éteignant son ordinateur. Ce n'est pas négociable. Allons chercher le petit déjeuner et passons chez toi pour te permettre d'y prendre des affaires.

Elle se leva. Elle n'avait pas envie d'en discuter, sachant au fond d'elle-même qu'il avait raison.

Ils étaient devenus inséparables au cours de cette enquête. Elle avait laissé sa voiture chez elle pour rouler avec Matt dans son pick-up. Le cocktail Molotov que les motards avaient lancé pour l'attirer hors de chez elle ne l'avait pas trop abîmé.

Après avoir pris leur commande chez Delgado, ils se rendirent chez elle sans y toucher. Voir son adresse publiée dans le journal lui avait coupé l'appétit. L'article avait dû avoir le même effet sur Matt, parce qu'il n'avait pas ouvert le sac.

Il s'arrêta dans son allée.

— Tu me suivras ensuite au volant de ta voiture, dit-il. Mieux vaut ne pas la laisser ici.

— Je dois déjà décider où je vais m'installer. Es-tu sûre que ta famille ne verrait pas d'inconvénient à m'héberger ? Je n'ai pas envie de m'imposer.

Il fronça les sourcils, comme s'il avait espéré un autre choix de sa part.

— Absolument. Il y a plein de chambres. Ma tante et mon oncle t'en donneront une dans une aile séparée de la leur.

— Une aile ? Ils vivent dans un manoir ? Ou un château ?

Il pinça les lèvres sans répondre.

Mais elle poursuivit :

— Pourquoi ton père dort-il dans le baraquement et pas dans la maison principale ?

Il serra plus fort le volant.

— Parce qu'il travaille à plein temps là-bas.

— Mais il fait aussi partie de la famille, non ?

— Il préfère ne pas vivre dans la maison, dit Matt d'un ton sec.

— Si tu ne veux pas que j'aille au Shooting Star, dis-le.

— Je n'ai pas envie de te forcer à rester avec moi, de te mettre mal à l'aise. Le ranch Shooting Star est une bonne option. Mais...

— Mais quoi ? s'enquit Hannah, essayant de comprendre.

— Je déteste demander quoi que ce soit à ma tante et à mon oncle. Leur être redevable. Mais là, il s'agit d'une question de vie ou de mort. Alors je le ferai pour toi. Pour m'assurer que tu seras en sécurité.

Le mettre dans une telle position l'ennuyait.

— Rassure-toi, quiconque tenterait de me contraindre à quoi que ce soit se retrouverait à l'hôpital, dit-elle. Et tu ne me mets pas mal à l'aise. Seulement nerveuse.

Et terrifiée à l'idée de commettre une erreur.

— Ne t'inquiète pas, j'ai compris, reprit-elle. Tu as offert ta chambre d'amis. Je l'accepte avec plaisir.

Rien n'obligeait Matt à lui proposer quoi que ce soit. Ce n'était pas son problème. Pourtant, il l'avait fait spontanément. Et face à cette générosité et à cette gentillesse désintéressées, il était exclu de le forcer à demander un service à sa famille pour elle.

Ils sortirent du pick-up et se dirigèrent vers la porte de sa maison. Elle la déverrouilla et entra.

Il faisait froid à l'intérieur, remarqua-t-elle. Avait-elle oublié de régler le thermostat ?

— Ça t'ennuie si j'utilise la salle de bains ? demanda-t-il en fermant la porte derrière lui.

— Non, vas-y. Je vais en profiter pour empaqueter quelques affaires.

Il se dirigea vers le bout du couloir tandis qu'elle gagnait sa chambre. Elle passa devant son petit bureau, tourna à l'angle.

Et s'arrêta net.

La porte de sa chambre était fermée. Or, elle l'avait laissée ouverte en partant. Elle en était certaine.

Elle sortit son Glock de son holster et s'approcha sans bruit. À la porte, elle tendit l'oreille et perçut un léger souffle de l'autre côté du battant. Elle saisit la poignée, la tourna lentement et ouvrit.

Une brise glacée la gifla au visage et les rideaux se soulevèrent à la fenêtre, qui avait été forcée.

Et sur son lit gisait une jeune fille blonde, nue, les bras en croix, le corps pâle et meurtri, les yeux clos.

Elle portait des marques de ligatures au cou, une reine de cœur avec les yeux griffés sur le ventre. La courtepointe avait été arrachée du lit et les draps étaient en désordre, comme s'il l'avait violée ici. Chez elle. Dans son lit.

Bouleversée, elle sentit son ventre se révulser. Au bord du malaise, elle s'appuya contre le chambranle de la porte tout en détournant le regard du cadavre.

Elle entendit la chasse d'eau.

Elle prit une profonde inspiration, s'efforçant de lutter contre le choc, l'horreur, la répulsion.

La porte des toilettes s'ouvrit.

— Matt, appela-t-elle d'une voix faible.

Des pas se précipitèrent dans sa direction.

— Oui ? Que se passe-t-il ? demanda-t-il en arrivant.

Elle s'écarta pour lui permettre de voir la scène.

— Aucune trace du SUV ? demanda Hannah à un policier de Laramie au téléphone.

— Nous avons lancé un avis de recherche dès que vous avez

signalé l'attaque d'Atkinson, répondit-il. Nous avons également visionné tous les enregistrements des caméras de surveillance de votre secteur lorsque nous avons entendu parler de l'autre victime. Mais il n'y en a pas beaucoup, ajouta-t-il.

Contrairement aux grandes métropoles comme New York, Los Angeles ou Seattle, qui disposaient de milliers de caméras de surveillance, leur ville et ses environs étaient équipés du strict minimum.

— Nous n'avons aucune image du véhicule. Il doit savoir où se trouvent les caméras et les évite délibérément.

— Prévenez-moi dès que...

— Bien sûr.

— Et où en est l'agent chargé de comparer les dossiers du Department of Motor Vehicles avec ceux de l'université ?

— Il a travaillé seize heures d'affilée hier et a repris le travail à 5 heures, ce matin. Dès qu'il a quelque chose, il vous appelle.

— D'accord. Merci, dit Hannah avant de raccrocher.

Le cadavre de Kyra Adams sortit de sa maison dans un sac mortuaire. Ils avaient trouvé sa carte d'étudiante sur la table de chevet ainsi que celle d'une certaine Zoey Williams.

Ils étaient restés sur la scène du crime pendant des heures, à regarder l'équipe de la police technique recueillir les indices.

Une scène de crime. Sa maison était devenue une scène de crime. Le Tueur de l'université lui avait volé son foyer. Elle ne voulait pas qu'il lui prenne autre chose.

Hannah faisait les cent pas pendant que Matt était au téléphone avec la police de l'université. L'attente la rongeait.

— OK. Merci, dit-il en raccrochant. Le sergent Lewis a fini d'interroger la colocataire de Kyra, qui était sortie toute la nuit pour profiter des fêtes des fraternités. Toutes deux partageaient un appartement au premier étage du campus. Apparemment, Kyra et Zoey avaient été jumelées dans le cadre du programme de soutien aux étudiants. Il est conçu pour faciliter l'intégration des nouveaux. Le système associe une étudiante de deuxième ou de troisième année à une étudiante de première année. Zoey n'a que seize ans. Elle a obtenu son diplôme de fin d'études secondaires très jeune. D'après la colocataire, Kyra et Zoey s'entendaient vraiment bien. Kyra la laissait souvent dormir sur le canapé si elles jouaient à des jeux vidéo tard pour que Zoey n'ait pas à retourner seule dans la nuit à son dortoir. La disparition de Zoey a été confirmée. Les smartphones des deux filles ont été découverts dans l'appartement, ainsi que leurs portefeuilles.

La malheureuse gamine s'était fait prendre à ce jeu malsain du chat et de la souris auquel se livrait un tueur psychopathe.

— Pourquoi a-t-il enlevé l'autre fille ? demanda-t-elle. Elle n'est pas son type.

D'après la photo sur la carte d'étudiant, Zoey avait la peau olive et les cheveux bruns.

Matt secoua la tête.

— Je ne sais pas. Peut-être ne voulait-il pas risquer de devoir en kidnapper une autre plus tard pendant que nous le chercherions. Il aurait préféré faire d'une pierre deux coups et se contenter d'une brune.

Une autre hypothèse traversa Hannah.

— Ou peut-être que, alors qu'il emportait Kyra, Zoey s'est réveillée et il a dû faire un choix. L'assassiner sur place, la maîtriser ou l'enlever, elle aussi. Et il a pris l'option trois.

— Puisqu'il ne l'a pas tuée dans l'appartement, elle est sans doute encore en vie. Il se passe en général plusieurs jours entre le moment où il les kidnappe et celui où il les tue.

Matt posa une main réconfortante sur son dos mais elle s'écarta, refusant son contact.

Elle ne voulait pas être réconfortée. La fureur et la frustration dont elle était la proie la rendaient aussi tranchante qu'un couteau à cran d'arrêt. Et l'empêchaient de s'effondrer.

— Kyra Adams est morte en quelques heures. À cause de moi. Il a vu la possibilité de violer et d'assassiner dans ma propre maison une autre femme que je n'ai pas réussi à protéger.

La façon dont il la terrorisait en utilisant ces malheureuses comme des pions était une torture.

Matt l'entraîna et elle regarda par-dessus son épaule pour comprendre pourquoi. Il voulait l'empêcher de voir les photographes qui mitraillaient la scène.

— Ce n'est pas ta faute. Mais celle d'Egan. Si elle n'avait pas imprimé ton adresse dans la *Gazette*, Kyra Adams serait peut-être encore en vie. Allez. Laissons la police scientifique recueillir des indices et le légiste examiner le corps. Rester là, alors que nous sommes épuisés, ne servirait à rien. Ni à personne. Et surtout pas à Zoey Williams. Pour la retrouver, nous devons nous restaurer et recharger nos batteries.

Il avait raison. Comme toujours. Si un photographe la poussait à bout et qu'elle le frappait, elle risquait des ennuis.

— Vas-y, dit-elle. Je te suis au volant de ma voiture.

17

Vendredi 20 septembre

9 h 30

Matt fit entrer Hannah chez lui, une bien *modeste demeure*, en vérité.

— Fais le tour et installe-toi.

Elle laissa tomber le sac de voyage qu'elle gardait toujours dans son coffre, puisqu'elle n'avait rien pu prendre dans sa chambre devenue une scène de crime.

Et comme Matt l'y invitait, elle explora.

— Y a-t-il des endroits interdits ?

— Non, dit-il en accrochant son stetson. Aucun.

— Pas même les tiroirs de ta table de chevet ?

Il décida de considérer sa curiosité comme de l'intérêt.

— Vas-y, ne te gêne pas.

Le chalet était simple. La porte d'entrée ouvrait sur un salon spacieux qui donnait sur une salle à manger et une cuisine. Les différents espaces, à l'exception d'une petite salle d'eau et d'un bureau à l'arrière, n'étaient séparés d'aucune cloison. À l'étage se trouvait sa chambre avec une salle de bains attenante. Deux autres chambres se partageaient une salle de bains.

Il l'avait construit sans vraiment réfléchir aux raisons de cette conception. Jusqu'à ce que sa tante Holly lui fasse remarquer que l'agencement des lieux était parfait pour une famille. Peut-être avait-il l'espoir profondément enfoui et secret de se marier un jour et d'avoir des enfants. Sans doute le souhaitait-il quelque part. Mais il ne savait pas comment gérer l'état de vulnérabilité permanente dans lequel le plongerait fatalement la paternité.

Quoi qu'il en soit, il se sentait très bien dans cette cabane en rondins, loin de tout et de tous. Il y était chez lui.

Mais après ce qu'il était arrivé à Hannah, il se demandait s'il était dangereux pour elle d'y habiter. Le seul avantage du ranch Shooting Star était son haut degré de sécurité. La maison principale, le baraquement et les chalets de ses cousins formaient presque une enceinte bardée de caméras de surveillance. Et tous les ouvriers agricoles étaient armés.

Personne n'aurait pu y entrer par effraction et y laisser un cadavre.

Ici, au fin fond du domaine, dans un coin très isolé et loin des Powell, tout était différent. Sa tante et son oncle l'avaient d'ailleurs mis en garde à ce sujet. Ils l'avaient prévenu que les Powell avaient des ennemis et que, par conséquent, lui aussi. Et ils lui avaient rappelé que par ses fonctions, un policier attirait davantage encore les menaces.

À l'époque, lorsqu'il avait choisi cette parcelle de terrain, il avait dédaigné leurs inquiétudes. Seul lui importait son désir d'être indépendant. Son besoin de trouver sa place au soleil sans être redevable à quiconque l'avait emporté.

Le nombre garantit la sécurité.

Il l'avait rappelé, quelques heures plus tôt, au groupe des Étudiants contre la violence mais il devait reconnaître qu'il ne mettait pas ses propres conseils en pratique.

Hannah sortit de la cuisine.

— C'est un bel endroit. Je me demande à quoi ressemble la maison principale.

— Elle n'a rien à voir. C'est le jour et la nuit.

Elle retira sa veste et la jeta sur l'une des chaises.

— J'en suis certaine. Tu as quelque chose à boire ?

— Bien sûr.

Il ouvrit le réfrigérateur et lui montra un pack de jus d'orange, un pichet de thé glacé et des canettes de bière.

Mais elle grimaça.

— Tu n'as rien de plus fort ? J'aimerais un petit remontant.

— J'ai besoin de me doucher et toi, de te restaurer. Je te révélerai ensuite où je garde le whisky.

— Je voudrais aussi me laver. Et dès que j'aurai fini mon verre, je dormirai bien quelques heures. Est-il possible de prendre une douche tous les deux en même temps ? Tu n'as pas de problème avec la pression de l'eau ?

— Aucun si nous utilisons la même cabine de douche, répondit-il, ne plaisantant qu'à moitié.

Elle lui adressa un sourire sans le quitter des yeux.

Il haussa les épaules.

— Je n'en sais rien. Je n'ai jamais eu personne chez moi.

— Jamais ?

— Pourquoi cet air sceptique ?

— Tu t'es déjà regardé dans un miroir, Granger ?

— Bien sûr. Mais que vois-tu, toi, quand tu me regardes ?

Son sourire s'élargit mais sans répondre, elle gagna l'escalier.

— J'espère qu'un verre de whisky m'attendra quand j'aurai terminé mes ablutions.

Il aimait les femmes qui savaient ce qu'elles voulaient.

— Bien, madame.

Ils se dépêchèrent tous les deux de se doucher. La pression et la température de l'eau furent bonnes et, une fois propre, Hannah se sentit mieux.

Quand elle redescendit, vêtue d'un petit short, d'un débardeur – sans soutien-gorge – et les cheveux humides, il avait allumé un feu dans le salon et lui avait servi un verre.

— Tu es tout beau, remarqua-t-elle en s'emparant de son whisky.

Il considéra son pantalon en coton et son T-shirt.

— Si tu le dis, répondit-il en remplissant un autre verre.

Elle se rapprocha et s'appuya contre le comptoir.

— Je le dis.

— Tu n'as pas répondu. Que vois-tu quand tu me regardes ?

— Un mec canon, super sexy, qui a tout pour plaire.

Une déclaration plutôt inattendue.

Il fit un pas vers elle, pour tâter le terrain. Elle ne s'écarta pas mais il remarqua que son pouls palpitait au creux de sa gorge et qu'elle serrait les poings. Il prit alors conscience d'une réalité étonnante : il rendait Hannah Delaney nerveuse.

— Tu devrais grignoter quelque chose, dit-il. Boire à jeun risque d'altérer ton jugement et d'entraîner des conséquences regrettables.

— Je n'ai pas faim, dit-elle. Du moins, pas de nourriture.

Relevant la tête, elle le dévisagea d'un air neutre.

— Voulais-tu vraiment que je te rejoigne sous la douche ou plaisantais-tu ? ajouta-t-elle.

Il hésita sur la réponse à lui donner. N'en trouvant aucune pleinement satisfaisante, il décida que les actes parlaient mieux que les mots. D'un pas, il effaça la distance qui les séparait, l'attira à lui et l'embrassa.

Elle noua aussitôt les bras autour de son cou et se hissa sur la pointe des pieds pour lui rendre ses baisers.

Un frisson de plaisir le parcourut. Voilà longtemps qu'il n'avait pas tenu une femme dans ses bras, goûté ses lèvres, et il en avait envie avec Hannah depuis des jours.

Conscient de son visage meurtri, il resta léger et, réprimant le désir qui torturait ses reins, il mit vite fin au baiser. Mais il la garda dans ses bras, tout contre lui.

— Je n'étais pas sûre que tu le souhaitais, murmura-t-il. Tu t'es éloignée de moi à plusieurs reprises.

Elle pressa son front contre son torse, les bras enroulés autour de sa taille.

— Désolée.

Il se recula pour la regarder en face.

— Pourquoi t'écartais-tu de moi ?

Quand elle leva le visage vers lui, les yeux brillants, un sourire aux lèvres, il eut l'impression de recevoir un coup de poing.

— Parce que je ne voulais pas être attirée par toi, te désirer. Mais je le suis et j'ai envie de toi.

Sa réponse était à la fois valorisante pour son ego et inquiétante.

— Pourquoi ne voulais-tu pas être attirée par moi ?

— Il y a tellement de raisons. Je ne sais pas par où commencer.

Il lui caressa le dos.

— Commence par les plus faciles.

— J'ai des principes, des valeurs. Je m'interdis de coucher avec un collègue, de nouer des liens avec l'un d'eux. Mais j'ai pris conscience qu'une fois cette enquête terminée... et elle se terminera parce que nous allons attraper ce tueur, ajouta-t-elle, ayant retrouvé son indomptable assurance, tu ne seras plus un collègue. Tu sembles du genre à te soucier profondément des autres. Je suis certaine que tu es un amant attentif et généreux de lui-même. Bref, tout cela signifierait nouer des liens après l'amour, devoir gérer beaucoup de complications et d'ennuis...

Doucement, il lui prit le menton entre le pouce et l'index.

— Les complications en valent parfois la peine. Certains ennuis aussi. En tout cas, tu es un bon juge de caractère, parce que c'est exactement comme ça que je serai avec toi.

Il l'affirmait, il n'en avait aucun doute. Les aventures sans lendemain ne l'avaient jamais intéressé.

— Je ne cherche pas à prendre du bon temps avec une femme. Quand je suis avec elle, je suis avec elle. Dans une relation, je donne beaucoup mais j'espère recevoir autant en retour.

Il ne savait pas être autrement. Quelques années plus tôt, il avait noué une relation sérieuse avec une femme. Mais quand il avait compris qu'elle voulait l'épouser, cette perspective l'avait terrifié. Il se sentait alors incapable de s'engager. À l'époque, il pensait qu'il renâclait à se marier à cause de sa mère et des dégâts qu'elle avait causés. Mais là, alors qu'il tenait Hannah dans ses bras, il n'avait pas envie de la laisser partir. Il rêvait de la garder, sa vie durant, contre lui. Le plus drôle était qu'il avait l'impression de la connaître mieux que son ex avec qui il avait pourtant vécu plusieurs mois, de lui faire davantage confiance.

Hannah s'écarta un peu.

— Nous en arrivons à la partie compliquée. Je ne suis pas une bonne juge de caractère, non. En fait, je suis la pire, du moins en ce qui concerne les relations personnelles. Et ma plus grande crainte est que tu me caches quelque chose d'horrible et que je le découvre quand il sera trop tard.

D'une manière étrange, elle prouvait ainsi qu'elle était capable de lire en lui comme dans un livre ouvert.

— Comment allons-nous résoudre le problème ? demanda-t-il. Qu'as-tu besoin de savoir de moi ?

— Montre-moi ta faille, ton côté sombre, et je te montrerai la mienne, dit-elle. Explique-moi : que se passe-t-il entre toi et ta famille ? Avec ton père ? Et les Powell ? Pourquoi ce sujet te stresse-t-il et te fait-il souffrir ?

Il n'avait pas envie de mener de genre de discussion debout dans la cuisine.

Il attrapa son verre, la prit par la main et l'entraîna jusqu'au canapé. Ils s'assirent côte à côte, elle posa sa fine main sur sa jambe et lui mit la sienne sur son genou.

Parler de sa famille, de son passé, n'avait jamais été sa tasse de thé. Il avait toujours préféré cacher cette période de sa vie. Mais s'il voulait cette femme, il devait risquer ce qu'il craignait plus que tout : être vulnérable.

— Mon enfance n'a pas été parfaite, loin de là. Mes parents se disputaient souvent. Mais mon père était fou amoureux de ma mère. Qu'il ait tort ou non, il se répandait chaque fois en excuses pour préserver l'unité de la famille. Jusqu'au jour où il n'en a plus été capable. Ils m'avaient dissimulé une triste vérité : ma mère était accro au jeu. Elle avait perdu tellement d'argent, s'était tellement endettée en hypothéquant le ranch que ce dernier ne valait plus rien. Puis elle s'est enfuie. Avec un autre homme.

— Quel âge avais-tu ?

— Sept ans. Elle est partie avec son amant, quelques jours avant mon huitième anniversaire.

Il inspira profondément pour chasser la douleur qui remontait à la surface chaque fois qu'il évoquait ces événements.

— Les usuriers ont débarqué et ont menacé mon père. Il leur a offert le bétail, tout ce qui lui restait. Mais ils lui ont dit que s'il ne trouvait pas l'argent pour rembourser les dettes de ma mère, ils le tueraient et me kidnapperaient. Pour m'obliger à travailler pour eux jusqu'à la fin de mes jours. Nous avons donc quitté le Texas en catimini dans la nuit. Nous sommes venus ici parce que nous avions nulle part d'autre où aller.

Il avala une gorgée du whisky.

— Cette histoire a brisé mon père. Il avait honte. Et depuis lors, il n'est plus que l'ombre de lui-même. Ma tante Holly a pris sur elle une partie du déshonneur puisque ma mère était non seulement sa sœur mais aussi sa jumelle, sa copie conforme.

— J'imagine qu'il a dû être difficile pour toi d'être adopté par une femme qui ressemblait à celle qui t'avait abandonné.

— En effet. Elles avaient le même visage, la même silhouette, la même voix. Mais des personnalités complètement différentes. Ma mère était volage, capricieuse et égoïste. Tante Holly est d'un dévouement sans borne, équilibrée et altruiste. Son amour et son affection étaient à la fois une bénédiction et une malédiction. Il était trop difficile pour mon père d'être près d'elle. Voilà pourquoi il a refusé de vivre dans la maison principale. Il a été soulagé de se voir confier la responsabilité du bétail et de ce fait, il a choisi de s'installer dans le baraquement, comme un employé agricole. Il m'a forcé à vivre avec ma tante et mon oncle dans leur maison. J'ai été élevé avec leurs fils. D'une certaine manière, il m'a confié à eux et s'est tenu à distance de moi à partir de là.

— C'est horrible. Le voir sans être avec lui.

— Tante Holly et oncle Buck m'ont traité comme si j'étais leur enfant. Tout ce que mes cousins ont eu, je l'ai eu aussi. Parfois, ils m'en donnaient davantage encore. Ils m'ont offert une parcelle de terre, par exemple, alors que seul un de leurs garçons héritera du reste. Voilà pourquoi j'ai développé une activité sur le ranch, une source de revenus supplémentaire, pour leur renvoyer l'ascenseur, en quelque sorte.

En pensant à tout ce qu'ils avaient fait pour lui, il secoua la tête, empli de remords.

— J'ai été un imbécile. Au lieu de leur être reconnaissant de leur générosité et de leur amour, je me suis toujours comporté comme un sale gosse en colère, blessé et plein de ressentiment.

S'il était sincère avec lui-même, il devait reconnaître qu'il avait eu tort de s'éloigner d'eux.

— C'est compréhensible, dit Hannah, compte tenu des circonstances.

— Pour un enfant de sept ans, peut-être. Pas pour un adolescent. En y repensant, je regrette d'avoir été un tel cauchemar pour eux.

— Toi, un cauchemar ? J'ai du mal à le croire.

— C'est pourtant vrai. Au lycée, j'avais de mauvaises fréquentations parce que je tenais à me différencier le plus possible des frères Powell. Ils étaient tous doués pour les études et des cracks en sport. Alors je traînais avec les Iron Warriors. J'aurais sans doute rejoint pour de bon le gang des motards si, à dix-sept ans, je n'avais pas eu des ennuis avec eux. Après une dispute avec mon oncle, je m'étais enfui. J'étais allé retrouver les motards et m'étais soûlé avec eux. Ils m'avaient alors poussé à cambrioler un club de strip-tease alors que, ivre mort, je tenais à peine debout. Je m'étais même évanoui. Quoi qu'il en soit, j'ai été arrêté mais le juge m'a reconnu des circonstances atténuantes parce que je n'avais pas d'arme, que mon taux d'alcool était hors normes et qu'il me considérait comme un Powell. Il m'a donné le choix entre la prison et l'armée.

— Voilà pourquoi Burk disait que tu étais un Powell.

Il hocha la tête.

— Les autres ont écopé de neuf ans de prison alors que moi, je m'en suis tiré sans encombre.

— Tu t'es engagé dans l'armée. Ce n'est pas rien. De nombreux soldats sont morts en servant le pays. Tu as quand même payé le prix de tes erreurs.

Matt secoua la tête. Il estimait avoir bénéficié d'un traitement de faveur, de la clémence du juge, et saisi la perche qu'il lui avait tendue.

— Dès que j'ai décroché mon diplôme de fin d'études secondaires, je me suis enrôlé. L'armée m'a vite remis les idées en place. À la fin du camp d'entraînement, j'étais déjà quelqu'un d'autre. Ma tante et mon oncle étaient ravis. Pleins d'espoir. Puis les Forces spéciales m'ont donné un but pour lequel je me suis pleinement investi.

Il vida son verre, curieusement soulagé d'avoir enfin partagé des pans de vie qu'il avait gardés pour lui toutes ces années.

— Et toi, Hannah ? Pourquoi ta famille est-elle ton point faible ?

Elle soutint son regard.

— En cinq mots ? Mon père est Edward Ressler.

Ressler ? Pourquoi ce nom lui disait-il quelque chose ? Il l'avait entendu récemment. Puis tout lui revint.

— The Neighborhood Killer, le Tueur du quartier... est ton père ?

Le regard grave, elle hocha la tête.

— J'avais une famille parfaite. Du moins, le pensais-je. Nous dînions ensemble tous les soirs, allions à l'église le dimanche. Jamais un mot au-dessus de l'autre. Mon père était mon parent préféré. Nous partions souvent en randonnée ou pêcher, tous les deux. Il m'emmenait manger une glace le mardi, pour rien, pour le plaisir. Ma mère était la méchante, celle qui m'obligeait à ranger ma chambre, à faire mes devoirs et qui me reprochait d'être un garçon manqué. La seule exigence de mon père était de ne pas le déranger quand il était dans le garage, à travailler sur un projet.

Il comprit soudain pourquoi elle avait su expliquer de façon si précise pourquoi la femme de Starkey n'avait pas forcément conscience que son mari n'était pas à la maison.

— Ton père sortait en douce, prenait une voiture qu'il avait garée dans la rue et...

Tout en sirotant son whisky, elle hocha la tête.

— Il était mon héros. Je l'admirais. Il travaillait pour une grande entreprise de sécurité. Il installait des systèmes d'alarme dans les maisons. Il programmait un code d'accès secret et y retournait plus tard, en entrant par effraction pour assassiner ses victimes.

— D'après Foster, c'est toi qui l'as démasqué.

— Un jour, je suis descendue dans le garage pendant qu'il était au travail. J'avais envie de bricoler avec ses affaires. De faire comme lui. Par mégarde, j'ai laissé tomber un tournevis. Il a roulé et heurté une plinthe qui s'est alors détachée. Je m'apprêtais à la remettre en place quand j'ai vu qu'il avait caché des choses derrière. Des choses étranges. Des mèches de cheveux attachées avec un ruban rouge. Des permis de conduire qui appartenaient à des inconnues.

— Tu as compris ce que c'était ?

— Pas tout de suite. Je n'avais que quatorze ans. Au début, j'ai pensé qu'il avait couché avec ces femmes et gardé des souvenirs d'elles. Mais quand j'ai trouvé les permis, j'ai deviné que quelque chose n'allait pas, que c'était grave.

— Qu'as-tu fait ?

— Je les ai montrés à ma mère. Je lui ai expliqué comment et où je les avais découverts. Pendant un long moment, elle est restée assise à la table de la cuisine, à réfléchir. Finalement, elle a cherché les noms des permis sur Internet. Elle a compris qu'il s'agissait de victimes d'un tueur en série, que mon père les avait tuées. Elle a empaqueté en vitesse quelques affaires et m'a fait sortir de la maison. Nous sommes allées directement au poste de police.

Il lui prit la main et la serra.

— Ça a dû être très difficile. Tu devais non seulement affronter la vérité sur ton père mais faire face, en prime, à la frénésie médiatique.

— Une expérience dévastatrice. Mon monde s'écroulait. Mais tu sais ce que j'ai vécu. Ton monde s'est écroulé aussi.

— C'est vrai, mais pas comme le tien.

— Quand nous sommes allées voir la police, je n'arrêtais pas de me dire qu'il s'agissait d'une erreur et qu'il y avait forcément une explication acceptable. Puis ils l'ont arrêté. J'ai découvert que mon père, que j'avais idolâtré, que je pensais connaître, était un monstre, le vrai visage du mal. Les enquêteurs ont trouvé une cache dans la maison où il stockait des dessins sordides et des coupures de journaux sur le Tueur du quartier. Il a fini par avouer. Il a expliqué aux policiers que jouer les pères parfaits l'avait mis sous pression et poussé à tuer de nouveau.

— Comment a-t-il pu te faire ça ? N'avait-il donc pas un peu d'amour pour toi ? Tu t'en es voulu ?

— Oui et je culpabilise toujours. J'ai suivi une thérapie mais une petite voix en moi me souffle souvent que si je n'étais pas née, ces femmes n'auraient jamais été assassinées.

— Tu n'es pas responsable de ses actes.

Matt comprenait mieux à présent pourquoi Hannah était toujours sur ses gardes. Pourquoi elle refusait d'accorder sa confiance. Et pourquoi elle prenait si facilement la responsabilité d'événements qui n'étaient pas sa faute.

— Tu as sauvé et sauves encore d'innombrables vies en effectuant ton travail.

Elle expie ainsi les crimes de son père, comprit-il, et son cœur se brisa pour elle.

— Les médias prétendaient que nous avions forcément été au courant, ma mère et moi. Personne ne pouvait croire que nous ne l'étions pas. Cela leur semblait impossible, inconcevable. Lorsque nous avons commencé à recevoir des menaces de mort, ma mère a demandé le divorce en urgence. Le tribunal l'a accordé sans délai. Nous avons déménagé et pris son nom de jeune fille. Elle a ajouté deux *h* à mon prénom pour qu'il soit plus difficile pour quiconque de deviner qui j'étais. Et j'ai teint mes cheveux en blond.

Elle s'effondra contre lui, et il l'étreignit plus fort.

— Peu après, la santé de ma mère a commencé à décliner et, après ma remise de diplôme de l'académie de police, elle est morte, emportée par une crise cardiaque.

— Je suis désolé. Mais je suis heureux que tu m'en aies parlé.

Connaître la vérité sur son passé lui donnait envie d'être plus protecteur envers elle. Certes, elle était capable de se défendre mais il voulait la protéger des jeux malsains du Tueur de l'université.

Ce qu'elle avait vécu avec son père la rendait plus vulnérable face à ses manœuvres de manipulation.

Matt avait très envie de montrer à ce fumier à quoi ressemblait la justice des ranchers. Les types dans son genre n'étaient jamais présentés à un tribunal et étaient pendus haut et court.

Il se rappela à temps qu'il était chef de la police, pas cow-boy.

— Je n'ai jamais pu laisser un homme s'approcher trop de moi, dit-elle d'une voix tendue. Je me méfie de mon propre jugement. Je crains toujours une horrible révélation. Mais avec toi, je me suis demandé si tout serait différent. Tu comprends maintenant pourquoi j'ai besoin d'être sûre que tu ne caches rien de terrible à propos de toi ?

— Tout à fait.

Il se pencha vers elle pour la regarder en face.

— J'avoue : je suis un piètre cuisinier, j'oublie souvent de reboucher le tube de dentifrice, j'ai un faible pour les jolies femmes qui sauvent des chatons. Surtout si elles ont des ennuis. Mais à présent, tu sais tout ce qui est important à mon sujet.

— Tu jures que je n'aurai pas de mauvaises surprises ? demanda-t-elle d'une voix tremblante. Parce que si nous allons plus loin et qu'il y en a, ça me tuera.

Matt sentit son cœur battre avec force dans sa poitrine. Il ne pouvait pas expliquer à quel point Hannah le touchait.

Pour la première fois de sa vie, il voulait se donner complètement, de tout son être, à cette relation naissante.

— Je te le jure. Tu n'as rien à craindre avec moi.

Sans le quitter des yeux, elle glissa la main sur sa nuque et captura sa bouche. Cette fois, le baiser fut sauvage et affamé. Sans retenue.

Il la désirait comme il n'avait jamais rien désiré. Dans son lit. Sous lui. Sur lui. Mais il ne voulait pas la forcer à quoi que ce soit. Sans doute avait-elle besoin d'y aller doucement.

Il était conscient de l'importance de l'enjeu. Il n'était pas question de tout gâcher en se précipitant. Alors il recula.

— La journée a été longue, presque trente heures sans dormir, dit-il, d'une voix apaisante. Si tu veux que je te tienne dans mes bras et que je t'embrasse toute la nuit, cela me va. Je ne te demanderai rien de plus.

Un sourire aux lèvres, elle lui lança un regard sexy et aguicheur puis grimpa sur ses genoux, à cheval sur ses cuisses.

— Eh bien, moi, j'ai envie de davantage, cow-boy.

Elle saisit le bas de son T-shirt et le passa au-dessus de sa tête.

Puis elle retira son propre débardeur, le jeta par terre, dévoilant à ses yeux des seins généreux, de petits mamelons.

— Bien davantage.

Elle se pressa contre son sexe à travers son pantalon et balança les hanches, pour l'exciter encore plus.

— Et je suis prête à sacrifier une nuit de sommeil pour t'avoir. Tout de suite.

18

Vendredi 20 septembre

Midi

La tête au creux de son épaule, une jambe glissée entre les siennes, Hannah sourit à Matt.

— Tu es conscient qu'après cette folle nuit, nous allons être des épaves toute la journée. Nous avons à peine dormi.

Il était allongé sur le lit, détendu, l'air comblé et lui enlaçait la taille pour la garder contre lui. Du bout des doigts, il dessinait tendrement des cercles sur sa hanche.

— C'est vrai mais ça en valait la peine. J'en avais besoin, je n'imaginais pas à quel point.

— Ça faisait combien de temps pour toi ? demanda-t-elle en caressant son torse velu.

— Quatre ans.

— C'est beaucoup ! J'en avais besoin, moi aussi.

Elle n'avait pas seulement eu besoin de faire l'amour. Mais aussi de lui confier ses trop lourds secrets, de nouer des liens, de partager avec lui cette intimité paisible qu'elle s'interdisait habituellement.

Mais elle ne le lui dit pas. Elle n'était pas encore prête à tout lui confier.

Il l'observa un long moment.

— Tu mérites d'être avec quelqu'un qui n'espère pas uniquement coucher avec toi. Qui…

— Qui veut prendre soin de moi ? Je détesterais ça !

— J'allais dire qui a des sentiments pour toi.

Et il en avait pour elle, comprit-elle.

— Au travail, nous devons être des collègues. Et rien d'autre, lui rappela-t-elle.

Le regard qu'il lui lança était impénétrable.

— Rien d'autre, répéta-t-il.

Puis il la surprit en l'embrassant avec une fougue qui lui coupa le souffle. Et de nouvelles vagues de désir la submergèrent.

— Mais plus tard, quand nous serons de retour au lit, nous vivrons le meilleur, dit-elle d'un air coquin.

Elle avait hâte d'y être. Bien qu'il soit impossible de prévoir quand cela se produirait.

Le smartphone de Matt bipa et il s'en empara.

— C'est Kent. Tu n'as pas répondu à ses SMS.

— J'ai laissé mon téléphone dans la chambre d'amis. J'aurais dû penser à le prendre.

Mais elle avait été trop occupée à profiter de Matt Granger et de tout ce qu'il avait à offrir.

— Que dit-il ?

— Foster n'est pas rentré chez lui, hier soir. Mais il est retourné à l'université, il donne son cours. Kent doit rentrer chez lui pour dormir un peu. Il reprendra ses fonctions de chien de garde ce soir.

Ils n'étaient pas des machines et, une fois les endorphines retombées, tous deux regretteraient sans doute de ne pas s'être reposés cette nuit.

— Comment s'est passé le transfert d'indices avec Logan ?

— Très bien, dit-il. Mon cousin m'a envoyé un texto pendant que nous attendions l'équipe de la police scientifique chez toi. Le laboratoire criminalistique de la Division des enquêtes criminelles travaille dessus en ce moment.

— Peut-être devrions-nous couvrir nos arrières et demander à quelqu'un de filer le train de Starkey aussi. Par sécurité.

— Tu as raison.

— Pourrais-tu aussi demander à l'un de tes hommes d'aller

aider la police de Laramie à examiner les dossiers du Department of Motor Vehicles et à recenser les enregistrements de véhicules du campus ?

— Il serait plus rationnel que ce collègue vienne plutôt travailler ici, non ?

— C'est sûr, répondit-elle.

— En attendant, passons à la morgue avant de rejoindre le bureau, d'accord ? proposa-t-il. Pour voir si Norris a du nouveau pour nous.

— Il ne répond toujours pas au téléphone ?

— Non, jamais, dit-il en lui donnant une petite tape sur les fesses. Alors, allons-y.

Ils trouvèrent le médecin légiste en train d'examiner le cadavre de Kyra Adams.

— J'espère que notre présence ne vous dérange pas, demanda Matt, par courtoisie.

— Pas du tout.

Norris leur fit signe d'approcher. Derrière ses lunettes, ses yeux verts étaient froids et durs. Le légiste était perspicace, efficace et affable.

Il avait mis de la musique, du hard rock.

— Voici ce que j'ai découvert jusqu'ici. Elle avait dix-neuf ans. La mort a été provoquée par strangulation, comme pour les autres victimes du Tueur de l'université, à l'exception de Jessica Atkinson. Et elle a été violée avant d'être tuée, ajouta-t-il.

Hannah semblait mal à l'aise. Matt n'avait aucun mal à deviner pourquoi. Il espérait qu'elle ne culpabilisait pas trop.

— Je n'ai remarqué aucun signe de lutte, continua Norris, ce qui tend à prouver qu'elle était fortement droguée et inconsciente pendant l'agression sexuelle et quand elle a été assassinée. J'ai demandé un examen toxicologique. Mais sans doute a-t-il utilisé sa drogue préférée, le GHB. Nous en aurons bientôt la certitude. Je n'ai pas vu de blessures secondaires ni de lésions.

Le smartphone de Matt sonna. Il le sortit de sa veste.

— Granger.

— Bonjour, chef. Ici le sergent Lewis.

— Soyez bref. Je suis à la morgue avec l'inspectrice de police Delaney.

— Deux choses. D'abord, l'hôpital a appelé au sujet de Carl. Il a été empoisonné avec du chlorhydrate de tétrahydrozoline.

— Tétrahydrozo quoi ?

— Du chlorhydrate de tétrahydrozoline ? intervint Norris, et Matt hocha la tête. Il s'agit de gouttes oculaires.

— La même substance a été retrouvée dans son coca, poursuivit Lewis. Mais à faible dose.

— Une dose plus élevée aurait-elle pu le tuer ?

— Je ne sais pas, dit le sergent. Je n'ai pas demandé.

— Bien sûr que oui, intervint Norris. La tétrahydrozoline est également susceptible de donner des convulsions et de plonger quelqu'un dans le coma.

— Quelle était la deuxième chose, Lewis ? s'enquit Matt.

— Un colis suspect vient de nous être livré. Nous aimerions que vous veniez avec l'inspectrice de police Delaney dès que possible.

Un frisson parcourut l'échine de Matt tandis que les picotements habituels revenaient le tourmenter.

— Nous arrivons.

— Que se passe-t-il ? s'enquit Hannah.

— Rien de bon.

De cela, il était certain.

Matt ouvrit la porte des locaux de la police de l'université, Hannah sur les talons.

Le policier de service à la réception se leva.

— Le sergent Lewis vous attend tous les deux dans votre bureau avec le paquet suspect, dit-il. Par ailleurs, un policier de Laramie s'est installé dans la salle de conférences avec Farran pour comparer les véhicules des dossiers du Department of Motor Vehicles avec ceux du personnel de l'université.

— Carl est déjà sorti de l'hôpital ? demanda Matt, surpris.

— Ils ne l'ont gardé qu'une nuit. Il se reproche ce qui s'est passé et tenait à retourner au travail.

Avec un hochement de tête, Matt dit :

— Merci. J'irai le voir dès que j'aurai un moment.

Comme ils remontaient le couloir vers son bureau, Dennis Hill leur courut après.

— Chef !

— Quoi que vous ayez à dire, cela ne peut-il pas attendre ? demanda Matt.

— Malheureusement, non. Le système d'enregistrement des vélos est en panne. Il ne nous est plus possible d'imprimer de nouveaux autocollants.

— Les étudiants attendront, répondit Matt d'un ton sec.

— Vous prenez le temps d'enregistrer les vélos ? s'étonna Hannah.

Elle pensait qu'ils auraient mieux à faire.

— Ça fait partie de nos missions, dit Matt.

— Beaucoup de vélos se ressemblent mais les identifier avec leur numéro de série est le meilleur moyen d'empêcher les vols, renchérit Dennis. Et à ce sujet, nous ne pouvons pas non plus récupérer les vélos perdus ou volés parce que nous n'avons plus la possibilité d'accéder aux numéros de série. Le sergent Starkey s'efforçait de résoudre le problème avant son départ.

— Je vais mettre Lewis sur le coup, décida Matt.

— Merci, dit Dennis avant de rebrousser chemin.

En entrant dans le bureau, ils repérèrent le colis posé près de la fenêtre.

— En quoi cette boîte de beignets du Wheatgrass Café est-elle suspecte ? demanda Matt en ôtant son chapeau.

— Personne ici n'a rien commandé, répondit Lewis. J'ai interrogé le livreur. Il a dit qu'un homme est venu ce matin à la première heure, à l'ouverture, pour passer la commande. Le type a insisté pour que ces beignets soient livrés à 15 h 33 précises et demandé qu'une carte de remerciement, qu'il a laissée, l'accompagne.

— Pourquoi la livraison a-t-elle eu lieu ce matin ? demanda Matt.

— La gérante du Wheatgrass Café a voulu profiter d'un moment d'accalmie. Elle a dit au gamin qu'il valait mieux livrer plus tôt que trop tard.

— Avons-nous une description de cet homme ? s'enquit Hannah.

— Oui, dit Lewis. Blanc. Taille et corpulence moyennes. Cheveux bruns. Barbe. Casquette de base-ball. Il avait un accent du Sud. Peut-être texan.

— Il portait le même déguisement qu'à l'hôpital, dit Hannah.

— C'est ce que j'ai pensé. Quand j'ai ouvert la boîte, j'ai trouvé ça à l'intérieur avec les beignets.

Les mains gantées de latex, il tendit une petite enveloppe blanche aux mêmes dimensions que celle laissée sur le cadavre de Jessica Atkinson.

— Mon Dieu, s'exclama Hannah. Il y a mon nom écrit dessus, et cette fois, elle est scellée.

Matt se rapprocha d'elle.

— Il voulait s'assurer que c'était toi qui l'ouvrirais.

Hannah se redressa et prit une profonde inspiration pour se préparer à ce qui l'attendait à l'intérieur. Elle enfila une paire de gants en latex avant d'en proposer une à Matt.

Elle saisit l'enveloppe, l'ouvrit avec précaution et sortit la carte. En regardant par-dessus son épaule, Matt lut la note dactylographiée avec elle.

SI VOUS VOULEZ SAUVER ZOEY WILLIAMS ET QU'ELLE RENTRE CHEZ ELLE SAINE ET SAUVE, RETROUVEZ-MOI AU CIMETIÈRE DE ETERNAL HOPE PRÈS DE L'OBÉLISQUE CE SOIR, À 19 HEURES.

VENEZ SEULE OU IL Y AURA DES CONSÉQUENCES.

Matt serra les poings. Avec ses jeux tordus, ce fou furieux entraînait Hannah de plus en plus loin.

— Où se trouve ce cimetière ? demanda-t-elle.

— Ici, répondit Lewis. Au milieu du campus.

— Qui a eu l'idée de mettre un cimetière au cœur d'une université ? C'est un peu sinistre pour les étudiants, non ?

Matt l'avait appris peu après avoir pris ses fonctions.

— Les tombes étaient là en premier. Lorsqu'il a été décidé de construire le campus, elles ont été déplacées. Quand il s'est agrandi, elles l'ont été une deuxième fois dans ce qui est aujourd'hui le cimetière Eternal Hope. Un accord a été conclu avec la ville pour autoriser les promoteurs à continuer à bâtir sur ce terrain, éventuellement autour du cimetière.

— Et quid de l'obélisque ?

— Le monument est dédié aux jeunes villageois morts dans une bataille à la fin des années 1800, dit Lewis. Il symbolise les vies fauchées trop tôt.

— Mais où est-il situé dans le cimetière ? insista-t-elle.

— Au centre, dit Lewis. Il est impossible de le manquer.

Matt secoua la tête.

— Non, tu ne vas pas faire ça !

— Il a proposé de rendre Zoey saine et sauve en échange.

— Sergent Lewis, voulez-vous nous laisser un instant ? Et profitez-en pour parler avec Dennis du dysfonctionnement du système d'enregistrement des vélos.

Le policier partit en refermant la porte derrière lui et Matt reporta son attention sur Hannah.

— Tu n'imagines quand même pas qu'il va vraiment la rendre.

— Zoey n'est pas son genre. Il ne s'attendait pas à ce qu'elle soit là. Il l'utilise comme moyen de pression.

— Dans quel but, à ton avis ? Pour faire ta connaissance ? J'en doute. Il a un sale plan en tête et tu le sais.

En la regardant dans les yeux, il comprit qu'elle se moquait du danger, qu'elle était prête à prendre tous les risques.

— Et pourquoi te donne-t-il rendez-vous à 19 heures, alors qu'il fera encore jour ?

Le soleil ne se coucherait pas avant 19 h 30 voire 20 heures, et le cimetière était à deux pas du *Quad*.

À cette heure-là, le campus était très animé, les étudiants se promenaient mais pas dans le cimetière. La plupart l'évitaient. Ils craignaient les fantômes.

— Pourquoi pas à minuit ? Je n'aime pas ça. Pas du tout.

— C'est risqué, oui, mais si nous avons une possibilité de sauver la vie d'une jeune femme innocente, nous devons la saisir. *Je* dois la saisir. S'il lui arrivait quelque chose alors que j'aurais pu l'empêcher, je ne me le pardonnerais jamais.

— Peu importe ce qui t'arrive ?

— Oui, dit-elle comme si sa propre vie ne valait rien.

Le picotement familier qui l'avertissait d'ennuis à venir s'intensifia. La dernière fois qu'il l'avait ressenti aussi fort, son équipe était tombée dans une embuscade et deux de ses amis avaient été tués.

— Ce type te provoque, dit-il. Il se sert de ta culpabilité et de ta compassion pour t'appâter. Il cherche à te piéger.

— Bien sûr. Mais si nous voulons sauver Zoey, nous n'avons pas le choix.

— Il exigera quelque chose en échange.

— Une confrontation avec moi n'est pas rien, dit-elle, refusant de reculer. Et tu as accepté de mener cette enquête à ma façon, lui rappela-t-elle.

— Mais te laisser jouer les kamikazes ne faisait pas partie du contrat. Tu as besoin de protection pour faire face à ce type.

Son passé la rendait plus vulnérable.

— Pourquoi le penses-tu ? Parce que nous avons couché ensemble ? Une bonne partie de jambes en l'air ne m'empêchera pas d'effectuer mon travail.

La pique porta. Pour lui, ce qu'ils avaient partagé ne se résumait pas à du sexe. Il le voyait comme le début d'une relation particulière qu'il n'avait pas envie de perdre, même si elle n'avait pas la même signification pour elle.

— Je ne t'empêcherais jamais d'effectuer ton travail.

— Si ce type veut me rencontrer en échange de la libération de Zoey, alors je le rencontrerai. Tout ce qui compte pour moi est Zoey.

Hannah comptait aussi. Chaque vie comptait. Mais elle était courageuse. Il allait tout faire pour qu'il ne lui arrive rien.

— D'accord, vas-y, concéda-t-il. Mais pas seule.

Son ton ne tolérait aucune discussion.

Il avait la ferme intention de prendre toutes les précautions imaginables pour assurer sa sécurité.

Hannah traversa le cimetière vers le centre où se trouvait l'obélisque. L'endroit était désert, à l'exception des six policiers en civil, dont Matt et Kent. Chacun s'était vu attribuer une section à couvrir. Maintenant que Kent avait obtenu l'ADN de Foster, Matt lui avait demandé de venir les rejoindre pour leur prêter main-forte.

Le vieil inspecteur de police était dans sa voiture, garé près des grilles, à l'entrée sud du cimetière. Un autre policier stationnait à côté de celles de l'entrée nord. Matt craignait en effet que le Tueur de l'université ne réussisse à attirer Hannah vers un véhicule et ne l'y fasse monter de force avant de s'enfuir avec elle. Voilà pourquoi il avait insisté pour qu'un tracker GPS soit dissimulé dans ses vêtements.

On n'est jamais trop prudent.

— Je suis en position, chuchota-t-elle dans son micro accroché à son col.

Elle portait aussi une oreillette cachée par ses cheveux.

— Je te vois, dit Matt.

Elle ne savait pas où il se trouvait. Seulement qu'il la surveillait de loin via des jumelles.

Elle regrettait de lui avoir dit qu'ils n'avaient partagé que du sexe. L'idée que leur intimité risque de nuire à leurs relations de travail l'avait effrayée mais elle n'avait pas voulu le blesser. Matt était un guerrier des temps modernes. Son instinct de protection était amplifié par leurs nouveaux liens amoureux. La seule façon de l'empêcher de les déployer aurait été de ne pas coucher avec lui.

Il n'y avait pas moyen de revenir en arrière. Elle ne regrettait d'ailleurs rien.

En regardant autour d'elle, elle aperçut le sergent Lewis habillé en jardinier, qui poussait une brouette. Elle ne voyait pas les deux autres policiers de l'équipe, ce qui valait mieux.

D'un coup d'œil à sa montre, elle consulta l'heure.

— Il est 19 h 04. Où est-il ?

— Patience. Il est quelque part, sans doute à l'extérieur.

Un téléphone sonna. Mais ce n'était pas le sien.

Elle suivit le bruit et découvrit l'appareil au pied de l'obélisque. Elle le ramassa avec prudence et décrocha. Bien sûr, l'appelant la contactait en numéro masqué.

— Allô ?

— Inspectrice Delaney, comme c'est gentil d'être venue.

Un léger accent texan, à peine perceptible, teintait sa voix.

— Où êtes-vous ? Je pensais que vous vouliez me rencontrer.

— Je voulais d'abord vous envoyer une preuve de vie de Zoey. Donnez-moi le numéro de votre smartphone.

— Pourquoi utiliser mon numéro personnel ? Envoyez la preuve sur le téléphone jetable que vous avez laissé.

— Ne lui donne pas ton numéro, murmura Matt dans son oreillette.

— Vous devez jouer selon *mes* règles, dit le tueur. À moins que vous ne préfériez renoncer à la preuve que Zoey est en vie.

— Non, j'aimerais la voir.

Elle lui donna son numéro privé.

Quelques instants plus tard, son smartphone bipa. Une photo de l'étudiante apparut. Elle était assise sur le siège avant d'un véhicule. Le soleil filtrait à travers la vitre ; Hannah aperçut des arbres derrière elle. La malheureuse Zoey était vêtue d'un pyjama à rayures orné de fraises. Ses poignets et ses chevilles étaient enchaînés. Elle était en larmes.

— Vous voyez ? Elle va bien. Elle n'a pas une égratignure.

— Je voudrais la voir. En personne. Pourquoi ne pas poursuivre cette conversation de visu ? C'était votre souhait, non ?

— Oui. Et en vérité, vous étiez près, tout près, de libérer la douce Zoey, dit-il. Mais vous m'avez pris pour un imbécile et cela me déplaît.

— Quoi ? Comment ça ?

— Vous avez essayé de me piéger, Hannah. Mais je m'y attendais. Parce que je vous sais malhonnête et malfaisante.

— Non, pas du tout.

— Vous l'êtes. Et maintenant, vous allez en subir les conséquences. Je vous avais prévenue.

— Je suis désolée. Je vous en prie, ne faites pas de mal à Zoey.

— Vous n'êtes pas désolée. Pas encore. Mais vous le serez dès que vous aurez mesuré les souffrances inutiles que vous avez causées.

Il raccrocha.

Qu'ai-je fait ? Que va-t-il arriver à Zoey ?

Elle essaya de le rappeler. En vain. L'angoisse la saisit.

Un coup de feu claqua soudain, la faisant tressaillir. Sous l'impact du projectile, Lewis pivota sur lui-même puis s'écroula. Hannah sortait son arme lorsqu'elle vit Matt bondir de sa cachette pour se précipiter vers elle dans un sprint effréné.

Non, non, non.

Une autre balle fusa, atteignant cette fois Matt.

Et Hannah sentit son sang se glacer dans ses veines.

19

Vendredi 20 septembre
19 h 40

À l'arrière de l'ambulance, la jeune infirmière du SAMU finissait de panser le bras gauche de Matt.

— La balle a traversé le muscle sans toucher l'os ni une artère, dit-elle. Et sans laisser de fragments derrière elle. Un vrai miracle.

Malheureusement, ses hommes n'avaient pas eu autant de chance. Tous les policiers présents au cimetière avaient été touchés, à l'exception d'Hannah. Le tueur n'avait pas braqué son arme sur elle alors qu'il lui aurait été facile de la descendre. Kent et le policier garé à l'entrée nord du cimetière avaient eu leurs pneus crevés et leurs pare-brise explosés. Un moindre mal.

— Merci, dit Matt avant de sauter de l'ambulance.

Il chercha Hannah du regard. Comme elle se tournait vers lui, il vit son ravissant visage crispé d'inquiétude. Elle parlait à Kent, qui portait un gilet pare-balles. Tous deux le rejoignirent.

— Je suis contente que tu ailles bien, dit Hannah d'une voix sombre.

Il devina qu'elle avait envie d'en dire davantage mais elle jeta un coup d'œil à Kent, prit une profonde inspiration, et garda ses réflexions pour elle.

— Tes trois policiers qui ont été conduits à l'hôpital universitaire vont s'en sortir, dit-elle. Lewis a été touché à l'épaule, les deux autres au pied et à la main.

Matt serra les mâchoires. Que ses hommes aient été blessés le rendait fou mais il était soulagé qu'ils soient en vie.

— Pour avoir une aussi bonne vue sur la totalité du cimetière, le tireur se trouvait forcément sur le toit du Centre de sciences animales ou sur celui du Centre de loisirs de Sweetwater.

— Les policiers de Laramie y sont montés pour chercher des indices, dit Kent, puisque la plupart de tes gars ne sont plus en état de travailler.

— C'est ma faute, dit Matt en secouant la tête.

— Non, dit Hannah. La lettre m'était adressée. Il avait bien précisé que je devais venir seule et que si je ne respectais pas cette consigne, il y aurait des conséquences.

Elle irradiait de colère et de culpabilité.

— Et maintenant, ces hommes sont à l'hôpital, poursuivit-elle, et Zoey est toujours là-bas, prisonnière de ce monstre.

Furieux contre lui-même, Matt comprit qu'il s'était tellement focalisé sur la protection d'Hannah qu'il avait oublié de veiller sur les autres membres de l'équipe.

— Je me doutais qu'il tendrait un piège ou une embuscade. Je le sentais.

— J'aurais aimé être prévenu à ce sujet, dit Kent sèchement. J'aurais apporté mon casque balistique.

En principe, la préparation de ce genre d'opérations était la spécialité de Matt. Il portait l'entière responsabilité de cet échec.

— Le tueur avait choisi l'endroit idéal. Comme il s'était perché sur un toit et avait une vue imprenable sur l'intégralité du cimetière à travers la lunette de son fusil, il pouvait non seulement nous observer tous mais surtout nous canarder.

— Seul un excellent tireur serait capable d'atteindre ses cibles de si loin, répliqua Kent. Il doit être très bon chasseur, tireur d'élite ou, en tout cas, avoir reçu une formation tactique.

— Pas forcément, répondit Hannah. N'y a-t-il pas un centre de tir à quelques heures de route d'ici qui propose des formations au tir de précision à longue portée ?

Kent hocha la tête.

— Il y en a trois dans le coin. Mais ils ne sont pas bon marché. Il faut compter de six à sept mille dollars par jour pour ce genre de formation. Et ils ne se font pas payer en espèces non plus.

— Nous devrons donc consulter leurs registres, dit Hannah.

— Ils sont fermés à cette heure-ci, dit Kent, mais je passerai quelques coups de fil demain. Pour vérifier si quelqu'un ayant un lien avec l'université n'aurait pas fréquenté un de ces centres ces dernières années. Je me rendrai peut-être sur place pour multiplier mes chances d'obtenir des résultats.

Le téléphone de Matt bipa pour annoncer l'arrivée d'un texto.

— Pendant que je me faisais soigner, j'ai envoyé un mail à l'agente Nancy Tomlinson pour lui raconter ce qui s'était passé, dit-il. Elle veut organiser une réunion virtuelle au plus vite. Elle nous fait parvenir un lien par mail.

La police de l'université disposait d'un logiciel de visiophonie sécurisé.

Hannah se tourna vers Kent.

— Accepterais-tu de rejoindre les policiers de Laramie sur les toits pour ramasser d'éventuels indices ?

— Bien sûr. Je m'en occupe.

Elle reporta son attention sur Matt.

— Préviens Tomlinson que nous pouvons commencer cette vidéoconférence dans dix minutes.

Il envoya le SMS.

Dès qu'ils atteignirent son véhicule, elle lui tendit la main.

— Tes clés.

— Je suis tout à fait capable de conduire.

— Tes clés, répéta-t-elle d'un ton sans réplique.

Il les lui donna.

Ils prirent place dans le pick-up et elle démarra. Matt était assis sur le siège passager. Une première pour lui, qu'il n'appréciait pas. Mais il n'avait pas envie de se battre pour si peu. Pas après les événements de la soirée.

Hannah alluma les gyrophares pour être libre d'accélérer. Elle serrait les lèvres, tant elle était contrariée.

— Si tu as quelque chose à dire, crache le morceau, Hannah.

— Tu t'es comporté comme le dernier des imbéciles sur ce coup-là.

Il avait eu tort de ne pas avoir fait une virée de reconnaissance au cimetière, de ne pas avoir anticipé une attaque surprise, elle avait raison. Mais il ne s'attendait pas à ce qu'elle le dise avec tant d'animosité, d'autant qu'il avait été blessé.

— Courir vers moi pour me protéger alors qu'un tueur, armé d'un fusil de précision, ciblait la scène était stupide. Tu aurais dû te mettre à couvert. Ne pas t'exposer davantage. Où avais-tu la tête ? Tu as oublié ma formation ? Tu pensais que je me figerais et que j'aurais besoin de toi ? Tu n'as pas foncé vers l'un des autres, pourtant touchés, pour tenter de leur sauver la vie. Seulement vers moi. La seule à ne pas avoir été visée.

Il était tellement soulagé qu'elle n'ait pas été blessée.

— Si je m'étais doutée que tu agirais avec un tel mépris pour toi-même ou que ces policiers se feraient tirer dessus, je ne t'aurais jamais écouté. Je serais partie seule.

— Et tu aurais commis une erreur.

— Va dire ça aux femmes et aux enfants de tes hommes qui sont à l'hôpital.

Elle s'engagea sur le parking, se gara à la place réservée de Matt et coupa le moteur.

— Je t'ai dit que lorsque nous étions en dehors de la chambre, nous devions être uniquement des collègues. Nous concentrer sur notre mission, sur la tâche à accomplir et ne penser à rien d'autre. Tu as fait semblant d'avoir compris. Tu as menti ! Je ne veux pas que tu risques ta vie pour moi, que tu joues les sauveurs. Je n'ai pas besoin de toi.

Elle tendit la main vers la poignée de la portière.

— Attends, dit-il en lui attrapant le poignet pour la retenir.

Il étouffa un cri quand une vive douleur cisailla son biceps.

Elle grimaça comme si c'était elle qui souffrait.

— J'ai merdé, c'est vrai, reconnut-il. À plusieurs niveaux. Je n'ai pas tenu parole. Mais quand les coups de feu ont commencé, la frontière entre la coéquipière et la femme que j'aime s'est évaporée. Je n'avais encore jamais été confronté à ce cas de figure. C'était plus dur que je ne l'aurais cru.

— Voilà pourquoi je m'interdis de coucher avec les gens avec qui je travaille. C'était une erreur, dit-elle, le visage fermé. Peut-être qu'à la fin de cette enquête, nous réévaluerons la situation.

Une erreur ? Réévaluer la situation ?

De son bras valide, il posa la main sur sa nuque, l'attira à lui et l'embrassa. Profondément. Jusqu'à ce que la tension se dissipe et qu'elle fonde contre lui.

— Ce qu'il y a entre nous, quoi que ce soit, n'est pas une erreur. Mais beau, juste et plein de promesses. Je n'ai pas besoin de réévaluer la situation. La vie est fragile et brève. Des personnes que j'aimais ont disparu sans prévenir. Elles sont parties ou ont été tuées. J'aurais pu me faire descendre aujourd'hui. Toi aussi. Mais nous sommes encore en vie. Le fait que nous ne soyons ni morts ni blessés est un cadeau du ciel. Il n'est pas question de le gâcher.

Elle sentit les larmes lui brûler les paupières.

— Je refuse que tu meures à cause de moi, dit-elle d'une voix tremblante. Qu'il t'arrive quoi que ce soit à cause de moi.

— Moi non plus.

En sanglotant, elle enroula les bras autour de son cou et l'étreignit contre elle.

Il lui embrassa les cheveux.

— Cessons de parler d'erreurs et de réévaluations, dit-il. Concentrons-nous sur la capture de ce type. D'accord ?

En essuyant les larmes de son visage, elle hocha la tête.

— Oui.

— Tu ne le pensais pas quand tu as dit que tu n'avais pas besoin de moi, n'est-ce pas ?

Elle lui décocha un sourire triste.

— Je ne veux pas avoir besoin de toi. Parce que te perdre me ferait trop mal.

Il lui caressa la joue et l'embrassa sur les lèvres.

— Allons-y, dit-elle, retrouvant son calme. L'agente Tomlinson nous attend.

Elle avait raison.

Ils sautèrent du pick-up, coururent vers les locaux de la police de l'université et se précipitèrent vers son bureau.

Il alluma son ordinateur et cliqua sur le lien pour se connecter à la vidéoconférence sécurisée. Hannah tira une chaise et s'assit à côté de lui.

Une femme aux cheveux argentés et à la peau d'ébène apparut sur l'écran.

— Bonjour, chef Granger et inspectrice de police Delaney.

— Agente Tomlinson, dit Matt, je suis heureux de mettre enfin un visage sur votre nom. Merci pour cette réunion virtuelle. Je suis content que vous soyez encore au travail.

— Je ne cesse de promettre à mon mari que je vais ralentir le rythme pour nous permettre de profiter de nos meilleures années. Mais chaque fois que j'essaie, je reçois une affaire urgente. J'aurais aimé organiser cette réunion virtuelle plus tôt. Plus vous m'envoyez d'informations, plus la situation m'inquiète. Elle a dégénéré bien plus vite que ce à quoi je m'attendais.

Hannah se pencha en avant.

— Que voulez-vous dire ?

— Le problème est double. Vous avez interrompu le suspect pendant son processus rituel, répondit l'agente Tomlinson. Une interruption de ce genre ne lui était sans doute jamais arrivée auparavant, ce qui l'a mis en colère et frustré. Un coup dur pour son ego. Ajoutez à cela le fait que vous avez le profil de sa victime idéale. L'ensemble est à la fois attirant pour lui, mais aussi assez vexant d'une manière complexe. D'après tout ce que vous m'avez dit, chef Granger, je crains que le Tueur de l'université ne fasse une fixation sur vous, Hannah. Une fixation très dangereuse. Vous l'obsédez et il fera tout pour assouvir cette pulsion. Il est prêt à aller très loin.

Matt serra les poings.

— Que voulez-vous dire par *tout faire pour l'assouvir, aller très loin* ?

— Veut-il me tuer ? demanda Hannah.

— Votre mort ne lui suffirait plus, répondit l'agente Tomlinson d'un ton sinistre. Je n'en étais pas certaine jusqu'aux événements des dernières heures. Mais maintenant, je n'en ai plus aucun doute. Il veut vous traiter de la même manière qu'il traiterait l'une de ses victimes habituelles, il espère vous faire subir le même sort.

Matt sentit son ventre se révulser de dégoût. Il n'allait pas laisser faire ce malade.

— Nous avons besoin de davantage d'éléments pour l'arrêter. Pourquoi choisit-il toujours ses victimes sur le campus ? Avec la présence accrue des forces de l'ordre, ne lui serait-il pas plus facile d'élargir son terrain de chasse ?

— Plus facile ? Certainement, répondit l'agente Tomlinson. Mais la facilité ne l'intéresse pas. Il veut vous surpasser, vous battre sur votre propre terrain. Le campus est un endroit qu'il aime, qu'il apprécie, où il se sent en sécurité. Il y est chez lui. Il est lié à l'université, cela ne fait aucun doute.

— Chaque fois que nous recevons une description de lui, dit Hannah, il change de déguisement.

— Il est passé maître dans l'art de la supercherie, du double jeu. Sans doute porte-t-il un masque au quotidien. Et je ne parle pas de déguisement au sens littéral. Il ne montre pas sa véritable personnalité au travail ni même chez lui. Ce n'est que lorsqu'il domine ses victimes dans son repaire qu'il laisse apparaître son vrai visage.

Comment, dès lors, étaient-ils censés savoir qui chercher ?

Matt secoua la tête avec frustration.

— Si je comprends bien, il n'est en rien ce que son apparence laisserait supposer.

— Aussi déroutant que cela puisse paraître, oui, répondit Tomlinson.

— Avez-vous des indices, une idée de qui il pourrait être en réalité ? demanda Hannah.

— Après ce qu'il a fait à l'hôpital, en empoisonnant le policier Farran et en tuant ensuite la jeune Atkinson sans la violer, j'en avais une intuition. Mais elle n'était pas alors assez solide pour vous en faire part. Les événements de ce soir m'ont convaincue de la justesse de ma théorie.

Matt sentit sa nuque le démanger.

— Et quelle est-elle ?

— Cet homme a une relation d'amour-haine avec l'autorité. En particulier avec la police. Il aurait pu utiliser une dose mortelle de chlorhydrate de tétrahydrozoline et tuer Farran. Il ne l'a pas fait. À l'époque, je m'étais dit qu'il ne savait sans doute pas bien quelle quantité utiliser. Voilà pourquoi j'avais gardé ma théorie pour moi. Mais ce soir, il vous avait tous dans sa ligne de mire. Il lui aurait été facile de faire un carnage. Il a choisi de ne tuer aucun de vous, aucun des policiers. Le fait qu'il ne vous ait infligé que des blessures mineures était délibéré.

— Mais pourquoi ? Alors qu'il aurait pu tous nous descendre ?

— Il est difficile de comprendre pourquoi un monstre prendrait la vie de jeunes femmes innocentes et sans défense et pas les vôtres. Certains imaginent les tueurs en série comme des individus n'aimant personne et ne se souciant de personne. La réalité est plus complexe. Certains d'entre eux font souvent preuve d'un comportement tendre et protecteur envers leur famille et leur progéniture, même lorsqu'ils massacrent les enfants des autres.

Hannah joignit les mains sur ses genoux.

Matt savait qu'il devait être difficile pour elle d'entendre de tels propos. Le traumatisme de son passé remontait à la surface. Il lui était impossible de ne pas penser à son père.

— Cela n'explique pas pourquoi il ne nous a pas tués, fit remarquer Matt.

— Mais si, dit l'agente Tomlinson. Il vous a épargnés parce qu'il tient à vous quelque part, même s'il vous hait également. Sa rage et son mépris pour la police, et celle du campus en particulier, s'expriment à travers ses meurtres. La question pour lui devient alors : comment concilier des sentiments antinomiques ? Comment nourrir de l'amour pour quelqu'un qu'il méprise ? En étant à proximité. En faisant semblant de se soucier de lui. D'autant qu'il est peut-être sincère, à un certain niveau, jusqu'au moment où sa haine reprend le dessus.

Hannah jeta un coup d'œil à Matt avant de reporter son attention sur l'écran.

— Le Tueur de l'université pourrait-il être policier ? demanda-t-elle. Un haut gradé qui a été écarté trois fois de suite de la promotion au poste de chef, par exemple ? Même s'il a passé avec succès l'épreuve du détecteur de mensonges ?

— Très certainement, dit l'agente Tomlinson en hochant la tête. Parfois, les tueurs en série sont capables de fausser les résultats du polygraphe parce qu'ils ne voient pas le monde, et surtout la vérité, de la même manière que le commun des mortels.

Le smartphone d'Hannah bipa. Elle le sortit de sa poche et lut le message.

— C'est Kent. Excusez-moi un instant.

Elle se leva et sortit précipitamment de la pièce.

— Cela m'amène à un autre élément, poursuivit l'agente Tomlinson. Votre homme est obsédé par le chiffre trois. Il l'a démontré dans le timing de ses meurtres et par le nombre de ses victimes. Il ne tue que les mois qui comptent trente jours, dit-elle. Il demande que les beignets vous soient livrés à 3 h 33 précisément. Mais cette obsession se manifeste certainement aussi dans sa vie personnelle. Dès que vous aurez identifié le coupable, cela vous sautera aux yeux. Il a peut-être trois voitures. Trois enfants. Il a un lien très personnel avec le chiffre trois.

— Merci, agente Tomlinson.

— Attendez, attendez, il y a autre chose. Il s'agit de ses victimes. Son choix, blondes et petites, est probablement lié à sa mère qui représentait une figure autoritaire pour lui. Peut-être a-t-il essayé de concilier son amour-haine pour elle dans sa vie amoureuse en choisissant des blondes. Puis une femme… une petite amie, âgée de dix-huit à vingt et un ans, lui a fait du mal, a blessé sa fierté ou son ego d'une manière ou d'une autre. Elle a donc été sa première victime. Cela expliquerait pourquoi il n'a pas utilisé de préservatif lors de son premier meurtre. Il la connaissait. La violer était sa façon de se venger et l'étrangler, un acte passionné et personnel. Après quoi, il a eu besoin de deux autres victimes pour assouvir son obsession. Et il ne voyait aucune raison de mettre un préservatif à ce stade puisqu'il avait déjà laissé son ADN sur le premier cadavre. Cherchez un lien personnel entre lui et la première victime. Il n'était peut-être pas évident lorsqu'il l'a tuée. C'est sans doute la raison pour laquelle il n'a pas été inquiété à l'époque. Il faudra peut-être remonter trois mois, voire trois ans, avant la mort de cette première jeune femme pour trouver le lien.

Une étincelle d'espoir traversa Matt.

— Nous allons rouvrir le dossier de la première victime.

— J'aurais préféré que l'inspectrice de police Delaney ne soit pas partie.

— Pourquoi ?

— Parce que je m'inquiète pour elle. Non seulement elle a le profil que cible le tueur et a interrompu son rituel, mais elle représente aussi une figure d'autorité. Cela la rend irrésistible à ses yeux. Le fait qu'il ait profané le caractère sacré de sa maison en y emmenant sa dernière victime est très préoccupant. Violer la fille sur le lit de l'inspectrice de police, poursuivit l'agente avec un regard horrifié, puis l'assassiner est alarmant. Sa ruse élaborée au cimetière l'était davantage encore. Il s'agissait d'un jeu, d'un jeu spécialement conçu pour l'inspectrice de police Delaney, pour qu'elle échoue.

— Je ne comprends pas. Vous voulez dire qu'il savait qu'elle n'irait pas seule, dit-il.

Un frisson glacé lui parcourut l'échine. Bien sûr que ce monstre le savait. Sinon, il ne se serait pas installé sur le toit, en position pour les attendre.

— Mais pourquoi voudrait-il qu'elle échoue ? Il a envie de se rapprocher d'elle et c'était l'occasion.

— Encore une fois, la réponse est double. Il s'attendait à ce que d'autres policiers soient présents. En vous tirant dessus, il a, en effet, écarté ses protecteurs, l'a isolée. Hannah doit à présent assumer l'échec, la culpabilité, la responsabilité. En ne respectant pas ses consignes, elle a mis en péril la vie non seulement des policiers, mais aussi de Zoey Williams. Il voulait qu'elle échoue pour pouvoir lui donner une chance de se racheter. De jouer son jeu selon ses conditions, ses règles.

Elle prit une profonde inspiration avant d'asséner :

— Je crains que l'inspectrice Delaney ne soit en grand danger.

20

Vendredi 20 septembre
19 h 55
Dix minutes plus tôt

— Le Tueur de l'université pourrait-il être policier ? demanda Hannah à l'agente Tomlinson. Un haut gradé qui a été écarté trois fois de suite de la promotion au poste de chef, par exemple ? Même s'il a passé avec succès l'épreuve du détecteur de mensonges ?

— Très certainement. Parfois, les tueurs en série sont capables de fausser les résultats du polygraphe parce qu'ils ne voient pas le monde, et surtout la vérité, de la même manière que le commun des mortels.

Le smartphone d'Hannah bipa. Elle le sortit de sa poche et lut le message.

> Ne dites rien au chef Granger ni à qui que ce soit d'autre à propos de ce texto ou il mourra. Je vous en donne ma parole. Quittez tout de suite les locaux de la police. Lorsque vous serez à l'extérieur, attendez mon appel.
> Vous avez trente secondes.

Elle sentit son cœur se serrer de terreur, une terreur pure, pour Matt.

— C'est Kent. Excusez-moi un instant.

Sans le regarder pour ne pas risquer de trahir sa peur ni de révéler quoi que ce soit via ses yeux, elle se leva et sortit précipitamment de la pièce.

Une fois certaine que Matt ne la voyait plus, elle courut dans le couloir. Ignorant l'air surpris du policier à la réception, elle quitta le bâtiment en vitesse.

Son smartphone sonna.

— Je ne suis plus dans les locaux de la police, dit-elle.

— Zoey, seize ans, a donc des chances de connaître un brillant avenir. Mais tout dépendra de ce que vous ferez ensuite. Avez-vous envie de la sauver ?

— Oui, répondit-elle sans hésitation.

— Alors retirez votre badge et votre arme. Posez-les tous les deux par terre. Si vous ne le faites pas, je le saurai.

Elle jeta un coup d'œil autour d'elle, en se demandant s'il était là, caché dans l'un des véhicules garés, à l'espionner. Comme le parking avait deux entrées, il lui serait facile de filer après l'avoir attaquée. Mais il y avait des caméras de surveillance partout.

De là où elle se tenait, elle voyait la rue. Plusieurs voitures y stationnaient. Quelqu'un à l'intérieur de l'une d'elles pouvait aussi l'observer.

— Qu'attendez-vous ? Faites-le, dit-il. Ou la fille mourra.

La dernière fois qu'elle n'avait pas suivi ses consignes, quatre hommes avaient été blessés, dont Matt. Et Zoey n'avait pas été libérée. Elle devait donc obtempérer, elle n'avait pas le choix.

Elle fit ce qu'il lui avait demandé, décrocha son badge et son arme de service, puis les plaça tous deux par terre.

— Bonne fille, dit-il, comme si elle était un chien. Maintenant, courez jusqu'au cimetière Millstone. Il se trouve à deux kilomètres. En quittant le campus, prenez Fifth Street vers l'ouest, pas Grand Avenue. Vous avez neuf minutes et trente-trois secondes pour y être ou Zoey mourra. Laissez votre téléphone. Votre temps commence maintenant. Go !

Hannah posa son smartphone sur le sol ainsi que les clés de Matt puis s'élança à travers le parking. Elle longea Fourth Street, tourna à droite sur Eagle Avenue et prit la direction opposée à Grand Avenue. Le souffle court, le cœur battant, elle fonçait sur le trottoir.

Dépêche-toi.

Plus vite, plus vite !

Si elle consacrait deux heures par semaine au jogging, elle était loin d'être une sprinteuse. Pour arriver au cimetière, situé à deux kilomètres, en moins de dix minutes, elle devait tout donner.

Le petit tracker GPS, toujours caché dans son soutien-gorge, frottait sa peau à chaque foulée. Après la fusillade, elle n'avait pas pensé à le retirer, débordée par le tourbillon de cris, de sang et de sirènes. Et puis il y avait eu la demande urgente de Tomlinson pour une vidéoconférence.

Matt lui en voudrait d'être partie sans le prévenir. Mais maintenant, elle était seule dans la ligne de mire du tueur. Matt n'était plus en danger. Il se souviendrait du tracker et réussirait à la retrouver dès qu'elle aurait sauvé Zoey. Elle se moquait de ce qui lui arriverait, tant que cette gamine restait en vie.

Elle atteignit le carrefour de Eagle et Fifth et tourna à toute vitesse au coin de la rue. Elle dévala le trottoir, en slalomant entre les piétons et traversa la rue en diagonale, sans même ralentir pour laisser passer les voitures.

Ses poumons étaient en feu. Elle parvenait à peine à respirer. Mais son seul souci était d'arriver à temps à Millstone.

Elle avait déjà trahi Zoey une fois. Elle ne réitérerait pas cette erreur.

La sueur perlait sur son front. Elle était à bout de forces mais animée par une détermination d'acier. À la vue des grilles du cimetière Millstone, elle sentit son cœur se gonfler d'espoir.

Elle remonta à toute vitesse la dernière rue mais comme elle atteignait le cimetière, ses jambes l'abandonnèrent soudain, l'obligeant à s'arrêter sur le bord du trottoir. Elle inspira profondément plusieurs fois pour tenter de recouvrer son souffle et de stabiliser son rythme cardiaque.

Elle entendit alors quelque part dans le cimetière une sonnerie de téléphone portable. Elle courut à l'intérieur, prit l'allée centrale, à la recherche de la source du bruit.

Là !

Sur l'une des pierres tombales se trouvaient un téléphone... et une seringue.

La bouche sèche, elle saisit l'appareil.

— Allô ?

— Bonne fille. Vous êtes arrivée avec trois secondes d'avance. Cela me plaît. Vous êtes motivée.

— Où est Zoey ?

— Pas si vite. La sauver a un prix.

Elle prit encore plusieurs respirations saccadées, tout en se préparant à la suite.

— Je vais le payer, dit-elle, le souffle court.

— Je sais, dit-il. Une vie pour une vie. La vôtre en échange de celle de Zoey. Prenez la seringue, retirez le capuchon, piquez votre nuque avec l'aiguille et appuyez à fond sur le piston.

Elle sentit son cœur se muer en bloc de glace.

— Je vous surveille de très près, poursuivit-il. Si vous me faites un coup tordu, si vous ne suivez pas mes ordres à la lettre, vous aurez le sang de Zoey sur les mains.

— Comment aurai-je la certitude que vous la laisserez vivre ? Que vous la relâcherez ?

— Je n'ai aucune envie de coucher avec elle. Elle ne m'intéresse pas. Elle n'est pas mon type. Mais vous, vous l'êtes.

Ses mots lui révulsèrent l'estomac.

— Donnez-moi la preuve qu'elle est en vie.

— Zoey, dis bonjour à l'inspectrice de police.

— B... bonjour, balbutia une voix tremblante. Je vous en prie, aidez-moi.

— Compte sur moi, répondit Hannah, le cœur battant. Je vais te sortir de là, je te le jure.

— Décris à l'inspectrice comment elle est habillée, dit-il.

— Vous portez une veste bleue et un jean.

Hannah prit une profonde inspiration. Elle jeta un coup d'œil autour d'elle. Quelques véhicules étaient garés dans la rue, le long du cimetière, mais elle ne repéra aucun SUV sombre du type Range Rover ou Chevrolet.

— Voilà. Vous avez votre preuve, dit-il. Maintenant, faites ce que je vous dis.

Une vague de peur la submergea mais elle la repoussa.

Elle devait sauver Zoey. L'important était Zoey.

Hannah saisit la seringue d'une main tremblante, retira le capuchon et se fit l'injection.

— Bonne fille. Maintenant, prenez vos menottes et mettez-les, les poignets dans le dos, et attendez-moi. Je vous laisserai même voir Zoey parce que vous avez été obéissante.

Elle posa le téléphone sur la pierre tombale, décrocha ses menottes et les enfila, assez lâchement pour pouvoir dégager ses poignets.

Avec le tracker GPS, Matt la retrouverait à temps.

Tout ira bien. Tu t'en sortiras.

Peu importe ce que ce monstre va te balancer, tu es capable de l'encaisser. Et tu as toujours ta lame cachée dans la boucle de ta ceinture. Dès que tu en auras l'occasion, une fraction de seconde d'inattention de sa part, tu le tueras.

Mais déjà sa vision se brouillait. Elle vacillait, ses jambes ne la portaient plus. Sa tête s'alourdissait, ses pensées s'embrouillaient. La drogue faisait effet. Très vite.

Une camionnette blanche sortit de l'ombre d'un bâtiment, entra dans le cimetière et se dirigea lentement vers elle.

Éblouie par l'éclat des phares, elle s'efforça de rester debout. Mais tout devenait flou et ses membres s'engourdissaient. Elle ne parvenait plus à réfléchir, elle se mouvait au ralenti.

La portière côté conducteur s'ouvrit et un homme sauta à terre.

C'était lui. Il portait une perruque différente, pas de barbe. Mais une moustache.

Hannah mourait d'envie de lui envoyer son poing en pleine figure mais alors qu'elle tentait de s'avancer vers lui, tout se mit à tourner.

Quand elle s'effondra sur le sol, sa tête heurta une tombe.

Il ouvrit la portière du passager et tira quelqu'un du siège.

Hannah s'efforçait de rester consciente. Ses paupières étaient lourdes, si lourdes, mais elle devait s'accrocher. Assez longtemps pour s'assurer que la fille allait bien.

Ils s'approchèrent d'elle. Zoey pleurait. Elle était pieds nus et portait un pyjama à rayures fines avec des fraises. Lorsqu'il la poussa devant lui, elle tomba à genoux.

Hannah eut le temps d'apercevoir le visage terrifié de Zoey avant d'être engloutie par l'obscurité.

Un accord était un accord et il n'avait qu'une parole. Il prit donc le téléphone portable sur la pierre tombale et le tendit à Zoey.

— Compte jusqu'à cent. Ensuite, passe un coup de fil au seul numéro enregistré sur cet appareil. Demande à parler au chef de la police du campus, Matt Granger. Dis-lui qui tu es et où tu es. Il s'occupera de toi. Compris ?

En sanglotant, elle hocha la tête.

— Si tu ne fais pas ce que je te dis, je reviendrai te chercher. Et tu regretteras de ne pas avoir obéi. Pigé ?

— Oui... oui.

— Maintenant, dis merci.

Les jeunes perdaient les bonnes manières. Il venait quand même de lui laisser la vie sauve.

Des larmes ruisselaient sur ses joues.

— Merci.

Il pinça avec force l'inspectrice de police à la cuisse pour s'assurer qu'elle était complètement inconsciente. Elle ne tressaillit même pas.

— Commence à compter dès que je quitterai le cimetière, ordonna-t-il à Zoey.

Elle hocha la tête en serrant le téléphone contre sa poitrine.

Il se pencha et prit Delaney dans ses bras. En se relevant, il se prépara à la légère douleur qui saisirait sa jambe. Une vieille blessure qui remontait à des années, une blessure qui l'obligeait à porter de temps en temps une botte orthopédique pour ne pas trop souffrir. Quand il pleuvait ou qu'il neigeait. Ou lorsqu'il devait soulever quelque chose de lourd.

Comme il la portait jusqu'à la camionnette, les fragrances de son shampoing lui chatouillèrent les narines. Épicées. Tout comme le serait la nuit qui les attendait.

Il ouvrit la porte coulissante sur le côté. Une puissante odeur d'eau de Javel emplit ses poumons, réconfortante. Il attrapa Hannah et la jeta à l'arrière.

Il grimpa à sa suite à l'intérieur, la regarda en salivant. *Patience.* Après lui avoir retiré ses bottes, il la palpa, en commençant par les chevilles, à la recherche d'armes cachées. Il ne serait pas surpris qu'elle en ait dissimulé sur elle.

Il passa les mains sur son ventre plat, remonta jusqu'à ses seins, les tâta. Et sentit quelque chose de dur.

C'est quoi, ce truc ?

Il découvrit un petit émetteur, un tracker GPS. Il le lui arracha puis enchaîna Hannah. Au lieu d'utiliser du GHB, il avait opté pour un produit différent qui ferait de l'effet moins longtemps parce qu'il avait hâte de faire la fête avec elle. En principe, elle ne se réveillerait pas pendant qu'il roulerait mais il ne voulait pas prendre de risques inutiles.

D'où les chaînes.

Un sourire aux lèvres, il prit le tracker et le plaça sous l'une des roues arrière. Il s'installa alors au volant, mit la camionnette en marche et passa sur l'émetteur pour l'écraser, le réduire en miettes.

Puis il sortit tranquillement du cimetière.

21

Vendredi 20 septembre

20 h 08

— Merci, agente Tomlinson, dit Matt, surpris par sa perspicacité. Mais je ne pense pas que l'inspectrice Delaney acceptera de se retirer de cette enquête.

Il était quasi certain qu'elle refuserait.

— Elle doit le faire, c'est une question de vie ou de mort. Plus nous approchons de la fin du mois, plus le tueur fait preuve d'audace pour atteindre son objectif dans les temps. Nul ne peut prédire jusqu'où il ira. Je recommande la mise sous protection de votre coéquipière.

Le seul endroit où, il le savait sans l'ombre d'un doute, Hannah serait en sécurité était le ranch Shooting Star.

— Je vais lui en parler.

Mais il aurait préféré qu'elle l'entende dire de la bouche d'une agente chevronnée du FBI. Elle aurait alors mesuré la gravité de la menace. Avec lui, elle allait la minimiser en prétendant que ses sentiments pour elle le rendaient trop protecteur.

Où était-elle, d'ailleurs ? Avec un peu de chance, Kent n'avait pas rencontré de problèmes sérieux et elle allait vite le rejoindre.

— Liz a eu raison de me demander de jeter un œil sur cette affaire, poursuivait Tomlinson. Elle est d'une rare gravité. N'hésitez pas à me contacter si vous avez besoin d'autre chose, chef Granger, ajouta-t-elle avant de raccrocher.

Où était passée Hannah ?

Il quitta son bureau pour gagner le hall et s'approcha du policier de service.

— Avez-vous vu l'inspectrice Delaney ?

— Elle est partie en courant comme si elle avait le diable à ses trousses.

— Quoi ?

Il se précipita vers les portes et sortit pour voir si elle avait emprunté son pick-up. Mais il était toujours là.

Il découvrit alors sur le sol son Glock, son badge, son smartphone et ses clés. Elle avait tout laissé par terre. Refusant d'y croire, il ramassa le tout.

Non. S'il vous plaît, non.

— Hannah !

Mais au plus profond de lui-même, il savait qu'il était trop tard. Une sourde terreur l'envahit, glaçante, et il vacilla.

Il revint en toute hâte dans les locaux de police, tendit le badge et l'arme d'Hannah au policier de service et glissa son téléphone dans sa poche.

Donnez-moi le numéro de votre smartphone privé.

Le Tueur de l'université avait exigé son numéro personnel pour pouvoir continuer à communiquer avec elle. Le SMS qu'elle avait reçu dans son bureau émanait de lui, Matt en était certain, à présent.

— Appelez le sergent Starkey, ordonna-t-il. Son numéro de téléphone fixe, pas son portable. Voyez s'il est chez lui.

C'était le moyen le plus simple de déterminer si Starkey était ou non le tueur. Starkey n'était pas doté du don d'ubiquité. Il ne pouvait être à deux endroits à la fois. Soit il était innocent et chez lui, soit il était peut-être le tueur et avait emporté Hannah quelque part.

Avec un hochement de tête, le policier décrocha le combiné.

Réfléchis. Réfléchis.

Le tracker. Peut-être l'avait-elle toujours sur elle. Tout en se ruant vers son bureau, il sortit son smartphone et composa le numéro de Kent.

— Kramer.

— As-tu envoyé un texto à Hannah il y a une dizaine de minutes ? demanda-t-il en s'asseyant devant l'ordinateur.

Il cliqua sur le système de traçage.

— Non. Pourquoi ?

La rage lui brûla les veines.

— Ce salopard a enlevé Hannah. Il la tient.

— Quoi ? Mais comment a-t-il fait ? Elle était avec toi.

— Je n'ai pas le temps de t'expliquer. J'ai besoin que tu ailles chez Foster. Pour voir s'il est chez lui. Nous devons à tout prix la retrouver. Ce soir. Tu comprends ? Tant que nous n'aurons pas découvert où ce fumier l'a embarquée, tant que nous ne l'aurons pas récupérée, aucun de nous ne prendra le moindre repos.

— Bien sûr, d'accord.

Tout en raccrochant, il regarda l'écran. Il n'y vit aucun point vert. Le tracker GPS d'Hannah n'était pas actif.

Il frappa le bureau du poing. Avec une profonde inspiration, il se leva pour aller chercher le dossier de la première victime.

— Chef ! cria le policier du couloir. Starkey est chez lui. Il s'apprêtait à emmener sa famille manger une glace. Je lui dis quoi ?

Matt courut jusqu'à la réception et prit le téléphone.

— Victor, le Tueur de l'université a tiré sur trois policiers du campus et sur moi, ce soir, dit-il.

Il l'appelait par son prénom pour faire comprendre à Starkey que cette attaque contre eux était personnelle.

— Les autres sont à l'hôpital. Et cette ordure vient d'enlever l'inspectrice de police Delaney. Ton congé est terminé, cette décision prend effet immédiatement. J'ai besoin de toi ici tout de suite.

— J'arrive, chef. Je serai là dans dix minutes.

Matt raccrocha. Mais alors qu'il repartait pour aller chercher le dossier, le téléphone sonna de nouveau.

Le policier de service prit l'appel.

— Chef, c'est pour vous, cria-t-il de la réception. Cela semble urgent.

C'était peut-être lui. *Le tueur.* Il téléphonait pour demander quelque chose en échange d'Hannah.

Matt saisit l'appareil d'une main fébrile.

— Chef Granger.

— Je m'appelle Zoey Williams. Il m'a dit de vous appeler. Que vous viendriez me chercher et veillerez à ce que tout aille bien pour moi.

Un calme glacé s'empara de lui.

— Et l'inspectrice Hannah Delaney. L'as-tu vue ? Sais-tu où elle est ?

— Il l'a emmenée. Il a dit *une vie pour une vie.*

Matt sentit son ventre se révulser. Bien sûr, il ne regrettait pas la libération d'une adolescente innocente. Mais il ne pouvait accepter le sacrifice d'Hannah.

Il ferait tout pour la récupérer.

— Où es-tu ?

— Je ne sais pas. Dans un cimetière. Je vois un panneau indiquant Grand Avenue.

— Millstone Cemetery ?

— Oui, je crois que c'est ça.

— J'envoie tout de suite quelqu'un te chercher. Il sera là dans moins de cinq minutes. En attendant, le policier de permanence va te parler jusqu'à ce que tu sois en sécurité dans une voiture de patrouille. D'accord ?

— D'accord, merci, dit-elle en sanglotant. Dépêchez-vous.

Il gara la camionnette devant son chalet. Celui-ci était au milieu des bois mais à une demi-heure à peine de route de la ville. Il ouvrit la porte coulissante et jeta Delaney sur son épaule. Sans s'y arrêter, il passa devant le porche de la cabane en rondins, en fit le tour. Sa jambe le tirait et il grimaça de douleur. Après avoir retiré le cadenas, il ouvrit la porte de l'abri anticyclones. Il était en béton insonorisé. Il aimait l'appeler *la salle des fêtes.*

Prudemment, il descendit les marches.

Parfois, il emmenait son fils dans ce chalet pour chasser le cerf dans les bois mais personne n'était autorisé à descendre dans cet abri. Lui seul avait la clé du cadenas.

Il déposa Delaney sur les draps et la couverture propres qui recouvraient le lit boulonné au sol. Pour commencer une bonne soirée, des draps propres étaient indispensables. Ils ne le resteraient pas longtemps.

En ricanant, il lui détacha les menottes pour la déshabiller. Il déboucla sa ceinture, ouvrit la fermeture Éclair de son jean, le lui enleva. Il lui ôta aussi sa veste et son T-shirt, la laissant en sous-vêtements. Il passa les mains sur son corps. Elle était un peu plus âgée que ses proies habituelles mais elle ferait l'affaire. Et quand elle se réveillerait, elle se rendrait compte qu'elle se trouvait dans un nouveau monde – dans *son* monde à lui, où il était le maître.

— Foster est chez lui, dit Kent au téléphone. Il regarde une émission de cuisine en buvant du pinot noir. Je retourne au campus. J'y suis presque.

— Merci. J'ai relu le dossier de la première victime, Paige Johnson. Elle avait dix-neuf ans quand elle a été tuée. J'ai appelé son père. Il m'a dit que Paige n'avait pas de petit ami, à l'époque.

— Tu le crois ?

— D'après lui, elle aimait les filles. Donc oui, je le crois. Il assure aussi qu'elle s'entendait avec tout le monde. Elle n'a jamais eu de démêlés avec qui que ce soit. L'agente Tomlinson était pourtant convaincue qu'il y avait un lien personnel entre la première victime et le tueur.

Il passait à côté de quelque chose mais quoi ?

Starkey ouvrit la porte du bureau de Matt et entra avec Carl et le policier de Laramie.

— Avez-vous trouvé ce que vous cherchiez ? demanda Matt.

— Peut-être, répondit Starkey, le visage grave. Pas mal de gens travaillent à l'université et conduisent un SUV de la marque Range

Rover ou Chevrolet de couleur sombre. Mais Carl a remarqué un fait étrange.

Matt mit son smartphone sur haut-parleur pour permettre à Kent d'écouter leur échange.

— Et quoi ?

Starkey lui remit la liste des dossiers du Department of Motor Vehicles.

Il se concentra sur la seule ligne qui avait été à la fois entourée et surlignée.

— Dennis Hill, dit Matt en sentant les poils se hérisser sur ses bras.

— D'après son dossier, il possède un SUV Range Rover depuis douze ans, dit Starkey. Mais il n'en a jamais parlé et ne l'a jamais conduit au travail. Comme s'il le cachait. Il vient au bureau au volant d'une camionnette et sa femme conduit une berline.

— Il a donc trois véhicules, dit Matt. Tomlinson nous a appris que le chiffre trois était sans doute partout dans la vie du tueur. Carl, va chercher son dossier personnel, s'il te plaît.

Farran se précipita dans le couloir.

— Que sais-tu de Dennis ? demanda Matt à Starkey d'un ton pressant. Tout ce qui implique le chiffre trois dans sa vie.

— Euh, eh bien, il a épousé sa femme trois fois. La première fois, devant un juge. La deuxième, au cours d'une grande cérémonie suivie d'une réception. Mais sa mère était malade ce jour-là. Elle vit à la maison de retraite de Silver Springs. Ils ont donc célébré leurs noces une troisième fois, là-bas, pour permettre à la vieille dame d'y assister. Il en est très fier. Il célèbre trois anniversaires de mariage chaque année. Sa femme le trouve très romantique.

Farran revint avec le dossier.

Matt le lui arracha des mains et l'ouvrit. En le parcourant, il s'arrêta à mi-chemin.

— Il a eu trois enfants.

— Oh oui, c'est vrai, dit Starkey. Mais l'une de ses filles est morte. D'une méningite, je crois.

Matt chercha la date du décès.

— Sa fille est morte il y a trois ans. Un mois avant la dernière attaque du Tueur de l'université. Kent, j'ai besoin que tu ailles chez lui. Parle à sa femme. Vois ce qu'elle sait.

Il lui donna l'adresse.

Hill habitait à proximité du campus.

— Dennis a un fils qui est inscrit à l'université, dit Starkey. Liam. On peut le trouver dans l'une des confréries. Alpha-Thêta, je crois. Il sait peut-être quelque chose, lui aussi.

Matt attrapa son chapeau et ses clés.

— Allons-y.

22

Vendredi 20 septembre

21 h 20

Hannah s'agita et battit des paupières avec difficulté. Sa tête était lourde, sa gorge sèche, sa bouche en coton. Elle promena les yeux autour d'elle. Elle se trouvait dans un réduit en béton, gris et bas de plafond. Une lumière tamisée provenait d'une lampe posée quelque part. Alors qu'elle s'efforçait de se redresser, des chaînes cliquetèrent. Elle était attachée à un lit en fer forgé. Pour deux personnes.

Ses poignets étaient maintenant devant elle mais toujours menottés. Une longue chaîne les reliait au cadre du lit. Ses vêtements avaient disparu, à l'exception de son soutien-gorge et de sa culotte.

Ses pieds nus étaient également entravés. Chacune de ses chevilles était enchaînée à l'un des coins inférieurs du lit, de manière à lui permettre d'écarter les jambes.

La gorge serrée, elle sentit son ventre se nouer.

Où étaient ses vêtements ? Et sa ceinture ?

La pièce était minuscule. Le lit occupait la majeure partie de l'espace. Une petite table, avec une lampe dessus, se trouvait près de la porte mais ses chaînes étaient trop courtes pour qu'elle puisse l'atteindre.

Elle se pencha pour regarder sous le lit.

Ses vêtements étaient là. Elle s'en saisit et s'aperçut qu'ils étaient tous en lambeaux. Il avait découpé en morceaux son pantalon, sa veste, son haut et sa ceinture. Seule la boucle était intacte.

L'imbécile ne l'avait pas examinée de près. Dommage pour lui. Elle allait utiliser cette erreur contre lui.

Elle sortit la courte lame et repoussa le reste sous le lit.

Comme elle se redressait, elle fut soudain prise de vertiges. La pièce tournait. Elle recommença plus lentement et observa les murs. Lorsqu'elle posa les yeux sur le pan derrière le lit, elle se figea. Des photos Polaroïd de femmes meurtries et immobiles – assassinées – recouvraient le béton comme un papier peint écœurant. Un long frisson la parcourut.

Chaque photo représentait une blonde différente.

Et il y en avait une bonne vingtaine.

Matt se tenait dans le hall de la confrérie Alpha-Thêta-Nu, aux côtés du sergent Starkey. Ils attendaient Liam.

Son smartphone sonna.

— Granger, dit-il en prenant l'appel.

— Bonnie Hill ne nous a pas ouvert, dit Kent. J'ai regardé par les fenêtres et je l'ai vue étendue, inconsciente, sur le canapé, une bouteille de vin ouverte sur la table basse. J'ai enfoncé la porte. Son cœur bat normalement mais je n'arrive pas à la réveiller. Son mari l'a sans doute droguée. Une ambulance est en route.

— D'accord. Fouille la maison. Cherche tout ce qui pourrait indiquer où il a emmené Hannah.

— Bien sûr. Je te tiens au courant.

— Qu'a-t-il appris ? demanda Starkey.

Matt s'apprêtait à répondre quand un grand jeune homme aux cheveux et aux yeux bruns – une version plus jeune et en meilleure forme de Dennis – dévala l'escalier et surgit dans le hall.

— Bonjour, sergent Starkey. Je suis Liam, ajouta-t-il en regardant Matt d'un air interrogateur. On m'a dit que vous vouliez me parler...

— Nous essayons de localiser ton père, dit Matt. Il est de la plus haute importance que nous le trouvions. C'est une question de vie ou de mort.

— Il devrait être à la maison. Avec ma mère.

— Deux de mes hommes y sont allés. Ils ont découvert ta mère inconsciente dans le salon. Elle a été conduite à l'hôpital.

— Mon Dieu ! Je vais tout de suite prévenir mon père, dit-il en sortant son téléphone.

— S'il te plaît, ne fais pas ça. Nous sommes encore en train de rassembler les pièces du puzzle et il serait préférable que nous parlions les premiers à ton père.

Liam fronça les sourcils.

— A-t-il des ennuis ? Vous ne pensez quand même pas qu'il a fait quelque chose à ma mère, n'est-ce pas ?

— Nous ne tirons aucune conclusion hâtive, dit Matt, ne voulant pas mettre le gamin sur la défensive, puisqu'ils avaient besoin de son aide. Mais il est impératif que nous le trouvions. Sais-tu s'il y a un endroit où il aurait pu aller ? Un endroit qui lui plaît ? Un endroit où il se sent en sécurité ?

Liam hocha la tête.

— Le chalet de mes grands-parents. Il est au milieu des bois. À Wayward Bluffs.

Il leur donna l'adresse.

— Merci.

Matt se tourna vers Starkey et lui chuchota ses ordres.

— Prends son téléphone et emmène-le au poste. Surveille-le de près. Il ne doit passer aucun appel téléphonique. Sous aucun prétexte. Pour le reste, mets-le à l'aise et donne-lui des nouvelles de sa mère quand tu en auras.

Puis il se précipita vers la porte et courut jusqu'à son pick-up.

Tiens bon, Hannah. J'arrive.

Sa proie devrait être sortie de sa torpeur, maintenant.

Il lui avait donné beaucoup de temps pour recouvrer ses esprits. Pour leur première fois, il la voulait bien réveillée et ardente.

Il retira le cadenas, remit la clé dans sa poche et ouvrit l'abri. Baissant la tête, il y entra et referma la porte derrière lui.

Les chaînes cliquetèrent alors qu'Hannah se reculait sur le lit, repliant ses genoux contre sa poitrine comme si elle avait peur.

Mais une lueur brillait dans ses yeux.

Que mijotait-elle ?

— Lève-toi, lui ordonna-t-il.

Il la tutoierait désormais. Elle était devenue son jouet et n'avait plus droit à la moindre marque de respect.

Les yeux écarquillés, elle le dévisagea, bouche bée.

— Vous ? balbutia-t-elle d'un air sidéré.

Elle avait tellement eu le nez dans le guidon qu'elle n'avait pas vu l'évidence. Pas plus que Granger et les autres chefs de police qui l'avaient précédé.

Pour la rejoindre, il ne s'était pas donné la peine de se déguiser. Il s'était débarrassé de la perruque, de la moustache et des lentilles mais aussi du postiche qu'il portait au quotidien pour dissimuler sa calvitie. Il n'avait plus besoin de se cacher. Elle ne sortirait pas d'ici vivante.

Il sourit.

— Voici les règles que tu devras respecter tant que tu es en vie. Tu m'appelleras maître. Ce n'est qu'en me donnant du plaisir que tu auras droit à de la nourriture et de l'eau. Si tu me mets en colère, tu seras punie. Tu m'appartiens désormais. Plus vite tu l'accepteras, mieux cela vaudra. Pour toi.

Il attendit de voir sa réaction.

Certaines fondaient alors en larmes. D'autres protestaient. Plusieurs avaient essayé de négocier, en lui promettant que leurs parents lui verseraient beaucoup d'argent s'il les libérait. Inévitablement, elles finissaient toutes par implorer sa clémence.

Mais Hannah ne prononça pas un traître mot. Elle se contentait de le fixer. Si les regards pouvaient tuer, les siens l'auraient déjà réduit en cendres.

Il sourit.

Elle était forte et résisterait longtemps.

Des heures, des jours, peut-être des semaines. Il en était sûr.

Avec son esprit combatif, il allait devoir la mater.

Comme pour dompter un cheval sauvage, il devrait faire preuve de fermeté et de patience. Mais aussi se montrer prudent. Elle était une menace mais seulement s'il la laissait faire.

La domestiquer ne serait pas une tâche facile. Mais il était prêt à relever le défi.

Soudain excité par cette perspective, presque ivre d'impatience, il s'avança jusqu'au pied du lit. Il la regarda. Telle une chatte sauvage, elle restait silencieuse et recroquevillée sur elle-même.

En souriant, il saisit la chaîne qui retenait sa cheville droite et la tira, pour la forcer à ouvrir la jambe. Il fixa l'un des maillons à un crochet au sol pour le maintenir en place.

Alors qu'il se redressait, il entendit les ressorts du lit grincer.

Vive comme l'éclair, Hannah bondit sur lui et lui enfonça un objet pointu dans le dos, entre les omoplates. Une douleur brûlante le transperça. Mais la garce ne s'arrêta pas là. Elle continua à le poignarder, à le frapper, à faire couler le sang. Il avait beau s'efforcer de parer les coups, en jurant et en hurlant, elle le tailladait comme une furie.

Il trébucha en arrière, loin du lit, hors de sa portée.

Les yeux pleins de rage, elle était accroupie, prête à se jeter de nouveau sur lui, une lame couverte de sang à la main.

D'où venait-elle ? Il avait été si prudent.

— Je me battrai jusqu'à mon dernier souffle ! Vous vous êtes attaqué à la mauvaise femme. Vous m'entendez, espèce de pervers ?

Non. Il avait eu un bon instinct et avait enlevé celle qu'il attendait. Elle était parfaite. Il aimait quand elles se défendaient.

— Je vais adorer te briser, répliqua-t-il. Il est temps de te donner ta première vraie leçon.

Il sortit en trombe de l'abri, laissant la porte ouverte.

L'air glacial de la nuit la calmerait. Alors qu'il se hâtait vers le chalet, il se souvint soudain qu'il avait oublié de charger l'aiguillon à bétail. Avec un juron, il se reprocha sa négligence.

Cela dit, pendant qu'il attendrait que l'aiguillon se recharge, elle s'affaiblirait à cause du froid. Elle frissonnerait, claquerait des dents, et sa capacité à se battre s'épuiserait vite.

Mais cette punition n'était pas suffisante pour Hannah Delaney. Elle lui avait fait passer un sale quart d'heure.

Elle méritait une bonne leçon.

Non seulement il utiliserait l'aiguillon, mais il lui mettrait aussi une camisole de force. Elle allait vite comprendre. Après trois jours à la porter, elle l'appellerait *maître*.

Matt se gara sur le bas-côté de la route, à cinq cents mètres de l'adresse que Liam lui avait donnée, et coupa le moteur. Il enfila son gilet pare-balles, l'attacha et mit sa veste par-dessus. Après avoir vérifié que son Glock était bien chargé, il fourra des chargeurs supplémentaires dans ses poches et accrocha deux grenades assourdissantes à sa ceinture. Puis il ajusta ses lunettes de vision nocturne.

Il gagnerait le chalet à pied, en passant par les bois. Son épaule le faisait terriblement souffrir mais l'important était ailleurs.

À intervalles réguliers, il s'arrêtait pour scruter les alentours, à l'affût d'un détecteur de mouvements ou d'une caméra de surveillance, susceptibles de trahir sa présence. Comme il ne remarqua rien, il continua d'avancer.

Il restait vigilant, se glissait entre les arbres comme une ombre. Bientôt, il arriva à l'arrière d'une cabane en rondins. Il espérait être au bon endroit et surtout, qu'Hannah soit toujours en vie.

Il entendit des bruits de bottes. Quelqu'un descendait la volée de marches du porche avant de se diriger vers l'arrière du chalet.

Il vit un homme se hâter vers un monticule, un abri anticyclones, sans doute. Il y en avait beaucoup dans la région.

Il le reconnut soudain.

Dennis Hill.

Il tenait une camisole de force – les boucles claquaient à chacun de ses pas – et un objet que Matt ne réussit pas, tout d'abord, à identifier. Il ressemblait à un bâton métallique. Mais à la vue de la pointe en V d'où jaillissaient des étincelles, Matt comprit enfin de quoi il s'agissait.

Un aiguillon à bétail !

Il arracha ses lunettes de vision nocturne et prit son Glock.

Mais Dennis descendait dans l'abri.

Comme il s'apprêtait à claquer la porte derrière lui, Matt entendit Hannah jurer.

Elle était vivante et se battait. La terreur qui glaçait son cœur relâcha un peu son emprise.

Matt se précipita à sa suite, dévala les marches tout en s'emparant d'une grenade assourdissante. Il la dégoupilla avec les dents. Puis il entrouvrit la porte, et la jeta à l'intérieur avant de la refermer.

Une énorme explosion s'ensuivit dans un éclair lumineux. Elle paralyserait Hannah autant que Dennis pendant un moment. Mais elle s'en remettrait. Hill ne pourrait pas en dire autant.

Matt rouvrit la porte, l'arme au poing.

Ce qu'il découvrit le fit bouillir. Hannah, à moitié nue, était enchaînée à un lit et se tordait sous les effets de la grenade assourdissante, les mains sur les oreilles. Elle était couverte de sang.

En proie à une indicible rage, Matt chargea Dennis et lui envoya son poing en pleine figure. Il le fit alors tomber au sol, la tête la première, le retourna sans ménagement, posa un genou sur son dos pour l'immobiliser et lui tira les bras derrière lui pour lui passer les menottes.

En se redressant, il aperçut la camisole de force et l'aiguillon. Il avait presque envie d'utiliser ce dernier sur Dennis. Mais il se souvint à temps qu'un policier ne devait pas s'abaisser au niveau des criminels.

D'un coup de pied, il envoya valser l'aiguillon à bétail. Comme il levait les yeux, son regard se posa sur les murs en béton. À la vue des photos ignobles qui le tapissaient, un regain de fureur s'empara de lui mais sa priorité était Hannah.

Il s'approcha du lit. Les yeux clos, elle s'agitait en criant.

Sans cesser de se tortiller, elle tenta de le frapper avec une lame mais il s'attendait à tout et recula, hors de sa portée.

Il lui saisit avec douceur les poignets d'une main et lui caressa la joue de l'autre. Elle entrouvrit les paupières et croisa son regard.

Un intense soulagement éclaira son visage.

Il la prit dans ses bras et la serra fort contre lui.

Elle frissonnait et claquait des dents.

— Tu arrives au bon moment, dit-elle. Il s'apprêtait à me faire passer un sale quart d'heure.

Il retira son blouson et le posa sur ses épaules.

— La cavalerie arrive toujours à temps.

Il sortit une clé de menottes de sa poche et lui libéra les poignets.

— Tu es couverte de sang.

— Ce n'est pas le mien. Mais le sien.

Il ouvrit les chaînes de ses chevilles.

Elle se leva et se frotta les poignets. Elle était frigorifiée et il arracha la couverture du lit pour l'enrouler autour d'elle.

— Tu m'as fait une trouille d'enfer, Hannah.

Il la prit dans ses bras, déterminé à ne jamais la laisser partir.

Elle leva la tête et le dévisagea.

— J'adore tes mots, toujours si romantiques.

Épilogue

Samedi 21 septembre

19 h 30

Hannah se blottit contre Matt, la tête nichée au creux de son épaule, et il l'enlaça de son bras indemne. Assis sur son canapé, ils regardaient le feu qui crépitait dans la cheminée. Elle sirotait un whisky, soulagée d'être sortie vivante du repaire de Dennis Hill. Et que Zoey Williams soit saine et sauve.

Et avoir Matt à ses côtés la remplissait d'une joie aussi intense qu'inattendue. Elle s'était longtemps persuadée qu'elle était mieux seule mais Matt l'avait convaincue qu'elle se trompait. Il lui avait prouvé qu'il était prêt à aller en enfer et à combattre le diable – non seulement avec elle mais aussi *pour* elle.

— Je n'en reviens toujours pas du nombre de femmes que Dennis Hill a tuées, dit-elle en frissonnant au souvenir des photos sur le mur de l'abri anticyclones.

Au total, il avait assassiné vingt-quatre jeunes femmes. Hill ne s'écartait jamais de son profil. Elles étaient toutes blondes, fines, âgées de moins de vingt-deux ans avec la peau claire et des yeux sombres.

— Sans toi, nous n'aurions jamais retrouvé ses douze premières victimes enterrées dans les bois autour de son chalet.

Ils avaient cru que Paige Johnson avait été la première de la liste alors qu'en réalité, Hill avait d'abord tué une dénommée Nicole Noland.

— L'agente Tomlinson avait raison au sujet du lien personnel, continua Matt.

Nicole était sortie avec Dennis quand ils étaient étudiants. Il jouait alors dans l'équipe de football universitaire, sous le maillot trente-trois. Gravement blessé à la jambe après un accident de voiture, il avait dû renoncer à ce sport. Et peu après, Nicole avait rompu avec lui. Il avait alors noué une relation avec Bonnie, sa femme actuelle, et avait attendu trois mois pour violer et étrangler Nicole. Bonnie lui avait servi d'alibi.

— Depuis vingt ans, il drogue Bonnie, en lui faisant croire qu'elle a un problème avec l'alcool, dit Hannah, horrifiée. Il attendait qu'elle s'endorme, assommée par des drogues, pour quitter la maison et tuer ces malheureuses. Quand tu l'avais interrogée sur l'endroit où était son mari la nuit où Madison Scott avait été assassinée, elle avait honte de dire qu'elle était soûle et ne se souvenait de rien. Alors qu'il l'avait droguée.

— Avec son apparence banale, presque falote, Dennis a trompé tout le monde, y compris les chefs de police du campus, pendant vingt ans.

Depuis toujours, Dennis rêvait d'intégrer la police universitaire mais il avait échoué aux épreuves physiques à cause de sa blessure à la jambe. Il avait donc dû faire une croix sur le badge et se contenter d'un poste de gestionnaire de bureau dans la police. Déçu, frustré d'avoir été obligé d'abandonner ses rêves, il tuait pour se venger de la société. Il choisissait ses victimes parmi les étudiantes qui venaient le voir pour enregistrer leur vélo.

— Promets-moi que tu ne me mentiras plus jamais, dit Matt en lui rappelant qu'elle lui avait fait croire que Kent lui avait envoyé un texto. Pas même pour me protéger.

— Promis. Je suis désolée. Tu as compris pourquoi je t'avais menti ?

Il hocha la tête. Il n'y avait ni jugement ni colère dans ses yeux. Seulement de l'amour. Savoir qu'il la comprenait et l'acceptait telle qu'elle était, avec ses qualités mais aussi ses défauts, signifiait beaucoup pour elle.

Matt but une gorgée de whisky et entreprit de lui masser les pieds.

— En tout cas, l'administration de l'université a été impressionnée que nous ayons réussi à identifier deux tueurs en série.

L'ADN de Foster correspondait, en effet, à celui du Boucher d'Emerald City. Sur une intuition, Kent avait fait fouiller, avec l'aide de chiens policiers spécialisés, le parc national aux deux endroits où Bradford Foster aimait pêcher. Ils y avaient découvert quatre autres cadavres.

— Sam Lee va enfin sortir de prison, dit-elle.

— Mais rien ne lui rendra les années qui lui ont été volées.

— Au moins son nom sera-t-il blanchi et pourra-t-il profiter de sa liberté en sachant que le vrai Boucher paie enfin pour ses crimes.

Les pensées d'Hannah revinrent à Dennis Hill.

— Les enfants de Hill, son fils, Liam, sa fille aînée, Susie, et sa femme vont être dans la tourmente, à présent.

Elle connaissait l'enfer d'être de la famille d'un tueur en série. Un cauchemar qu'elle ne souhaitait pas à son pire ennemi.

— Foster a eu des enfants, lui aussi.

Il était difficile de croire que de tels hommes aimaient leurs progénitures, leurs proches, alors qu'ils tuaient sans scrupule.

— Je n'ai aucun contrôle sur ce qu'Erica Egan publiera sur ces affaires mais j'exerce une certaine influence sur le journal du campus. Ils ont accepté d'expliquer à leurs lecteurs que les familles de Hill et de Foster ignoraient tout de l'horrible vérité. Je demanderai aux gens de respecter leur vie privée.

— C'est vraiment attentionné de ta part.

Il lui prit la main et en embrassa la paume. La tendresse dans ses yeux lui coupa le souffle.

— Hannah, cela te paraîtra peut-être fou ou trop rapide mais que dirais-tu d'emménager ici ? De partager ta vie avec moi ?

Abasourdie, elle le dévisagea, sans voix.

— Nous passons tous les deux un temps fou à travailler et je suis aussi très occupé au ranch, poursuivit-il. Vivre sous le même toit est peut-être notre seule chance de nous voir, de nous aimer. Et tu as dit que tu ne dormirais plus jamais chez toi…

Comme elle ne répondait toujours pas, il ajouta :

— Mais je ne veux pas te mettre la pression.

— Tu as tort, mets-la-moi. Parfois, nous avons tous besoin d'un coup de pouce pour sortir de notre zone de confort.

Le fait d'avoir été à deux doigts d'être violée et tuée lui avait fait mesurer ce qu'il lui manquait dans sa vie.

— J'ai envie d'être avec toi, de donner une chance à notre amour, ajouta-t-elle. Nous verrons bien ce que cela donnera.

En le regardant, elle se mettait à croire au bonheur. Cette joie et cette légèreté étaient un peu effrayantes mais aussi merveilleuses. Tenter l'aventure en valait sûrement la peine.

— Même si tu tombes folle amoureuse et que tu finis par avoir besoin de moi ?

— Je suis déjà folle amoureuse, cow-boy, dit-elle. Et quant à avoir besoin de toi, j'ai appris que ce n'était pas si mal.

Elle avait eu besoin des talents professionnels de Matt tout au long de cette enquête, comme pendant celle sur laquelle ils avaient travaillé, l'année passée. Mais elle avait surtout besoin de sa chaleur, de son intensité. De sa force.

De son amour.

Il se pencha vers elle.

— Je t'aime, Hannah, dit-il en l'embrassant avec tendresse.

— Je t'aime aussi, cow-boy, répondit-elle, un grand sourire aux lèvres. Et si tu veux tout savoir, je n'en reviens pas !

Vous avez aimé cette enquête ?
Retrouvez l'atmosphère des Rocheuses dans :
Cœurs brûlés
Et découvrez prochainement
un nouveau roman de Juno Rushdan !

LESLIE MARSHMAN

Un cœur à sauver

Traduction française de
CHRISTIANE COZZOLINO

BLACK ROSE

HARLEQUIN

1

— Nous appelons Nathaniel Reed, Votre Honneur.

Nate s'avança jusqu'à la barre et jura de dire la vérité avant de s'asseoir sur le banc en bois. C'était un vendredi en fin d'après-midi, et la petite salle d'audience était comble. Le procès en divorce des époux Skip et Mitzi Stoddard, deux personnages influents du comté de Boone, était une attraction de tout premier ordre, telle que Resolute, au Texas, n'en avait pas connu depuis plusieurs années.

L'audience durait depuis un moment, et les esprits s'échauffaient de plus en plus, les avocats peinant à contenir leurs clients et à leur éviter des inculpations pour outrage à la cour.

— Monsieur Reed, avez-vous été témoin d'une altercation entre ma cliente et son mari, le 12 septembre dernier ? demanda l'avocat de Mitzi.

— Oui, répondit Nate, qui n'avait pas prévu de témoigner en faveur de Mitzi lorsqu'il s'était interposé entre les deux époux qui avaient failli s'étriper sur le parking de L'Enclos.

— Veuillez nous raconter ce qui s'est passé ce soir-là.

L'as du barreau, spécialisé dans les divorces médiatisés, adressa à Nate un sourire mielleux.

Il pense que l'affaire est dans le sac.

— Alors que je me dirigeais vers le restaurant, j'ai entendu une dispute et j'ai vu M. et Mme Stoddard sous l'un des lampadaires du parking. Ils en étaient venus aux mains. Il l'a poussée, elle l'a giflé, et il l'a frappée au visage.

Une vague d'exclamations de surprise parcourut l'assistance, comme dans un stade de foot.

— Que s'est-il passé ensuite ? demanda l'avocat.

— Je me suis précipité pour porter secours à Mme Stoddard, qui ne m'a pas attendu pour riposter et décocher un crochet du droit à son mari. Je les ai séparés mais tous deux m'ont dit de m'occuper de mes affaires.

— Pour clarifier les choses, c'est M. Stoddard qui a porté le premier coup, n'est-ce pas ?

Ayant travaillé comme garde du corps avant d'ouvrir sa propre agence de sécurité en Californie, Nate avait été formé à témoigner lors de procès.

— Quand je les ai vus, ils étaient *déjà* en train de se disputer. Je ne peux donc pas savoir qui a commencé.

L'avocat de Mitzi lança un regard noir à Nate.

La voix de baryton de Skip brisa le silence tandis qu'il bondissait.

— Vous voyez ? Quand je vous disais que c'était elle qui avait commencé !

— Maître, contrôlez votre client, ordonna le juge Harmon d'un ton sans appel.

L'avocat de Skip, célèbre dans tout le Texas pour avoir gagné de nombreux procès criminels, tira sur la manche de son client pour le faire se rasseoir.

— Ce n'est pas moi qui ai commencé. C'est lui ! déclara Mitzi en se levant et en pointant sur Skip un doigt accusateur. Et il a menacé de me tuer !

Son avocat s'empressa de regagner leur table.

— Asseyez-vous immédiatement, dit-il.

Le juge Harmon donna un coup de marteau.

— Tu racontes n'importe quoi, riposta Skip en se tournant vers Mitzi.

Lorsque celle-ci fit un pas vers son mari, son avocat la saisit par la taille pour la retenir. Elle essaya de lui faire lâcher prise, lui griffant les mains avec ses longs ongles manucurés.

Le juge Harmon fit de nouveau usage de son marteau.

— Silence ! Silence dans la salle.

Mitzi se libéra et se rua sur Skip, qui se réfugia à l'autre bout de la table. Mitzi le poursuivant, les deux avocats accoururent pour séparer leurs clients. L'huissier, une femme entre deux âges, qui comme le juge faisait quasiment partie des meubles, s'empressa d'intervenir.

Mitzi gifla Skip.

Le juge Harmon se leva, le visage rouge de colère. Nate, qui ne l'avait encore jamais vu comme ça, espérait que les médicaments que le magistrat prenait contre l'hypertension étaient efficaces.

Skip balança son poing en direction de Mitzi, qui esquiva. Le coup atterrit en plein dans le menton de son avocat.

Incapable de rétablir l'ordre, le juge Harmon s'excitait sur son marteau.

— Huissier, emmenez-les tous les deux en détention. Puisqu'on est vendredi, ils vont passer le week-end en prison. Nous reprendrons la semaine prochaine.

Mitzi se redressa et envoya à Skip un uppercut qui le projeta en arrière, dans les bras de son avocat.

Cassie Reed, qui était la sœur de Nate et accessoirement le shérif du comté, accourut pour aider l'huissier, un peu dépassé par les événements. Alarmé par le visage violacé du juge, Nate descendit de la barre des témoins pour aller donner un coup de main. Tandis que l'huissier bataillait pour dégager Skip des bras de son avocat, Cassie passait derrière Mitzi pour la menotter. Mais sans crier gare, celle-ci plongea pour s'emparer de l'arme de service de l'huissier.

— Arme à feu ! cria Cassie.

Mitzi tourna le canon vers Skip et pressa la détente une fraction de seconde après qu'il se fut jeté au sol. Nate prit la femme à bras-le-corps et lui arracha le pistolet des mains tandis qu'ils tombaient l'un sur l'autre dans un enchevêtrement de bras et de jambes. Juste à ce moment-là, un cri perçant retentit dans le tribunal. Tout le monde se figea. Nate découvrit alors que la balle avait écorché le bras de la greffière. Mais ce n'était pas sa blessure que la pauvre femme regardait d'un air horrifié, mais le juge, affalé sur son pupitre, un bras tendu, son marteau à deux doigts de tomber.

Après avoir lancé à Nate une paire de liens autobloquants pour menotter Mitzi, Cassie aida l'huissier à retourner Skip sur le ventre pour le menotter. Puis elle appela une ambulance et des renforts.

— Nate, j'ai besoin de toi.

Se méfiant de Mitzi, Nate la fit asseoir sur une chaise et utilisa une autre paire de liens pour l'attacher à la table de l'avocat. Puis il suivit sa sœur derrière le pupitre du juge, dont elle prit le pouls.

— C'est fini, dit-elle.

Elle tint la chaise pendant que Nate s'employait à décrocher le juge du pupitre pour l'asseoir sur sa chaise, manœuvre d'autant plus délicate que le magistrat était corpulent.

Ils examinèrent le défunt, à la recherche de traces de sang. Mais il ne présentait aucune blessure apparente, n'ayant de toute évidence pas été victime d'un ricochet de la balle.

— Crise cardiaque ? supposa Nate. Il virait au violet quand j'ai rejoint la mêlée.

— Peut-être. Il a pu faire aussi un AVC ou une rupture d'anévrisme. Laissons au médecin légiste le soin de nous préciser la cause du décès.

Une nouvelle source d'agitation dans la salle d'audience attira l'attention de Nate. Ses frères, le premier adjoint Adam Reed et l'adjoint Noah Reed, descendaient l'allée centrale et prenaient en charge les époux Stoddard.

Englobant d'un regard ses frères et sœur, le couple menotté, l'huissier au bout du rouleau, la greffière blessée et le magistrat décédé, Nate se tourna vers Cassie.

— Nous allons avoir besoin d'un autre juge.

Sara Bennett rentra chez elle exténuée. Laissant tomber son attaché-case et son sac à main dans l'entrée de son penthouse, elle enleva ses escarpins et fit un détour par la cuisine pour se servir un verre de vin. Puis elle se dirigea vers le salon, à la fois chic et cosy.

Après une énième journée de dix heures en tant que procureure du comté de Travis, elle attendait le week-end avec impatience. Non pas qu'elle n'allait pas encore travailler, mais elle préférait préparer un procès chez elle, en jogging et grosses chaussettes, qu'elle trouvait bien plus confortables que le tailleur et les talons qu'elle portait pour aller au bureau.

Elle venait de s'installer sur le canapé quand elle fut notifiée par un petit *ding* de l'arrivée d'un texto sur son téléphone. Sara le sortit de la poche de sa veste, jeta un coup d'œil à l'écran et jura, ses doigts se crispant autour de son verre à pied.

Profite du week-end tant que tu le peux.

Elle n'avait pas la moindre idée de l'identité de l'auteur de ces messages. Quand elle avait rejoint le bureau du procureur, on l'avait prévenue que ce genre de choses – appels téléphoniques et e-mails malveillants – pouvait arriver. Ce qui l'inquiétait, c'était que cela faisait plusieurs semaines qu'elle recevait ces messages la narguant, et qu'ils lui étaient envoyés sur son numéro personnel.

Cela n'avait probablement rien à voir avec son travail. L'expéditeur devait se tromper de numéro. En tout cas, c'était ce qu'elle avait fini par se dire.

Face à la baie vitrée du salon, Sara regardait scintiller dans la nuit les lumières de la ville, qui s'étendait devant elle à perte de vue et commençait à s'animer en ce vendredi soir. Cela ne la gênait pas le moins du monde de profiter de cette animation depuis son canapé. Bien au contraire. Car autant elle était à l'aise dans un tribunal quand il s'agissait d'interroger un témoin, autant sur un tabouret de bar, dans une discothèque, elle se révélait incapable de décocher deux mots à un inconnu.

Quand son téléphone émit en guise de sonnerie les premières notes de la chanson de Bob Marley *I Shot the Sheriff*, elle mit le haut-parleur et répondit.

— Cassie, mon shérif préféré. Quoi de neuf dans ton patelin ?

— Oh ! tu sais bien, la routine. Des arrestations pour ivresse et trouble à l'ordre public, des contraventions pour excès de vitesse en centre-ville, et pour couronner le tout, la plaignante dans un procès en divorce qui tire un coup de feu en plein tribunal avec pour conséquence la mort du juge, qui a succombé à une crise cardiaque.

— Pas mal.

Sara entra dans sa chambre, jeta son portable sur le lit et enleva son tailleur. Comme Cassie gardait le silence, elle demanda :

— Tu plaisantes, j'espère ?

— J'aimerais bien. C'est arrivé vendredi dernier. Le procès le plus dingue auquel il m'ait été donné d'assister.

Après avoir déposé son chemisier dans le panier à linge, Sara enfila un legging et un sweat en polaire oversize. Puis elle ramassa son téléphone et regagna le canapé.

— Qui la plaignante visait-elle ?

— Son mari. Elle l'a raté, encore heureux, mais elle a blessé superficiellement la greffière. C'est pendant cette échauffourée que le juge s'est effondré.

— À Austin, je poursuis peut-être des délinquants dans un tribunal pénal, mais ce qui se passe dans ce bon vieux patelin de Resolute semble bien plus excitant, déclara Sara avant de boire une gorgée de vin. Au fait, je t'ai dit qu'on m'avait confié mon premier procès pour meurtre ?

— Tu as l'air enthousiaste.

Sara constata, désappointée, que le ton de son amie l'était beaucoup moins. D'habitude, Cassie était sa plus grande supportrice.

— Oui. Je suis contente que mon patron m'apprécie enfin à ma juste valeur. Pendant longtemps, j'ai été cantonnée aux affaires de moindre importance. Mais toute modestie mise à part, mon taux de condamnation est impressionnant.

Elle était fière de ce taux – non pas tant du nombre élevé de condamnations que d'avoir mis hors d'état de nuire des délinquants.

— Tu as toujours été concentrée sur tes objectifs. Ton grand-père doit être tellement fier de toi.

Sara sourit à cette idée.

— Bon… eh bien, je vais quand même te dire pourquoi j'appelle.

Cassie s'éclaircit la voix.

— J'espérais pouvoir te convaincre de faire une pause dans ta carrière et de venir travailler ici comme juge.

Sara ne s'attendait vraiment pas à ça.

— Je te remercie pour ta proposition, Cassie, mais j'aime beaucoup ce que je fais. Sans compter que je ne serais pas éligible pour le poste, étant donné que je n'ai pas vécu dans le comté de Boone au cours des six derniers mois.

— Il y aurait peut-être un moyen de contourner la loi. Depuis l'inauguration du Centre pour la jeunesse du comté de Boone, que tu nous as si généreusement aidés à financer, Bree reçoit chez elle du courrier qui t'est adressé. Il te suffirait de faire refaire ton permis de conduire et de te faire inscrire sur les listes électorales.

— Cassandra Reed ! s'écria Sara, dont la voix résonna dans tout le penthouse. Es-tu en train de me dire que toi, toujours si à cheval sur le règlement et si procédurière, tu serais prête à contourner la loi ? Bishop doit déteindre sur toi, ma parole !

— Il faut que j'en parle aux commissaires du comté, mais ça devrait marcher. Je voulais juste te demander d'abord ce que tu en pensais.

Un ton plus bas, Cassie ajouta :

— Soit dit entre nous, la facilité avec laquelle mon détective privé de mari contourne les lois quand ça l'arrange n'est probablement pas pour rien dans le fait que je sois devenue plus laxiste.

Sara sortit sur son balcon et observa le tapis de lumières juste en dessous. Elle était prête à rendre service à son amie, mais pas au détriment de sa carrière.

Et puis, il y avait Nate. Sara savait par Cassie qu'il avait passé une bonne partie de l'année au Texas, mais elle ignorait s'il avait fini par retourner en Californie. Elle ne l'avait pas revu depuis leur brève aventure dix ans plus tôt, et elle n'était pas sûre d'avoir envie de le revoir, à supposer qu'il soit *encore* à Resolute.

Il lui arrivait de penser à lui, cependant. Et plus souvent qu'elle ne l'aurait voulu. Elle avait découvert qu'un premier amour n'est pas quelque chose qu'on oublie facilement. Chaque fois que Nate s'invitait dans ses pensées, elle avait un pincement au cœur.

— Je suis honorée que tu aies pensé à moi, mais il doit bien y avoir quelqu'un à Resolute qui veuille le poste, non ? Peut-être le candidat qui a été débouté la dernière fois qu'il a fallu élire un juge ?

— Cela faisait trente-deux ans que tous les quatre ans, le juge Harmon se présentait sans opposition. Personne ici ne veut de ce poste. Zut ! Ça, j'aurais mieux fait de le garder pour moi. Sans blague, Sara, je pense que tu adorerais. En plus, la maison fait partie du deal ; tu n'aurais donc pas à chercher à te loger. Et ce serait temporaire, seulement jusqu'à la prochaine élection, dans quelques mois.

Ce n'était pas le poste auquel Sara aspirait mais c'était malgré tout un poste de juge. En l'acceptant, devrait-elle renoncer à sa carrière au bureau du procureur ? Et devrait-elle se colleter avec les émotions non résolues liées à ce qui s'était passé entre elle et Nate dix ans plus tôt ? Elle n'avait jamais dit à Cassie qu'au cours de ces vacances de printemps où elle avait été invitée au ranch, elle avait couché avec son frère. Peut-être parce qu'elle avait peur que cela ne nuise à leur amitié. Ou parce qu'elle s'était toujours sentie un peu coupable de la façon dont elle avait largué Nate.

Sara vida d'un trait le fond de son verre de vin.

— Désolée mais je dois dire non. Je n'ai pas envie de renoncer à la vie que j'ai ici, à Austin, où je me plais beaucoup. En plus, j'ai un gros procès en préparation qui va se tenir bientôt. En aucun cas je ne peux m'y soustraire. C'est le plus gros de ma carrière jusque-là.

— Bon, eh bien, j'ai essayé.

— J'apprécie que tu aies pensé à moi, mais à la veille de ce procès, ta proposition tombe vraiment mal. J'ai la tête sous l'eau, là.

— Pas de problème. Je suis vraiment contente que tout se passe bien pour toi. Tu es toujours invitée pour Thanksgiving, si tu veux venir faire une overdose de famille.

— Merci. Vous serez sûrement très nombreux cette année, avec tous les couples qui se sont formés au cours de ces derniers mois.

Cassie gloussa.

— Oui, la famille Reed s'agrandit. Mais tu seras toujours la bienvenue.

Cessant d'espérer que Cassie lui parle spontanément de Nate, elle se décida à l'interroger.

— Nate sera-t-il encore là à Thanksgiving ? Ou bien va-t-il rater le festin parce qu'il a dû retourner en Californie ?

Sara espérait que sa question n'avait pas l'air intéressée.

— Il me semble qu'il a prévu un petit aller-retour, mais il sera là pour fêter Thanksgiving avec nous. Il repartira définitivement sur la côte en décembre, et ne sera donc pas là à Noël, malheureusement, dit Cassie avec un soupir. C'était sympa de l'avoir ici. Il va me manquer.

— Ah, oui, c'est dommage.

Si j'y vais pour Thanksgiving, je le verrai, songea Sara, qui redoutait ces retrouvailles.

— Thanksgiving est dans trois semaines, n'est-ce pas ? Je vais consulter mon agenda par rapport au procès, et je te dirai si je peux venir.

Le téléphone de Sara émit un bip lui signalant un appel.

— Il faut que je te laisse, Cass. On cherche à me joindre. À bientôt.

Elle mit fin à la communication et prit le nouvel appel.

— Allô ?

— Salut, Sara. C'est Alton.

Elle rentra dans l'appartement et ferma la porte-fenêtre pour étouffer le bruit de la circulation. Les appels du procureur étaient toujours importants, surtout un vendredi soir.

— Alton. Que puis-je faire pour toi ?

— C'est à propos du procès Singleton.

Soulagée d'être à jour dans les tâches qui lui avaient été confiées, Sara sourit.

— J'ai fini tous les...

— Désolée mais tu ne seras pas l'avocate principale à ce procès. C'est moi qui vais plaider.

— J'étais quasiment prête. J'avais prévu de travailler tout le week-end pour que la semaine prochaine, on puisse se consacrer à la sélection du jury.

— Merci pour tout ce que tu as fait, Sara, mais j'ai reçu l'ordre en haut lieu de prendre le relais.

Sara prit sur elle pour ne pas laisser éclater sa colère.

— Est-ce que je te seconderai, au moins ?

— Je ne peux pas avoir une assistante qui accepte des accords de plaidoyer. La situation est très délicate.

— J'ai rarement conclu des accords de plaidoyer. Et je n'avais aucunement l'intention d'en conclure un dans cette affaire. Singleton doit aller en prison.

Elle marchait de long en large, incapable de rester en place.

— Voyons, Alton, réfléchis, continua-t-elle. Je suis prête pour ce procès. Et tu sais combien il compte pour moi.

— Je sais. Je suis *vraiment* désolé, mais je viens de parler au gouverneur, et il veut un procureur expérimenté qui donnera du fil à retordre à la défense. Apparemment, un sénateur lui a mis la pression. C'est de la politique, Sara. Rien d'autre. Cela n'a rien à voir avec ton travail ni avec toi personnellement. Je te promets que le prochain procès pour meurtre sera pour toi.

À condition que les politiciens ne s'en mêlent pas, compléta mentalement Sara.

— Fais tout envoyer chez moi ce soir. Il faut que je me plonge dans le dossier immédiatement.

— Je m'en occupe dès qu'on aura raccroché.

Sara mit fin à l'appel avant que des paroles malheureuses lui échappent et viennent compromettre sa relation avec Alton, avec qui elle avait plaisir à travailler.

Elle alla chercher la bouteille de vin à la cuisine et regagna le canapé. *Bon sang, Alton !* songea-t-elle en remplissant son verre de riesling bien frais. Elle en but une grande gorgée. Elle ne pleurerait pas. Elle ne pleurait jamais. Mais elle avait une furieuse envie de passer ses nerfs sur quelque chose. Elle travaillait sur l'affaire Singleton depuis des mois. Et on lui demandait maintenant de remettre tout son dossier à son patron, qui allait gagner le procès les doigts dans le nez ?

Elle allait le faire, bien sûr. Contre son gré. Mais elle n'avait pas le choix : ce salopard de Singleton devait aller en taule. Et en plus, si jamais Alton perdait le procès, elle ne voulait pas qu'on l'accuse *elle* d'avoir mal préparé le dossier. Elle allait le faire aussi parce que dans le fond, elle n'était pas contrariante.

Elle mit son album préféré d'Etta James sur son téléphone, qu'elle connecta à la barre de son du salon. Puis elle alluma la cheminée au gaz. Tout en écoutant le blues poignant et en regardant les flammes danser entre les fausses bûches, Sara réfléchissait à ses options. Elle n'était pas du genre à prendre des décisions à la va-vite. Depuis ses quatorze ans, toute sa vie avait été minutieusement planifiée.

Si elle ravalait sa fierté et se remettait à trimer sur les petites affaires, elle avait la promesse d'Alton de se voir confier le prochain procès pour meurtre. De plus, elle aimait travailler avec lui. Elle n'avait pas pour habitude de brûler les ponts derrière elle, et tenait à conserver intact celui qui la reliait à Alton.

D'un autre côté, si elle acceptait l'offre de Cassie, quand elle reviendrait à Austin après avoir officié pendant quelques mois comme juge dans le comté de Boone, elle aurait plus de chances de réaliser son rêve de devenir juge de district, comme son grand-père. Juge de district dans le comté de Travis, siège de la capitale de l'État.

Elle attrapa son portable et afficha sa liste de contacts.

— Ne me dis pas que tu ne peux pas venir à Thanksgiving, lança Cassie sans préambule.

— Non. En fait, je t'appelle pour te confirmer ma présence.

Pour Nate, elle verrait bien le moment venu. Comme disait son grand-père : à quoi bon se faire du souci tant qu'il n'y avait pas lieu de s'en faire ? Elle but une dernière gorgée de vin pour se donner du courage.

— Et en ce qui concerne ce poste de juge vacant…

À l'instant où Nate entra dans la cuisine, toute conversation cessa. Bien que ce soir-là, au ranch, il n'y eût pas de repas de famille de prévu, Cassie discutait avec Adam et Noah.

— Nous parlions du mal que nous avions à trouver un remplaçant au juge Harmon, dit-elle.

— As-tu déjà consulté les commissaires du comté ?

Nate prit la boîte de fruits secs ouverte sur le comptoir et en versa dans sa main.

— Il y a sûrement quelqu'un qui veut le poste et qui attend tranquillement son heure.

— Les commissaires m'ont dit que personne ne s'était manifesté pour l'instant, dit Cassie avant de se fourrer une noix de cajou dans la bouche. Mais le poste n'est vacant que depuis une semaine. Nous finirons bien par trouver quelqu'un.

Nate haussa les épaules.

— S'ils veulent que je témoigne de nouveau au procès en divorce, il vaudrait mieux que ça ne traîne pas. Je retourne bientôt en Californie et cette fois, je ne suis pas près de revenir.

— Je ne suis pas sûre que l'avocat de Mitzi fasse de nouveau appel à toi, après ce que tu lui as sorti la dernière fois. Ta réponse était bien trop vague à son goût. Sans compter que ça n'a plus vraiment d'importance, maintenant qu'elle est accusée de tentative de meurtre et de coups et blessures aggravés.

Cassie croqua une autre noix.

— Si elle n'accepte pas de plaider coupable pour la première accusation, c'est le tribunal de district qui se chargera des poursuites, et en ce cas, nous serons tous appelés comme témoins. Mais cela n'arrivera pas de sitôt.

Adam goûta le chili – sa spécialité – qu'il était en train de cuisiner, y ajouta des épices et changea de sujet.

— Alors, Nate, tu penses que ce gros contrat que vous vous apprêtez à signer va faire connaître l'agence Reed & Franklin Security ?

— L'agence est *déjà* connue, mon vieux.

Dès qu'il s'agissait de son agence, Nate était sur la défensive. Lui et son partenaire, Matt Franklin, s'étaient démenés pour attirer des clients prestigieux qui avaient besoin de gardes du corps et de systèmes de protection pour leurs villas. Et en un temps record, grâce au bouche-à-oreille, ils s'étaient fait une place sur le marché de la sécurité.

— Sauf que là, on va signer avec une grosse boîte qui a un budget encore plus gros. Cela va nous permettre d'embaucher et de développer notre activité.

— Je suis fière de toi, déclara Cassie, en couvant son petit frère d'un regard plein de tendresse. Papa le serait aussi.

Nate dut se mordre la langue pour ne pas répondre. Il ne voulait pas gâcher la soirée. Lui et leur père s'étaient souvent disputés, à tel point que Nate avait fini par quitter Resolute, juste après avoir terminé ses études secondaires. Le soutien inconditionnel de sa sœur et de ses frères lui suffisait.

— On avait prévu de dîner en famille, ce soir ? demanda-t-il, inquiet d'avoir zappé une de leurs réunions.

— C'est juste la fratrie, sans les pièces rapportées, répondit Adam en glissant dans le four un plat de pain de maïs. Finalement, je n'ai pas besoin de préparer un chili végétarien pour Bishop, ajouta-t-il en regardant Cassie d'un air entendu.

— Hé, ce n'est pas ma faute si mon mari se préoccupe autant de sa santé. En parlant de santé, et si on portait un toast à la nôtre ?

Noah ne se fit pas prier pour sortir du réfrigérateur quatre bouteilles de bière, qu'il décapsula et distribua. Ils trinquèrent et burent leurs bières au goulot.

Remarquant que la maison était anormalement calme, Nate demanda :

— Où sont Rachel et les enfants ?

— Elle et Bree devaient se voir pour discuter du programme en faveur de la jeunesse, et elles avaient prévu de dîner ensemble. Martina était ravie de passer la soirée avec ses petits-enfants.

— Comme s'ils lui manquaient, alors qu'elle les garde déjà toute la journée, dit Cassie en riant. Tu as une belle-mère en or.

— Maintenant que Brad va à la maternelle, je suppose qu'elle s'ennuie un peu. Elle adore Daisy mais c'est vrai qu'avec un bébé d'un an, la conversation est assez limitée.

Regardant ses frères et sœur, Adam ajouta :

— Au lieu de rester là les bras ballants, vous feriez mieux de préparer les accompagnements. Le chili est presque prêt.

Il y eut un brusque regain d'activité, l'un se chargeant de râper du fromage, l'autre d'émincer des jalapeños et le troisième de mettre le couvert. Quand le pain de maïs et la marmite de chili furent sur la table, tout le monde était assis, sauf Adam qui, louche en main, entreprit de faire le service.

Cassie était en train de souffler sur sa première cuillerée de chili lorsque son téléphone sonna.

— Je reviens tout de suite, dit-elle en disparaissant dans la cuisine.

Quelques minutes plus tard, un cri de joie retentit et Cassie revint à table, un sourire triomphant sur les lèvres.

— Non seulement il y aura une personne de plus pour Thanksgiving, mais on a trouvé notre juge.

— C'était Sara ? demanda Adam.

— Oui, répondit Cassie avant de faire enfin honneur au chili.

— Sara Bennett ? demanda Nate, d'un ton désinvolte.

Il ne connaissait pas d'autre Sara que la copine de fac de sa sœur. Celle qui était maintenant avocate à Austin. Et qui lui avait brisé le cœur plus de dix ans auparavant.

Noah éclata d'un gros rire.

— Qui veux-tu que ce soit d'autre ?

— Tu te souviens d'elle, non ? demanda Cassie en grignotant un morceau de pain de maïs. Je l'avais invitée à la maison, une année, au moment des vacances de printemps.

S'il s'en souvenait ? Oh ! que oui !

Sara l'avait plaqué alors qu'il sortait tout juste de l'adolescence et que sa vie, à cette époque-là, était déjà très compliquée. Il s'était senti comme un idiot, et si Sara, elle, avait oublié, lui s'en souvenait très bien.

— C'est dommage que tu partes si peu de temps après son arrivée, dit Cassie. Mais au moins, vous passerez Thanksgiving ensemble.

— Tu n'auras pas tout perdu, ajouta facétieusement Noah, qui était le seul Reed au courant de la brève liaison que son frère avait eue avec Sara lors de sa visite. Si les vacances de printemps t'ont laissé un souvenir impérissable, Thanksgiving risque d'être encore plus mémorable.

Nate évitait le regard de son frère. Avoir un jumeau à qui il était impossible de cacher quoi que ce soit n'était pas toujours facile.

— Quand est-ce qu'elle arrive ? demanda Adam.

— Lundi, répondit Cassie. J'espère que ça ne pose pas de problème ; je lui ai proposé de rester ici jusqu'à ce qu'elle puisse emménager dans le manoir du juge.

Lorsque le comté de Boone avait été fondé à la fin des années 1800, le tout premier juge avait fait construire une énorme maison de maître à quelques pas du palais de justice. Sans héritiers et ayant exercé jusqu'à sa mort, il avait légué le manoir au comté à condition qu'il soit mis à disposition de tous les juges qui lui succéderaient.

— Il va falloir trier et emballer les affaires de Harmon, continua Cassie. Puis faire nettoyer la maison.

Adam acquiesça.

— Nous avons une chambre de libre.

— Parfait, dit Cassie, tout sourire.

— Alors tout baigne, déclara Nate.

Noah fut le seul, apparemment, à déceler dans son ton la pointe de sarcasme.

— Ça vous donnera une chance de renouer, dit Cassie. Je pense que tu es le seul à ne pas l'avoir vue quand elle est venue cet été pour l'inauguration du Centre pour la jeunesse.

Elle repoussa sa chaise et se leva pour se resservir.

— Je suis moi-même très impatiente de la voir. Je parie qu'elle a tout un tas d'histoires croustillantes à me raconter.

2

— Salut, Sara.

Face à l'homme séduisant qui lui ouvrit la porte et l'accueillit avec un sourire, Sara resta un instant sans voix. Les pommettes anguleuses et la mâchoire carrée de Nate avaient remplacé les traits plus doux de sa jeunesse, mais elle l'aurait reconnu n'importe où. Surtout après avoir cherché une photo de lui sur Google.

Recouvrant ses esprits, elle parvint à plaquer un sourire sur ses lèvres.

— Nate. Ça fait longtemps.

Il ouvrit la porte en grand.

— Entre. Je vais prendre tes bagages, dit-il en faisant un pas vers elle.

Comme elle franchissait le seuil, elle respira son odeur. Il ne portait plus l'after-shave Old Spice de son père, qu'il pensait être irrésistible, à l'époque. Il sentait maintenant le bon air de la campagne et le linge séché au soleil.

— Non, ce n'est pas la peine. Je vais peut-être aller à l'hôtel.

— Dans le coin, ou en tout cas pas trop loin, il n'y a pas grand-chose de recommandable, à part Doc's Motor Court, en ville. Mais je pense que tu serais mieux ici.

— Hum, marmonna Sara en entrant dans la salle de séjour.

Elle balaya du regard le canapé et les fauteuils en cuir usé, la table de ferme et les poutres en bois au-dessus de sa tête. Bien que rustique, cet intérieur avait beaucoup de charme. Elle avait adoré ce ranch la dernière fois qu'elle y était venue, essentiellement parce que c'était dans cette maison qu'elle avait découvert ce qu'était la vie de famille.

Absorbés par leurs activités au sein de la jet-set, ses propres parents l'avaient laissée aux soins de la nounou, de la femme de ménage et du cuisinier. Les Reed étaient comme les familles décrites dans les livres qu'elle lisait, enfant. Le genre de famille qu'elle avait toujours rêvé d'avoir, avant même de les connaître.

— En ce cas, j'accepte l'invitation, dit-elle. J'espère juste ne pas déranger.

Elle s'assit sur le canapé mais ne s'y sentit à l'aise que lorsque Nate prit place en face d'elle dans un fauteuil inclinable. Sauf qu'à présent, elle n'arrivait plus à détacher son regard de lui. Il avait déjà une belle carrure quand elle l'avait rencontré. Le polo Henley qu'il portait maintenant faisait ressortir ses biceps, encore plus développés qu'avant. Tout en muscles, son torse tendait le polo, qui tombait ensuite tout droit sur ses abdos, que Sara supposait être durs comme de la pierre.

— Ça doit être un gros changement de déménager ici, dit-il. Abandonner le poste de procureure à Austin n'a pas été trop difficile ?

Elle eut un moment de flottement, qu'elle dissimula du mieux qu'elle le put. Bien qu'elle ait souvent pensé à Nate, et que Cassie lui ait donné de temps en temps des nouvelles de ses frères, Sara était à cent lieues de se douter qu'*il* était lui-même aussi bien informé sur ce qu'elle devenait.

— C'est une décision qui n'a pas été facile à prendre. J'aimais mon travail à Austin. Mais je considère cette occasion comme un moyen d'arriver à mes fins, dit-elle en retirant une peluche de la manche de son pull en cachemire. Et toi ? Ton agence de sécurité a l'air de bien marcher.

En le voyant faire des yeux comme des soucoupes, Sara s'en voulut d'avoir mentionné l'agence. Cassie lui avait juste dit, quelques années auparavant, qu'il avait monté sa propre boîte. Sara s'était ensuite tenue informée en regardant de temps en temps sur Internet.

Nate se redressa dans son fauteuil.

— Oui, ça marche plutôt bien, même si depuis un an, c'est un peu compliqué, vu que je suis à Resolute. Mais grâce à mon associé, en Californie, et au fait que je travaille à distance et n'hésite pas à me rendre là-bas aussi souvent que nécessaire, l'agence continue de se développer.

Au ton de sa voix, Sara comprit qu'il était fier de sa réussite.

— Comment t'es-tu retrouvé dans la sécurité ?

Aucun des articles qu'elle avait lus sur lui ou sur son agence ne mentionnait son parcours.

— En fait, je suis tombé dedans un peu par hasard.

Posant sa cheville sur le genou de son autre jambe, il se mit à pianoter du pouce sur le bras de son fauteuil, comme s'il cherchait ses mots.

Seigneur, préservez-moi des silences gênants, pria Sara, *in petto*.

— Comment tombe-t-on par hasard dans ce genre de métier ?

— Quand je suis parti vers l'ouest, à la fin de mes études secondaires, j'ai décroché un emploi comme videur à Las Vegas. Puis j'ai travaillé pendant quelque temps comme garde du corps dans une agence de sécurité. Après avoir appris tout ce qu'il y avait à savoir, un de mes potes et moi avons monté notre propre boîte dans le sud de la Californie.

— Tu avais dix-huit ans quand tu as quitté Resolute ?

Sara se sentit rougir en posant cette question. À l'époque, le fait d'être un peu plus âgée que Nate avait posé problème.

— J'ai eu dix-neuf ans en juin, précisa-t-il en dardant sur elle un regard pénétrant. Quelques mois après notre rencontre.

Il n'avait donc pas oublié. Sara préféra ne pas répondre. Mieux valait laisser le passé où il était. De l'eau avait coulé sous les ponts depuis leur brève liaison.

— Que dirais-tu d'un verre de thé glacé ? demanda Nate, sa voix grave la ramenant au présent.

— Je dirais que c'est une excellente idée.

Il disparut dans la cuisine et Sara se replongea aussi sec dans le passé.

D'instinct, elle sentait qu'elle avait tort de remuer le passé, mais elle ne pouvait s'en empêcher. Elle ne voulait pas oublier cette semaine-là ni cette fameuse nuit. Pour la première fois de sa vie, quelqu'un d'autre que son grand-père l'avait fait se sentir bien dans sa peau, l'avait valorisée pour ce qu'elle était, et non pour ses brillantes études ou son milieu social.

Mais à la fin des vacances de printemps, elle avait paniqué en voyant Nate si amoureux. Il n'y avait pas de place pour l'amour dans la vie de Sara. Elle n'en avait pas envie. Surtout après avoir tant sacrifié, tant travaillé. Sa voie était déjà toute tracée et rien ni personne ne devait se mettre en travers de son chemin. Les émotions étaient trop imprévisibles pour qu'elle se laisse influencer par elles. Cependant, ces émotions-là l'ayant marquée à jamais, elle en chérissait le souvenir.

Son téléphone bipa. En soupirant, elle sortit l'appareil de sa poche. Pendant le trajet depuis Austin, elle avait déjà reçu plusieurs textos de son patron. Ou plutôt de son *ancien* patron. Et chacune de ses questions aurait pu trouver réponse s'il avait juste pris la peine de lire les notes et les documents qu'elle lui avait envoyés.

Mais quand l'écran s'alluma, Sara découvrit que cette fois-ci, le message n'émanait pas du procureur.

Tu peux t'enfuir, mais tu ne pourras pas te cacher. Je te retrouverai.

Un frisson lui parcourut l'échine, déployant ses tentacules glacés autour de ses poumons et lui coupant le souffle. Les messages anonymes qu'elle avait reçus auparavant l'avaient agacée mais pas inquiétée plus que ça. Ils lui avaient paru inoffensifs. Bien qu'elle les eût systématiquement bloqués, il en arrivait d'autres, sans arrêt. Et chaque fois, le message émanait d'un numéro différent.

Celui-ci semblait ciblé et était d'autant plus perturbant qu'elle venait juste de quitter Austin.

Lorsque Nate posa un verre de thé glacé sur la table à côté d'elle, Sara sursauta.

— Tout va bien ? demanda-t-il en se rasseyant dans son fauteuil.

— Oui, oui, mentit-elle en fourrant le téléphone dans son sac. Le procureur avec qui je travaillais n'arrête pas de me poser des questions sur l'affaire dont je m'occupais.

Pour quelque obscure raison, elle préférait ne parler à personne de ces messages anonymes. Du moins pour l'instant. Elle avait besoin d'y réfléchir, de les examiner, de chercher à comprendre qui les envoyait. Et pourquoi.

Le téléphone de Nate sonna.

— C'est Cassie, dit-il avant de répondre.

S'ensuivit une série de « ouais », « d'accord », et « bien sûr ». Lorsqu'il raccrocha, il croisa le regard de Sara.

— Elle est coincée sur une affaire en pleine cambrousse et risque de rentrer plus tard que prévu. Elle m'a demandé de te conduire au manoir du juge pour que tu voies à quoi ça ressemble.

— Parfait.

Soulagée de ne pas avoir à faire la conversation tout l'après-midi, alors que le message anonyme tournait en boucle dans son esprit, Sara but une grande gorgée de thé, puis se leva.

— Allons-y.

Assise sur le siège passager du pick-up de Nate, elle allait boucler sa ceinture lorsque, prise d'un doute, elle se figea.

— Attends, tu as dit *manoir* ? Cassie a juste parlé d'une maison.

Nate lui décocha un sourire en coin.

— À l'époque, c'était considéré comme un manoir.

— Elle est si vieille que ça, cette maison ?

— Je ne voudrais pas gâcher la surprise, répondit Nate en lui lançant un regard malicieux. Mais n'oublie pas que tu y seras logée gratuitement, ajouta-t-il en riant.

Bon sang, dans quoi est-ce que je me suis embarquée ? songea Sara tandis que Nate quittait la propriété des Reed pour rejoindre la route.

3

— C'est là ? demanda Sara, en contemplant par la vitre de la voiture la maison imposante qui se dressait au fond d'un terrain envahi par la végétation, à deux kilomètres environ au sud de la ville. Tu ne plaisantais pas sur la taille.

Nate sourit.

— Ce n'est peut-être pas la plus jolie maison du coin, mais elle est grande. Et donc pas facile à entretenir. C'est là son seul inconvénient. L'eau et l'électricité ainsi que l'entretien de la maison sont à la charge du juge en résidence. Harmon a manifestement laissé le terrain en friche.

Partant du principe qu'elle n'était pas plus douée que ses parents pour prendre soin du moindre organisme vivant, Sara n'avait jamais eu ne serait-ce qu'une plante d'intérieur.

— Quelle est la taille du terrain ?

— Dans les deux mille mètres carrés. Le comté est également propriétaire des parcelles voisines, qui sont plus ou moins de la même taille, mais il les entretient.

— On ne dirait pas, répliqua Sara, horrifiée par ces grandes étendues de mauvaises herbes et de fleurs sauvages.

Le juge Harmon avait peut-être décidé de laisser son jardin se fondre dans le paysage, songea-t-elle en poussant la porte.

— Je vais me renseigner auprès des entreprises locales spécialisées dans l'entretien des espaces verts. Espérons que l'intérieur soit plus avenant.

Le poste qu'elle allait occuper étant temporaire, elle avait évidemment intérêt à habiter là, mais cette baraque avait tout de la maison hantée, et Sara imaginait déjà les fenêtres drapées de toiles d'araignées et les combles envahis de chauves-souris.

Elle se dirigea vers la longue allée bétonnée menant au porche d'entrée.

— Attends, dit Nate en l'attrapant par la main. Laisse-moi passer le premier, au cas où il y aurait des crotales et des scorpions.

Scrutant la végétation envahissante de part et d'autre de l'allée, elle accepta son offre sans l'ombre d'une hésitation.

— Je t'en prie, dit-elle.

Habitant au dernier étage d'un des plus hauts immeubles d'Austin, Sara était à l'abri des bestioles. Il fallait qu'elle aille au tribunal pour être confrontée aux seuls nuisibles peu recommandables qu'elle connaisse.

Elle gravit derrière Nate les quelques marches du perron et, après qu'il eut déverrouillé la porte, entra dans un hall sombre. Sur la gauche, il y avait une espèce de salon d'apparat tout aussi sombre ; Sara alla ouvrir les lourds rideaux de velours pour faire entrer la lumière du soleil, soulevant au passage des nuages de poussière. Elle se mit à tousser comme une perdue.

Après un rapide coup d'œil au mobilier vieillot, elle rattrapa Nate, qui avait actionné un interrupteur et partait de l'autre côté. Elle se retrouva dans un salon à l'ancienne dans lequel se trouvaient de vieux fauteuils inconfortables et un canapé assorti.

— Mais de quand date-t-elle, cette maison ?

— Je ne sais pas exactement, mais je dirais de la fin des années 1800.

Nate désigna un petit tabouret tapissé de soie et tout frangé.

— Certains de ces meubles sont d'origine, apparemment.

— Si ce n'est pas la totalité, rectifia Sara en passant le doigt sur un abat-jour recouvert d'une épaisse couche de poussière.

— Il semblerait que le juge Harmon n'ait pas passé beaucoup de temps dans ces salons, fit-elle remarquer.

— Après le départ de ses enfants, et le décès de sa femme, il n'avait plus besoin de toutes ces pièces, j'imagine. Il était connu pour être un peu radin, aussi ne devait-il pas très souvent faire appel à une femme de ménage. Et c'est aussi probablement la raison pour laquelle il n'a jamais cherché à renouveler le mobilier.

En faisant la grimace, Sara regagna le hall, s'arrêtant devant un grand escalier finement sculpté qui menait à l'étage.

— Je monte.

Nate la rattrapa avant qu'elle atteigne le premier palier.

— Cassie a raison, dit-il. Il va falloir faire intervenir une entreprise de nettoyage.

— Il était veuf ? demanda Sara.

— Oui, depuis longtemps. Je me souviens que mon père nous avait tous obligés à aller à l'enterrement. C'était la première fois de ma vie que je voyais un cadavre.

Du coin de l'œil, elle vit qu'il tirait une tête de six pieds de long. Des cadavres, il avait dû en voir pas mal, depuis. Mais c'était probablement à son père qu'il pensait. Wallace Reed avait été assassiné l'année précédente. Il avait été shérif du comté pendant aussi longtemps sans doute que le juge Harmon avait siégé au tribunal.

— Je suis désolée de ne pas avoir pu assister aux obsèques de ton père.

Elle fut tentée de le serrer dans ses bras mais préféra s'abstenir. Mieux valait garder ses distances et ne pas compliquer leur relation en envoyant des signaux contradictoires.

— Cassie m'a dit que Wallace t'avait choisi comme exécuteur testamentaire.

— Va comprendre, dit Nate en esquissant une petite grimace. J'étais le seul à ne pas m'entendre avec lui et c'est moi qu'il a choisi. Je ne sais pas ce qu'il lui a pris. Peut-être qu'il savait que ça n'allait pas être une partie de plaisir…

— S'il a laissé un testament, qu'est-ce qui rend les choses si difficiles ?

— Ma mère. Papa n'a jamais demandé le divorce après son départ.

Je doute qu'elle veuille quoi que ce soit de sa succession puisque de toute évidence, elle ne voulait même pas de nous.

Il se passa une main dans les cheveux.

— Mais le tribunal des successions a décidé que nous devions tout faire pour la retrouver et lui faire signer une déclaration sous serment de renonciation à l'héritage.

— Sais-tu où elle était, tout ce temps ?

— J'ai chargé Bishop de la rechercher, répondit Nate avec un sourire mi-figue, mi-raisin. Cassie a drôlement bien fait d'épouser un détective privé.

— Pourquoi ton père n'a-t-il jamais demandé le divorce ?

Le demi-sourire de Nate disparut.

— Quand ma mère est partie, il a eu le cœur brisé. Pendant longtemps, il a espéré son retour. Par la suite, il n'a plus voulu entendre parler d'elle et a tout laissé en plan. Donc, c'est à moi, maintenant, de régulariser la situation. C'est pour ça que je n'arrête pas de faire des allers-retours. Si je n'avais pas eu à gérer la succession, et à aider mes frères et sœur à surmonter leur chagrin, je serais retourné en Californie juste après les funérailles.

Sara s'arrêta au milieu du couloir qui desservait, de part et d'autre de l'escalier, les pièces du premier étage.

— C'est peut-être pour ça que ton père t'a choisi comme exécuteur testamentaire.

— Comment cela ? demanda Nate, visiblement déconcerté.

— Tu es resté pour aider les autres à surmonter leur chagrin. Mais le tien, de chagrin, tu l'as géré comment ?

— J'étais triste, bien sûr, mais je n'étais pas aussi proche de papa qu'eux.

— Peut-être qu'il voulait que tu passes plus de temps ici, de manière à pouvoir renouer avec tes frères et sœur. Peut-être aussi, ajouta Sara en haussant un sourcil, qu'il savait que tu arriverais à t'occuper de sa succession sans être submergé par les émotions.

— Ce qui signifierait alors qu'il pensait que je ne l'aimais pas.

Inclinant la tête, Sara le scruta.

— Est-ce que tu l'aimais ?

Nate s'esclaffa.

— Bien sûr que je l'aimais.

— As-tu pu t'occuper de sa succession sans te complaire dans le malheur ?

Voyant qu'il ne répondait pas, Sara ajouta :

— Ton père te comprenait mieux que tu ne le penses. Et en te confiant le soin de t'occuper de sa succession, il te l'a montré. Il t'a montré qu'il t'aimait. Et qu'il savait que tu l'aimais.

Laissant Nate digérer ce qu'elle venait de lui dire, Sara se dirigea vers la première porte et l'ouvrit. Elle entra dans une petite chambre dont le mobilier disparaissait sous des housses de protection. Les pièces voisines étaient similaires.

Elle fit demi-tour et revint sur ses pas. Nate était toujours planté comme un piquet au milieu du couloir.

— Tu viens visiter le reste de la maison avec moi, ou quoi ?

Sans réfléchir, elle attrapa sa main et l'entraîna vers la chambre principale, en essayant de faire abstraction de la chaleur de ses doigts lorsqu'ils s'enroulèrent autour des siens.

Cela faisait des années que Nate suivait la carrière de Sara sur Internet. Mais les photos publiées – des portraits professionnels qui la montraient très maquillée et parfaitement coiffée – n'avaient pas grand-chose à voir avec la femme qui le tirait dans le couloir.

Ses cheveux blonds, coupés à hauteur du menton, encadraient harmonieusement son visage qui, autant qu'il pût en juger, était totalement dépourvu de maquillage. En jean et en pull, bien qu'un peu trop chic pour Resolute, elle semblait prête pour une randonnée en forêt. Exactement comme l'étudiante fraîche et rayonnante qu'il n'avait jamais pu oublier.

Revoir Sara s'était finalement révélé moins gênant qu'il ne l'avait imaginé. Jusque-là, il avait réussi à ne pas bafouiller en sa présence. Mais il n'avait pas non plus prévu de passer toute la journée avec elle.

Heureusement, il serait absent les deux prochains jours et, à son retour, elle se serait installée dans le manoir du juge. Hormis pour Thanksgiving la semaine prochaine, ils n'auraient guère d'occasions de se croiser avant qu'il retourne définitivement en Californie. S'il parvenait à garder la tête froide un peu plus longtemps, ils pourraient l'un comme l'autre reprendre leur petit bonhomme de chemin. Des chemins qui n'étaient pas parallèles. Qui ne l'avaient jamais été et ne le seraient jamais. Ce qui, dans le fond, était sans doute préférable.

Lorsqu'ils entrèrent dans la chambre principale, une odeur de renfermé, à laquelle s'ajoutait celle des vêtements sales empilés sur une chaise, lui fit froncer le nez.

— Cette pièce va nécessiter quelques aménagements, déclara Sara en ouvrant l'une des deux penderies qui se dressaient comme des sentinelles de part et d'autre de la salle de bains. Si le juge Harmon y rangeait ses costumes, je devrais pouvoir y mettre mes vêtements sans problème. Mais ce ne sera pas évident de passer d'un dressing à de simples penderies.

— Au besoin, tu pourras acheter des portants et transformer une des petites chambres en dressing, suggéra Nate qui, depuis qu'il était à Resolute, regardait à la télé des émissions consacrées à la rénovation intérieure et au bricolage.

Sara fut enthousiaste.

— C'est une super idée ! Il est vrai qu'ici je n'aurai pas besoin de tous mes tailleurs. D'autant plus qu'au tribunal, je porterai la robe.

— Il paraît qu'en plein été, pendant les grosses chaleurs, quand la climatisation du palais de justice peinait à rafraîchir l'air, le juge Harmon ne portait qu'un T-shirt et un caleçon sous sa robe.

Sara fit la grimace.

— Rappelle-moi d'acheter une nouvelle robe.

Elle se dirigea vers la salle de bains.

— Oh ! mais c'est que c'est moderne, ici !

Décelant le sarcasme dans sa voix, Nate passa la tête dans l'embrasure de la porte.

— En effet !

Une imposante baignoire sur pieds pattes de lion trônait au milieu de la pièce. Un flexible terminé par un pommeau de douche pendait à une extrémité de la baignoire, tout autour de laquelle on avait suspendu un rideau en plastique. Le regard de Nate se posa ensuite sur le dessus du lavabo, encombré d'articles de toilette pour homme. Tout cela puait la solitude.

Ils redescendirent au rez-de-chaussée et se dirigèrent vers l'arrière de la maison, passant à droite devant une vaste salle à manger. La cuisine se trouvait sur leur gauche, attenante à la salle du petit déjeuner, dont la large baie vitrée donnait sur un champ en friche.

Sara afficha un sourire radieux.

— Cette pièce sera très agréable quand le champ aura été défriché. Mais il faut que j'inspecte cette cuisine.

Elle examina l'électroménager, qui devait dater des années 1960, et la laissait visiblement dubitative.

— Je me demande si l'installation électrique peut supporter un four à micro-ondes et une machine à expresso.

— Avant de brancher quoi que ce soit, nous vérifierons que tout est aux normes. Mais en ce qui concerne l'électricité, Harmon devait être au courant.

Sara éclata de rire.

Nate haussa un sourcil, perplexe.

— C'est ton jeu de mots qui m'a fait rire. Quand tu as dit qu'il *devait être au courant en ce qui concerne l'électricité.*

Nate ne put s'empêcher de lever les yeux au ciel.

— Je ne l'ai pas fait exprès, lui assura-t-il.

— Où est passé ton sens de l'humour ? Tu étais pourtant loin d'en être dépourvu, si je me rappelle bien.

Cette référence au passé généra un silence gênant, à tel point que Sara parut soudain fascinée par la gazinière vert olive.

Convenant que le passé était un sujet qu'il valait mieux éviter,

Nate traversa la cuisine et ouvrit une porte. Elle donnait sur une buanderie qui faisait aussi office de cellier. Elle contenait un lave-linge et un sèche-linge, ainsi qu'un grand congélateur, et les murs étaient recouverts d'étagères pour la plupart vides.

— Il fait un froid de canard, tout à coup, fit remarquer Sara en se penchant pour jeter un coup d'œil. Comment ça se fait ?

— Il y a un carreau de cassé. Fais attention aux débris de verre, par terre, dit Nate en examinant le trou béant dans la fenêtre. En attendant de le faire remplacer, je vais barricader la fenêtre avant de partir.

— C'est comme ça depuis quand, d'après toi ? demanda Sara en croisant frileusement les bras sur sa poitrine.

— C'est sûrement arrivé après la mort du juge. Des gosses ont dû lancer un ballon, ou quelque chose comme ça.

Il observa les débris de verre et les empreintes boueuses.

— Le ballon n'est pas là, constata-t-il. L'encadrement de la fenêtre étant dégagé, je suppose qu'ils se sont faufilés à l'intérieur pour le récupérer.

Pendant que Sara se mettait en quête d'un balai pour déblayer le verre, Nate sortit de la maison pour aller chercher au garage – une ancienne remise – de quoi réparer provisoirement la fenêtre. Il ne voulait pas inquiéter Sara, mais son histoire de gosses qui auraient joué au ballon ne tenait pas la route. D'une part, la maison avait des fondations très élevées, ce qui faisait que la fenêtre était bien trop haute, et de l'autre, elle était isolée, sans aucune autre habitation à proximité. Le bris du carreau était plus vraisemblablement un acte de vandalisme délibéré.

Nate poussa un soupir. Il allait suggérer à Sara de rester au ranch jusqu'à ce qu'il ait le temps d'inspecter les lieux plus minutieusement.

Ne trouvant pas ce qu'il lui fallait, il alla voir dans la grande remise derrière le garage, qui abritait une tondeuse et d'autres outils de jardinage. En farfouillant, il finit par trouver une planche assez grande pour couvrir le trou. Il prit un marteau et des clous, ainsi qu'une échelle pliante et, sa planche sous le bras, il fit le tour de la maison. Lorsqu'il posa l'échelle contre le mur, il remarqua un fouillis d'empreintes de pas juste sous la fenêtre. Mais le plus inquiétant, c'était le carré qu'on discernait au milieu, comme si quelqu'un avait grimpé sur quelque chose pour regarder à l'intérieur.

Nate monta à l'échelle et se mit à clouer machinalement la planche sur la fenêtre, les rouages de son cerveau fonctionnant à plein régime. Rien de ce qui appartenait au juge Harmon ne semblait avoir disparu, et mis à part les débris de verre, aucun dommage n'était apparent à l'intérieur de la maison. Qu'était donc venu chercher ce mystérieux voyeur ?

Une fois la planche en place, Nate rapporta les outils et l'échelle au garage. De nouveau, il regarda autour de lui. Rien dans le garage n'avait la forme ou la solidité nécessaires pour supporter le poids d'une personne. Après avoir jeté un coup d'œil dans la cour, il entra dans la serre, dont la porte n'était pas verrouillée. Il ne vit rien de particulier, à part des plantes mortes dans des pots en terre cuite, alignées comme des pierres tombales dans un cimetière, et une vieille caisse en bois renversée. Lorsqu'il monta dessus, les planches ne bougèrent pas d'un poil. En la retournant, il remarqua sur les bords des traces de terre séchée.

Il décida alors qu'il ne se contenterait pas de suggérer à Sara de rester au ranch jusqu'à son retour. Il le lui imposerait. Ce qui se passait ici était pour le moins étrange et suffisamment inquiétant pour éveiller son instinct de protection. Nate décida en outre de rapporter de Californie un des systèmes de sécurité dernier cri que proposait sa boîte. Il l'installerait dès son retour.

Il aurait préféré que la source de ses émois sorte de nouveau de sa vie, mais pour rien au monde il ne voulait qu'il lui arrive malheur.

4

Quelques jours plus tard, assis à la table de la cuisine, Nate regardait Sara, qui venait de descendre et marchait sur la pointe des pieds vers la porte d'entrée, où elle posa ses baskets. Ce n'est que lorsqu'elle revint vers la cuisine, toujours sur la pointe des pieds, qu'elle leva les yeux.

— Ah ! dit-elle, surprise, en marquant un temps d'arrêt. Tu m'as fichu une de ces trouilles !

Nate gloussa.

— Tu es drôlement matinale, dis donc.

— N'empêche que tu m'as battue, fit-elle remarquer.

Elle sortit une tasse du placard, la remplit de café fumant et s'assit avec lui à la table.

— Je pensais que tu devais rentrer ce soir.

— J'ai bouclé mes rendez-vous plus tôt que prévu, alors j'ai avancé l'heure de mon vol. Je suis arrivé tard hier soir.

Il était revenu de Californie la veille pour pouvoir le jour même remplacer le carreau cassé et installer l'alarme, de manière que Sara puisse emménager dans la maison le jeudi. Et que lui puisse retrouver une vie normale. La savoir sous le même toit que lui, dans une chambre voisine de la sienne, avait gravement perturbé son sommeil, ces deux dernières nuits. *Loin des yeux, loin du cœur.*

— Es-tu retournée voir la maison, hier ? demanda-t-il.

— Non. J'ai passé la majeure partie de la journée à visiter le Justice Center avec Cassie, à inspecter ma salle d'audience et à vider les tiroirs du bureau dans mon cabinet. En quarante ans, le juge Harmon avait accumulé tout un tas de bricoles diverses et variées. Sans oublier les vieux restes de nourriture fossilisés, les moutons et d'autres choses dont je préfère ne pas parler avant le petit déjeuner.

Elle fit la grimace puis but une gorgée de café.

— Je me suis commandé deux robes, ajouta-t-elle. Je serai donc prête à siéger dès que j'aurai prêté serment.

La porte d'entrée s'ouvrit et se referma ; Cassie débarqua à son tour dans la cuisine, les talons biseautés de ses bottes western claquant sur le parquet.

— Salut ! claironna-t-elle.

— Il y en a encore qui dorment, dit Nate en lui jetant un regard réprobateur.

— Eh bien, il est temps qu'ils se réveillent ! Adam est censé s'occuper du débriefing du département, ce matin, pendant que Sara et moi commençons à emballer les affaires du juge Harmon, au manoir.

Cassie pinça les lèvres, contrariée, comme si elle s'était attendue à ce que le seul fait de prononcer son nom suffise à faire apparaître Adam, comme par magie.

— Qu'est-ce que tu fais là, au fait ? demanda-t-elle à Nate.

— Je te rappelle que j'habite ici.

— Il est rentré plus tôt que prévu, ajouta Sara.

— Super. Tu vas pouvoir nous aider, décréta Cassie avec un sourire.

Nate secoua la tête.

— Désolé, mais j'ai déjà un système de sécurité complet à installer là-bas, aujourd'hui.

Voyant que Sara fronçait les sourcils, il tenta de la rassurer.

— Mieux vaut prévenir que guérir, hein ?

Cassie regarda sa montre.

— On doit y aller. L'équipe de nettoyage ne va pas tarder à arriver.

— Alléluia ! s'exclama Sara. J'ai hâte de voir la maison débarrassée de toute la poussière et la saleté qu'elle renferme.

Elle fronça le nez et Nate trouva ça trop mignon.

Se renversant en arrière sur sa chaise, il regarda les deux femmes.

— Vous avez choisi des tenues adéquates, apparemment.

Cassie portait un vieux jean et un T-shirt basique. Sara, quant à elle, arborait une chemise rose, rentrée dans ce qui semblait être un jean de créateur. Les deux amies lui faisaient penser à une souris des villes et une souris des champs. En tout cas, aucune des deux n'était une petite souris docile. Loin de là.

Sara se leva et se dirigea vers la porte d'entrée, où elle enfila ses baskets sans les délacer. Cassie la suivit. Nate lui emboîta le pas, attrapant ses clés en sortant.

— Je vais passer dans cette nouvelle boulangerie acheter un assortiment de feuilletés, dit-il. Quand j'arriverai au manoir, le plus gros sera fait.

Amusé par leurs froncements de sourcils et leur air scandalisé, il leur sourit de toutes ses dents.

— Qu'est-ce qu'il y a ? demanda-t-il en ouvrant de grands yeux innocents.

Cassie se dirigea vers sa voiture de patrouille en lui faisant un doigt d'honneur.

— Tu as intérêt à ce qu'il y en ait au moins la moitié au fromage et au chorizo, l'avertit-elle.

— Et à ce qu'ils soient frais, lança Sara par-dessus son épaule.

Nate poussa un gros soupir en verrouillant la porte. Ces deux-là n'étaient décidément pas des souris, songea-t-il. Tout le contraire, en fait.

— C'est la dernière, annonça Sara triomphalement en posant sur le lit une pile de T-shirts et de paires de chaussettes roulées.

Pendant que Cassie les rangeait dans un carton déjà à moitié plein, Sara vérifia de nouveau que tous les tiroirs ainsi que les deux penderies étaient vides. Puis elle jeta un dernier coup d'œil sous le lit.

— J'ai l'impression qu'on a fini dans cette pièce, dit-elle.

— Bien.

Cassie ferma le carton avec du ruban adhésif.

— C'était moins difficile que de trier les affaires de mon père, et je suis contente qu'on ait fini.

Elles retrouvèrent Nate en bas, dans la salle à manger. Une grande boîte de feuilletés et une pile de serviettes en papier étaient posées au bout de la table.

— Tu as dévalisé la boulangerie ? demanda Cassie en prenant un feuilleté au chorizo.

La bouche pleine, elle marmonna quelque chose d'inintelligible.

Nate jeta son dévolu sur un feuilleté aux fruits.

— Je voulais qu'il y en ait aussi pour l'équipe de nettoyage.

Touchée par son geste, Sara lui lança un regard furtif. Lorsqu'il tourna la tête vers elle, elle baissa les yeux sur les feuilletés et fit mine de ne pas savoir lequel choisir. Elle opta finalement pour un feuilleté au fromage.

— Dieu merci, tu as aussi pris du café, dit-elle en s'emparant d'un des gobelets fumants.

Il lui fallait sa dose quotidienne de caféine pour fonctionner toute la journée à plein régime.

Un coup frappé à la porte annonça l'arrivée des femmes de ménage. Sara en envoya deux à l'étage pour nettoyer la chambre principale et la salle de bains, deux autres à la cuisine, et les trois dernières se dispersèrent dans les pièces du rez-de-chaussée. Nate, pendant ce temps, commença à ouvrir les boîtes qu'il avait apportées.

— C'est pour l'alarme, tout ça ? demanda Sara.

— Il y a des caméras, des détecteurs de bris de verre, le boîtier de commande de l'alarme et une batterie de secours. Que du matériel de pointe.

Nate lui sourit et, pendant une fraction de seconde, elle fut complètement ailleurs.

— Pour pouvoir installer ce système de sécurité, tu n'as pas besoin d'une licence du Texas ? demanda Cassie, en le regardant d'un air suspicieux.

— Calme-toi, Cass. J'ai un ami agréé qui va venir faire le câblage. Il s'assurera que nous sommes en règle.

Une des femmes de ménage qui nettoyaient la cuisine apparut dans l'embrasure de la porte de la salle à manger.

— Il y a une vitre cassée dans la buanderie.

Nate continua de déballer les caméras.

— Je l'ai barricadée l'autre jour. Le vitrier va passer dans le courant de la journée pour la remplacer.

— Il n'y a plus de planche, dit la femme de ménage, qui se tordait les mains et semblait très embêtée. Et il y a ce graffiti, sur le mur. Vous l'avez vu, je suppose ?

— Quel graffiti ? demanda Sara, la bouche à moitié pleine, en fonçant vers la buanderie.

Lorsqu'elle vit le message rouge sang peint à la bombe sur le mur, un grand froid l'envahit. Ce n'était pas un gosse qui avait écrit ça. C'était le taré qui lui envoyait des textos.

JE T'AVAIS DIT QUE JE TE RETROUVERAIS.

Sara porta une main à sa bouche.

— Qu'est-ce que c'est que ce merdier ? demanda Nate, visiblement plus intéressé par Sara que par le graffiti. Tu es blanche comme un linge.

— Que se passe-t-il, Sara ? demanda Cassie en prenant en photo avec son téléphone le mur et la vitre cassée. Tu sais qui a fait ça ?

Secouant la tête, Sara regagna tant bien que mal la salle à manger. Avant de la suivre, Cassie envoya les femmes de ménage dans d'autres pièces.

— Depuis quelque temps, je reçois des messages bizarres, dit Sara en sortant son téléphone de sa poche. J'ai d'abord pensé qu'ils m'étaient adressés par erreur.

— Qu'est-ce qu'ils ont de bizarre ? demanda Nate.

— Jusqu'à cette semaine, ils n'étaient pas menaçants, ils me donnaient juste la chair de poule.

Sara parcourut des yeux ses textos.

— Mais lundi, j'ai reçu celui-ci peu de temps après mon arrivée au ranch, dit-elle avant de lire le message à voix haute. « Tu peux t'enfuir, mais tu ne pourras pas te cacher. Je te retrouverai. »

Cassie tendit la main vers le téléphone de Sara.

— As-tu répondu à ces textos ?

— Non, je ne voulais pas interagir avec l'expéditeur. J'avais peur de l'encourager, même s'il se trompait de numéro.

Sara donna le téléphone à son amie.

— J'ai bloqué les numéros mais pas supprimé les messages.

Après avoir pris connaissance de tous les textos, Cassie tendit le téléphone à Nate.

— On va devoir prendre des mesures de protection, déclara Cassie. Un de mes adjoints peut assurer ta sécurité. Il vaudrait peut-être mieux que tu restes au ranch, plutôt que de…

— Non, pas question que je me laisse intimider par ces bêtises. Et je refuse de perturber votre vie de famille en me cachant au ranch. Des adjoints en uniforme pendus à mes basques en permanence ne feraient qu'attirer l'attention. Mieux vaut faire comme si de rien n'était. Je n'ai même pas encore prêté serment. S'ils savaient que je fais l'objet de menaces, les commissaires du comté te conseilleraient probablement de chercher un autre juge.

Cassie croisa les bras sur sa poitrine.

— En tant que shérif local, c'est ma responsabilité de protéger le juge du comté de…

— Non, Cassie. Je ne veux pas risquer de me mettre à dos tout le comté. Je me contenterai du système d'alarme de Nate.

En voyant Cassie plisser les yeux, Sara se demanda de quel côté son amie allait pencher. Finalement, Cassie hocha la tête.

— Très bien. Sache cependant que je vais rédiger un rapport, de manière que nous gardions une trace de tout ça. Et je te préviens : si un nouvel incident se produit, je fais ce que je pense être le mieux.

Sara acquiesça à son tour, même si elle se doutait bien que son accord importait peu à son amie, qui était un shérif modèle.

— Tu prêtes serment lundi. D'ici là, tu dois réfléchir à tous les suspects, aussi bien dans ton milieu professionnel que dans ta vie privée. Il peut s'agir d'un criminel que tu as envoyé en prison ou d'un ex-petit ami qui n'a pas supporté que tu le laisses tomber. Il y a forcément dans ton entourage quelqu'un qui t'en veut…

À ces mots, Nate, qui lisait les textos que Sara avait reçus, leva les yeux.

— Je ne vois vraiment pas qui pourrait m'en vouloir, dit Sara, mais je vais continuer de chercher.

— Bien. Et je veux que tu restes au ranch jusqu'à ce qu'on ait découvert l'identité de ce cinglé, décréta Cassie.

— Merci de me le proposer, mais je ne veux pas m'imposer plus longtemps que nécessaire. J'emménage ici demain pour être prête à prendre mes fonctions la semaine prochaine. Fin de la discussion, dit Sara en se levant.

Nate, qui s'était abstenu de prendre parti, se remit à ouvrir ses boîtes.

— Pendant que mon pote s'occupe d'installer tout ça, je vais aller acheter de la peinture pour recouvrir le graffiti.

— Merci. Cela m'évitera de le voir chaque fois que j'entrerai là-dedans.

Grâce à tout ce que Nate faisait pour elle, Sara se sentait un peu rassurée.

— J'ai fini d'emballer les affaires du juge Harmon, dit Cassie en attrapant un des cartons qu'elles avaient descendus. Mettons-les dans ma voiture. Je demanderai à Helen de les expédier à sa famille.

Laissant à Nate le soin de ranger le dernier carton dans le coffre du SUV, Cassie s'approcha de Sara avec un journal à la main.

— J'ai failli oublier de te montrer ça. Regarde, tu es en première page, dit-elle avec un sourire. Ce n'est que le journal local mais après vérification, j'ai vu que plusieurs autres journaux avaient publié l'article. Y compris celui d'Austin.

Sara parcourut l'article qui la présentait comme la nouvelle juge du comté et incluait une brève biographie mentionnant son poste précédent de substitut du procureur à Austin. Elle se réjouissait à l'idée que son ancien patron, abonné à la version numérique du journal d'Austin, voie cet article.

Alors, Alton, tu regrettes de m'avoir perdue ?

Mais tandis que Nate lisait par-dessus son épaule, une autre pensée lui traversa l'esprit. Elle regarda la date, en haut de la page. L'édition du dimanche.

— Je me demande si ce n'est pas cet article qui lui a permis de me retrouver, murmura-t-elle comme si elle se parlait à elle-même.

Elle croisa le regard de Cassie et vit celle-ci percuter.

— Mais c'est bien sûr ! Saperlipopette ! J'aurais dû y penser.

— Tu es shérif, pas devin, dit Sara. Ce n'est pas étonnant que le lien entre les deux ne t'ait pas sauté aux yeux. Et puis, tu viens tout juste de découvrir les textos. En tout cas, cela faisait longtemps que je n'avais pas entendu quelqu'un dire « saperlipopette » !

Ils rirent tous les trois de l'aversion de Cassie pour les gros mots.

— Promets-moi de m'appeler immédiatement si tu reçois un autre message.

— C'est la première chose que je ferai. Promis, juré.

Le choc consécutif à la découverte du graffiti commençait à se dissiper. Grâce au système d'alarme de Nate et à la sollicitude de Cassie, le meilleur shérif qu'elle connaisse, Sara était persuadée que bientôt elle ne penserait plus à ce maudit harceleur.

— Dis-moi, Nate, puisque tu ne pars pas avant décembre, j'ai pensé à quelque chose, déclara Cassie.

— Oui ? dit-il en allongeant la syllabe, comme s'il se méfiait de ce que sa grande sœur allait lui demander.

— Étant donné que Sara refuse de rester au ranch plus longtemps, je veux que tu viennes t'installer ici avec elle.

Nate fixa Cassie comme si ce qu'elle venait de dire n'avait aucun sens. Le regard de Sara allait de l'un à l'autre.

— Tu es bien garde du corps, non ?

— Oui, mais...

— Alors, c'est parfait, dit Cassie en enfonçant l'index dans le torse de son frère, comme pour souligner ses paroles. Je vais te faire enregistrer comme fournisseur agréé pour le comté, avec des dépenses autorisées. Car à partir de maintenant, tu es officiellement chargé de la protection rapprochée de Sara.

— Ce n'est pas la peine, protesta Sara, affreusement gênée.

— Quand je parle de « protection rapprochée », vous voyez tous deux ce que je veux dire. Et si, Sara, c'est la peine. Tu ne veux pas d'adjoints en uniforme pendus à tes basques, n'est-ce pas ? Tu devras donc te coltiner un garde du corps.

Après avoir vainement tenté de protester, Nate se tut. Les poings sur les hanches, Cassie se pencha vers lui.

— Tu penses peut-être qu'elle n'est pas en danger ? Qu'elle ne serait pas bien plus en sécurité avec toi pour la protéger ?

Comme il ne répondait pas, elle ajouta :

— Tu ne veux pas me rendre ce service ?

Lorsque Nate céda finalement aux instances de sa sœur, Sara se sentit désemparée. Si elle avait refusé aussi catégoriquement de rester au ranch, c'était essentiellement pour éviter Nate. Et voilà qu'elle se retrouvait quand même à vivre sous le même toit que lui. Alors qu'il avait une vie qui l'attendait en Californie. Et qu'elle était encore irrésistiblement attirée par lui. Ce n'était pas la première fois que Sara se demandait dans quoi elle s'était embarquée.

— Bien sûr, Cassie, marmonna Nate en finissant de fixer une lampe à détecteur de mouvement sous un avant-toit. Je ferais n'importe quoi, pour toi.

Si la perspective de devenir le garde du corps de Sara ne l'enchantait guère, c'était en premier lieu parce qu'il ne pouvait manquer le rendez-vous professionnel qu'il avait en Californie. Pas après tout le mal qu'il s'était donné pour décrocher ce contrat, qui allait permettre à son agence de décoller. Et puis, c'était aussi une question d'amour-propre. Lorsqu'elle avait séjourné au ranch pour la première fois, bien des années plus tôt, Sara, qui venait de la ville, était étudiante et avait trois ans de plus que lui, lui avait brisé le cœur. Mais chez les Reed, on se serrait toujours les coudes. Alors pour Cassie, il avait accepté. À contrecœur.

Le plus agaçant dans cette histoire, c'était que sa sœur avait raison. Sara était peut-être en danger, en effet, et il ne faisait aucun doute qu'elle serait plus en sécurité s'il assurait sa protection. Sauf que Nate s'était fixé comme objectif de garder ses distances avec la femme que Sara était devenue. D'arrêter de se demander si ses lèvres étaient toujours aussi douces, et si sa peau sentait toujours aussi bon.

Mais les graffitis avaient changé la donne. Au début de sa carrière dans la sécurité, il avait protégé divers clients, et il avait toujours su rester professionnel. Il avait conservé son sang-froid avec des milliardaires exécrables qui le traitaient comme un moins que rien. Et il avait gardé sa braguette fermée quand des starlettes débutantes avaient tenté de le séduire.

Quand son intégrité était en jeu, Nate savait mettre de côté ses opinions personnelles – et ignorer les tentations passagères – pour s'acquitter de sa mission. Toute autre considération mise à part, laisser une personne en situation de danger alors qu'il pouvait la protéger allait à l'encontre de ses principes. Il se comporterait de la même façon avec Sara. Mais bon sang, sa sœur était loin de se douter de ce que cela allait lui coûter.

— Nate ? appela Blake en s'approchant de l'échelle.

— Ouais, dit Nate en baissant les yeux vers son copain, installateur d'alarmes agréé au Texas.

— J'ai deux questions. Tu veux que je mette le panneau de commande dans le grenier ? Et combien de claviers te faut-il, et où ?

— Si le signal est suffisamment fort dans le grenier, alors oui, ce sera parfait. Sinon, mets-le à l'endroit que tu juges le plus approprié.

Ébloui par le soleil de la fin d'après-midi, Nate se protégeait les yeux d'une main.

— Pour les claviers, continua-t-il, mets-en un près de la porte d'entrée, un deuxième près de la porte de derrière, et un troisième dans la chambre principale.

— D'accord.

Blake regarda le papier qu'il avait dans la main.

— Tu es sûr que tu veux des détecteurs de bris de verre sur chaque fenêtre du rez-de-chaussée ? L'alarme se déclenchera à l'ouverture.

— Oui, mais elle ne se déclenchera pas si quelqu'un casse la vitre. Il y a un carton entier de détecteurs dans la salle à manger.

Blake s'esclaffa.

— Comme tu veux, mon pote. Tu me paies au temps passé, alors c'est toi qui voies, dit-il avant de disparaître au coin de la maison.

Au cours de l'année écoulée, Nate avait essayé maintes fois de convaincre Blake de déménager en Californie et de travailler pour Reed & Franklin Security. La criminalité augmentant, les installations d'alarme s'étaient multipliées, et son ami était l'un des meilleurs dans ce domaine. Mais Blake n'avait aucune envie de quitter le Texas.

En l'espace de quelques heures, la vitre cassée fut remplacée, le système d'alarme installé, et le graffiti recouvert par deux couches de peinture d'apprêt. Sara entra dans la cuisine étincelante de propreté au moment où Nate, accroupi au-dessus du pot de peinture, tapait sur le couvercle pour le fermer hermétiquement.

— Où étais-tu passée ? demanda-t-il en voyant qu'elle avait le visage sale.

— J'ai trouvé la porte d'accès au grenier alors je suis partie en exploration. C'est grand, là-haut. Je pourrais toujours monter certaines des vieilleries qui encombrent ici, si je ne supporte plus de les voir. Étant donné qu'elles ne m'appartiennent pas, je suppose que je ne peux pas en faire don à une œuvre de charité. Ou à un musée.

Elle soupira puis inspecta le mur repeint d'un œil critique.

— Je pensais que tu allais le repeindre en blanc, pas juste passer une sous-couche.

Nate se redressa et regarda le mur.

— Bien que le blanc soit probablement le meilleur choix, Cassie a dit que tu aurais peut-être envie d'une autre couleur.

— Vraiment ? demanda Sara, visiblement ravie. Il va donc falloir qu'on aille choisir la couleur.

— Je pensais que *tu* t'en chargerais, mais comme je vais devoir te suivre comme ton ombre, je suppose qu'*on* ira tous les deux.

Il fit un pas vers elle et passa son pouce sur la traînée noire qui maculait sa joue.

— Je pensais que puisqu'on faisait intervenir une équipe de nettoyage, tu serais dispensée de faire le ménage toi-même.

— Oh ! il fallait bien que je m'occupe ! Plutôt que de rester assise à me tourner les pouces, j'ai préféré donner un coup de main. Mais je dois être dans un état déplorable, dit-elle en couvrant de ses mains ses joues, qui avaient rougi.

Même couverte de poussière, Sara était belle. Mais il ne pouvait pas le dire à voix haute, cette remarque étant dictée par ses affects et ne relevant en rien d'une conduite professionnelle.

— Tu es très bien, lui assura-t-il avant de jeter un coup d'œil à la pendule murale. Mais on ferait mieux de se bouger. Adam ne va pas tarder à servir le dîner.

— Donne-moi une minute. Je ne peux pas partir dans cet état.

Sara ouvrit tous les tiroirs jusqu'à ce qu'elle trouve où étaient rangés les torchons. Elle en prit un et le passa sous le robinet. Après s'être frotté vigoureusement les joues avec un coin du torchon mouillé, elle demanda :

— C'est mieux ?

Nate lui prit le torchon des mains.

— Tu n'as pas tout enlevé, dit-il en s'approchant pour frotter doucement une traînée noire qu'elle avait sur la tempe.

Lorsqu'il lui releva le menton, elle ferma les paupières. Il essuya les contours de sa mâchoire délicate puis le bout de son ravissant petit nez, qui était criblé de taches de rousseur. Fasciné, il suspendit son geste. Elle rouvrit les yeux. Ils étaient aussi bleus que la mer des Caraïbes, qu'il n'avait vue qu'en photo. S'obligeant à reculer d'un pas, Nate s'efforça d'ignorer la chaleur qu'il sentait monter en lui.

Mais le combat était perdu d'avance. Malgré toutes les missions périlleuses qu'il avait eues dans le passé, celle-ci méritait incontestablement le premier prix dans la catégorie Missions à éviter à tout prix.

5

Le vendredi matin, Sara éteignit son réveil et se prélassa dans le nouveau lit king-size qu'elle avait commandé en ligne en début de semaine. Même si elle ne devait rester que peu de temps à Resolute, elle refusait de dormir dans un lit trop étroit au matelas complètement affaissé. Elle se félicitait d'avoir pensé à acheter aussi une parure de lit, car il était hors de question qu'elle utilise les draps et les taies d'oreillers qui se trouvaient dans la maison.

Nate ne semblait pas s'être soucié du confort de sa chambre. Il avait choisi celle qui était la plus proche de la sienne. Pour des raisons de sécurité, prétendument. Ce qui n'avait pas empêché Sara de cogiter longuement sur les tenants et les aboutissants de ce choix.

Il avait d'ailleurs transformé la salle du petit déjeuner en centre de commandement. Il avait dû ajouter une table pliante pour poser ses nombreux moniteurs, sur lesquels étaient transmises en direct les images des caméras installées un peu partout dans la maison. Un grand écran montrait ce que voyait l'ensemble des caméras. Et deux ou trois autres permettaient de zoomer sur une zone à la fois.

Tout cela pour quelques textos bizarres et un graffiti idiot. Sans doute était-ce un peu excessif mais quand elle se rappelait à quel point elle avait été bouleversée par ce fichu graffiti, Sara se réjouissait secrètement de cette surenchère. Ce qui était sûr, en tout cas, c'était qu'elle n'allait pas se promener dans le jardin de sitôt.

Après s'être alanguie quelques minutes au lit, elle fit une rapide toilette, s'habilla et descendit. L'odeur du café l'attira dans la cuisine, où l'attendait une cafetière à piston.

— C'est tout ce que j'ai trouvé pour faire du café, expliqua Nate, debout dans l'entrée de la salle du petit déjeuner. Tu devrais peut-être ajouter une machine à expresso à ta liste de courses.

Constatant, après s'en être versé une tasse, que le café était infect, Sara regretta de ne pas avoir apporté la machine qu'elle utilisait à Austin. Mais elle avait pensé que dans un « manoir », elle trouverait sur place de quoi faire un bon café.

— C'est la première chose que j'ai mise sur ma liste, répondit-elle en vidant sa tasse dans l'évier.

Elle était impatiente d'aller à Victoria, où elle avait prévu de faire ses emplettes. En plus de la machine à café et d'une parure de lit de rechange, elle avait toute une liste de biens de première nécessité – du moins qu'*elle* considérait comme tels – qu'il n'y avait pas au manoir. Sans parler de la liste de denrées qu'elle était à peu près sûre de ne pas trouver à la supérette du coin.

— Tu es prête ? demanda Nate en posant sa tasse dans l'évier.

— Je le suis s'il y a un fast-food sur le chemin. Je n'ai pas l'habitude de commencer ma journée sans ma dose de caféine.

Après avoir enfilé sa veste, car de bon matin il faisait frisquet, elle attrapa ses clés sur la console du hall d'entrée.

— Il y en a un, et tu n'as pas besoin de tes clés puisque c'est moi qui prends le volant.

— Écoute, Nate, je te suis reconnaissante pour tout ce que tu fais pour moi, mais je suis parfaitement capable de conduire.

Haussant les sourcils, Sara ajouta :

— Ou est-ce que tu crains que ton ego masculin n'en prenne un coup si tu montes à côté d'une femme ?

Ne voulant apparemment pas être en reste, Nate arqua un sourcil, style super espion en smoking.

— Mon ego masculin n'est jamais mieux loti que quand je suis sur le siège passager car j'ai les mains libres pour d'autres choses.

Baissant les yeux sur ses mains, elle imagina son bras posé

nonchalamment sur la console centrale, ses doigts caressant ses cuisses. Elle maudit son teint clair lorsque ses joues se mirent à chauffer.

— Jamais quand je suis en service, bien sûr. Je ne doute pas de tes capacités au volant, mais en cas de course-poursuite, je pense que tu ne sauras pas faire face aussi bien que moi.

— Très bien, dit Sara, excédée, en reposant ses clés sur la console.

Elle en avait marre qu'il décide de tout. Et qu'il continue, malgré tout, à susciter en elle des fantasmes. À cela s'ajoutait le cruel manque de caféine. Quand son estomac se mit à gargouiller, sa mauvaise humeur augmenta d'un cran.

— Mais il est urgent de trouver du café et quelque chose à manger. Sinon, je ne réponds plus de rien, prévint-elle.

Un sourire joua sur les lèvres de Nate, qui ouvrit la porte d'entrée. Serrant les dents, Sara passa devant lui et se dirigea d'un pas de grenadier vers le garage, où il avait tenu à garer son pick-up, car il voulait être sûr que personne ne chercherait à le trafiquer.

— Quand j'aurai ouvert la porte, attends pour entrer que j'aie vérifié qu'il n'y a aucun danger, recommanda-t-il.

Le garage n'avait pas de fenêtre et la porte était verrouillée, mais Sara s'abstint de tout commentaire et patienta. Dès son plus jeune âge, elle avait appris à se débrouiller seule et à prendre en main son destin. Mais avec Nate qui semblait prendre sa mission un peu trop à cœur, elle avait l'impression de n'avoir plus aucun contrôle sur sa vie.

Depuis que la maison était protégée par un système de sécurité, elle avait moins peur. Mais si Nate tenait à jouer les gardes du corps et à la suivre comme son ombre, libre à lui. Pas sûr qu'il se montre aussi zélé, après avoir couru tous les magasins de Victoria. Il ne savait pas ce qui l'attendait…

Nate se carra contre le dossier de la banquette en skaï en exhalant un gros soupir, tandis que Sara jetait un coup d'œil au menu du Busy B Café. Puis elle attrapa son téléphone, et ses pouces entrèrent en mouvement.

— Quelque chose d'urgent ? demanda-t-il.

Ayant grandi dans une famille de policiers, il comprenait que l'on réponde au téléphone pendant les repas. Mais le téléphone de Sara n'avait pas sonné, aussi avait-il vraiment l'impression d'être ignoré.

— Hum ? marmonna-t-elle sans lever les yeux.

Sa capacité à se concentrer était impressionnante ; Nate devait bien le reconnaître. Ils avaient fait du shopping pendant sept heures d'affilée et ils n'avaient même pas eu le temps de passer au supermarché. Comme au manoir, le frigo était vide, Sara avait insisté pour qu'ils mangent au Busy B avant de rentrer avec tous ses achats. Heureusement qu'il avait un pick-up à cabine allongée, parce que laisser des paquets dans la plate-forme n'aurait pas été prudent.

— Vous voulez un café, les jeunes ? demanda Marge, la propriétaire du snack-bar et la reine des ragots, en posant deux tasses sur la table. Tu as l'air d'en avoir grand besoin, Nate, déclara-t-elle, après avoir souri de le voir avachi sur la banquette.

Il hocha la tête.

— Marge, je te présente Sara Bennett, notre nouvelle juge de comté. Sara, voici…

Sara leva enfin les yeux de son téléphone.

— Marge !

Elle bondit et serra Marge dans ses bras.

— Ça me fait tellement plaisir de vous revoir.

— À moi aussi, ma chérie.

Marge posa sa verseuse et saisit Sara par les épaules, la scrutant de la tête aux pieds.

— Tu as l'air en pleine forme, dis-moi. Il paraît que tu t'installes ici pour un remplacement… ou plus longtemps.

S'emparant de la verseuse, Nate remplit sa tasse.

— Vous vous connaissiez déjà, à ce que je vois.

Les deux femmes le regardèrent comme s'il avait deux têtes.

— Bien sûr qu'on se connaît ! s'exclama Marge. Cassie a amené

Sara ici il y a des années, alors qu'elle séjournait chez vous pour les vacances.

— Et je suis passée cet été, quand je suis venue pour l'inauguration du Centre pour la jeunesse. Je voulais m'offrir un de ces milk-shakes dont Marge a la spécialité. Ça a été le meilleur moment du voyage.

Tout sourire, Marge reprit la verseuse et demanda :

— Et ce soir, qu'est-ce que ce sera ? Café ou milk-shake ?

— Hum, marmonna Sara en jetant de nouveau un coup d'œil au menu.

— Un double cheeseburger avec des frites et un café pour moi, dit Nate.

— Je prendrai la même chose, mais un simple cheeseburger avec des frites, et un milk-shake au chocolat.

— C'est noté. Je vais aussi vous apporter de l'eau, dit Marge en décochant un clin d'œil à Sara. Mes milk-shakes sont si épais qu'on peut retourner le verre sans qu'une seule goutte tombe sur la table.

Son rire tonitruant accompagna le grincement de ses chaussures orthopédiques sur le linoléum tandis qu'elle se dirigeait vers la cuisine.

— J'aurais pu continuer à faire les magasins jusqu'à la fermeture si je n'avais pas eu aussi faim, déclara Sara en regardant Nate, l'air goguenard. Tu as l'air exténué.

— On se demande bien pourquoi, répondit Nate en la fixant par-dessus le bord de sa tasse.

Sara Bennett décrocherait à coup sûr la médaille d'or si le shopping devenait un sport olympique.

Ils avaient commencé par faire toutes les boutiques de linge de maison, puis ils étaient allés acheter du petit électroménager et des appareils électroniques. Nate portait les sacs et les cartons jusqu'au chariot qu'elle l'avait chargé de pousser.

— Au cas où il faudrait se lancer dans une course-poursuite, avait-elle plaisanté.

Ensuite, ils s'étaient rendus au centre commercial. Comment pouvait-il y avoir autant de magasins de chaussures sur un même espace ? Certes, elle avait besoin de chaussures plus adaptées à la vie à la campagne, et son choix judicieux d'une paire de bottes de travail en cuir assez épais pour repousser les crocs des serpents à sonnette impressionna Nate. Elle prit aussi des bottes western fantaisie qui ne faisaient pas trop citadines. Seule la menace de l'accompagner dans la cabine d'essayage – pour sa propre sécurité, bien sûr – avait mis fin à ses achats de vêtements.

— Je vous ressers ? proposa April, la nouvelle serveuse du Busy B, une verseuse pleine de café à la main et un sourire timide sur les lèvres.

Marge l'avait embauchée pour remplacer Rachel, la fiancée d'Adam, qui avait démissionné pour travailler à temps complet pour le Centre pour la jeunesse du comté. D'après Marge, April avait le béguin pour Nate.

— Oui, s'il vous plaît, répondit celui-ci en poussant sa tasse vers elle et en la gratifiant d'un sourire bienveillant.

Lorsque la serveuse fit mine de la resservir elle aussi, Sara posa une main sur sa tasse.

— Pas pour moi, merci, dit-elle. J'ai commandé l'un des meilleurs milk-shakes au chocolat du monde.

April hocha la tête.

— Oh ! mon Dieu ! Les milk-shakes de Marge sont une véritable tuerie, n'est-ce pas ? Après le service, nous avons droit à un repas. Eh bien, je prends toujours un milk-shake.

Son sourire lui mangeait le visage. Tandis qu'elle parlait, elle n'arrêtait pas de jeter des regards furtifs à Nate.

— C'est que maintenant, je vais être jalouse, déclara-t-elle avant de filer servir d'autres clients.

— Je pense qu'elle t'aime bien, dit Sara.

— Qui l'aime ? demanda Marge en posant leurs burgers devant eux.

— La serveuse.

— April ? Il est au courant. Je le lui ai déjà dit, affirma Marge en servant à Sara son fameux milk-shake au chocolat. Je lui ai dit aussi que je ne laisserais personne me prendre mes serveuses au berceau.

Nate reposa sur le bord de son assiette la frite qu'il s'apprêtait à engloutir et regarda Marge.

— Et moi, j'ai dit à Marge que je ne m'intéressais pas à April.

— Alors réserve ce sourire éblouissant et ces fossettes irrésistibles pour quelqu'un qui t'intéresse.

Marge poussa un soupir démonstratif.

— Je te jure, continua-t-elle, chaque fois que cette fille te sert, elle est dans les nuages pour le reste de la journée.

Nate pressa les deux mains sur sa poitrine.

— Qu'y puis-je ? Franchement, en quoi est-ce ma faute ?

— Nate a raison, Marge. Il n'y est pour rien s'il est aussi séduisant, dit Sara en déballant sa paille. Et pour être honnête, il ne l'a même pas regardée.

— Eh bien, c'est une bonne chose. Continue comme ça.

Marge décocha un clin d'œil à Nate avant de regagner son comptoir.

Sara fronça les sourcils.

— Je ne connais pas Marge si bien que ça mais cela m'étonnerait qu'elle pense que tu flirtes avec une gamine.

— Elle sait bien qu'il n'en est rien, dit Nate en gloussant. Marge est la conseillère de Cassie, la plus grande fan d'Adam et l'avocate de Noah quand il est attaqué pour ses pitreries. Moi, elle aime me taquiner. Quand elle a remarqué qu'April s'intéressait à moi, elle n'a plus parlé que de ça.

— Tu penses qu'elle a quel âge ?

— April ? Je ne sais pas, répondit Nate en haussant les épaules. Je dirais dix-huit ou dix-neuf ans.

Il mordit dans son hamburger. Tandis qu'il mâchait, Sara sirotait son milk-shake en le regardant par en dessous, comme si elle le soupçonnait de Dieu sait quoi. Sa vie en eût-elle dépendu qu'il aurait été bien incapable en cet instant de deviner ce qu'elle avait derrière la tête. Ses lèvres étaient pincées sur l'extrémité de sa paille, qu'elle tenait entre le pouce et l'index de la main droite. À chaque aspiration, ses joues se creusaient. En proie à un violent émoi, il changea de position sur la banquette, fasciné par le mouvement de sa gorge quand elle avalait.

Apparemment inconsciente du trouble qu'elle engendrait chez lui, elle déclara en fronçant de nouveau les sourcils :

— Elle a donc à peu près le même âge que toi quand je t'ai rencontré.

— Cela n'a rien à voir. Je n'avais que trois ans de moins que toi. April en a dix ou onze de moins que moi, fit remarquer Nate en reposant son hamburger sur son assiette avant de s'essuyer les mains. C'est à cause de cette différence d'âge que tu m'as largué après les vacances de printemps ? Tu as eu l'impression de *me prendre au berceau* ?

Sara jeta un coup d'œil derrière lui.

— On en reparlera une autre fois.

Un homme âgé s'arrêta à leur table. Après avoir salué Nate d'un bref signe de tête, il se tourna vers Sara.

— Veuillez m'excuser d'interrompre votre repas mais êtes-vous notre nouveau juge ?

— Oui, je m'appelle Sara Bennett, dit-elle en lui tendant la main. Ravie de vous rencontrer, monsieur... ?

Il lui serra vigoureusement la main.

— Dodson. Fred Dodson. Appelez-moi Fred, je vous prie.

Tandis que Sara retirait sa main de la sienne, il ajouta :

— J'aimais bien le vieil Harmon mais je dois reconnaître que vous êtes bien plus agréable à regarder que lui.

Toujours penché vers elle, il lui décocha un clin d'œil appuyé.

— J'espère que vous viendrez aux brunchs hebdomadaires de la paroisse. Nous avons une place libre pour vous à la table du maire.

— Merci beaucoup. Il faut que je consulte mon emploi du temps. Mais si je fais *chaque semaine* une orgie de pancakes, je crains de ne plus pouvoir tenir derrière le banc, dit Sara en se tapotant le ventre et en accompagnant son geste d'un gloussement.

— Pensez-vous ! protesta le vieil homme complètement sous le charme. On pourrait en mettre dix comme vous derrière ce banc.

Bon, eh bien, je vais vous laisser finir de dîner. J'ai hâte de vous voir au brunch, dit-il en pointant un doigt vers elle.

Sur ce, en traînant la patte, il regagna sa table, à l'autre bout de la salle.

— Il y en a à qui la différence d'âge ne fait pas peur, marmonna Nate.

Sara réprima un éclat de rire, craignant que Fred ne les entende.

Puis Nate se gaussa avec elle des efforts qu'avait déployés le vieil homme pour la séduire. Il s'attendait à ce que les habitants de Resolute ne réservent pas un accueil très chaleureux à une juge qui était une femme, jeune de surcroît, et venant de la ville par-dessus le marché. Il était secrètement impressionné par la capacité de Sara à sympathiser avec les gens. Elle s'était déjà attiré les bonnes grâces de Marge, d'April et maintenant de Fred Dodson. Tous ses frères et sœur l'appréciaient.

Le seul problème de Nate, en plus de la protéger, était de ne pas succomber à son tour à son charme. Parce que ce serait une catastrophe de tomber amoureux d'elle. De nouveau.

Pendant le trajet du retour, Sara ne se laissa pas déconcerter par le silence de Nate.

— Je n'en reviens pas d'avoir réussi à trouver tout ce que j'avais noté sur ma liste, déclara-t-elle d'un ton enjoué.

— Tout, sauf de quoi manger, tempéra Nate.

— On peut faire un saut à Victoria demain matin pour s'occuper des courses alimentaires, proposa-t-elle en sortant son téléphone de son sac à main. À moins qu'il n'y ait des supermarchés qui acceptent de livrer à Resolute.

Nate lui lança un regard vide.

— Depuis Victoria ? s'esclaffa-t-il. Tu es sûre de pouvoir survivre ici quelques mois ?

Elle leva les yeux au ciel.

— Ne me dis pas que tu n'apprécies pas ton petit confort quand tu es en Californie, répliqua-t-elle. Cela ne t'empêche pas de troquer tes costumes de marque contre des jeans et des T-shirts quand tu reviens ici.

Le pick-up rebondit lorsque Nate heurta la bordure de l'allée. Il s'arrêta mais laissa tourner le moteur au ralenti.

— Je ne porte pas de costume de marque à moins d'y être obligé, lui assura-t-il en se tournant vers elle. Et comment sais-tu ce que je porte quand je suis en Californie ?

Pour quelqu'un qui parlait avec aisance dans une salle d'audience, pesant chaque mot avant de le prononcer, Sara semblait incapable d'éviter les bourdes quand il s'agissait de bavarder avec Nate.

— J'ai dû voir une photo de toi sur le téléphone de Cassie, mentit-elle en haussant les épaules. Mais peu importe, ajouta-t-elle en le voyant plisser les yeux. Ce que je veux dire, c'est que je parie que je peux m'adapter à mon environnement aussi bien que toi.

Nate soutint son regard quelques secondes puis ouvrit la portière.

— Reste dans la voiture jusqu'à ce qu'on soit garés à l'intérieur.

Il sortit, inspecta le jardin de devant, puis ouvrit le garage.

Malgré la gêne qu'elle avait ressentie après avoir commis cette gaffe stupide, et l'agacement que suscitaient en elle les ordres de Nate, elle ne pouvait détourner les yeux de lui, fascinée par les muscles de son dos lorsqu'il souleva la lourde porte. Des souvenirs qu'elle avait enfouis dans un recoin de son esprit refirent brusquement surface.

Nate remonta dans le pick-up et le rentra lentement dans le garage. Sara sauta à bas du véhicule à la seconde où il coupa le contact. Elle attrapa quelques sacs sur le siège arrière et se dirigea vers la maison, Nate sur ses talons.

— Tu ne dois pas filer comme ça, lui reprocha-t-il en s'empressant de la rattraper.

Il déverrouilla la porte de la maison, la fit entrer et désarma l'alarme.

— Reste ici pendant que j'inspecte les lieux.

— Tu plaisantes. Je suppose que l'alarme se serait déclenchée si quelqu'un était entré par effraction.

Sara se dirigea vers la salle à manger et posa ses achats sur la table, tandis que Nate faisait rapidement le tour du rez-de-chaussée avant de la rejoindre.

— Bon sang, Sara ! Comment veux-tu que je te protège si tu n'en fais qu'à ta tête ?

Sur le point de laisser libre cours à sa frustration, Sara se ravisa en se rendant compte qu'elle avait tout faux.

— Tu as raison. Je suis désolée.

Elle repartit vers la porte.

— Où vas-tu comme ça ? demanda Nate.

En deux enjambées, il avait gagné la porte.

— Chercher les sacs qui sont restés dans la voiture.

— Non, tu restes à l'intérieur où je te sais en sécurité, répliqua Nate, visiblement convaincu qu'elle était désormais prête à coopérer. Je m'occupe des sacs.

Pas contrariante, elle acquiesça et commença à déballer ses achats, tandis que Nate faisait des allers-retours entre le garage et la maison, chargé comme un baudet.

— Qu'est-ce qu'il t'a pris d'acheter la machine à café la plus grosse et la plus chère du magasin ? demanda-t-il en transportant un énorme carton dans la cuisine.

— Tu me remercieras demain matin.

— Tu comptes utiliser dans ce magnifique gadget flambant neuf notre vieux café périmé ?

Sara leva les yeux des serviettes éponge neuves qu'elle était en train de plier.

— Ah oui, zut ! On n'a pas acheté de café, finalement, puisqu'on n'est pas encore allés au supermarché. Bon, eh bien, tu me remercieras dimanche matin.

— Puisque tu le dis, marmonna Nate.

Qui suit les ordres de qui, maintenant ?

Quelques instants plus tard, la porte du garage se referma avec un bruit sourd et Nate lui apporta le dernier sac avant d'aller chercher une lampe de poche dans la cuisine.

— Je reviens tout de suite. Il faut que je vérifie quelque chose.

Rattrapée par la fatigue, Sara s'effondra sur une chaise tandis que la porte d'entrée s'ouvrait et se refermait. Elle aurait dû se sentir coupable d'avoir fait transporter à Nate autant de paquets, mais toutes ces mesures de protection lui semblaient de plus en plus superflues. Depuis celui de lundi, elle n'avait pas reçu d'autre SMS de son mystérieux harceleur. Et avoir quelqu'un dans les pattes à longueur de journée commençait vraiment à lui taper sur les nerfs.

La porte s'ouvrit et se referma de nouveau, les boutons du panneau d'alarme bipèrent et Nate reparut devant elle.

— On monte, dit-il.

— Si tu veux inspecter l'étage, libre à toi, mais moi, je t'attends ici. Je suis crevée.

— Ne discute pas, Sara. Si je te dis de monter, tu montes.

Il l'obligea à se lever.

— Je veux visionner les images des caméras de vidéosurveillance, expliqua-t-il.

— Pourquoi ? demanda-t-elle d'une voix blanche, soudain beaucoup moins sûre d'être en sécurité. Que se passe-t-il ?

Elle laissa Nate lui prendre la main et l'entraîner vers l'escalier.

— Quelqu'un a crevé tes quatre pneus.

6

— Levez-vous !

Le mardi matin, depuis le portillon du juge, Nate regardait Sara faire son entrée dans la salle d'audience. Ses cheveux blonds brillaient dans la lumière tombant des hautes fenêtres. Après être retournés à Victoria samedi matin pour faire les courses alimentaires, ils étaient restés confinés dans la maison tout le reste du week-end, chacun dans ses quartiers.

— Le tribunal du comté de Boone a ouvert la séance, présidée par l'honorable juge Bennett, annonça l'huissier en regardant la salle bondée, son ton solennel en contradiction avec l'humeur goguenarde du public, venu de tout le comté pour voir le nouveau juge à l'œuvre et pour se payer une bonne tranche de rigolade en assistant à un procès dans lequel il était question d'oies domestiques.

Sara ayant pris place, l'huissier ordonna :

— Asseyez-vous.

Nate se glissa à l'intérieur et se posta sur le côté du banc, de manière à voir toute la salle, tout en étant suffisamment proche pour protéger Sara en cas d'agression.

Les avocats s'approchèrent du banc pour s'entretenir à mi-voix avec Sara, et Nate en profita pour observer la salle, scrutant chaque visage, à l'affût du moindre mouvement furtif. Ses yeux le brûlaient encore après les longues heures qu'il avait passées sur son ordinateur pendant le week-end, à enquêter sur Sara Bennett. Elle n'avait pas de compte sur les réseaux sociaux, ce qui était sans doute une bonne chose quand on était procureur. Mais les détenus qui avaient réussi à se procurer illégalement des téléphones portables publiaient de divers endroits des commentaires sur elle qui lui donnèrent des envies de meurtre.

Sans qu'il sache très bien pourquoi, sa faculté à compartimenter son travail et sa vie personnelle lui faisait défaut. Il aurait aimé mettre ce manque de professionnalisme sur le compte de la fatigue, mais comme Sara le lui avait promis, la machine à expresso était formidable, si bien qu'il avait éclusé des litres de café.

En plus de ses recherches sur Sara, il avait visionné les images enregistrées par les caméras de vidéosurveillance. On y voyait un individu assez petit et trapu s'approcher à pied de la voiture de Sara peu après leur départ pour Victoria. Le type en question s'était débrouillé pour qu'on ne puisse pas l'identifier : il portait un sweat dont il avait rabattu la capuche sur sa tête, et une cagoule qui dissimulait son visage.

Pendant ses pauses, Nate n'avait cessé d'appeler Cassie et Adam pour leur réclamer les noms de toutes les personnes que Sara avait poursuivies au cours de sa carrière. Ces informations, eux seuls pouvaient les lui fournir.

— Huissier, veuillez faire entrer la plaignante et les accusés.

La voix claire de Sara, plus forte et plus incisive que d'habitude, fit taire les murmures qui remplissaient la salle.

Par la porte normalement réservée au jury, on fit entrer Abby Parsons ainsi que Ray et Ruth McNulty. En raison de la foule qui se pressait dans le couloir, espérant encore pouvoir assister à l'audience, il avait apparemment fallu changer un peu les règles.

Nate ignorait à peu près tout du rôle que jouait un magistrat jugeant des affaires civiles. Il supposait qu'il devait y avoir une phase d'apprentissage. Sara n'avait aucune expérience en la matière et n'avait pas eu beaucoup de temps pour se former. Il espérait que cette première journée serait un succès pour elle, même s'il ne se faisait guère d'illusions. Des illusions qui furent réduites à néant lorsque les époux McNulty entrèrent dans la salle d'audience, chacun avec à la main une oie retenue par une courte laisse rouge.

Son regard passa des oies à Sara, et il dut se mordre les lèvres pour ne pas éclater de rire. Elle posa un doigt sur sa bouche, comme si elle réfléchissait, mais ses yeux écarquillés trahissaient sa surprise. Pendant que les accusés prenaient place, elle jeta un regard à Nate, qui se contenta de lui sourire.

Il la vit esquisser un sourire derrière son doigt.

L'avocat d'Abby Parsons fit sa déclaration liminaire, décrivant une attaque apparemment orchestrée par Ruth McNulty et ses oies. L'affaire était en lien direct avec une intervention qu'avaient effectuée en début d'année Noah et Bree, sa coéquipière de l'époque, entre-temps devenue sa fiancée. Les deux adjoints s'étaient rendus chez les McNulty, dont les oies avaient attaqué la plaignante, venue retrouver son amant. C'était la première fois que Bree se trouvait confrontée à ces volatiles retors, et cette rencontre pour le moins cocasse était devenue un sujet de plaisanterie récurent chez les Reed.

L'intérêt du public monta encore d'un cran lorsque l'avocat de la défense révéla que l'incident était lié à la relation extraconjugale de la veuve Parsons avec Ray McNulty. Le public, qui était dans sa majorité déjà au courant de la liaison de la veuve avec son voisin, ne se priva pas cependant d'exprimer sa jubilation lorsque des détails croustillants furent évoqués. La foule était venue voir le nouveau juge mais ce furent finalement la présence des deux oies et cette histoire d'adultère qui retinrent son attention.

Prenant la parole, Abby jura de dire la vérité avant de raconter à sa sauce l'assaut que lui avaient fait subir les oies de Ruth. Des rires et des grognements fusèrent dans la salle lorsqu'elle décrivit la manière dont Ruth McNulty avait lancé contre la veuve sans défense son troupeau d'oies belliqueuses.

— C'est d'autant plus scandaleux que je n'ai jamais eu de liaison avec Ray McNulty.

Nate avait eu vent de l'incident par Noah, mais la liaison de Ray et d'Abby était de notoriété publique à Resolute.

Lorsque Abby se lança dans la description de ses blessures présumées, Sara l'interrompit.

— Merci, madame Parsons. J'ai pris connaissance de la liste que vous avez soumise par l'intermédiaire de votre avocat. S'il n'y a pas d'autre *nouveau* témoignage, je vais maintenant entendre les accusés.

Abby se leva, raide comme la justice.

— Je suis sûre que si le juge Harmon était encore là, il se montrerait bien plus intéressé par *ma* version des faits.

— C'est possible, madame Parsons. Mais j'ai entendu dire que le juge Harmon était très à cheval sur les procédures et intransigeant sur le parjure, riposta Sara en haussant un sourcil en direction des oies. J'ai l'impression qu'aujourd'hui, on a pris beaucoup de libertés avec les deux.

Nate l'applaudit mentalement et, à en juger par les hochements de tête et les murmures dans le public, il ne fut pas le seul à approuver sa réplique.

Cassie entra discrètement dans la salle d'audience et se posta contre le mur du fond. Lorsqu'elle demanda à Nate d'un haussement de sourcils comment ça allait, il lui répondit en levant le pouce.

Ruth McNulty prit place dans le box des témoins, une de ses oies sur les genoux.

— Est-ce là l'une des oies qui auraient attaqué la plaignante ? demanda son avocat.

— Oui. C'est Greta.

— Pourquoi l'avez-vous amenée au procès ?

L'avocat, qui n'avait pas l'air très rassuré, veillait à ne pas s'approcher du volatile.

— Pour montrer que mes oies ne sont pas agressives à moins qu'elles ne se sentent menacées ou qu'elles ne cherchent à me protéger, expliqua Ruth en caressant Greta. Si elles ont poursuivi cette sa...

— Madame McNulty !

Le rappel à l'ordre sévère de Sara fit tendre le cou à l'oie, qui se mit à la fixer d'un regard torve.

— Veuillez surveiller votre langage dans ma salle d'audience.

— Désolée, Votre Honneur, marmonna Ruth en baissant la tête, affichant l'image même de la contrition.

— Si mes petites chéries ont attaqué Mme Parsons, poursuivit Ruth, c'est parce qu'elle s'était introduite sans autorisation dans ma propriété. Elles sont un peu comme des chiens de garde et savent qui habite là et qui n'a rien à y faire. Et elle – Ruth désigna Abby d'un index accusateur – n'a rien à y faire.

Son regard noir était bien plus convaincant que son air contrit quelques instants plus tôt.

Abby la fusilla des yeux à son tour.

— Cette catin était venue retrouver Ray pour une partie de jambes en l'air, alors mes oies ont fait ce qu'elles avaient à faire, continua Ruth, à la limite du propos blasphématoire. Elles m'ont protégée d'une intruse qui a essayé de mettre la main sur ce qui m'appartient.

Abby bondit, les poings sur les hanches.

— C'est elle qui m'a envoyé un message m'invitant à venir, en se faisant passer pour Ray, déclara-t-elle en frappant le parquet de son talon aiguille. Elle m'a tendu un piège, cette vieille peau !

Greta se mit soudain à siffler. Sous le regard impuissant de l'huissier, elle glissa des genoux de Ruth et, sa laisse traînant derrière elle, se dirigea en se dandinant vers Abby, les ailes déployées. Poussant des cris d'orfraie qui résonnèrent dans toute la salle, Abby grimpa sur la table de l'avocat. L'oie se détacha de sa laisse et s'engagea dans l'allée centrale en sifflant sur le public. Lorsqu'une femme, affolée, se leva et courut vers la porte, l'oie se lança à sa poursuite.

La situation échappa soudain à tout contrôle.

— Bon sang ! grommela Nate, qui gardait les yeux fixés sur Sara et déplorait ce tohu-bohu qui lui rendrait la tâche difficile si jamais quelqu'un s'en prenait à elle.

Il vit Sara ramasser son marteau, prête à le frapper pour la toute première fois. Il s'agissait là d'un geste dont les juges se souvenaient probablement toute leur vie. Mais quand elle fit retomber le marteau sur son support, il explosa dans un nuage de fumée et d'étincelles.

Nate se précipita vers le banc, sautant par-dessus la barre des témoins pour plaquer Sara au sol et la couvrir de son corps.

— Est-ce que ça va ? demanda-t-il en tapotant fébrilement sa longue robe noire, à la recherche d'étincelles brûlantes.

— As-tu été brûlée ?

Lorsqu'il se fut assuré qu'elle n'avait pas été blessée, il arrêta sa fouille corporelle et plongea son regard dans ses grands yeux effarés. Ses lèvres s'entrouvrirent et se refermèrent plusieurs fois mais aucun son ne sortit de sa bouche. Elle semblait avoir perdu l'usage de la parole.

Cassie s'accroupit à côté d'eux.

— Nate, est-ce qu'elle va bien ?

Le regard fixe de Sara se tourna vers son amie.

— N'est-ce pas comme ça que le juge Harmon est mort ?

— Non, pas exactement.

Nate commença à se relever et aida Sara à en faire autant.

— Que s'est-il passé, Cass ? demanda-t-il.

— On dirait qu'un produit chimique a été appliqué sur le marteau, ou sur son socle. Peut-être même sur les deux.

En voyant les narines de sa sœur se dilater, Nate comprit qu'elle s'en voulait pour ce qui était arrivé à son amie en sa présence.

Elle n'était pas la seule.

— Noah est en train de récupérer les pièces à conviction dans des sacs à scellés. La police scientifique va les examiner et identifier les substances chimiques, dit Cassie en se relevant. J'ai demandé à l'huissier d'évacuer la salle et j'ai dit aux McNulty et à Mme Parsons que vous reprogrammeriez leur procès à une date ultérieure, mais que la prochaine fois, les oies ne seraient pas admises dans la salle d'audience. Nate, pendant que nous terminons ici, tu pourrais ramener Sara à la maison. Vous voulez qu'un adjoint vous accompagne ?

— Oui, je veux bien. On ne sait jamais.

Tandis que Cassie regagnait le centre de la salle presque vide,

Nate passa un bras autour des épaules de Sara et l'entraîna vers le cabinet du juge. Une fois à l'intérieur, il referma la porte et elle s'appuya contre lui, toute tremblante.

Pourquoi mon cœur bat-il si fort ? s'interrogea-t-il.

Même quand il s'était retrouvé au milieu d'une fusillade ou sur une route déserte avec une meute de chiens enragés à ses trousses, son rythme cardiaque n'avait pas été aussi élevé. La seule variable ici était Sara.

— Tu es en état de choc, dit-il en la guidant vers une chaise. Tu ferais mieux de t'asseoir.

Sara s'écarta de lui.

— Je ne veux pas m'asseoir. Et je ne suis pas en état de choc, répliqua-t-elle en insistant sur la négation. Je suis furieuse !

Nate poussa un profond soupir.

— J'ai fait le tour de la salle avant l'audience pour m'assurer qu'il n'y avait aucun danger, mais je n'ai pas pensé à soulever le marteau, dit Nate. C'est une négligence grave que je vais avoir du mal à me pardonner.

— Si tu avais touché à ce marteau, tu aurais pu être grièvement blessé. Je suis contente que tu ne l'aies pas fait, déclara Sara d'un ton radouci.

— Mais c'est mon boulot. Celui qui a trafiqué ce marteau ne l'emportera pas au paradis, crois-moi ! Je vais tout faire pour le démasquer.

— Retrouve-le, ce salopard, dit Sara, dont les yeux bleus évoquaient de nouveau des glaciers. C'était mon heure de gloire, ma première fois sur le banc, bon sang ! Et une espèce de psychopathe cherchant à se venger de Dieu sait quoi a tout fait foirer. Et comme si cela ne suffisait pas, c'est le marteau de mon grand-père qu'il a fait exploser. Papy me l'a offert quand il a pris sa retraite, une manière de me passer le flambeau et de me montrer qu'il croyait en moi et savait qu'un jour je deviendrais juge à mon tour.

Ses yeux s'emplirent de larmes mais elle les sécha du dos de la main.

— Je tenais beaucoup à ce marteau. Celui qui l'a détruit va le payer !

En entendant ces mots, Nate admit intérieurement qu'il était toujours aussi nul en psychologie féminine.

Sara commença à déboutonner sa robe.

— Heureusement qu'elle n'a pas pris feu, dit Nate en esquissant un geste dans sa direction.

— Tu sais pourquoi ? demanda-t-elle avec un petit sourire satisfait. Parce que ce lainage très fin que tu trouvais horriblement cher est non seulement confortable en toutes saisons mais aussi ignifuge. Contrairement à cette robe bon marché en polyester que tu voulais me faire acheter.

S'il y avait une chose que Nate avait apprise au cours de ses brèves relations amoureuses, c'était qu'à certains moments, il valait mieux la fermer.

— Avant de partir, je vais passer aux toilettes pour m'asperger le visage d'eau froide, dit Sara.

— Attends !

Nate s'empressa d'aller jeter un coup d'œil dans les toilettes, ce qu'il aurait dû faire dès qu'ils étaient entrés dans le bureau.

Il poussa la porte, alluma la lumière et se figea.

Le message qu'il vit dans le miroir était inscrit sur le mur près de la porte. Se carrant dans l'embrasure, il essaya de faire en sorte que Sara ne le voie pas, mais il ne réussit pas à la dissuader d'entrer. Elle était juste derrière lui et le poussait.

— Qu'est-ce qu'il y a ?

Il entra dans les toilettes pour lui dégager le passage. Puis ils fixèrent tous les deux le mur. Le message semblait avoir été écrit à la peinture rouge, mais à en juger par l'odeur métallique, Nate comprit qu'il s'agissait de sang. Tout frais. Le message n'avait pas encore eu le temps de sécher. Ils avaient de toute évidence raté le harceleur de quelques minutes, voire de quelques secondes.

TU AS TOUJOURS TOUS TES DOIGTS ?

7

— Tu es prêt à rouler ? demanda Sara en tendant une tasse de café à Nate dès qu'il entra dans la cuisine.

Sa première semaine en tant que juge venant tout juste de prendre fin, elle avait décidé de s'attaquer ce week-end à sa liste de choses à faire.

Nate se passa les doigts dans les cheveux, faisant se dresser plusieurs mèches sur sa tête.

— *Encore* une virée shopping ? Il n'y a pas un seul soir où nous ne sommes pas passés à la quincaillerie ou au magasin général en sortant du tribunal parce qu'il te manquait quelque chose pour ton vaste projet de rénovation de la maison. De quoi donc as-tu encore besoin ?

— Je vais te montrer.

Elle le saisit par les épaules, le fit pivoter sur ses talons et le poussa jusqu'à la salle à manger.

Longeant la table, Nate balaya du regard les petits pots d'échantillons de peinture, les nuanciers et les fournitures diverses qui étaient posés dessus, ainsi que les gros seaux de peinture alignés contre le mur.

— Laisse-moi deviner. Tu as changé d'avis et choisi d'autres couleurs, c'est ça ? Donc il te faut de nouveaux échantillons ?

— Pas encore, répondit Sara, qui cachait quelque chose dans son dos.

Elle attendit qu'il se retourne pour lui brandir sous le nez un rouleau en mousse.

— Tada ! lança-t-elle. Tu es prêt à *rouler* ? demanda-t-elle de nouveau en gloussant.

Nate se laissa tomber sur une chaise et posa sa tasse sur la table.

— Tu vas vraiment me mettre au boulot un samedi ? J'avais prévu de regarder un match de hockey à la télé.

— Si je dois rester enfermée dans cette maison indéfiniment, et n'en sortir que pour aller au palais de justice, je tiens à la rénover à mon goût. Et puisque tu es là, eh bien, oui, je te mets à contribution pour m'aider à tout repeindre !

Nate lui jeta un regard noir avant de pousser un soupir résigné.

— D'accord, concéda-t-il de mauvaise grâce. Mais je prends mon petit déjeuner d'abord.

— C'est une excellente idée. Pas question de commencer la journée le ventre vide ! Je vais t'accompagner.

Il ne dit rien mais lorsqu'il passa devant elle pour gagner la cuisine, le regard torve qu'il lui lança parla pour lui.

— Merci, murmura Sara en lui emboîtant le pas.

Il grommela quelque chose qu'elle ne comprit pas mais cela valait peut-être mieux.

Une heure plus tard, des bâches en plastique recouvraient les appareils électroménagers et les plans de travail de la cuisine, les moulures en bois naturel avaient été protégées par du ruban adhésif, et Nate était bel et bien en train de repeindre les murs au rouleau. Reculant d'un pas, il pencha la tête sur le côté.

— Je continue de penser que nous devrions tout repeindre en blanc, dit-il.

— Le blanc, ça manque de peps. Une cuisine doit être joyeuse et chaleureuse, déclara Sara en s'écartant du mur qu'elle était en train de repeindre en jaune pâle.

— Ce jaune n'est pas d'une gaieté folle, fit remarquer Nate.

— Il égaie la pièce sans pour autant nous éblouir, répliqua-t-elle en reposant son rouleau. C'est la teinte parfaite. Comme si on avait pressé un demi-citron dans un pot de peinture blanche.

Nate leva les yeux au ciel.

— Et à la valeur de revente, tu y as pensé ?

— La *valeur de revente* ? On croirait entendre un agent immobilier ! railla-t-elle en lui tendant une bouteille d'eau, avant de dévisser le bouchon de la sienne.

Délimitant soigneusement la zone à peindre autour de l'encadrement de la fenêtre, Nate répondit :

— Comme je te l'ai dit, j'ai regardé pas mal d'émissions et de tutoriels consacrés à la rénovation de maisons.

— Je viens d'emménager, alors la valeur de revente, je m'en fiche un peu. D'autant plus que cette maison ne sera jamais vendue. C'est la résidence du juge, je te rappelle. Le prochain juge sera libre de repeindre tous les murs, si ça lui chante.

Après quelques minutes de silence pendant lesquelles chacun d'eux se concentra sur sa tâche, Nate déclara :

— Tu as été vraiment impressionnante au tribunal, cette semaine. On n'aurait jamais deviné que c'était la première fois que tu officiais en tant que juge.

Nate cherchait-il à faire la paix ? se demanda Sara, décontenancée par son compliment.

— Merci, répondit-elle sans se retourner. Toi aussi, tu t'es montré très performant dans ta mission de protection, ajouta-t-elle après un nouveau silence. Je sais maintenant pourquoi ton agence de sécurité a autant de succès.

— Le fait que tu te montres plus coopérative me facilite grandement la tâche, répliqua Nate en se rendant compte trop tard que ce qu'il venait de dire pouvait être équivoque. Mais merci, bredouilla-t-il, un peu gêné.

— Mon harceleur semble s'être calmé. Cela fait un moment qu'il ne s'est pas manifesté.

Sara ne savait pas si elle devait s'en réjouir ou au contraire s'en inquiéter. Mais paradoxalement, plus le temps passait sans nouvel incident lié au harceleur, et plus elle se sentait nerveuse.

Elle retenait son souffle chaque fois que son téléphone bipait, et elle ne pouvait s'empêcher de jeter un coup d'œil par la fenêtre, entre les rideaux entrouverts, avant de s'aventurer dehors. Et cela la mettait en rage. Elle ne supportait pas que sa vie soit perturbée par ce qui ne semblait être rien de moins qu'une incarnation du mal.

Après avoir inspiré et expiré à fond, Sara s'efforça de chasser de son esprit ces pensées négatives. N'ayant aucun contrôle sur les faits et gestes de son harceleur, elle avait besoin de se concentrer sur des choses qu'elle *pouvait* contrôler. Et l'une d'entre elles se trouvait être la maison. Il lui semblait inenvisageable d'habiter dans cette maison sans essayer de faire ce qu'il fallait pour s'y sentir bien.

Quand ils eurent fini de repeindre la cuisine, Sara demanda :

— Tu veux un sandwich ?

— Oui, volontiers, répondit Nate en rassemblant dans un seau les rouleaux et pinceaux qu'ils avaient utilisés. Je vais aller rincer tout ça dehors au jet.

Sara apporta dans la salle à manger tous les ingrédients nécessaires à la confection des sandwichs. Ayant anticipé le fait que la cuisine serait difficilement accessible pendant les travaux, elle avait stocké dans une glacière quelques denrées de base. Lorsque Nate reparut, deux assiettes bien garnies étaient posées sur des sets de table neufs, et Sara était tranquillement assise devant l'une d'elles. Deux bouteilles de thé glacé attendaient sur des dessous de verre.

— Waouh, ça a l'air super ! s'exclama Nate en se glissant sur la chaise en face d'elle. Tu sais, je pense que tu avais raison à propos du jaune, finalement. La pièce est bien plus lumineuse.

Sara ouvrit le paquet de chips et en versa dans son assiette.

— Exactement. En blanc, elle faisait vraiment fadasse.

Nate se fourra une poignée de chips dans la bouche.

— Et contre toute attente, il se marie super bien avec la cuisinière verte.

Elle rigola.

— C'est une plaisanterie, j'imagine. N'empêche que c'est peut-être pour ça que j'ai choisi le jaune.

Ils mangèrent en silence pendant quelques minutes puis Nate demanda :

— Ça te dérange si je te pose une question ?

Le bout de pain que Sara était en train d'avaler atterrit dans son estomac comme une pierre. Par expérience, elle savait que toute question qu'on n'osait pas poser sans demander la permission au préalable annonçait en général une conversation gênante.

— Je t'écoute.

— Pourquoi est-ce si important pour toi de devenir juge de district ?

Sara tripotait les chips dans son assiette. Son choix de carrière n'avait assurément rien à voir avec ses parents. Leur seule influence avait consisté à lui donner l'exemple de ce qu'il *ne fallait pas* faire dans la vie, et elle évitait autant que possible de parler d'eux. Certes, de l'eau avait coulé sous les ponts, depuis, mais c'était de l'eau sale.

— Je pense que cela remonte à ma petite enfance. Je n'ai jamais été aussi heureuse que pendant les étés que j'ai passés chez mon grand-père. À l'époque, il était juge de district dans le comté de Hudson, au nord-ouest d'Austin, et il me laissait souvent l'accompagner au tribunal quand j'étais chez lui.

Levant les yeux, elle s'aperçut que Nate était suspendu à ses lèvres.

— J'adorais tout ce qui était lié à son travail. Le bâtiment en pierre, le silence respectueux dans la salle d'audience, même le bureau dans son cabinet, sur lequel jamais rien ne traînait.

Nate hocha la tête, comme s'il comprenait.

— Et donc tu as voulu le rendre fier en suivant ses traces ?

Il ne comprend pas, en fait, songea-t-elle. Or elle avait envie qu'il comprenne, qu'il *la* comprenne.

— Je ne vais pas mentir et prétendre que je me fiche pas mal de ce qu'il pense de moi. Mais ce n'est pas pour ça que je voulais devenir juge.

Elle but quelques gorgées de thé, cherchant les mots justes.

— Papy a toujours été un homme moralement irréprochable. C'était un juge impartial, doté d'un grand sens de l'équité. Il était à la fois sévère et compatissant, et veillait à ce que justice soit rendue le mieux possible. Voilà ce qui m'a motivée à embrasser à mon tour la profession. Je veux donner un sens à ma vie. Comme lui, je veux apporter quelque chose à la société, apporter ma pierre à l'édifice.

— Ça a l'air d'être un sacré bonhomme, ton grand-père !

Le ton sincère de Nate lui fit chaud au cœur.

— J'adorerais le rencontrer un jour, ajouta-t-il.

Sara sourit.

— Pour cela, il faudrait que j'arrive à le convaincre de venir me rendre visite pendant que je suis ici. Et, euh, que tu sois toi-même à Resolute à ce moment-là.

Nate se fourra une chips dans la bouche.

— Le jour de ton arrivée, tu as dit que prendre ce poste de juge de *comté* était un moyen d'arriver à tes fins. Est-ce que le fait de vivre à Resolute te pèse tant que ça ?

Sara gonfla ses joues, furieuse contre elle-même. Elle n'avait pas voulu dénigrer la ville natale de Nate.

— Ce n'est pas ce que je voulais dire. Il n'y a rien de mal à être juge de comté dans une petite ville. Je vois plutôt cela comme un tremplin vers le but que je me suis fixé lorsque j'avais douze ans.

— Ce poste n'est donc pas nécessairement un tremplin. Je sais qu'il existe différents types de tribunaux, mais tu as d'ores et déjà réalisé ton rêve de devenir juge. Et un juge qui a su se faire respecter de tous en un temps record, à en juger par l'accueil que tu reçois partout en ville. Tu t'es fait plein d'amis. Tu as même une grande maison rien que pour toi. Qui serait assez sot pour quitter tout ça ?

— Tu peux parler, toi qui t'apprêtes à déménager en Californie !

Sara avait prononcé ces mots d'un ton désinvolte mais elle observait Nate avec curiosité. Puisqu'il allait bientôt retourner dans le Golden Gate, comme on surnommait cet état de la côté ouest, pourquoi se souciait-il qu'elle reste ou non à Resolute ?

Il repoussa son assiette et se mit à pianoter en rythme avec ses pouces sur le bord de la table.

— En fait, j'habite déjà là-bas. Je suis revenu temporairement.

— Pourquoi la Californie ? Qu'y a-t-il, là-bas, de si attirant ? Le climat, la richesse, les femmes ?

Nate éclata d'un rire tonitruant.

— Je me trouvais sur la côte Ouest quand j'ai lancé ma boîte, tout simplement.

Se levant, il ramassa les assiettes, mettant ainsi fin à la conversation sans avoir répondu à la deuxième question.

C'était gonflé de sa part, songea Sara. Il ne se gênait pas pour l'interroger sur sa vie personnelle mais quand il s'agissait de révéler quoi que ce soit le concernant, il n'y avait plus personne.

Oh ! et puis on s'en moque de ce qui l'a attiré en Californie !

Sauf qu'elle, elle ne s'en moquait pas autant qu'elle l'aurait voulu. Lorsqu'elle constata qu'elle était assaillie par des images de pin-up en bikini affichant leur plastique de rêve et leur bronzage intégral sur les plages de sable blond et au bord des piscines, elle changea de sujet.

— Avant de repeindre la salle du petit déjeuner, je pense que nous devrions commencer par monter au grenier toutes les monstruosités qui encombrent inutilement le rez-de-chaussée.

Elle guetta sa réaction. Bien qu'habituée à employer des gens pour effectuer à sa place des tâches ingrates, Sara se demandait jusqu'où elle pourrait aller avant que Nate l'envoie promener.

— Donne-moi cinq minutes pour voir où en est le match, et je suis tout à toi, dit-il avant de monter à l'étage.

Comme promis, il la retrouva devant la porte d'accès au grenier, à l'extrémité opposée du couloir par rapport à la chambre principale. Sara le précéda dans l'escalier montant dans les combles qui s'étendaient sur l'ensemble de la maison. Ils pouvaient se tenir debout presque partout, ne se baissant que dans les parties mansardées.

— Hum. On dirait qu'on a déjà remisé ici pas mal de *monstruosités*, dit Sara en s'emparant d'un bol façonné dans une carapace de tortue.

Nate désigna un tas de vieilles poupées posées sur un guéridon, les yeux grand ouverts.

— Regarde-moi ça ! Elles fichent carrément la trouille.

— J'ai encore plus flippant, déclara Sara en lui faisant signe de s'approcher d'un berceau d'un autre siècle.

Des couvertures mangées aux mites recouvraient partiellement une poupée.

— J'ai suivi un cours sur l'époque victorienne à la fac et peux donc te dire qu'il s'agit d'une poupée funéraire.

Nate se pencha au-dessus du berceau.

— Qu'est-ce qu'elle a de particulier ? demanda-t-il.

— C'est une effigie en cire. La réplique exacte d'un enfant décédé, expliqua Sara, la bouche sèche. Peut-être le fils du propriétaire originel de cette maison.

— Cette chose aurait sûrement sa place dans un musée. Ce qui est sûr, c'est que personnellement je ne vivrais pas ici en sachant qu'elle traîne juste au-dessus de ma tête.

— Je vais me renseigner. Peut-être que Cassie saura qu'en faire, dit Sara en poussant contre un mur un mannequin de couturière défraîchi. Tu ne trouves pas étrange qu'aucune des familles qui ont habité ici ne s'en soit débarrassée ?

Nate haussa les épaules.

— Peut-être qu'une malédiction pèse sur ce truc et que, si tu le retires de la maison, il revient pour se venger.

Il laissa échapper un rire diabolique et attrapa Sara par-derrière.

Surprise, elle poussa un cri et balança ses bras en arrière pour le repousser, le frappant par inadvertance au visage. Elle fit volte-face et vit, horrifiée, qu'il avait une main sur son œil gauche.

— Ce n'est rien, lui assura-t-il très vite en baissant la main.

Son œil était rouge et larmoyait.

— Tu l'as bien cherché. Tu m'as fichu une de ces trouilles.

Sara examina son œil, qui était tout injecté de sang.

— Tu ferais quand même mieux d'aller le rincer, histoire de vérifier qu'il n'y a pas de poussière dedans.

Elle frotta ses mains sur ses cuisses lorsqu'elle s'aperçut qu'elles étaient toutes sales.

— Je t'assure que...

— Va te rincer l'œil. Et regarder ensuite le reste de ton match de hockey. Je vais me débrouiller pour monter le bric-à-brac qui est en bas.

— Si tu es sûre, je te laisse. Ça me brûle un peu.

— Sûre et certaine, dit-elle en le poussant vers l'escalier.

Il se retourna et elle remarqua au coin de ses lèvres l'esquisse d'un sourire. Elle s'était bien fait avoir. Mais pas question de se mettre en colère. Elle allait se venger. Le tribunal était fermé toute la semaine pour Thanksgiving, et Nate Reed allait passer les quatre prochains jours à manier le rouleau dans toute la maison.

8

Sara et Nate arrivèrent au ranch juste avant midi le jour de Thanksgiving. Elle se pencha vers lui depuis le siège passager de son pick-up pour regarder la façade de la maison.

— C'est normal que la porte soit grande ouverte ? s'étonna-t-elle. Est-ce juste un signe d'hospitalité ou une attention réservée aux invités de marque ?

Nate haussa les épaules.

— Avec ce beau temps et tous les bons petits plats qui mijotent dans la cuisine, je suppose qu'Adam a ouvert pour aérer.

Remarquant sans doute son visage fermé, il ajouta :

— Il n'en demeure pas moins que tu *es* une invitée de marque.

Lorsqu'elle l'avait questionné sur la raison pour laquelle la porte était ouverte, elle plaisantait à moitié, cherchant plus ou moins un compliment, aussi sa réponse lui donna-t-elle satisfaction. Dès qu'ils descendirent du pick-up, des odeurs très appétissantes les enveloppèrent.

Nate les huma avec gourmandise.

— Mmm, mmm ! On a bien fait de sauter le petit déjeuner.

Pour ne pas arriver les mains vides, Sara, à qui on avait formellement interdit d'apporter à manger, s'était rabattue sur des fleurs. Son estomac gargouillait.

— Heureusement que tu m'avais prévenue ! Mais dis-moi, c'est quoi, tout ce boucan, à l'intérieur ? On dirait un troupeau de bébés éléphants.

Nate se mit à rire.

— Bienvenue à ton premier repas de Thanksgiving chez les Reed ! Pas sûr que tu en ressortes vivante, mais je te promets que tu ne vas pas t'ennuyer.

— Je veux bien te croire.

Quelques instants avant qu'ils franchissent le seuil, Noah annonça leur arrivée.

— Sara et Nate sont enfin là ! clama-t-il.

— Comment a-t-il su ? demanda Sara, intriguée.

— Bien que nous ne soyons pas des jumeaux monozygotes, nous avons cette connexion spéciale propre aux jumeaux.

Cassie vint les accueillir et serra Sara dans ses bras.

— Quelle magnifique corbeille de fleurs !

Sara lui tendit la composition florale.

— C'est ma contribution puisque je n'ai pas eu le droit d'apporter un plat.

— Et pour cause ; il y a déjà à manger pour un régiment. Merci pour les fleurs, en tout cas. Donne-moi juste une minute pour faire de la place sur la table.

Cassie fila dans la salle à manger, laissant Sara retirer sa veste et, suivant l'exemple de Nate, l'accrocher au portemanteau surchargé à côté de la porte d'entrée.

Le salon était bondé. Bishop et Bree se disputaient la télécommande de la télévision et se chamaillaient au sujet de l'équipe de football qui l'emporterait aujourd'hui. Rachel et une femme plus âgée se tenaient au pied de l'escalier.

— Sara, appela Rachel en lui faisant signe de venir. Je te présente ma mère, Martina.

Martina tenait dans ses bras la petite Daisy, qui dormait paisiblement.

— J'ai entendu le plus grand bien de vous, dit-elle en adressant un sourire à Sara.

— Merci, répondit celle-ci sans pouvoir s'empêcher de rougir.

Elle regarda la petite fille d'un an endormie sur l'épaule de sa grand-mère, et fut submergée par une émotion étrange qu'elle aurait été bien incapable de nommer.

— Comment peut-elle dormir avec tout ce vacarme autour d'elle ? demanda-t-elle.

— Merci, mon Dieu, pour ces moments de répit, murmura Rachel.

Le grand frère de Daisy, Brad, jouait par terre avec ses petites voitures. De temps à autre, il bondissait et fonçait à l'étage pour redescendre une minute plus tard avec une nouvelle voiture.

Noah faisait la navette entre la cuisine et le salon, rapportant des boissons pour tout le monde, tandis qu'Adam, supposa-t-elle, surveillait ses casseroles. En tout, ils étaient onze, bien plus nombreux que dans les réunions familiales auxquelles il lui avait été donné d'assister jusque-là.

— Assieds-toi, suggéra Noah en lui tendant un verre de vin blanc. Il paraît que tu aimes le riesling. Donc j'en ai mis plusieurs bouteilles au frais.

— Merci. C'est en effet mon vin préféré.

Dès la première gorgée, Sara sentit refluer son anxiété sociale, que l'accueil chaleureux qu'elle avait reçu avait déjà bien atténuée. Elle prit place dans l'énorme fauteuil inclinable en cuir tandis que Nate se casait tant bien que mal sur le canapé entre Noah et Bishop en poussant un petit gémissement.

— Tu as l'air à peu près aussi en forme que le lendemain des matchs de foot au lycée, railla Noah en lui tendant une bière.

— Je suis effectivement dans un état assez proche, admit Nate en se tortillant sur le canapé pour trouver une position plus confortable.

Sara lui décocha un sourire sardonique, consciente d'être à l'origine de ses courbatures. Il lui lança un regard mauvais.

— J'ai passé les cinq derniers jours à repeindre les murs de la maison, à monter des trucs au grenier et à déplacer des meubles.

Sara écarquilla les yeux, feignant l'innocence.

— Que de jérémiades pour pas grand-chose ! Si j'avais su que tu en ferais toute une histoire et gémirais comme un bébé, je...

— Il ne faut pas oublier que c'est le petit dernier, dit Noah en gloussant, ce qui lui valut un regard noir de son jumeau, plus jeune de trois minutes.

Hilare, Bishop décroisa les jambes pour éviter de poser sa chaussure sur le genou de Nate.

— Et comment se passe ta mission de protection, avec tout ça ? demanda-t-il.

— Elle est au point au mort. Il n'y a pas eu de nouveaux textos ni d'incidents la semaine dernière, ce qui nous met encore plus à cran.

Posant la tête sur le dossier du canapé, Nate ferma un instant les paupières. Sara en profita pour scruter son visage, remarquant que les deux petites rides qu'il avait sur le front s'étaient creusées ces derniers jours. Pour la première fois, elle prit conscience qu'elle lui causait bien des soucis.

— Il faut dire que nous traquons un harceleur particulièrement retors, continua Nate.

Bishop but une gorgée de son maté glacé.

— C'est ce que me disait Cassie. D'habitude, elle ne parle pas de son boulot en dehors du bureau, mais cette affaire la turlupine. J'ai cru comprendre qu'elle voulait vous parler à tous les deux d'un truc concernant les condamnations à des peines de prison.

Sara en conclut que ses problèmes affectaient aussi Cassie, ainsi qu'Adam et Noah, et tous leurs proches, dans une moindre mesure. Et dire qu'elle pensait être seule pour affronter tout ça !

Avoir toute une famille derrière elle était quelque chose de nouveau, et elle trouvait l'idée à la fois agréable et gênante. Car elle n'avait aucun lien de parenté avec les Reed. Et elle s'était toujours débrouillée seule, sans l'aide de personne. Et pourtant…

— Super ! dit Nate. J'espère qu'elle et Adam ont découvert quelque chose qui va nous permettre d'avancer.

Nate prit quelques noix de pécan dans le ravier que Noah avait dans la main et s'en fourra une dans la bouche. Puis, changeant complètement de sujet, il demanda à Bishop :

— Et toi, tu en es où ? Tu as enfin une piste susceptible de nous mener à notre mère ?

Cassie reparut avec la corbeille de fleurs et la posa sur un joli dessus de cheminée brodé main.

— Désolée, Sara. La table est surchargée de victuailles. Il n'y a pas de place pour l'instant pour ta corbeille.

— Pas de problème. Je n'avais pas pensé à ça.

Les centres de table étaient adaptés aux repas de fête de son enfance parce qu'il y avait moins de plats et moins de convives. Mais aux compositions florales sophistiquées, elle préférait de loin la compagnie de gens aimants.

Bishop hocha la tête en réponse à Nate.

— J'ai peut-être une piste, mais je vais devoir partir en voyage pour la vérifier, dit-il avec un petit sourire contrit à l'intention de sa femme. Cassie préfère que j'attende la fin de ce week-end prolongé pour partir.

— Elle a raison. La circulation est toujours infernale pendant les congés de Thanksgiving. Tiens-moi au courant, dit Nate avant de se lever. Noah, tu veux une bière ?

— Quelle question ! Évidemment que je veux une bière ! D'autant plus qu'aujourd'hui, il y a le foot.

Tout en parlant, il s'empara de la télécommande et changea de chaîne, passant d'un match de foot à un autre, au milieu d'un concert de protestations.

— Calmos ! Je regarde juste le score et je remets l'autre.

Bishop s'esclaffa.

— Je pense qu'aujourd'hui, il y a peut-être plus important que le foot, non ?

— Tu parles du défilé ? demanda Noah avant d'éclater de rire.

— Je te rapporte une bière, dit Nate en se levant, les laissant à leur discussion sur la signification de cette fête de Thanksgiving.

Sans trop savoir pourquoi, Sara se leva à son tour et le suivit. Peut-être à cause de l'expression indéchiffrable qu'elle avait surprise sur son visage alors qu'il quittait la pièce. Il semblait préoccupé par quelque chose, et elle ne voulait pas que ses problèmes de harcèlement ne s'invitent à la fête et ne lui gâchent la journée.

Elle traversa la cuisine, s'arrêtant un instant pour humer les arômes qui s'échappaient des casseroles et qui lui mirent l'eau à la bouche, puis elle rejoignit Nate dans le patio.

Il était en train d'extirper une bouteille de bière bien fraîche d'une grande bassine en acier galvanisée posée près de la porte. Passant devant lui, elle observa Rachel, qui jouait au ballon avec son fils, tandis que Martina restait à l'ombre, tenant toujours Daisy, maintenant bien réveillée, sur sa hanche. Assis dans un fauteuil de jardin, Adam contemplait la scène idyllique avec un sourire attendri sur les lèvres.

Sara se souvenait vaguement d'Adam lors de sa première visite, bien des années plus tôt. Monsieur Sérieux, comme elle l'avait surnommé à l'époque, vivait maintenant en couple avec Rachel, dont il était amoureux depuis le lycée, et les deux adorables enfants de celle-ci.

Sara n'avait jamais songé à fonder une famille. Elle n'avait jamais été en couple assez longtemps pour l'envisager. De plus, elle ne savait absolument pas comment être une bonne mère, et elle ne voulait pas risquer de faire vivre à ses enfants une enfance aussi lamentable que celle qu'elle-même avait vécue. Certes, elle n'était peut-être pas une jet-setteuse, contrairement à ses parents, mais elle faisait passer sa carrière avant tout le reste. L'idée d'avoir des enfants avait toujours été un concept vague et nébuleux, qu'elle préférait reléguer dans un lointain avenir.

Martina posa Daisy par terre et, en voyant la fillette agripper le doigt de sa grand-mère et la tirer vers Brad, Sara fut frappée en pleine poitrine par l'envie soudaine d'avoir un enfant. Elle pensa que la petite, qui marchait en se dandinant dans son adorable salopette, avait dû l'attendrir et susciter en elle cet étrange désir d'enfant. Elle s'empressa de se ressaisir et se servit un second verre de vin, quelqu'un ayant eu la présence d'esprit de mettre le riesling au frais dans la bassine.

— Hé, Nate, dit Adam. Prends une chaise pour Sara et venez donc tous les deux vous asseoir avec moi un petit moment.

Pendant que Nate partait chercher une chaise comme le lui avait suggéré son frère aîné, Sara félicita Adam.

— Tu as une jolie petite famille.

— C'est un peu dingue, non ? Un jour, je suis célibataire, et le lendemain, me voilà presque marié avec deux enfants. Mais je suis sacrément chanceux. Martina est la belle-mère idéale, Brad et Daisy sont formidables, quant à Rachel, elle est toute ma vie.

Qu'est-ce que cela faisait d'être toute la vie de quelqu'un ? se demanda Sara, rêveuse.

Nate revint avec deux chaises. Une fois qu'ils furent installés, Adam but une gorgée de sa bière et, sans quitter des yeux Rachel et les enfants, se mit à bavarder avec eux. Puis il demanda à Nate :

— Du nouveau au sujet du harceleur ?

La grimace de Nate n'échappa pas à Sara.

— Non, rien. Mais quelque chose me dit que ce salopard est toujours dans le coin.

— C'est ce que Cassie et moi pensons aussi. Nous avons quelques suspects à vous soumettre, mais pour être tout à fait franc, aucun d'entre eux n'est vraiment convaincant.

Sara s'efforça, tout comme Nate, de ne rien laisser paraître de sa déception.

— En procédant par élimination, nous pourrions au moins en disculper certains, suggéra-t-elle.

— C'est l'idée, dit Adam en se levant.

— Après manger ? proposa Nate.

— Ou entre les matchs de foot. On tendra l'oreille pour ne pas manquer les reprises.

Nate souleva le couvercle du gril, dans lequel cuisait un assortiment de légumes.

— Je pensais que cette année, je ne me compliquerais pas la vie, que je ferais rôtir la dinde et que chacun apporterait quelque chose pour l'accompagner. Mais finalement, je me retrouve quand même à griller des légumes spécialement pour Bishop.

— Si dans cette famille, vous n'aviez pas la fâcheuse habitude de mettre de la saucisse et du bacon partout, je pourrais manger comme tout le monde, répliqua Bishop en se penchant au-dessus du gril pour sentir l'odeur qui s'en échappait. Mais je suis plutôt content, en fin de compte, que tu me prépares mes légumes à part, parce que ce sont les meilleurs que j'aie jamais mangés. Tu es un as du gril, Adam. Un type décidément bourré de talent.

Ce disant, Bishop attrapa son beau-frère par le cou et lui claqua une bise sur la joue.

— Que vois-je ? s'exclama Noah en rejoignant le groupe. À peine revenu de ta lune de miel, Bishop, tu trompes déjà ma sœur ?

Cassie se pencha par la porte de la cuisine.

— Chéri, arrête de flirter avec mon frère ou on va tous finir dans une émission de téléréalité.

— Désolé, Cass, mais tu sais bien que je ne peux pas m'en empêcher, dit Bishop, qui avait le plus grand mal à garder son sérieux. Les légumes grillés d'Adam sont irrésistibles.

Un éclat de rire général dans le patio salua la repartie de Noah qui, une bière à la main, s'affala dans le fauteuil qu'Adam venait de quitter.

— Tu ne devais pas m'apporter une bière ? demanda-t-il à son frère. J'ai l'impression que dans cette maison, quand on veut quelque chose, on a intérêt à se servir soi-même.

Nate balaya le patio du regard.

— Où est Bree ? Je ne l'ai pas vue depuis notre arrivée.

— Ses patates douces manquaient un peu de cuisson, et comme ici il n'y avait pas de place dans le four, elle a décidé de finir de les cuire au bungalow.

— Alors ? Comment ça se passe entre vous deux ? demanda Nate à son jumeau. Vous vous plaisez dans le bungalow d'Adam ?

— Et comment ! Il est génial, ce bungalow. On a invité Rachel à venir admirer le coucher de soleil aussi souvent que ça lui chante, confia Noah avec un sourire en coin. À condition qu'elle ne vienne pas avec Adam. Il pourrait changer d'avis et décider de rester.

Noah expliqua à Sara qu'il y avait de cela quelques années, Adam avait emménagé dans la plus grande des cabanes présentes sur la propriété, et qu'il l'avait entièrement rénovée. Mais comme elle n'avait qu'une chambre, et que Rachel avait deux enfants, Adam était finalement revenu habiter au ranch avec sa nouvelle famille. Noah et Bree avaient hérité d'un bungalow magnifique, digne de figurer dans une émission de télévision consacrée à la rénovation de maisons.

Tout le monde rit, sauf Nate, et Sara se demanda pourquoi.

Quinze minutes plus tard, Bree revint avec ses fameuses patates douces aux fruits secs et ils purent passer à table.

Le temps de découper la dinde et Adam arriva de la cuisine avec un grand plat, qu'il tint auprès de chaque convive pour qu'il puisse se servir.

Sara n'avait plus le moindre espace vide dans son assiette. Elle qui n'avait jamais participé à un repas de Thanksgiving rassemblant plus de deux ou trois personnes n'en revenait pas d'une telle abondance. Elle avait eu de toute évidence les yeux plus gros que le ventre et aurait eu honte d'avoir autant rempli son assiette si celles des autres n'avaient pas été encore plus chargées que la sienne.

— Un morceau de blanc, ça te va ? demanda Adam, avant de la servir généreusement par-dessus ce qu'elle avait déjà dans son assiette. L'an prochain, pense à garder de la place pour la dinde, conseilla-t-il, même si, je te l'accorde, quand tout est mélangé, ce n'est pas mauvais non plus.

— Je comprends mieux pourquoi tu ne voulais pas que Nate et moi apportions à manger, dit-elle à Cassie. Je suis surprise que la table puisse supporter une telle quantité de nourriture.

— Figure-toi que pendant longtemps, Adam préparait tout lui-même, dit Cassie en se servant des haricots verts au bacon et au fromage, qui étaient une spécialité de Rachel. Je n'aurais jamais pensé qu'il rechignerait autant à passer la main.

Adam eut un claquement de langue.

— Si j'avais pu compter sur l'aide des jumeaux, ça ne serait jamais arrivé. Quant à toi, on sait tous que ta contribution consiste à passer au Busy B acheter à Marge une de ses tartes maison.

Cassie haussa les épaules.

— Que veux-tu, je n'ai pas que des qualités ! Et je suis consciente de mes faiblesses. La cuisine n'a jamais été mon fort.

— Nous pouvons tous en témoigner, déclara Noah. Si à l'âge de dix ans, Adam n'avait pas appris à cuisiner, nous serions tous morts de malnutrition avant la puberté.

En riant, Sara passa le plat de patates douces et but une rasade de riesling. Avec tout ce monde dans la salle à manger, la chaleur était si étouffante qu'Adam s'était résigné à mettre l'air conditionné, mais bien que tournant à plein régime, l'appareil avait du mal à climatiser la pièce.

Tandis que le repas se poursuivait, elle se rendit compte que l'appréhension qu'elle avait ressentie en arrivant s'était dissipée. En général, elle évitait les grands rassemblements parce que bavarder de tout et de rien avec les uns et les autres était quelque chose qu'elle détestait presque autant que de rester dans son coin, pendant que les autres discutaient, riaient et s'amusaient. Cette même crainte l'avait saisie aujourd'hui mais, entre les anecdotes familiales et les taquineries bon enfant, elle avait vite oublié sa nervosité.

De l'autre côté de la table, les yeux marron de Nate brillaient tandis qu'il levait son verre vers elle pour un toast silencieux. Elle leva également le sien et lui sourit. La chaleur qui l'envahit n'était imputable ni à la température de la pièce ni au vin, mais à toute cette ambiance familiale et amicale, et à Nate, qui la couvait des yeux.

— ... et il n'y avait rien à faire pour qu'il prête son jouet, conclut Martina en parlant de Brad, déclenchant un éclat de rire général.

Pour ne pas se faire remarquer, Sara rit comme les autres, mais elle s'était perdue dans le regard de Nate et n'avait pas écouté.

— Ce n'est pas le moment de flancher, Sara, dit Noah en désignant son assiette du bout de sa fourchette. Tu n'as pas mangé grand-chose.

— Je suis sur le point de m'endormir, assommée par tout ce

que j'ai bu et mangé, admit-elle en reposant ses couverts. Si tu n'as pas de Tupperware, je vais juste mettre un morceau de papier d'aluminium sur mon assiette.

— Vu tout ce qu'il reste sur la table, personne ne va repartir les mains vides, dit Cassie en riant.

— Mesdames, vous vous êtes toutes surpassées avec vos accompagnements, dit Adam en levant son verre. Je déclare que le repas de Thanksgiving sera désormais préparé collectivement, à la bonne franquette !

— Aux repas de Thanksgiving à la bonne franquette ! reprirent-ils tous en chœur.

— Et à Adam ! ajouta Bishop en levant son verre de thé glacé. Pour tous ses bons petits plats, en version standard et en version végétarienne !

— À Adam !

Sara trinqua avec les autres mais elle était ailleurs. Elle repensait à toutes ces fêtes qu'elle avait passées seule, depuis qu'elle était adulte. Elle se contentait de traîner chez elle en jogging et de passer des heures devant des séries télévisées en mangeant des plats de restaurants haut de gamme qu'elle se faisait livrer à domicile. Comment aurait-elle pu savoir qu'il y avait de bien meilleures façons de fêter Thanksgiving ? Sans cette invitation, elle n'aurait peut-être jamais découvert ce que c'était, ne serait-ce que l'espace d'une journée, que de faire partie d'une famille aimante.

Mais maintenant qu'elle avait vu ce que c'était, elle craignait de ne plus pouvoir s'en passer.

Se levant pour recevoir des applaudissements bien mérités, Adam consulta sa montre.

— Êtes-vous prêts pour un peu de football ? lança-t-il à la cantonade.

— C'est l'heure du football, s'écrièrent tous les convives en se levant à leur tour et en se dirigeant vers la salle de séjour.

Nate se retourna quand il remarqua que Sara n'avait pas suivi le mouvement. Toujours assise à table, elle semblait perplexe.

— On ne débarrasse pas d'abord ? demanda-t-elle.

— Ah, quelle novice tu es, Sara !

Passant devant elle, Noah fourra un morceau de dinde dans un petit pain qu'il trempa dans la sauce et posa sur une serviette en papier.

— Crois-moi, d'ici à la mi-temps, tout le monde sera revenu au moins une fois grappiller quelque chose à manger. Ce n'est pas vrai, Nate ?

— Si, confirma celui-ci en levant une bouteille de vin vide. Tu veux boire un coup ?

— Ce ne serait pas raisonnable. Je me contente généralement d'un seul verre.

— C'est un week-end de quatre jours. Lâche-toi un peu.

Elle sembla peser le pour et le contre.

— Oh ! et puis, pourquoi pas ?

Ils se rendirent à la cuisine et Nate attrapa une bouteille qu'il s'empressa de déboucher. Il remplit le verre de Sara puis sortit dans le patio pour se prendre une bière, heureux qu'elle reste avec lui au lieu de rejoindre les autres au salon.

— Je suis plein comme un œuf, déclara-t-il en se tapotant le ventre. Que dirais-tu d'une petite promenade digestive ?

Sara acquiesça.

— Ce serait super. Si je m'assieds, je risque de m'endormir.

— Mieux vaut éviter. Ce serait terriblement gênant que tout le monde t'entende ronfler.

— Qu'est-ce que tu racontes ? Je ne ronfle pas, voyons !

— Ah bon ? Alors je suppose que c'est un grizzly conduisant un bulldozer qui est à l'origine du bruit qui sort de ta chambre la nuit, dit Nate en réprimant un sourire. Il va falloir que je grimpe sur le toit pour fixer les bardeaux que tu as arrachés.

— Ha, ha, très drôle ! dit Sara d'un ton pince-sans-rire. Et moi qui pensais que le blagueur de la bande, c'était Noah...

Il lui adressa un sourire penaud.

— Il m'arrive de plaisanter, moi aussi.

— Pas assez souvent, répliqua-t-elle du tac au tac.

— Je te l'accorde, dit-il, amusé.

Il aimait la voir ainsi, les cheveux détachés et le sourire facile.

— Suis-moi. Je vais te faire visiter les lieux, proposa-t-il.

Il faisait un peu plus frais maintenant que le soleil déclinait, mais ni l'un ni l'autre n'avait besoin d'une veste. Marchant d'un pas tranquille, il lui fit contourner la maison, l'entraînant dans les champs qui entouraient le bâtiment principal.

Sara regarda autour d'elle.

— Vous avez plein d'arbres, s'extasia-t-elle.

— Principalement des chênes verts et des mesquites. Mais derrière la maison, nous avons aussi beaucoup d'arbres fruitiers et de pacaniers.

Sur le point de lui parler du ruisseau qui traversait la propriété, il se ravisa juste à temps. Ce ruisseau, Sara le connaissait. Elle savait que par une chaude journée de printemps, l'eau était d'une fraîcheur agréable, et que ses rives étaient bordées d'herbes et de fleurs sauvages suffisamment hautes pour cacher les ébats d'un couple d'amoureux.

Elle scruta son visage.

— On dirait que ça te gêne de parler de tout ça, fit-elle remarquer.

Craignant qu'elle n'ait lu dans ses pensées, il feignit de ne pas vraiment comprendre.

— Du ranch, tu veux dire ?

Nate s'enorgueillissait de la facilité avec laquelle il pouvait se montrer réservé et distant. Une compétence de survie nécessaire apprise très tôt, dès qu'il avait commencé à ne pas se conformer à ce à quoi son père le destinait. Aussi se demandait-il ce que Sara pensait voir quand elle le dévisageait de la sorte.

— Pas seulement du ranch, dit-elle.

Comme il ne répondait pas, elle ajouta :

— Ton visage te trahit, figure-toi.

— Rappelle-moi de ne jamais jouer au poker avec toi, plaisanta-t-il. Qu'est-ce que mon visage te dit, exactement ?

Il continuait de sourire mais sentait que le terrain était miné. Pour se donner du courage, il leva sa bière et en but une gorgée.

— Quand Noah expliquait pourquoi Adam était finalement revenu vivre au ranch, ton visage s'est fermé. Et quand il a parlé d'emménager dans le bungalow d'Adam avec Bree, tu as pris un air distant.

Elle arqua un sourcil et ajouta :

— Quand tu regardais Rachel jouer avec les enfants, tes yeux se sont embués et tu as soudain semblé complètement ailleurs.

Abasourdi, Nate cherchait désespérément que répondre. Comment Sara avait-elle pu aussi vite le percer à jour ? Se rendre compte de sa mélancolie ? Des regrets doux-amers qui le hantaient ? Personne d'autre ne les avait jamais remarqués et n'avait osé lui en parler.

Il n'avait aucune envie de patauger dans la boue de ses sentiments mais Sara était visiblement très impatiente d'entendre ce qu'il avait à dire. Peut-être était-ce le vin qui faisait briller ses yeux et rendait son regard si intense. Nate se convainquit cependant que c'était parce qu'elle se souciait de lui qu'elle le fixait ainsi. L'intérêt qu'elle lui portait leva toutes ses inhibitions.

— J'ai toujours eu l'impression d'être le vilain petit canard de la famille. Celui qui ne voulait pas être adjoint. Celui qui était exclu des conversations à table parce qu'elles tournaient autour de l'application de la loi. Celui qui ne revenait de Californie pour les vacances que pour envier le lien étroit de mes frères et sœur avec notre père et entre eux, leurs blagues qu'eux seuls pouvaient comprendre et leurs intérêts communs.

Il haussa les épaules comme pour se persuader que tout cela lui passait maintenant au-dessus de la tête.

— Les décisions que j'ai prises ont fini par mettre une barrière entre les autres et moi.

Tant et si bien qu'aujourd'hui, force lui était de constater qu'il restait à l'extérieur de l'énorme bulle transparente qui entourait ses frères et sœur et leurs conjoints. Ils avaient tous trouvé leurs moitiés, et avec la sienne, Adam avait récupéré deux enfants et une future belle-mère. Même Sara semblait plus à l'aise que Nate parmi eux.

— Il ne tient qu'à toi de changer tout ça, déclara Sara avec un petit sourire qui faillit le faire fondre. Mais en attendant, viens. Allons faire cette promenade.

Ils marchèrent en silence, chacun d'eux plongé dans ses pensées. Lorsque Sara trébucha et perdit l'équilibre, Nate la rattrapa par le bras.

— Quelle maladroite je suis ! gémit la jeune femme.

Elle leva les yeux vers lui en rougissant légèrement, comme à son habitude. Renonçant à se convaincre qu'il n'en avait plus rien à faire d'elle, Nate baissa lentement la tête, histoire de lui laisser le temps de dire non ou de le repousser. Mais elle ne fit ni l'un ni l'autre. Ses lèvres douces rencontrèrent les siennes dans un long et tendre baiser, une reconstitution presque parfaite de leur premier baiser, bien des années plus tôt.

Il finit par s'écarter. À regret.

— On ferait mieux de rentrer si on ne veut pas passer pour des personnes antisociales.

— Ou pire, anti-football, dit Sara avec un petit rire nerveux.

Ils regagnèrent le ranch main dans la main et en silence. Mais un silence qui, cette fois, était plein d'émotions non exprimées.

Au moment de la mi-temps, tout le monde se mit brusquement en branle. En un tournemain, la table fut débarrassée, les restes mis au frigo et les assiettes passées sous le robinet. Nate rit sous cape. Alors que d'habitude, c'étaient les jumeaux qui se chargeaient de la vaisselle, ce soir, Noah allait devoir tout faire tout seul.

À quelques minutes du coup d'envoi, Adam prit Sara et Nate à part.

— Cassie et moi vous proposons de venir nous retrouver demain au bureau du shérif pour passer en revue la liste des suspects. Pas question de faire ça maintenant ; il y a beaucoup trop de chahut.

— On aura l'esprit plus clair demain, déclara Sara en hochant la tête.

Nate se demanda si elle faisait référence à l'alcool qu'ils avaient ingurgité ou au baiser torride qu'ils avaient échangé.

— Qui veut de la tarte ? cria Cassie. Il y a aussi du café, pour ceux qui en boivent.

Tout le monde se rassembla autour de la table de la salle à manger, sur laquelle pas moins de quatre tartes différentes les attendaient.

— Bien que rien de tout cela ne soit très diététique, par quoi vas-tu te laisser tenter ? demanda Noah à Sara en lui tendant une assiette à dessert.

— Tu ne crois pas si bien dire, intervint Bishop. Tout ce sucre raffiné est un véritable poison.

Tous protestèrent et Noah leva les yeux au ciel.

— Fais donc taire cet ayatollah de la santé, Cassie.

— Ce n'est pas faute d'avoir essayé, crois-moi.

— Avec autant de choix, j'ai du mal à me décider, déclara Sara en faisant le tour de la table. Vous devez vraiment aimer la tarte.

Les autres se regardèrent et éclatèrent de rire.

— Qu'est-ce qu'il y a de si drôle ? demanda Sara.

— Tu n'avais qu'à être là, répondit Noah.

— La passion de Noah pour les tartes a failli compromettre les chances d'Adam et Rachel de se mettre en couple, expliqua Nate en l'attirant à lui. Je te raconterai ça plus tard, promit-il à mi-voix.

— Maintenant que tu as piqué ma curiosité, tu as intérêt à ne pas oublier, dit-elle en jetant son dévolu sur une part de tarte à la noix de pécan.

De retour devant la télévision avec le dessert et le café, le petit groupe regarda la seconde mi-temps en hurlant et en pestant chaque fois qu'il y avait un peu d'action sur le terrain.

Coincée contre l'accoudoir du canapé, Sara, un peu groggy, était avachie sur Nate.

— Et si je te ramenais à la maison ? suggéra-t-elle en levant les yeux vers lui.

— J'ai une meilleure idée. Et si *je* te ramenais à la maison, plutôt ?

— C'est une bien meilleure idée, en effet. J'aurais dû y penser.

Sara s'extirpa du canapé.

— Merci à tous pour ce magnifique repas de Thanksgiving.

Cassie la serra dans ses bras, puis Nate l'entraîna vers le porte-manteau et voulut l'aider à enfiler sa veste.

— Je ne pense pas en avoir besoin, dit-elle en pressant ses mains sur ses joues. Je suis bouillante.

— Juste pour me faire plaisir, insista Nate.

Elle se laissa faire. Il enfila sa propre veste et ouvrit la porte.

— Glagla ! C'est vrai qu'il fait froid, admit Sara.

Dans le pick-up, elle se blottit contre lui en attendant que le moteur chauffe.

Il ne regrettait pas de l'avoir embrassée. Pas le moins du monde. Mais maintenant, il devait se concentrer sur la raison pour laquelle ils étaient ensemble. Il était son garde du corps. Et elle, sa cliente. Point final.

Nate soupira. Ils allaient se retrouver seuls dans cette grande maison, lui brûlant du désir incandescent qu'avait allumé en lui le baiser torride qu'ils avaient échangé.

La nuit promettait d'être longue. Et solitaire.

9

Sur le trajet du retour après le repas de Thanksgiving, Sara s'abandonna à la douce félicité que lui procurait le sentiment d'appartenance dont elle venait de faire l'expérience chez les Reed. Avec toutes ces conversations animées, ces anecdotes familiales et ce joyeux chaos, elle n'avait quasiment plus su où donner de la tête, elle qui avait subi, durant toute son enfance, des repas terriblement ennuyeux avec ses parents égocentriques. Quand ils daignaient rentrer pour les fêtes. Si bien que finalement c'était en tête à tête avec son grand-père qu'elle avait le plus souvent fêté Thanksgiving. Et même si elle adorait le vieil homme, les fiestas chez les Reed étaient vraiment incroyables.

Elle s'en voulait un peu d'avoir laissé tomber son grand-père cette année, mais Papy avait beaucoup insisté pour qu'elle rejoigne ses amis. Bien qu'allant sur ses quatre-vingt-dix ans, il lui avait garanti qu'il serait là l'année d'après pour fêter Thanksgiving avec elle.

Son esprit vagabondant vers d'autres pensées, Sara se surprit à murmurer un petit « Hum » qui n'échappa pas à Nate.

— Hum quoi ? demanda-t-il en tournant la tête vers elle.

Les fragrances fraîches et boisées de son eau de toilette lui chatouillèrent les narines.

— Je pensais à cette histoire que Cassie a racontée au sujet de la première fois où elle a dîné avec Bishop. Ces deux-là semblent aussi dissemblables que possible et forment pourtant un couple formidable. Je me demande bien quel est leur secret.

— Oh ! mais je ne pense pas qu'ils aient un secret. Ils sont juste tombés amoureux l'un de l'autre. Tout est ensuite une question de compromis, dit Nate en haussant les épaules.

— Pour savoir par exemple s'ils vont manger du steak ou du tofu au dîner ? demanda Sara en riant. C'est un très gros compromis.

Dans la pénombre de l'habitacle du pick-up, le rire grave de Nate résonna.

— Oui, par exemple. Tu m'as l'air d'humeur joviale, dis-moi.

— Eh bien, je ne vais pas te mentir ; j'ai bu quelques verres de cet excellent riesling.

Le vin avait fait fondre sa réserve habituelle et renforcé sa confiance en elle.

— Un de nos vins préférés à tous. Fait ici même au Texas, dans l'un des vignobles de Hill Country.

Il lui jeta un regard, un lampadaire éclairant son sourire malicieux.

— Qu'entends-tu exactement par « quelques verres » ?

— Oh ! arrête un peu ! Tu es mon garde du corps, pas mon père !

Non pas que son père lui eût jamais donné de conseils sur la conduite à tenir en public. Ni non plus donné le bon exemple. Mais Nate avait raison. Elle avait descendu presque une bouteille à elle toute seule. Elle ne buvait généralement pas plus d'un verre et ne se souvenait pas de la dernière fois où elle s'était sentie aussi détendue. Bien dans sa peau. Envahie par une douce sensation de chaleur.

Ce qui était sûr, c'est que ce n'était pas arrivé depuis qu'elle avait commencé à recevoir ces horribles textos. Même si la présence de Nate la rassurait et lui donnait un sentiment de sécurité. *Je pourrais m'y habituer*, songea-t-elle fugacement.

— Tu as chaud ?

La question de Nate la prit au dépourvu.

— Chaud ? Moi ?

Elle vit que la vitre du pick-up, à côté d'elle, était tout embuée.

— Non, ça va. Pourquoi cette question ?

— Parce que tu n'arrêtes pas de t'éventer.

Sara laissa tomber ses mains sur ses genoux. Ses joues étaient en feu. Dieu merci, il faisait sombre.

— C'est un tic, mentit-elle. Quand j'ai un peu trop bu.

Bon, c'est vrai, je crève de chaud. Mais pas à cause du vin. Nate était assis si près d'elle qu'elle aurait pu toucher son biceps dur comme la pierre ou sa cuisse gainée de jean. Or cela faisait maintenant plusieurs jours qu'elle essayait de résister à l'envie qu'elle avait de le toucher. Pas juste de le frôler sans le faire exprès, ou de sentir son bras autour de ses épaules quand elle avait besoin d'être réconfortée. Elle brûlait de le toucher vraiment.

— C'est drôle mais je n'avais jamais remarqué ce tic avant.

— Je l'avais, pourtant.

— Si tu le dis.

L'amusement qu'elle percevait dans son ton aurait dû l'agacer. Mais même s'il la taquinait, il ne se moquait pas d'elle.

Tandis que Nate s'engageait dans la rue qui menait au manoir du juge, Sara prit une grande inspiration, histoire de calmer un peu ses ardeurs. Juste ce qu'il fallait pour ne pas s'enflammer comme une torche. Tout en reprenant peu à peu le contrôle de sa libido, elle repensa à l'aventure qu'elle avait eue avec Nate, lors de sa première visite au ranch. Avait-elle, à l'époque, ressenti pour lui un désir aussi puissant ?

L'attirance était bien présente, mais il y avait quelque chose de différent, quelque chose d'insaisissable dans ses émotions actuelles.

— Tu t'es bien amusée, aujourd'hui ?

Quelle question !

— Oui. C'était une première pour moi.

Sa réponse parut le décontenancer.

— Une première ? demanda-t-il.

Comment quelqu'un comme lui aurait-il pu comprendre ce qu'elle avait vécu ?

— La première grande réunion familiale à laquelle je suis conviée pour une fête. En général, à Thanksgiving et à Noël, je suis juste avec mon grand-père. Jusqu'à ma première visite au ranch, il y a bien longtemps, je n'avais jamais connu autant d'agitation et de gaieté. Et j'ai tout de suite adoré.

— Je pensais que tu nous trouverais peut-être un peu trop… exubérants.

— Pas du tout. J'étais un peu inquiète, au début. Je m'imaginais à tort, probablement parce que j'ai trop regardé la télé, que les réunions de famille étaient truffées de disputes et de commérages. Mais ta famille est conforme au souvenir que j'avais d'elle. Avec quelques nouveaux visages, bien sûr.

Elle se maudit intérieurement d'avoir évoqué ce séjour qui s'était conclu par leur rupture. Mais toujours aussi gentleman, Nate ne releva pas.

— Voilà qui fait plaisir à entendre, dit-il en la gratifiant d'un sourire.

Elle comprit alors à quel point son opinion comptait pour lui. *Je suis peut-être pompette mais je commence à comprendre pourquoi ce que je ressens aujourd'hui est différent.*

Avec le Nate d'il y a dix ans, elle s'était contentée d'une aventure. Avec celui qu'il était devenu, elle voulait… beaucoup plus.

Et dire qu'autrefois, elle l'avait envoyé balader parce qu'il avait envie de plus ! Bien que majeur, c'était encore un adolescent, or les adolescents savent rarement ce qu'ils veulent. N'empêche qu'elle avait dû lui faire bien plus de mal que prévu.

Sa vie étant désormais ancrée en Californie, le « plus » n'était guère envisageable, mais qu'est-ce qui l'empêchait de profiter de l'instant présent ?

Une vague de chaleur la submergea, faite d'un grisant mélange de désir, de besoin et de détermination. Elle avait surpris les regards brûlants et terriblement excitants que Nate lui jetait à la dérobée. Il ne l'aurait pas regardée de cette façon s'il n'avait pas eu envie d'elle. Il avait beau dire, il n'était pas de bois.

Ils se garèrent dans l'allée et en un clin d'œil, le Nate insouciant qu'elle avait côtoyé toute la journée disparut, laissant la place au Nate protecteur, soucieux de mener à bien sa mission.

— Ne bouge pas d'ici jusqu'à ce que je me sois assuré qu'on peut rentrer le pick-up dans le garage sans danger.

— À vos ordres, mon capitaine !

Elle connaissait la routine et détestait devoir en passer par là. Elle haïssait ce foutu harceleur qui lui pourrissait la vie. Repeindre l'intérieur de la maison et la décorer à son goût lui avaient procuré un bref sentiment de pouvoir, mais elle avait presque terminé et allait devoir trouver un autre moyen de contrôler au moins partiellement sa vie.

Inhalant les effluves persistants de l'eau de toilette de Nate, elle sut que ce moyen, elle l'avait trouvé.

Après s'être livré à une fouille minutieuse du garage, Nate s'empressa de regagner son véhicule. Il n'aimait pas laisser Sara seule dehors, même à l'intérieur du pick-up dont il avait pris soin de verrouiller les portières. Une fois garé, il referma soigneusement la porte du garage et fit vite entrer Sara dans la maison.

— Attends-moi ici une minute, le temps que je fasse un tour rapide.

Pas de « À vos ordres ! », cette fois, mais elle se fendit d'un salut tout aussi martial, assorti d'un sourire de guingois, qui le troubla jusqu'au vertige. Pompette, Sara était vraiment irrésistible.

Lorsqu'il revint de son inspection, il constata qu'elle n'avait pas bougé. Elle l'attendait docilement, appuyée contre le chambranle de la porte, les yeux fermés, fredonnant tout bas.

Elle ne lui rendait pas la tâche facile ; rester professionnel face à cette cliente séduisante en diable relevait de la gageure.

Elle semblait totalement perdue dans ses pensées, alors qu'il se tenait à seulement quelques centimètres d'elle. Si près qu'il voyait battre son pouls au creux de sa gorge, reconnaissait les subtiles senteurs d'agrumes et d'épices qui émanaient de sa peau, et discernait les taches de rousseur sur les ailes de son nez. Il leva la main vers son visage et lui effleura la joue du bout des doigts juste au moment où elle rouvrait les yeux et plongeait son regard dans le sien.

— J'aime beaucoup ton eau de toilette, murmura-t-elle, un sourire paresseux recourbant le coin de ses lèvres.

— Euh, merci.

Il composa le code de l'alarme sur le boîtier, juste au-dessus de l'épaule gauche de la jeune femme.

Il vit son sourire vaciller.

— Tu es en train de programmer l'alarme, c'est ça ?

Il répondit par l'affirmative puis la fixa à son tour droit dans les yeux, se demandant si elle était aussi troublée que lui. Les signaux qu'elle lui avait envoyés toute la soirée étaient sans équivoque et il mourait d'envie de répondre favorablement à ses avances.

Mais il n'était pas du genre à faire n'importe quoi. Ce n'était pas comme ça qu'il traitait les amies de Cassie. Ni même les femmes en général.

— Je vais jeter un coup d'œil aux moniteurs, dit-il en reculant.

— À quoi bon puisque tu n'as rien remarqué d'anormal ?

— Je veux juste vérifier qu'il ne s'est rien passé en notre absence.

— Ah !

Était-ce de la déception qu'il perçut dans sa voix ? Il se hâta de gagner la salle du petit déjeuner, où il avait installé les écrans, et passa bien plus de temps que nécessaire à visionner les enregistrements. D'autant plus qu'il ne vit aucune trace du harceleur nulle part, ce qui était *la* bonne nouvelle de la soirée.

Au bout d'un moment, alors qu'il pensait Sara endormie, il entendit des pas feutrés derrière lui.

— Nate ?

Il se retourna et le souffle lui manqua. Pieds nus, elle se tenait dans l'encadrement de la porte, telle une apparition dans son déshabillé de soie blanche rétroéclairé par la lumière de la cuisine. Si elle portait quelque chose en dessous, ce quelque chose était invisible. Ce qu'il distinguait sans problème, en revanche, c'étaient les contours de ses mamelons.

— Je pensais que tu allais te coucher.

— C'est bien mon intention.

Elle se mordilla la lèvre inférieure, le mettant au supplice.

— Qu'est-ce que tu attends, alors ?

— Toi.

— Moi ? Ne te sens pas obligée de m'attendre. Si tu veux aller au lit, vas-y ; j'éteindrai les lumières, ici.

Sara soupira.

— Je ne suis décidément pas très douée.

— Douée pour quoi ?

Nate se sentait comme un imbécile essayant de faire l'idiot. Il savait très bien où elle voulait en venir, évidemment.

Elle pencha la tête d'un côté, comme si elle réfléchissait.

— C'est avec *toi* que je veux aller au lit, dit-elle, franco.

Il la reconnaissait bien là, elle qui, à vingt et un ans, avait pris l'initiative de leur première nuit ensemble.

Nate se leva, cherchant désespérément un moyen d'empêcher ce qui ne pouvait que leur attirer des ennuis à l'un comme à l'autre.

— Écoute, il n'est pas rare qu'une cliente se prenne d'affection pour son garde du corps. Crois-moi, ça finit par passer. Mieux vaut ne pas prêter attention à ce genre de tocade.

Sara entra plus franchement dans la pièce.

— Nate ?

Il était comme pétrifié, complètement subjugué par sa démarche ondulante et son déshabillé qui flottait autour d'elle.

— Quoi ? parvint-il à articuler d'une voix rauque.

Elle s'approcha et posa ses mains à plat sur sa poitrine.

— Il ne s'agit pas d'une tocade, dit-elle. Et cela n'a rien à voir avec la relation que peut avoir une cliente avec son garde du corps.

Elle le fixait, ses grands yeux bleus confiants et pleins d'espoir. Puis entrouvrit les lèvres pour reprendre son souffle.

— Embrasse-moi, Nate.

Incapable de résister plus longtemps, il glissa une main sur sa nuque, plaqua son autre main sur l'arrière de son crâne et l'attira à lui jusqu'à ce que leurs lèvres se touchent presque.

— Tu n'as aucune idée de ce que tu me fais.

— Oh ! que si !

Elle ceignit sa taille de ses deux bras et se plaqua contre lui, son corps chaud et tout en courbes voluptueuses épousant parfaitement le sien, ferme et musclé.

— Sara, je ne vais jamais réussir à garder mon sang-froid si tu...

Se haussant sur la pointe des pieds, elle posa ses lèvres sur les siennes pour lui imposer silence.

— J'en ai envie, Nate. Je te veux, dit-elle dans un souffle sans décoller ses lèvres des siennes.

— Je n'ai pas d'avenir à t'offrir, protesta-t-il d'une voix étouffée.

— Je sais.

— Je repars bientôt en Californie.

— Je sais.

Tout en la pressant encore plus étroitement contre lui, il prit possession de sa bouche voracement, forçant la barrière de ses lèvres et mêlant sa langue à la sienne.

Elle glissa ses mains sous sa chemise et se mit à lui caresser le dos. Lorsque ses doigts s'aventurèrent plus bas, il la laissa faire, n'osant ni interrompre leur baiser ni la toucher en retour de peur qu'elle ne se rende compte de son erreur.

Puis elle s'écarta, et Nate ne put réprimer un gémissement de frustration.

Le souffle court, Sara le prit par la main. Sans un mot, il la suivit alors qu'elle l'emmenait à l'étage, dans sa chambre.

Elle avait mis de la musique et allumé des bougies. Elle avait aussi rabattu les couvertures au pied du lit. Ces préparatifs n'étaient pas à mettre sur le compte de son état d'ébriété. Ils étaient parfaitement délibérés et prémédités.

Lâchant sa main, elle se tourna vers lui et se débarrassa de son déshabillé.

Ce n'était certes pas la première fois que Nate voyait une femme nue. Mais aucune ne lui avait jamais fait autant d'effet. En contraste total avec la vulnérabilité à laquelle l'exposait sa nudité, la posture affirmée de Sara, debout devant lui, les épaules rejetées en arrière et la tête haute, éveilla en lui ses instincts les plus primaires.

Il avait terriblement envie d'elle. Il brûlait de la dévorer tout entière et de la faire sienne. En même temps, il voulait y aller doucement, prendre tout son temps pour explorer les contours exquis de son corps.

Alors que Sara tendait la main vers sa ceinture et la débouclait, il enleva sa chemise en la faisant passer par-dessus sa tête. Puis il la jeta par terre. Ses chaussures et le reste de ses vêtements la rejoignirent bientôt.

Lorsqu'il fut lui aussi dans le plus simple appareil, Nate souleva la jeune femme dans ses bras et la déposa sur le lit, avant de s'allonger à côté d'elle, en appui sur un coude tandis que de son autre main, il caressait son visage, son cou, ses épaules. Du bout de l'index, il suivit les contours de ses seins et en titilla les mamelons. Puis il traça une ligne le long de son ventre plat. Elle écarta les jambes, offrant son sexe à ses caresses, mais il continua sa lente exploration, descendant le long de ses cuisses avant de remonter jusqu'à son nombril.

Sara lui saisit le poignet et planta son regard dans le sien.

— Touche-moi.

D'autorité, elle glissa sa main exactement là elle voulait qu'elle soit, ne fermant les yeux que lorsqu'il plongea ses doigts au cœur même de son intimité.

Sans jamais cesser de la caresser, il couvrit sa gorge et ses seins de baisers brûlants et taquina longuement ses tétons durcis du bout de la langue.

Lorsqu'il la sentit au comble de l'excitation, sa langue prit la place de ses doigts et très vite, l'odeur et le goût de Sara le grisèrent. Tandis qu'il gémissait de désir, elle se cambra contre sa bouche et enfouit ses doigts dans ses cheveux. Ses halètements s'accélèrent jusqu'à ce qu'un gémissement sourd lui échappe et qu'elle frémisse sous la force de son orgasme.

Nate remonta lentement le long de son corps, dont il embrassa et caressa le moindre centimètre carré de peau. Puis il croisa le regard incandescent de Sara qui lui transperça le cœur, libérant la passion qu'il réprimait depuis si longtemps.

Affichant un sourire satisfait, elle le poussa pour qu'à son tour il s'allonge sur le dos.

Nate la revit alors, une dizaine d'années plus tôt. Déjà à l'époque de leur première nuit ensemble, Sara avait pris la direction des opérations.

Rampant sur le lit telle une panthère en quête d'une proie, elle ouvrit le tiroir de la table de chevet et en sortit un préservatif avant de revenir vers lui. Elle s'agenouilla pour ouvrir le petit sachet et faire glisser le préservatif le long de son sexe dur et tumescent. Puis elle le chevaucha. Penchée en avant, en appui sur les mains, elle commença à aller et venir très lentement.

Sa chaleur, son odeur et le frottement de sa peau contre la sienne le rendirent fou de désir et réduisirent à néant toutes ses résolutions d'y aller doucement. Tandis qu'elle continuait de le chevaucher, il lui caressa les seins puis attrapa ses fesses pour mieux accompagner ses mouvements de va-et-vient, lui assénant de grands coups de reins qui le poussaient plus profondément en elle.

Comme si elle voulait à tout prix garder le contrôle, elle ne cessait de contracter et de relâcher les parois de son sexe, qui l'enserraient comme un fourreau. Ses ongles traçaient des sillons sur sa poitrine tandis que son corps se tendait, l'entraînant vers des sommets dont il avait jusque-là ignoré l'existence.

Sara s'effondra sur lui et ils restèrent ainsi, jambes entremêlées, les bras de Nate autour d'elle. Lorsqu'elle blottit sa tête contre sa poitrine avec un soupir de contentement, il sentit son cœur se gonfler de tendresse. Il n'avait jamais rien éprouvé de la sorte après avoir fait l'amour. C'était agréable mais dangereux car il repartait dans quelques semaines. De son côté, Sara finirait par retourner à Austin une fois son remplacement terminé.

Il était hors de question de s'attacher.

Lorsque Sara ouvrit les yeux, le lendemain matin, les rayons de soleil qui filtraient derrière les rideaux nimbaient sa chambre de teintes dorées. Cette lumière et la vague odeur de sueur qui flottait dans la pièce firent naître un sourire sur ses lèvres. Elle rougit en repensant à son audace folle, à la manière éhontée dont elle avait séduit Nate puis réagi à ses caresses expertes.

Leurs ébats avaient ravivé des sentiments pour lui qu'elle pensait disparus. Elle tâtonna vers son côté du lit en quête d'un peu de chaleur et de tendresse. Mais sa place était vide.

Sa place était vide, songea-t-elle avec félicité avant de sortir du lit et de filer sous la douche. Alors qu'elle se savonnait, le souvenir des mains de Nate sur son corps la fit frissonner de plaisir. Elle avait mal partout mais cette douleur-là était exquise et elle en demandait encore.

Elle s'habilla de manière décontractée puis descendit. Assis à la table du petit déjeuner, Nate visionnait les images de vidéosurveillance. Lorsqu'elle posa une main sur son épaule, il leva les yeux.

— Bonjour, belle endormie.

Il fit pivoter sa chaise et, passant un bras autour de sa taille, l'attira entre ses jambes.

— J'ai dormi comme un loir, dit-elle en passant ses doigts dans ses cheveux humides. Tu t'es levé à quelle heure ?

Nate la fit s'asseoir sur sa cuisse et frotta sa joue pas rasée contre la sienne.

— Il n'y a pas si longtemps que ça. Tu avais l'air si paisible que je n'ai pas osé te réveiller.

Elle lui décocha un sourire malicieux.

— Dommage !

— Si je l'avais fait, nous aurions passé la journée au lit.

Il prit l'arrière de sa tête entre ses mains et l'embrassa fougueusement.

Se levant, elle déclara :

— Ce n'est pas que je m'ennuie, mais j'ai vraiment besoin de ma dose de caféine, là.

— J'avais prévu le coup. La capsule est déjà dans la machine. Tu n'as plus qu'à appuyer sur le bouton.

Elle se pencha pour un dernier baiser puis se dirigea vers la cuisine. Sa tasse vide à la main, Nate lui emboîta le pas.

Trois secondes plus tard, l'arôme enivrant du café noir emplit la pièce.

Je ne serais pas contre ce genre de réveil tous les matins.

— Je dois finir de visionner les images de la nuit avant que nous allions rejoindre Cassie et Adam, dit Nate en se faisant un café.

— Parfait. Cela me laisse le temps de jeter un coup d'œil aux affaires judiciaires que je vais devoir traiter prochainement.

Depuis l'incident avec les oies, au tribunal, elle n'avait eu à traiter que des affaires de contraventions routières et autres délits mineurs et, sur les instances de Nate, la salle d'audience était restée fermée au public. En temps normal, elle aurait mal pris le fait qu'il ne lui ait pas vraiment laissé le choix, mais cette contrariété était minime à côté de celle qu'elle ressentait chaque fois qu'elle recevait une notification de message sur son téléphone.

— Départ à 9 heures ? demanda-t-elle avant de porter sa tasse à ses lèvres, au risque de se brûler la langue.

Nate inséra une capsule neuve dans le compartiment de la machine et posa sa tasse sur le socle.

— Cela me coûte de l'admettre mais cette machine fait le meilleur café de la ville.

Lui épargnant un « je te l'avais dit », Sara se contenta de hausser un sourcil. Dans la poche arrière de son jean, son téléphone émit un bip. Elle le sortit de sa poche.

— C'est sûrement Cassie qui veut s'assurer qu'on viendra au rendez-vous, dit Nate.

— Non, ce n'est pas elle.

Cassie toucha l'écran pour ouvrir le message qui émanait d'un numéro inconnu. Elle se raidit, le café qu'elle venait d'avaler lui retournant l'estomac.

— C'est de *lui*, dit-elle en tournant l'écran vers Nate pour qu'il puisse lire l'ignoble texto. Le *Victoria Chronicle* vient d'annoncer mon décès.

10

Nate entra dans la petite salle de conférences du bureau du shérif. Son téléphone à la main, Sara lui emboîtait le pas.

— Nous avons du nouveau, déclara-t-il tout à trac.

Assis l'un à côté de l'autre à l'une des tables, Cassie et Adam levèrent les yeux.

— Du nouveau ? À quel sujet ? demanda Adam.

Nate prit place en face d'eux. Sara fit de même.

— Au sujet de mon harceleur, répondit-elle. Je viens de recevoir un nouveau message.

Elle transféra le texto contenant la nécrologie à Cassie et à Adam puis posa ses avant-bras sur la table et attendit. Ses mains tremblaient légèrement. Nate fut tenté de passer un bras autour de ses épaules pour la réconforter, lui rappeler qu'il était là et qu'il la protégerait. Mais ils étaient convenus de ne se livrer à aucune démonstration d'affection en public.

Cassie lut à voix haute l'avis de décès.

— Sara Diana Bennett… née à Austin… une carrière sans histoire au bureau du procureur du comté de Travis… a effectué un remplacement comme juge de comté au cours duquel elle a été victime d'une série d'incidents malheureux qui ont conduit à sa mort… laissant derrière elle son grand-père, Archer Bennett… Pas de service, de fleurs ou de dons.

Levant les yeux, Cassie demanda :

— Cet avis a été publié dans l'un des journaux de Victoria ?

— Et aussi sur le site Obituaries.com, visible par le monde entier.

La voix de Sara tremblait autant que ses mains.

— Il figure peut-être aussi dans d'autres journaux, ajouta Nate. Le gars n'a eu qu'à cocher sur le site ceux dans lesquels il souhaitait que l'avis soit publié.

— Mais le site Web n'est-il pas tenu de vérifier les faits avant de diffuser ce genre d'informations ? demanda Adam. Histoire de s'assurer que la personne est bien morte, quoi !

— Il faut croire que le site Web empoche l'argent sans se poser de questions, répondit Sara en croisant les bras sur sa poitrine.

Cassie posa le téléphone sur la table.

— On va tirer ça au clair. Je vais essayer de trouver leur numéro de téléphone. On doit pouvoir les joindre, d'une manière ou d'une autre. Je veux savoir qui est à l'origine de cette nécrologie et comment elle a été payée. Avec ces infos, on devrait pouvoir le coincer, ce cinglé.

— Si le site est domicilié aux États-Unis, il faudra peut-être attendre lundi, fit remarquer Sara. Les employés qui assurent la permanence pendant les jours fériés ne sont généralement pas habilités à répondre à ce genre de demande, déplora-t-elle en esquissant une petite moue que Nate trouva craquante.

— En attendant, concentrons-nous sur la raison pour laquelle nous sommes ici, suggéra Cassie. Se laisser distraire par les dernières facéties de cet abruti ne nous aidera pas à l'identifier.

— J'ai recherché les antécédents des personnes dont tu m'as communiqué les noms, dit Nate en regardant sa sœur. Mais je suppose que tu as pu accéder à beaucoup plus d'informations que moi.

Il sortit son ordinateur portable et plusieurs dossiers de son sac.

Ils étaient installés dans la petite salle de conférences que les adjoints utilisaient chaque matin pour leurs débriefings. Cassie alluma son ordinateur et fit signe à Nate de lui passer un dossier. Il en garda un pour lui et leur distribua les autres.

— En croisant les affaires judiciaires pour lesquelles Sara a statué avec les résultats de tes recherches, j'espère que nous réussirons à dresser une liste de suspects, dit Cassie en se connectant.

Sara ouvrit son propre ordinateur pour prendre des notes.

— Je suis contente que pour les besoins de l'enquête, vous ayez pu vous procurer la liste de ces affaires. Je pense que si c'était moi qui l'avais demandé, le bureau du procureur n'aurait pas été aussi réactif. Alton n'a pas trop apprécié mon départ précipité.

Elle ouvrit le dossier que Nate lui avait remis.

— Il faut quand même que tu saches qu'ils ont demandé pourquoi nous avions besoin de cette liste, ajouta Adam en lui jetant un regard navré.

Sara haussa les sourcils.

— Que leur avez-vous dit ?

— On a expliqué que tu étais apparemment victime de harcèlement et qu'on voulait s'assurer que ce harcèlement n'était pas lié à une de tes affaires judiciaires, répondit Cassie. Je n'allais pas mentir. Et puis, ça nous a permis d'obtenir cette liste.

Sara semblait consternée.

— J'aurais préféré que le bureau du procureur ne soit pas au courant, confia-t-elle d'un ton dépité.

— Pourquoi ? demanda Adam en fronçant les sourcils.

Comme Sara ne répondait pas, Cassie prit la parole.

— Parce qu'elle ne veut pas que ça nuise à sa réputation sans faille dans le comté de Travis. Et que son ancien patron, qui lui a volé sa dernière affaire, se réjouisse qu'elle soit partie avant que ce salopard de harceleur se manifeste et l'oblige, *lui*, à faire quelque chose.

Lançant un regard noir à Sara, elle ajouta :

— J'ai l'impression qu'elle ne se rend pas compte que sa vie est plus importante que l'opinion qu'un procureur imbu de sa personne peut avoir d'elle.

Déplorant le franc-parler de sa sœur, Nate passa instinctivement un bras autour des épaules de Sara, qui avait grand besoin de réconfort. Lorsqu'elle lui sourit et posa une main sur la sienne, il surprit le regard entendu de son frère et de sa sœur. Aussi lui serra-t-il doucement l'épaule avant de retirer son bras.

Il n'avait pas envie de se justifier. De leur expliquer qu'entre Sara et lui, il y avait de nouveau quelque chose, alors que lui-même n'arrivait pas à se l'expliquer.

Au fil du temps, il avait probablement fabriqué une version fantasmée de ce qui s'était passé entre eux dix ans plus tôt, ainsi que de leurs éventuelles retrouvailles, qu'il avait maintes fois imaginées. Mais contre toute attente, la nuit dernière avait largement surpassé ses fantasmes.

Il n'avait peut-être pas encore totalement tiré un trait sur Sara, mais quel mal y avait-il à ce qu'ils se donnent un peu de bon temps, au moins jusqu'à ce qu'il reparte en Californie ? D'ici là, Sara et lui pouvaient oublier dans les bras l'un de l'autre cette histoire de harceleur, et tourner définitivement la page sur ce qui s'était passé entre eux autrefois. Tout le monde y trouvait son compte, d'après lui.

Cassie connecta son ordinateur à l'énorme écran fixé au mur du fond, ouvrit le dossier que Nate lui avait donné et feuilleta les tirages papier des recherches qu'il avait faites, classant les criminels dans le même ordre que lorsqu'elle les avait listés sur son ordinateur. Refermant le dossier dont elle avait extrait quelques pages, elle conclut d'un ton sans appel :

— Arthur Jenkins.

Adam, Nate et Sara sortirent les mêmes pages de leurs dossiers tandis que Cassie lisait sur l'écran.

— Accusé d'agression à main armée, de tentative de viol et de refus d'obtempérer. Il a été condamné à vingt ans de prison. Quand on l'a fait sortir de la salle d'audience, il...

— Il a hurlé qu'il allait me faire la peau, compléta Sara d'un ton plat, les yeux vides. C'était la première fois qu'on me menaçait de mort.

Elle cligna des yeux puis se recentra sur leur petit groupe, un sourire crispé étirant ses lèvres.

— La première, mais pas la dernière, précisa-t-elle.

Nate accusa le coup sans broncher, malgré le coup au cœur qu'il reçut en entendant ça. Il protégeait souvent des gens qui craignaient pour leur vie, mais c'étaient des clients et c'était son travail. Apprendre que quelqu'un à qui il tenait avait reçu des menaces de mort l'affectait beaucoup plus.

Lisant ses notes, Nate passa en revue tout ce qu'il avait collecté sur la vie privée de Jenkins.

— Divorcé avant son arrestation, pas d'enfants ni de famille proche.

— Depuis qu'il a été incarcéré, il n'a jamais reçu la moindre visite, lut Cassie en faisant défiler la page. Après avoir été plusieurs fois passé à tabac, il a décidé de se protéger en intégrant un gang à l'intérieur de la prison.

Pianotant nerveusement sur le bord de la table, Sara déclara :

— S'il avait voulu charger un homme de main de me harceler, il l'aurait fait par l'intermédiaire du gang. Mais ce genre de service doit coûter un bras. À mon avis, le prix de cette prestation l'aurait dissuadé.

Cassie passa au suivant.

— Brandon Barlow. Condamné à dix ans de prison pour violation d'une ordonnance de protection, harcèlement et agression.

— Harcèlement ? releva Nate en ouvrant de grands yeux. Il devrait être tout en haut de la liste, non ?

— Je me souviens de lui, dit Sara. Il faisait une fixation sur son ex-femme.

Nate griffonna quelque chose sur la fiche de Barlow avant de lire à haute voix les détails qu'il avait collectés sur lui.

— Outre son ex-femme et les deux enfants qu'ils ont eus ensemble, il a encore ses parents, qui vivent dans la banlieue d'Austin. Barlow a aussi un frère qui habite dans le même coin et est célibataire.

— Le suivant est David Dillon. Arrêté pour conduite en état d'ivresse, on a découvert en fouillant son véhicule qu'il trimballait une véritable pharmacopée : amphétamines, ecstasy, cocaïne et autres substances illicites. En matière d'arrestation pour conduite en état d'ivresse, il était multirécidiviste, expliqua Cassie avec une moue de dégoût. Condamné il y a dix mois à trente ans de prison, il a reçu plusieurs visites, principalement de sa sœur, Joan Dillon, qui n'a pas de casier.

— Ses parents étant décédés, sa sœur est donc sa seule parente, ajouta Nate.

— Il est le dernier à m'avoir menacée lors de sa condamnation, dit Sara avec un petit haussement d'épaules. Mais il y en a eu d'autres entre Jenkins et Dillon. Je suppose que ça fait partie du job.

Pendant les trois heures qui suivirent, ils continuèrent d'examiner les profils des inculpés et de les classer, les plus suspects se trouvant en haut de la pile. Lorsque enfin, ils eurent terminé, Sara soupira et s'étira.

— Comment l'avez-vous établie, cette liste ? demanda-t-elle. Je me souviens de certaines personnes que j'ai poursuivies qui se sont montrées particulièrement agressives et dont les noms ne figurent pas ici.

— Après avoir éliminé tous ceux qui sont morts, répondit Cassie en refermant son ordinateur portable, nous nous sommes concentrés sur ceux qui ont été libérés. Nous avons parlé à leurs agents de probation et enquêté sur eux, nous intéressant à tout ce qui les concernait, depuis leurs lieux de résidence et de travail jusqu'à leurs loisirs et leurs fréquentations. Nous avons fait une liste à part de ces gars-là. Certains d'entre eux font partie de nos suspects. Les autres ont été écartés. Du moins pour l'instant.

— Et si cela n'avait rien à voir avec ton travail ? Ou en tout cas avec les gens que tu as envoyés en prison ?

Nate en avait déjà discuté avec Cassie, qui avait insisté pour qu'ils commencent par regarder du côté des condamnés.

— Parmi tes collègues de travail, y a-t-il quelqu'un qui aurait pu t'en vouloir ? insista Nate. Un amoureux transi que tu aurais éconduit ? Un avocat de la défense qui aurait perdu contre toi une fois de trop ?

Sara pinça les lèvres, pensive.

— En ce qui concerne les avocats de la défense, je serais bien en peine de répondre. Il s'agissait la plupart du temps d'avocats commis d'office, et en général, nous sommes courtois les uns avec les autres. Pour ce qui est de l'amoureux transi, je ne pense pas en avoir eu un au bureau. Quant à l'inimitié des autres substituts du procureur, seul le fameux procès pour meurtre aurait pu l'engendrer. Mais en ce cas, le fait qu'Alton me l'ait soufflé aurait dû y mettre fin.

— N'empêche qu'aucune de ces pistes ne doit être négligée, dit Adam en se massant la nuque, une manie qu'il avait quand il était contrarié ou confronté à un problème épineux. Sara, tu devrais dresser la liste de tous les avocats de la défense que tu as affrontés.

— C'est facile. Je note scrupuleusement dans mon agenda les dates des procès et les noms des avocats.

— Parfait. Cassie, continua Adam en regardant sa sœur, si nous obtenons la liste de tous les employés du bureau du procureur, pourrais-tu convaincre Bishop d'utiliser ses talents d'enquêteur pour nous aider à tous les passer en revue ?

— Des employés, il y en a beaucoup, surtout si en plus des procureurs adjoints, on inclut les assistants juridiques et le personnel administratif. Ça fait du monde et risque donc de prendre un temps infini, dit Sara d'un ton las. Mais encore faut-il que vous réussissiez à obtenir cette liste.

— Ce n'est pas un problème, lui assura Cassie. Cette liste, nous l'aurons, et je suis sûre que Bishop nous aidera à faire le tri.

Jetant un regard gêné à Sara, elle ajouta :

— Il me faudrait aussi la liste de tous les hommes avec lesquels tu es sortie au cours de ces douze derniers mois.

Rouge comme une tomate, Sara lança un coup d'œil en direction de Nate, qui essaya de se convaincre qu'il se moquait pas mal des hommes avec qui elle était sortie. En pure perte. Il eut beau se raisonner, se rappeler qu'ils avaient tous deux un passé – et aucun avenir ensemble –, rien n'y fit.

— On verra ça plus tard, dit Sara en dardant sur Cassie un regard noir on ne peut plus éloquent.

La liste devait être sacrément longue, songea Nate, l'estomac noué.

Sara vida son verre et le tendit à Nate pour qu'il la resserve. Ils étaient venus au ranch directement en sortant du bureau, après qu'Adam eut proposé de faire des steaks au barbecue pour le dîner.

— Tu ne préfères pas attendre un peu ? Tu as sifflé ton verre en moins de temps qu'il ne faut pour le dire.

Tenant la bouteille, Nate la regardait avec sévérité.

— Tu es censé en verser par terre pour honorer les morts, n'est-ce pas ? Eh bien, c'est à ça qu'a servi le premier verre. Repose en paix, Sara Bennett ! Sauf qu'au lieu de le verser par terre, je l'ai bu. Ce serait bête de gâcher un aussi bon vin.

Comme Nate ne semblait pas totalement convaincu, elle poussa un soupir excédé.

— Tout va bien, lui assura-t-elle. Et ce deuxième verre, je vais le boire lentement, et le savourer pleinement puisque je suis bien vivante.

Un verre de vin à la main et Nate à ses côtés, Sara se dirigea vers le patio. Les températures étaient toujours élevées pour la saison, et elle espérait que cette météo exceptionnelle, associée au bon vin, aux steaks et à la compagnie, lui remonterait le moral.

— Ça va ? demanda Cassie. Tu es pâlotte.

— Je dois reconnaître que lire sa propre nécrologie dans le journal n'est pas la meilleure façon de commencer la journée, dit Sara en s'affalant sur la chaise de jardin à côté de Cassie, après avoir posé son verre et son téléphone sur la table basse. Ce n'est pas la première fois que j'ai la chair de poule, mais là, pour le coup, j'ai eu l'impression que mon sang se glaçait dans mes veines.

Elle croisa les bras sur sa poitrine en frissonnant.

— Je n'imagine même pas. Mais la bonne nouvelle, c'est que tu es en vie, dit Cassie en levant son verre. Et je vais m'assurer que tu le restes.

— Cassie, j'ai besoin d'un coup de main ! appela Adam par la porte de derrière.

Lorsque son amie eut disparu dans la maison, Sara replongea dans ses pensées moroses, se demandant une fois de plus qui pouvait bien la harceler. Savoir qu'il s'agissait forcément de quelqu'un qu'elle connaissait, ou du moins qu'elle avait croisé, la mettait en rage. Si cette personne avait un compte à régler avec elle, pourquoi diable ne le lui disait-elle pas en face ?

Quelques instants plus tard, Adam sortit de la cuisine avec un grand plat de steaks crus, suivi de Bishop, qui portait un saladier de ce que Sara supposa être des légumes.

— Dieu que ça sent bon ! s'extasia Cassie en revenant s'asseoir à côté de Sara.

— Et moi qui reste assise là comme une bûche, déplora celle-ci. Je déteste me faire servir. Je ferai la vaisselle.

— Certainement pas ! C'est Nate qui est censé s'en charger.

— Pourquoi crois-tu qu'ils nous ont invités ? Pour que je fasse la vaisselle, pardi ! dit Nate en levant les yeux au ciel.

— Toi, on t'a invité pour ça, c'est vrai, admit Adam. On a invité Sara parce qu'on l'aime bien.

Malgré son humeur chagrine, Sara sourit. Les plaisanteries des Reed l'amusaient. Elle aurait profité davantage de ces moments de convivialité sans le nuage noir que faisait planer au-dessus de sa tête ce fichu avis de décès.

Décidant que là, tout de suite, elle avait besoin de se détendre, Sara prit son verre, retira ses chaussures et traversa la pelouse, ravie de sentir les brins d'herbe lui chatouiller les orteils. Cette sensation lui rappela la maison de son grand-père et l'herbe grasse du jardin dans lequel elle passait des heures à jouer.

Lorsqu'elle revint vers les autres, un sourire éclairait son visage, et son stress s'était presque envolé.

— Tu te sens mieux ? s'enquit Nate.

— Beaucoup mieux, oui.

— Vous feriez bien de passer à table. C'est presque prêt, déclara Adam en retirant les steaks du gril.

Ils ne se firent pas prier et prirent place autour de la grande table d'extérieur.

— Où sont les enfants ? demanda Bishop en faisant le service, se réservant l'assiette qui contenait du poisson.

— Toujours chez ma mère, répondit Rachel, qui rapportait de la cuisine un plat de pommes de terre cuites à la vapeur. Brad l'a tellement bassinée que, sans le faire exprès, elle a fini par lui promettre une pizza. Donc j'irai les récupérer plus tard. Et si d'ici là, ils s'endorment, eh bien, maman les gardera jusqu'à demain matin !

— Ce n'est peut-être pas une mauvaise chose, fit remarquer Adam d'un ton plein de sous-entendus.

Rachel s'empourpra.

— Comment Martina a-t-elle pu faire une promesse *sans le faire exprès* ? s'étonna Bishop en posant les légumes grillés et des épis de maïs à la mexicaine au milieu de la table.

Adam éclata de rire.

— C'est du Martina tout craché.

— Tout a l'air délicieux, s'extasia Sara en prenant un épi de maïs qui sentait divinement bon.

Elle mordit dans le maïs à pleines dents, savourant le goût des épices.

Assis en face d'elle, Nate semblait se réjouir de la voir se régaler. Elle n'avait pas remarqué jusque-là les minuscules rides autour de sa bouche. Elle les trouvait attendrissantes, et elles lui rappelaient le Nate d'autrefois, si gai et enjoué.

Comme la veille, Sara se sentait à sa place au milieu de ces gens. Elle avait l'impression de faire partie de la famille. Une sensation de bien-être l'enveloppait tel un manteau douillet par une nuit glaciale. Elle participa à la conversation, fit honneur au repas et rit de bon cœur des blagues et des anecdotes que raconta Nate.

Mais au fond d'elle-même, elle se demandait combien de temps ce bonheur allait durer.

11

Après plusieurs jours sans nouveaux messages ni incidents, Sara commença à se demander ce qui était le pire : cette attente anxiogène ou une énième manifestation de son harceleur. Au tribunal, la semaine qui avait suivi Thanksgiving avait été calme. Elle venait cependant au Justice Center presque tous les jours, et comme elle n'avait pas grand-chose à faire, elle en profitait pour ranger les classeurs et apporter au cabinet sa touche personnelle.

En ce premier lundi de décembre, par une matinée froide, assise à son bureau, elle examinait la liste des délits sur lesquels elle allait devoir se prononcer : un cas d'expulsion qui tournait au vinaigre, plusieurs cas de conduite en état d'ivresse, quelques affaires de voies de fait liées à des bagarres au Dead End, un bar du coin, et enfin, un cas de tapage nocturne impliquant une vieille dame qui à chaque pleine lune déambulait dans son jardin en hurlant à la mort. Nue, par-dessus le marché ! Excédés, ses voisins avaient fini par porter plainte. Pas exactement le genre de délits sur lesquels Sara espérait avoir un jour à statuer en tant que juge de district, mais certains d'entre eux avaient au moins le mérite d'être… intrigants.

Assis dans un fauteuil, Nate tapait à toute vitesse sur son ordinateur portable. Il avait fait évacuer la salle d'audience et chargé l'huissier de monter la garde à l'entrée.

— Qu'est-ce qu'il y a ? demanda-t-il lorsqu'il s'aperçut que Sara le regardait.

— Je me demandais juste si quelqu'un dans cette liste allait retenir ton attention, répondit-elle en pointant son ordinateur du menton.

Quelques jours plus tôt, Cassie avait reçu la liste des employés du bureau du procureur d'Austin. Avec un peu de chance, un nom se détacherait et le cauchemar prendrait fin.

— Pas pour l'instant, répondit Nate en pianotant sur les accoudoirs de son fauteuil. Je regrette de ne pas pouvoir t'aider davantage.

La liste avait d'abord été transmise à Sara, qui avait eu pour consigne de l'étudier avec soin et d'essayer de repérer parmi tous ces gens le ou la collègue qui aurait pu lui chercher noise. Comme cela n'avait rien donné, Cassie s'était ensuite partagé la liste avec ses frères et avec Bishop car il y avait beaucoup d'employés. Faire des recherches sur chacun d'eux était chronophage.

— Si ça se trouve, notre homme ne figure même pas sur cette liste, et nous perdons tous notre temps, dit Sara.

— N'empêche que c'est une piste sérieuse et qu'elle a de grandes chances d'aboutir. Sans compter qu'en même temps, Cassie et Adam enquêtent sur d'autres suspects.

On frappa à la porte trois petits coups saccadés. Adam se leva et alla ouvrir à Lorinda, l'assistante judiciaire de Sara.

— Désolée de vous interrompre, dit la jeune femme en entrant.

Elle se dirigea vers le bureau de sa patronne, à qui elle tendit une enveloppe en papier kraft.

— C'est pour vous.

Sara tendait déjà la main pour la prendre lorsque Nate lui aboya dessus, hurlant un « Non ! » qui lui fit suspendre son geste. Elle écarta vite sa main comme si l'enveloppe l'avait brûlée. L'assistante en resta coite.

Après avoir sorti deux mouchoirs de la boîte sur son bureau, Nate s'en servit pour saisir l'enveloppe entre deux doigts.

— Je ne voulais pas vous faire peur, s'excusa-t-il auprès de Lorinda, mais nous ne savons pas ce qu'il y a dedans.

Il posa l'enveloppe sur un guéridon, à l'autre bout de la pièce.

— Y a-t-il des gants en latex quelque part ?

— Le juge Harmon tenait à ce que nous en ayons toujours une boîte en réserve, au cas où quelqu'un viendrait avec des pièces à conviction.

Tandis que Lorinda s'empressait d'aller chercher les gants, Sara rejoignit Nate.

— Tu penses que c'est une lettre piégée, ou qu'elle contient de l'anthrax, ou quelque chose de ce genre ?

— Mieux vaut être prudent. Et si tu allais t'enfermer dans les toilettes pendant que je m'occupe de ça ?

— Nate, je...

— S'il te plaît, fais ce que je te dis.

Lorinda revint avec les gants et ce qui ressemblait à un petit scanner portable.

— C'est un détecteur de lettres piégées. Le juge Harmon a insisté pour qu'on nous en fournisse un, mais nous ne l'avons jamais utilisé.

Lorinda montra à Nate comment l'utiliser, puis elle sortit du bureau et referma la porte derrière elle. Tandis que Nate enfilait une paire de gants, Sara s'éclipsa à son tour, s'enfermant dans les toilettes, comme Nate lui en avait donné l'ordre.

Retenant son souffle, elle ferma les yeux et pria pour que Nate ne meure pas en cherchant à la protéger. Ne sachant pas ce qui se passait de l'autre côté de la porte, elle échafauda toutes sortes de scénarios catastrophe.

Folle d'inquiétude, elle s'apprêtait à entrouvrir la porte pour jeter un coup d'œil lorsque Nate lui donna le feu vert.

— Tu peux sortir sans crainte.

— Cette enveloppe ne contient rien de dangereux ?

— Non, je ne pense pas. Mais c'est bizarre, répondit Nate en levant les yeux des photos qu'il avait dans les mains. Après m'être assuré qu'elle ne contenait ni poudre ni explosifs, je l'ai ouverte en veillant à garder intacts la bande autocollante, l'étiquette et le timbre.

Sur les photos, qu'il manipulait avec précaution, on voyait un homme d'un certain âge. Photographié en train de sortir d'une maison. D'un magasin. Assis dans un restaurant.

— Fais voir, dit Sara en tendant la main vers le paquet de photos.

Nate les tint hors de sa portée.

— Mets d'abord des gants. On pourra récupérer des empreintes digitales.

Sara batailla pour enfiler les gants car ses paumes étaient moites. Puis elle saisit le paquet de photos et poussa un cri tandis que son cœur se décrochait dans sa poitrine. Elle examina l'enveloppe. L'adresse de l'expéditeur ne figurait pas au verso mais l'enveloppe avait été oblitérée à Cooley, au Texas. Sentant ses jambes se dérober sous elle, Sara s'effondra sur la chaise la plus proche.

Nate s'agenouilla devant elle.

— Qu'est-ce qu'il t'arrive ? Tu connais cet homme ?

La bouche aussi sèche que le désert de Chihuahua, elle se contenta d'acquiescer. Les photos dans une main, elle saisit le bras de Nate de l'autre, ses ongles s'enfonçant dans sa chair. Mais il ne broncha pas et attendit patiemment qu'elle retrouve sa voix.

— C'est mon grand-père, croassa-t-elle, la gorge serrée. Et ces photos ont été envoyées de Cooley, là où il vit, au Texas.

Dans le bureau de Cassie transformé en cellule de crise, Nate écoutait ses frères et sœur discuter des photos et des mesures qu'ils allaient devoir prendre. Avant de quitter son cabinet et de filer au bureau du shérif, Sara avait demandé à Lorinda de reprogrammer à une date ultérieure les affaires judiciaires du jour.

Cassie marchait de long en large, tel un fauve en cage.

— Je peux appeler le shérif du comté de Hudson et lui demander d'assurer la protection de ton grand-père.

Sara secoua la tête.

— Je n'ai pas envie de confier sa sécurité à un étranger. Et puis, tel que je le connais, Papy dirait au shérif qu'il n'a pas besoin de lui.

— En ce cas, il faut le faire venir ici. C'est la seule solution, dit Adam.

— Je serais bien plus rassurée de l'avoir ici avec moi. Mais le problème reste le même ; Papy va minimiser le danger et rester à Cooley.

Sara laissa son regard errer d'un visage à l'autre avant de le poser sur Nate.

— À moins que quelqu'un n'aille le chercher.

Il y eut un petit silence, puis tous les regards se braquèrent sur Nate.

— Pourquoi me regardez-vous tous comme ça ? Je suis censé assurer la protection de Sara. Comment voulez-vous que je m'acquitte de cette mission si je pars à cinq cents kilomètres ?

— Plutôt quatre cents, rectifia Noah, qui fit une petite grimace lorsque Nate pivota vers lui. Disons quatre cent vingt.

— S'il te plaît, Nate, dit Sara en s'approchant. Je sais qu'avec toi, il sera en sécurité.

Nate était plus que réticent. Il n'avait pas pour habitude d'interrompre une mission, quelle qu'en soit la raison.

— Si je t'ai demandé d'assurer la protection de Sara, c'est uniquement parce qu'elle ne voulait pas avoir des adjoints pendus à ses basques à longueur de journée, ce qui n'aurait pas manqué d'attirer l'attention, dit Cassie en le gratifiant de ce regard d'*aînée-qui-sait-ce-qu'elle-fait* qu'il détestait tant. Mais pour aussi peu de temps, on peut très bien se passer de toi. Tu en as pour une demi-journée à tout casser. Elle restera ici, dans mon bureau, jusqu'à ce que tu reviennes avec son grand-père. L'un de nous sera avec elle en permanence.

Nate hésitait encore, taraudé par sa conscience professionnelle, furieux qu'on exige de lui qu'il renonce à ses principes.

— S'il te plaît, Nate.

Le regard suppliant de Sara lui déchira presque les entrailles. Ses yeux bleu clair, si pétillants d'habitude, étaient ternes, et elle avait les traits tirés, le visage blanc comme un linge. Ce simple regard suffit à le faire changer d'avis et à transformer sa colère en froide résolution. Quoi qu'il faille faire pour mettre un terme aux agissements de ce psychopathe, il le ferait.

Quoi qu'il faille faire.

Parce que ses scrupules fondaient comme neige au soleil lorsqu'il voyait ses yeux remplis d'angoisse. Seule subsistait sa volonté inébranlable de protéger Sara. Pour qu'elle retrouve le sourire, il était prêt à affronter tous les dangers.

— Très bien. Je vais aller chercher ton grand-père chez lui et je le ramènerai ici. D'accord ?

Des larmes roulèrent sur les joues pâles de Sara lorsqu'elle hocha vigoureusement la tête.

— Comme les photos que nous avons reçues ont été prises de loin, il faudrait que tu me décrives ton grand-père, dit Nate.

Sara s'empressa de se ressaisir et de sécher ses larmes.

— Il est grand, dit-elle. Il doit mesurer environ un mètre quatre-vingt-dix. Et il est baraqué, ajouta-t-elle en écartant les mains de chaque côté de ses épaules. Depuis qu'il est à la retraite, il a pris un peu de ventre, mais garde-toi bien de lui dire que je t'ai parlé de sa bedaine. C'est un sujet sensible.

Nate esquissa un sourire.

— Je devrais pouvoir éviter de l'aborder au détour d'une conversation.

— En gros, c'est un pilier de dignité plus grand que nature qui porte des bottes en peau de serpent et un stetson. Je suis sûre que vous allez bien vous entendre, lui assura Sara en souriant à son tour.

Sara s'empressa de téléphoner à son grand-père.

— Salut, Papy.

— Ah, eh bien, quelle coïncidence ! J'étais justement en train de penser à toi. À se demander si toi et moi n'avons pas des dons de télépathie.

Son ton enjoué la fit sourire, malgré la situation.

— Alors ? Comment ça va dans le comté de Boone ?

Après Cassie, son grand-père avait été la première personne à qui elle avait parlé de son déménagement à Resolute.

— Ça ne va pas trop mal, mais je suis confrontée à un petit problème qui pourrait t'affecter toi aussi, répondit Sara.

— De quoi s'agit ? demanda aussitôt son grand-père, inquiet.

— Quelqu'un me harcèle. Mais je ne risque rien, ne t'en fais pas. Nate, le frère de Cassie, est garde du corps. Il me protège.

Tout en parlant, Sara se massait le front, ne sachant pas trop comment lui annoncer la suite.

— En fait, continua-t-elle d'un ton plus hésitant, on pense qu'il te surveille aussi. J'ai reçu ce matin une enveloppe contenant des photos. Des photos de toi. De ta maison. Nate s'apprête à prendre l'avion pour aller te chercher. Il te ramènera ici, où il pourra assurer aussi ta protection.

— Attends une minute, ma grande. De nos jours, les malfrats peuvent récupérer des photos sur Internet et les modifier numériquement. Je sais qu'ils utilisent cette technique pour faire pression sur leurs victimes. De plus, tout vieux qu'il soit, ton grand-père n'a besoin de personne pour le protéger.

Sa tentative pour la rassurer tomba à plat. Têtu et indépendant comme il l'était, son grand-père ne serait pas facile à convaincre. Mais elle devait lui faire comprendre le danger. En veillant cependant à ne pas le brusquer. Il détestait qu'on lui dicte sa conduite.

— Les photos datent d'avant-hier, dit-elle. Te souviens-tu de la chemise que tu portais ce jour-là ?

— Laisse-moi réfléchir. Hum, ce n'était pas une chemise. Il fait frais ces temps-ci, alors je portais mon nouveau pull vert. Un pull en cachemire. C'était la première fois que je le mettais et je peux te dire qu'il est plus doux que le derrière d'un bébé.

Sara déglutit pour se débarrasser de la boule logée dans sa gorge.

— Avec un col châle ? Une encolure juste assez grande pour laisser deviner le maillot de corps blanc que tu portais en dessous ?

Un long silence s'installa tandis que son grand-père digérait l'information.

— Il vaut mieux que ton garde du corps reste à tes côtés. Je vais appeler quelques copains policiers et leur demander de faire des rondes devant la maison.

Il gloussa mais, de toute évidence, le cœur n'y était pas.

— Il faut bien les occuper un peu, ajouta-t-il. Sinon, ils passent leur temps à mettre des contraventions. Et puis, comme tu le sais, les voyages, ce n'est plus de mon âge.

— Papy, ici, au bureau du shérif, on prend ça très au sérieux. Le danger est bien réel et je crains que les rondes occasionnelles de tes copains flics ne suffisent pas.

Sara avait la voix qui tremblait tellement qu'elle dut s'interrompre pour prendre une grande inspiration. Son grand-père comptait beaucoup pour elle et le perdre…

Les yeux brûlants de larmes contenues, elle décida de changer de tactique et de jouer plutôt sur la corde sensible.

— Je ne pourrais pas me le pardonner s'il t'arrivait quelque chose. Tu comprends ça, n'est-ce pas ?

Elle laissa son plaidoyer faire son chemin avant de porter le coup décisif. Surmontant sa peur, elle puisa son courage dans sa volonté de protéger la seule personne au monde qui avait toujours été là pour elle.

— Ce que je vais te dire ne va pas te plaire, dit-elle de ce ton sévère qu'elle utilisait au tribunal quand elle prononçait une sentence. Que tu le veuilles ou non, Nate Reed va aller te chercher, alors fais ta valise et tiens-toi prêt. Il t'enverra un message sur ton téléphone portable avec tous les détails.

Puis, pour faire passer la pilule, elle lui dit les mots doux qu'ils partageaient depuis qu'elle était toute petite.

— Je t'aime grand comme ça, dit-elle en ouvrant largement les bras.

Son grand-père poussa un profond soupir.

— Tu es une négociatrice redoutable, ma puce. Si ça peut te permettre de dormir sur tes deux oreilles, je vais venir. Tu sais que je ferais n'importe quoi pour toi.

Le soulagement envahit Sara.

— Une dernière chose, Papy. Demande à un de tes potes flics de te conduire à l'aéroport, d'accord ? Pas la peine de prendre de risques inutiles.

— J'ai hâte de voir la tête qu'ils feront quand je vais demander un chauffeur.

Le rire de son grand-père était sincère, cette fois.

— À très bientôt, Papy. Je t'aime.

— Je t'aime aussi, ma grande.

Une heure plus tard, Nate traversait en courant le tarmac de l'aéroport régional de Victoria où un Beechcraft à turbopropulseur l'attendait. Il savait que ses frères et sœur feraient tout leur possible pour assurer la sécurité de Sara, mais comme il préférait malgré tout s'absenter le moins longtemps possible, il avait appelé Byron Cain, un célèbre chanteur de country qui habitait au Texas lorsqu'il n'était pas en tournée dans le pays ou en train d'enregistrer en Californie. Depuis que Nate l'avait tiré du pétrin, quelques années plus tôt, Cain lui vouait une reconnaissance éternelle, aussi Nate n'avait-il pas hésité à lui demander s'il pouvait utiliser son jet privé.

Comme il s'approchait de l'appareil, une violente rafale de vent s'engouffra sous son blouson. Il maudit son imprévoyance, regrettant de ne pas s'être couvert plus chaudement. Il se félicita cependant d'avoir pris ses lunettes de soleil – des lunettes équipées de verres spécialement fabriqués pour l'armée, car à midi, même en décembre, le soleil mettait les yeux à rude épreuve. Dans son métier, une nanoseconde de cécité pouvait faire la différence entre la vie et la mort.

Il s'arrêta devant un homme qui se protégeait les yeux d'une main et tenait l'autre tendue.

— Jack Palmquist, cria l'homme pour couvrir le bruit des réacteurs. Je suis votre pilote. Il fait froid mais le temps est clair et nous aurons un vent arrière pendant tout le vol. Nous devrions donc arriver en un temps record.

Nate lui serra la main.

— Nate Reed. Qu'entendez-vous par « temps record » ?

Il monta à bord, le pilote le suivant et verrouillant la porte de l'appareil avant de prendre place à son tour.

— L'aéroport municipal de Cooley est à environ deux cents milles à vol d'oiseau, expliqua Jack en consultant une carte de navigation. À vue de nez, on devrait y être dans une heure.

— Super !

— Et comme il n'y a que vous, vous pouvez vous asseoir devant si vous voulez.

Nate faillit refuser car il n'avait aucune envie de faire la causette. Mais pour avoir une vue plongeante sur les rivières, les collines boisées et les canyons du Texas Hill Country, il accepta.

— Merci. Je veux bien.

Jack se révéla être un compagnon de vol plutôt agréable. Ils discutèrent quelques instants des aspects logistiques du vol puis gardèrent le silence jusqu'à l'atterrissage.

— C'est un aller-retour, si j'ai bien compris ? Nous allons retourner à Victoria, n'est-ce pas ? demanda le pilote avant que Nate descende de l'avion.

— Oui, dès que possible.

— Parfait. Je file déposer mon plan de vol. M. Cain a dit que j'étais à votre disposition, donc je serai là, prêt à repartir dès que vous le souhaiterez.

Nate lui serra de nouveau la main.

— Merci, Jack. Euh, dites-moi, M. Cain vous a-t-il prévenu que je venais chercher quelqu'un et qu'il y aurait donc un autre passager pour le vol retour ?

— Oui, monsieur. Je suis au courant.

— Très bien. Je ne devrais pas en avoir pour longtemps. L'homme que je dois ramener à Victoria est censé être déjà là.

— D'accord. On repart quand vous voulez.

Nate ouvrit la porte, sauta sur le tarmac et courut jusqu'au terminal, de taille modeste mais bien équipé. Avec son sol moquetté et ses fauteuils confortables, la salle d'embarquement était accueillante.

Le terminal était désert, en dehors d'un homme assis derrière le comptoir, un certain Alan, d'après son badge. Petit et mince, âgé d'une quarantaine d'années, il ne correspondait absolument pas à la description que Sara lui avait faite de son grand-père après que toute la famille eut décidé que ce serait lui, Nate, qui irait chercher le juge à la retraite.

Alan leva les yeux du magazine qu'il était en train de lire.

— Puis-je vous aider ?

— Je cherche Archer Bennett. Il était censé me retrouver ici.

— Le juge Bennett a appelé pour prévenir qu'il aurait un quart d'heure de retard.

— Il y a combien de temps ? demanda Nate.

— Une demi-heure environ. Mais le juge habite loin, de l'autre côté de la ville. Et puis il y a le train. Si vous êtes coincé à l'un des passages à niveau, impossible de savoir combien de temps ça va durer, dit Alan en secouant la tête. Surtout s'ils commencent à faire des manœuvres, changer de voie ou décrocher des wagons...

Alan commençant à le soûler avec ses histoires, Nate se dirigea vers les baies vitrées près de l'entrée.

Cassie avait prévu de demander une escorte policière, mais le juge Bennett l'en avait dissuadée, prétextant que le chef de police et lui étaient de vieux amis. Nate dut patienter pas moins de quarante-six minutes avant de voir débouler sur le parking de l'aéroport une voiture de patrouille de la police de Cooley. Un policier en uniforme en sortit. Il fit le tour du véhicule pour aller ouvrir la portière au passager, qui correspondait en tout point à la description que Sara avait faite de son grand-père. Même les bottes en peau de serpent y étaient.

Archer, qui portait un jean bleu avec le pli marqué, une chemise western avec une cravate texane, et une veste en cuir, sortit son sac du coffre et entra dans le terminal.

— Vous êtes attendu, monsieur le juge, annonça Alan en désignant Nate de la pointe du menton.

— Désolé, je suis en retard. Ce maudit train m'a fait perdre un temps fou.

— C'est ce que je lui ai dit, claironna Alan. Que vous aviez dû tomber sur un train.

— Et vous aviez fichtrement raison.

Bennett lui décocha un clin d'œil puis se tourna de nouveau vers Nate.

— Je suppose que vous êtes là pour me protéger, mon garçon.

Nate se présenta et lui tendit la main. Bennett la serra à la broyer avant de la secouer vigoureusement.

— Juge Archer Bennett, mais vous pouvez m'appeler Archer. Et je vous informe, mon garçon, que je porte une arme.

Nate, qui tenait à faire bonne impression, secoua la main du juge tout aussi vigoureusement.

— Vous avez le droit de transporter votre arme, mais elle doit être déchargée et rangée en toute sécurité.

— Je connais la loi, jeune homme. Mon colt est dans une mallette verrouillée. Déchargé, cela va sans dire.

Ils sortirent du terminal et se dirigèrent vers le Beechcraft. Jack terminait ses contrôles de routine. Nate grimpa le premier pour ouvrir la porte de l'appareil et la tenir pendant que le juge se hissait tant bien que mal à l'intérieur avec son sac de voyage.

Nate le rejoignit et, assis tous deux à l'arrière, ils bouclèrent leur ceinture tandis que Jack s'installait aux commandes.

— Archer, je vous présente notre pilote, Jack Palmquist.

Les deux hommes échangèrent des salutations puis Jack mit le contact. Une fois les deux hélices reparties, ils roulèrent vers la piste. Dix minutes plus tard, ils étaient en l'air.

Il ne fallut pas longtemps à Archer pour dénicher le minibar. Il se servit un whisky et en proposa un à Nate, qui refusa. Il était en service et c'était désormais sur la sécurité de deux personnes qu'il devait veiller. Et comme en plus, il ne savait pas si le harceleur était à Cooley ou à Resolute, il avait intérêt à se tenir sur ses gardes.

— L'un des avantages de la retraite, c'est qu'on peut prendre l'apéritif quand on veut, se réjouit le juge en buvant une gorgée de whisky.

Il poussa un soupir d'aise.

— Bon, alors, ma petite-fille m'a expliqué en gros de quoi il retournait, continua-t-il. Mais j'aimerais maintenant l'entendre de votre bouche.

Nate s'y attendait. Sara l'avait prévenu que son grand-père le tannerait pour avoir un compte rendu détaillé des événements. Il passa donc les vingt minutes suivantes à le briefer. Ne lui parlant bien sûr que du harceleur. Le reste ne le regardait pas.

— Mais que lui veut-il, ce salopard ? s'insurgea Archer.

— On n'en sait rien et c'est ce qui est le plus frustrant. Les SMS, la nécrologie et même le paquet de photos ont été envoyés tels quels, sans menaces directes ou « Fais ceci ou cela, sinon... ». Ma sœur et ses adjoints se démènent pour démasquer le coupable.

— Ma petite-fille a-t-elle envisagé d'abandonner son poste de juge et de retourner au bureau du procureur d'Austin ?

— Cela ne changerait rien. Elle a reçu les premiers SMS avant d'accepter le poste à Resolute. Et j'ai l'impression que Sara n'est pas du genre à tout lâcher comme ça. Une fois qu'elle prend un engagement, elle s'y tient. Elle ne partira pas avant qu'un nouveau juge soit élu, dans quelques mois.

— Voilà qui fait plaisir à entendre. Je ne parle pas des SMS mais du remplacement. Je sais que c'est pour me faire plaisir que Sara l'a accepté. Elle pense qu'en devenant juge, elle me rend hommage. Ce qui est une belle foutaise. Quelle que soit la profession qu'elle choisira, je serai fier d'elle, évidemment. Mais elle a toujours été passionnée par mon métier, et je n'ai pas cherché à la décourager. Surtout après ce que la pauvrette a enduré.

Dans le métier de garde du corps, Nate avait appris très tôt à ne pas se montrer inquisiteur. Le détachement était de mise. Mais avec Sara, il avait déjà franchi tant de limites. Il exhorta donc Archer à continuer.

— Que voulez-vous dire ?

— Mon bon à rien de fils et sa femme, la riche héritière, l'ont terriblement négligée. De ses parents, Sara n'a jamais rien reçu d'autre que de l'indifférence et du mépris. Difficile de se construire dans ces conditions. La ténacité qu'elle a aujourd'hui, elle l'a gagnée à la dure, pour elle-même.

Nate perçut de la tristesse dans ces paroles. Mais aussi de la fierté.

— J'ai fait ce que j'ai pu, continua Archer. Bon sang, je l'ai prise presque chaque été. Elle passait la plupart de ses journées au tribunal. Ce n'était pas une vie pour une enfant, mais elle disait qu'elle adorait ça. À tel point que quand elle a été assez grande pour rester seule à la maison, elle a continué de venir au tribunal avec moi. Jour après jour, année après année.

Il regarda Nate droit dans les yeux.

— J'aime cette fille plus que tout au monde et je ne tolérerai pas que qui que ce soit la harcèle. Vous, les Reed, allez coincer ce salopard, n'est-ce pas ?

— Oui. Vous pouvez compter sur nous.

— C'est exactement ce que je voulais entendre, dit Archer, avant de vider son verre et d'admirer le paysage qui défilait en contrebas tandis qu'ils regagnaient Resolute, où Sara les attendait.

12

— Papy a envoyé un texto pour dire qu'ils viennent d'atterrir à Victoria, annonça Sara à Cassie avant de rempocher son téléphone en poussant un grand soupir de soulagement.

L'après-midi lui avait paru interminable. Elle l'avait passé tantôt dans le bureau de Cassie, tantôt dans celui d'Adam, ses amis la *gardant* tour à tour. Cassie l'avait même accompagnée aux toilettes « privées » du shérif car il s'agissait en fait de toilettes publiques qu'elle avait réquisitionnées et équipées d'un verrou.

Toujours plongée dans ses recherches, Cassie leva le nez de son ordinateur.

— Je suis contente de les savoir de retour sur le plancher des vaches, dit-elle. Peut-être que tu vas enfin arrêter de regarder toutes les trois minutes par la fenêtre et de faire les cent pas.

Sara s'affala dans un fauteuil et regarda Cassie plisser les yeux devant son écran puis prendre des notes. Elle ne l'avait pas vue souvent au fil des années – et seulement quand Cassie était venue à Austin pour affaires – mais leur amitié avait perduré grâce à de fréquents appels téléphoniques. Elles parlaient de leur boulot et de leur vie amoureuse, s'accordant sur le fait qu'avoir un homme dans sa vie ne présentait aucun intérêt, et elles se donnaient des nouvelles des personnes de leur entourage.

À l'université, toutes deux avaient été des étudiantes sérieuses et motivées qui passaient plus de temps à travailler qu'à faire la fête. Une fois dans la vie active, elles avaient continué de faire passer leur boulot avant leurs loisirs. Ayant remarqué les petites rides de concentration qui creusaient le front de Cassie entre les deux yeux, Sara lissa machinalement le haut de son propre nez.

Malgré cela, elle devait le reconnaître, Cassie semblait bien plus heureuse aujourd'hui qu'à leur dernière rencontre. Et il y avait fort à parier que Bishop y était pour quelque chose.

Lorsqu'on frappa à la porte, Cassie se leva pour aller ouvrir.

— Qui est-ce ? demanda-t-elle.

— Adam.

— Mot de passe ?

— Très drôle. Allez, ouvre !

— Mot de passe erroné. Second essai dans vingt secondes.

Elles entendirent un bruit de pas qui s'éloignaient.

— Son sens de l'humour n'est pas encore au point, dit Cassie en riant.

Elle venait à peine de regagner son fauteuil qu'on frappa de nouveau, un coup bref qui fut suivi du cliquetis d'une clé dans la serrure. Entrouvrant la porte, Helen passa la tête, l'air pas commode.

— As-tu dit à Adam qu'il fallait que je lui passe ma clé de ton bureau ? Tu sais que je ne…

— Que tu ne laisses jamais personne toucher à tes clés, l'interrompit Adam en poussant la porte et en passant devant elle. Oui, on le sait. Je m'excuse d'avoir menti, mais merci de m'avoir fait entrer.

Cassie s'étrangla presque d'indignation.

— Quoi ? Tu as *menti* à Helen ?

Se drapant dans sa dignité, Helen redressa les épaules et remonta ses lunettes sur son nez.

— Je n'ai pas de temps à perdre avec ces enfantillages, grommela-t-elle. Et tu es trop vieux pour ces jeux, Adam Reed !

Sur ce, elle referma la porte avec plus de force que nécessaire.

Cassie et Adam échangèrent un regard avant d'éclater de rire.

— Je n'en reviens pas que tu aies osé, dit Cassie, dont le rire contagieux finit par gagner Sara.

— Mot de passe ? Non, mais c'est quoi, ça ? demanda Adam en levant les yeux au ciel.

Lorsque son téléphone vibra, Sara sentit la peur lui nouer les entrailles et fut soulagée de constater que c'était un texto de son grand-père.

— Ils seront là dans une dizaine de minutes et Papy dit que Nate veut qu'Adam soit en bas quand ils se gareront.

— Ton grand-père envoie des textos ? C'est cool.

Sara feignit l'indignation.

— Et alors ? Tu ne serais pas un peu sectaire envers les personnes âgées, par hasard ?

— Non, pas du tout, se défendit Adam, piqué au vif. C'est juste que je pensais au juge Harmon, qui était totalement réfractaire au progrès. Je suis au contraire très impressionné.

— Hum.

— Je descends, dit Adam avant de partir comme un voleur.

Il veilla cependant à refermer la porte à clé derrière lui.

— Donc on ne sait pas ce qu'il est venu faire, fit remarquer Cassie. Tu ne devrais pas taquiner mon pauvre frère comme ça.

— Oh ! ça va ! protesta Sara. Tu ne vas pas commencer à jouer les rabat-joie !

Elle ne s'était pas rendu compte à quel point leurs plaisanteries bon enfant, qui étaient monnaie courante quand elles étaient colocs, lui avaient manqué.

Cassie ne put garder son sérieux bien longtemps.

— Quand je te disais que son sens de l'humour n'était pas encore au point, gloussa-t-elle.

— Eh bien, s'il est impressionné que mon grand-père puisse envoyer des textos, il va avoir un choc quand il le rencontrera en personne ! Papy est une force de la nature. Il a pris sa retraite le plus tard possible. Pour les juges, l'âge limite est fixé à soixante-quinze ans. Mais il n'a jamais vraiment levé le pied.

— Je l'ai croisé une seule fois, à la remise des diplômes, mais tu as raison. Quand il l'aura vu, Adam n'aura plus la même perception de ce qu'est une personne âgée.

Se levant, Cassie alla regarder par la fenêtre.

— Le voilà, justement !

— Ils sont là ? demanda Sara en se précipitant à la fenêtre.

Avec tout le travail qu'elle avait au bureau du procureur, il y avait des mois qu'elle n'avait pas rendu visite à son grand-père. Le voir ici, sain et sauf, égayait ce qui avait été une longue et pénible journée. Quand il sortit du pick-up, il lui parut encore plus fort et imposant que dans son souvenir. Et lorsqu'elle le vit serrer la main d'Adam, elle se douta qu'il lui avait broyé les doigts. *Tu as maintenant de quoi être impressionné, monsieur le premier adjoint, Adam Reed.*

Tandis qu'Adam se tenait près de la portière du véhicule, côté passager, Nate l'avait contourné par l'arrière, de telle sorte que les deux frères encadraient son grand-père. Le voir sous aussi bonne garde acheva de dissiper l'angoisse qui l'avait rongée toute la journée.

Se sentir en sécurité sous la protection de Nate était une chose, mais le voir en pleine action en était une autre. Lorsqu'elle le vit tourner la tête dans tous les sens puis guider son grand-père en haut des marches du Justice Center pour le mettre à l'abri, elle ressentit pour lui de l'admiration et de la gratitude, ainsi qu'un autre sentiment sur lequel elle ne sut mettre un nom et qu'elle n'eut pas le temps d'analyser car son grand-père arrivait.

— Ma petite chérie ! Je suis si content de te voir, s'exclama-t-il lorsqu'elle se précipita à sa rencontre.

Il la prit dans ses bras et la serra très fort contre lui.

— Papy ! Moi aussi, je suis contente de te voir, dit Sara en se laissant étreindre longuement car elle savait qu'il s'était inquiété pour elle autant qu'elle s'était inquiétée pour lui.

Lorsque, enfin, il la libéra, il la tint à bout de bras.

— Laisse-moi te regarder, juge Sara Bennett. Est-ce qu'on prend bien soin de toi, ici ?

— Oui, bien sûr, Papy. Tu te souviens de Cassie ? demanda Sara en attrapant son amie par la main et en la tirant près d'elle.

— Je me souviens très bien d'elle, mais elle est plus intimidante en tenue de shérif que dans la toge qu'elle portait le jour de la remise des diplômes.

Cassie sourit.

— Ravie de vous revoir, monsieur le juge. J'espère que vous avez fait bon voyage.

— Une fois pour toutes, appelez-moi Archer. Deux juges Bennett dans la même ville, cela risque de prêter à confusion, n'est-ce pas Sara ? Quant à mon voyage, il s'est très bien passé. J'ai discuté avec Nate pendant tout le vol et n'ai pas vu le temps passer.

Son grand-père la fixant avec sévérité, elle rougit et lança un regard interrogateur à Nate. Mais celui-ci arborait un air imperturbable.

— Il paraît que tu as fait exploser mon marteau. C'est vrai ?

Si elle était soulagée qu'il ne pose pas de questions sur Nate, Sara s'en voulait beaucoup d'avoir détruit son marteau.

— Je suis vraiment désolée, Papy. Si j'avais pu imaginer que...

Son grand-père se mit à rire.

— Ce bout de bois avait fait son temps. Je t'en offrirai un nouveau, avec un message que je ferai graver spécialement pour toi. Pour un juge, il n'y a pas de meilleure façon de commencer sa carrière.

Puis il se retourna et regarda chacun des Reed dans les yeux.

— Alors, quel est le plan ?

Après avoir bénéficié d'une escorte des forces de l'ordre, qui s'étaient montrées aussi discrètes que possible, Sara et son grand-père attendaient dans le hall du manoir que Nate ait fini d'inspecter les lieux.

— Eh bien ça, c'est du solide ! s'extasia Archer en agrippant la rampe de l'escalier et en essayant de la secouer. La maison ne date pas d'hier mais elle a de bonnes fondations, on dirait.

— Et la plomberie a été modernisée, Dieu merci ! dit Sara avec un sourire. Il a fallu que je m'habitue, mais mon appartement me manque toujours.

Son grand-père chassa ses regrets d'un revers de main.

— J'ai toujours pensé que ce penthouse prétentieux n'était pas fait pour toi. C'est le genre d'endroit qui aurait plutôt convenu à ta mère.

C'était surtout le genre de commentaire qui était très inhabituel dans la bouche de son grand-père. La consternation de Sara dut se lire sur son visage.

— Désolé, bredouilla-t-il en lissant du pouce et de l'index sa moustache blanche et fournie. Il est possible que la façon dont tes parents t'ont élevée m'ait turlupiné, ces derniers temps.

Nate descendit l'escalier.

— Rien à signaler, dit-il en les regardant tour à tour, comme s'il avait senti la tension entre eux. Je vais aller visionner les images de vidéosurveillance pendant que vous discutez.

Sara fit monter son grand-père à l'étage et l'installa dans une des chambres d'amis.

— Tu as besoin d'aide pour défaire tes bagages ?

— Je voyage léger, fit-il remarquer en soulevant le sac de voyage dans sa main avant de le poser au pied du lit. Mais j'aurais besoin d'une bonne tasse de café.

Passant un bras autour de sa taille, Sara se blottit contre lui.

— Alors, viens ; je vais t'en faire une.

Leurs tasses à la main, ils s'installèrent confortablement au salon. Enfin, aussi confortablement qu'on pouvait l'être, assis sur un canapé en crin de cheval dur comme du bois. Elle aurait préféré les chaises rembourrées de la salle à manger, mais elle ne voulait pas que Nate les entende. Son grand-père avait une voix qui portait, et Sara n'avait aucune idée de la tournure que prendrait la conversation.

Tel un bûcheron dans un salon de thé, son grand-père cherchait désespérément où poser sa tasse. Sara avisa une pile de dessous de verre et alla en chercher deux qu'elle disposa sur les tables basses à côté d'eux.

Son grand-père posa ses mains sur ses genoux.

— Je pense que tu devrais peut-être envisager d'investir dans du mobilier plus… contemporain, déclara-t-il.

— C'est prévu, lui assura-t-elle en riant. Mais je ne veux pas non plus dépenser des mille et des cents pour aussi peu de temps. Je ne reste ici que quelques mois. Jusqu'à ce que le mandat du juge Harmon soit terminé et que son successeur soit élu.

Les sourcils broussailleux de son grand-père remontèrent presque jusqu'à la racine de ses cheveux.

— Et ensuite ?

— Ensuite, je rentre à Austin, répondit-elle en haussant les épaules.

— Pourquoi tiens-tu tellement à retourner à Austin ? Je n'ai jamais compris ce que tu trouvais à cette ville.

— Ma vie est là-bas. Et quand j'aurai fini ici, j'aurai peut-être plus de chances de décrocher un poste de juge de district.

— Sara, je suis content que tu veuilles suivre mes traces, mais tu ne dois pas te sentir obligée de devenir juge. Quoi que tu fasses, je serai fier de toi.

Ses yeux bleus, presque aussi clairs que ceux de Sara, brillaient de tendresse.

— Je veux juste te savoir heureuse. Pour moi, c'est tout ce qui compte.

Une jambe repliée sous ses fesses, elle se tourna vers son grand-père.

— Mais je le suis, lui assura-t-elle. J'aime le système judiciaire.

Elle prit une de ses mains – couvertes de veines proéminentes et de taches de vieillesse – dans la sienne.

— Sache cependant que c'est non pas *pour* toi que j'ai toujours voulu devenir juge, mais *grâce à* toi.

Les sourcils de son grand-père se dressèrent comme deux chenilles prêtes à se livrer combat.

— Tu me rendrais service en m'expliquant la différence.

— J'ai toujours cherché à te rendre fier de moi. Et ce parce que je te respecte et t'admire énormément en tant que juge et en tant qu'homme. Les étés que j'ai passés chez toi sont mes meilleurs souvenirs d'enfance. J'ai appris grâce à toi ce qu'étaient l'éthique et la morale, et aussi qu'il fallait avoir des principes, dans la vie, et ne jamais abdiquer.

Se penchant vers lui, elle embrassa sa joue parcheminée.

— C'est pour ça que j'ai toujours voulu être juge.

Son grand-père se détourna et s'essuya les yeux d'un geste furtif.

— Est-ce que la poussière a été faite, dans cette maison ? Il y a quelque chose qui me pique les yeux.

Sara répondit, impassible :

— Je ne fais jamais la poussière. Cela donne à mes visiteurs une excuse pour avoir la larme à l'œil.

À ces mots, son grand-père se redressa et se passa les mains sur le visage.

— Avec l'âge, je deviens émotif. Il faut dire que tu es tout pour moi, ma chérie.

— C'est réciproque. Et si nous passions à table, maintenant ?

— Avant, j'aimerais clarifier une chose.

— Oui ?

Pitié, Seigneur, faites qu'il ne me demande pas ce qu'il y a entre Nate et moi.

— Maintenant que tu es juge, conformément à ce que tu as toujours souhaité, pourquoi tiens-tu tant à partir à la fin du mandat ? Pourquoi ne te présentes-tu pas pour le poste ?

— Parce que je ne suis pas juge de district. Et qu'on n'est pas dans le comté de Travis. En plus, comme je l'ai déjà dit, je me plais beaucoup à Austin.

— Hum. Être juge d'un comté rural, ça ne te suffit pas ? Il te faut mieux que ça ?

— Ce n'est pas ce que j'ai dit, répondit Sara.

— Désolé, j'ai dû mal comprendre, dit son grand-père en se

levant, sa tasse à la main. Mais pendant que tu es ici, fais-moi le plaisir de bien regarder autour de toi, d'accord ?

— Regarder quoi ?

Au lieu de répondre, il se dirigea vers la cuisine, la laissant méditer ses sages paroles.

13

Nate avait suggéré de reporter encore les audiences du jour, mais Sara n'avait rien voulu entendre, estimant qu'après les congés de Thanksgiving et l'opération de la veille pour aller chercher en urgence son grand-père, les mises en accusation avaient été déjà assez retardées comme ça.

Sans compter que son grand-père tenait beaucoup à profiter de son séjour à Resolute pour assister à une de ses audiences, tout le monde s'étant accordé sur le fait que le système judiciaire du comté de Boone ne pouvait être pris en otage par le harceleur de Sara.

La dernière affaire de la journée était celle de l'adoratrice de la lune qui paradait nue dans son jardin. Elle fut vite expédiée car Sara refusa tout net de visionner les images fournies par les voisins pour étayer leur plainte. L'accusée s'engagea à ne plus sortir de chez elle nue à l'avenir. Et c'est sur cette brouille de voisinage que Sara boucla les audiences du mardi.

Son grand-père et Nate l'attendaient dans son cabinet, pendant qu'elle se changeait en vitesse et se donnait un coup de peigne.

— Hier soir, au restaurant, je vous ai surpris en train de regarder dehors. Qu'avez-vous vu de si intéressant ? demanda Nate à Archer.

La veille, ils étaient allés dîner tous les trois au Busy B, Archer voulant à tout prix manger du poulet frit. Nate, assis en face de Sara et de son grand-père, avait remarqué que celui-ci jetait des coups d'œil furtifs à travers la vitrine.

— J'ai visiblement manqué de discrétion, déplora Archer en

lissant sa moustache. J'ai cru apercevoir quelqu'un que je connaissais, mais je me suis probablement trompé.

— Un type avec un blouson marron et une casquette de base-ball vissée sur la tête ?

Archer fit des yeux comme des soucoupes.

— Rien ne vous échappe, mon garçon.

— Encore heureux ! Dans mon métier, mieux vaut être observateur. D'où connaissez-vous cet homme ? demanda Nate après avoir jeté un rapide coup d'œil à la porte fermée des toilettes.

— Comme je n'ai pas bien vu son visage, ce n'est pas évident. C'est plus une impression. L'allure de ce type, sa démarche, m'a vaguement rappelé quelqu'un, mais je serais bien incapable de vous dire qui.

Pour l'avoir côtoyé pendant deux jours, Nate savait qu'Archer Bennett ne manquait ni de bon sens ni d'intuition. Et que jamais le vieil homme ne ferait courir le moindre risque à sa petite-fille. Aussi renonça-t-il à le questionner plus avant sur ce passant qui semblait avoir retenu son attention.

Sara les rejoignit.

— Je suis contente que tu aies été présent au tribunal aujourd'hui, Papy, et que tu n'aies pas assisté à ma toute première audience, il y a une quinzaine de jours. Des oies ont envahi le tribunal, figure-toi.

— C'était une joie de te regarder rendre la justice, ma chérie. Mais je parie que ces oies valaient le déplacement.

— Aujourd'hui, j'en ris, mais sur le moment, je n'ai pas trouvé ça marrant. On rentre ?

— On n'attendait plus que toi, répondit Nate avant de détourner enfin le regard, non sans difficulté tant elle rayonnait de bonheur.

Son grand-père a cet effet sur elle, songea-t-il, en proie à une pointe d'envie.

Ils descendirent les marches du Justice Center, Nate à l'affût du moindre danger.

— Jolie petite ville que vous avez là, s'extasia Archer en s'arrêtant.

La grand-place, juste en face, a vraiment beaucoup de charme. J'aimerais prendre une photo ou deux.

Mal à l'aise à l'idée qu'ils traînent dehors, Nate était sur le point de leur intimer l'ordre de grimper dans son pick-up lorsque, au dernier moment, il se ravisa. Cette histoire de photos lui semblait bizarre.

Archer avait eu droit à une visite complète de Resolute et il n'avait pas manifesté le moindre intérêt pour cette place.

Interceptant le regard en coin que lui lança le vieil homme, Nate se livra à un nouveau balayage visuel de la zone. Et c'est là, en scrutant la grand-place, qu'il le repéra : le type au blouson marron aperçu la veille au soir, traînant devant le Busy B. Il sentit son cœur bondir dans sa poitrine mais fit comme si de rien n'était.

Archer sortit son téléphone de la poche de sa veste, et se mit à tripoter l'appareil avant de le tenir devant lui, visant les boutiques au-delà de la place, comme le ferait un touriste ordinaire.

Le téléphone de Nate vibra mais il ne réagit pas.

— Tu ne regardes pas ce que c'est, mon garçon ? demanda Archer. C'est peut-être important.

Tandis que ses frères et sœur sortaient à leur tour du Justice Center pour les rejoindre, Nate jeta un coup d'œil à ses messages.

Blouson marron sur un banc de la place. Vu devant chez moi à Cooley.

Nate transmit le message à ses frères et sœur puis s'approcha d'Archer. Pointant la rue du doigt, comme s'il lui montrait quelque chose, il demanda :

— Vous en êtes sûr ?

— Affirmatif.

Sara se rapprocha d'eux.

— Quelqu'un peut-il me dire ce qui se passe ? demanda-t-elle à mi-voix.

Son grand-père passa une main autour de ses épaules.

— Regarde mon téléphone comme si je te montrais des photos, lui enjoignit-il en tournant l'écran vers elle.

Elle hocha la tête.

— Il y a un type, là-bas, de l'autre côté de la place, qui traînait devant chez moi il y a quelques jours et que j'ai de nouveau vu hier soir, devant le restaurant.

Sara releva brusquement la tête mais Archer s'empressa de lui chuchoter quelque chose à l'oreille, l'empêchant *in extremis* de jeter un coup d'œil en direction de la place.

Nate désigna la façade du Justice Center.

— Pendant que vous faites semblant de prendre des photos du bâtiment, dit-il à Archer et à Sara, remontez les marches et avancez jusqu'à la porte.

Cassie hocha la tête et rit comme si quelqu'un avait fait une blague. Puis à voix basse, elle donna ses ordres.

— Nate, tu fonces vers lui. Adam, tu fais le tour pour arriver par le côté nord de la place. Moi, je viendrai de l'est. Il est peut-être armé, alors on fait gaffe. Toi, dit-elle en regardant Noah, tu restes avec Sara et Archer, et dès que nous serons prêts à intervenir, tu les ramènes à l'intérieur.

Elle se dirigea vers sa voiture.

— À demain ! lança-t-elle par-dessus son épaule.

Adam lui emboîta le pas, feignant de rejoindre son propre véhicule.

Archer cria bien fort à Nate :

— Mon garçon, j'aimerais avoir une photo de ma petite-fille et moi en haut des marches.

Noah les suivit en veillant ostensiblement à rester hors du cadre, comme s'ils prenaient vraiment des photos. Nate recula de quelques pas et se mit bien en face du Justice Center, prêt à prendre les photos. Lorsque le message s'afficha indiquant que Cassie et Adam étaient en position, Nate continua à tenir son téléphone à hauteur des yeux, sauf qu'il avait basculé la caméra en mode selfie, ce qui lui permettait d'observer discrètement ce qui se passait derrière lui.

L'homme au blouson marron n'était plus assis sur le banc, mais appuyé contre un arbre, partageant son attention entre la scène qui se déroulait devant lui, sur les marches du Justice Center, et son propre téléphone.

Pendant que Sara et Archer prenaient la pose devant la porte du bâtiment, Nate attendit que son frère et sa sœur entrent dans le champ de sa caméra puis il fourra le téléphone dans la poche de son jean, pivota sur ses talons et s'élança vers la grand-place.

Comme un lapin pris dans les phares d'une voiture, l'homme se figea, tétanisé. Juste une seconde, mais cela permit presque à Nate de l'attraper. Lorsque l'inconnu sortit de sa transe, il réagit au quart de tour et détala, fonçant droit sur Cassie. La collision frontale fut évitée de justesse, le type faisant un écart et courant comme un dératé dans la partie paysagée de la place.

Merde ! Il va nous filer entre les pattes.

Nate fit signe à Adam. Ils allaient le coincer, ce salopard. Mais le fuyard avait une sacrée foulée. Cassie les rejoignit et se lança elle aussi à sa poursuite tandis qu'ils quittaient la place et dévalaient la Grand-Rue.

Nate vit l'homme au blouson marron bifurquer brusquement, un demi-pâté de maisons plus bas.

— Interceptez-le ! cria-t-il en agitant les bras pour leur indiquer la direction.

Cassie tourna à gauche et fonça vers une rue parallèle. Nate s'apprêtait à tourner aussi lorsque Cassie lui fit signe de rester dans la Grand-Rue. À l'intersection suivante, Adam bifurqua dans une rue transversale, laissant Nate continuer vers l'est.

En passant devant une ruelle, Nate capta du coin de l'œil un mouvement furtif. Il se précipita. L'homme donnait des signes de fatigue. Nate était en train de gagner du terrain. Lorsqu'il jeta un coup d'œil par-dessus son épaule, le fuyard ralentit encore. Nate en profita pour combler la distance qui le séparait de lui. Il tendit le bras.

L'espace d'un instant, il crut qu'il avait raté son coup. Mais contre toute attente, ses bras s'enroulèrent autour du torse de l'homme et il le fit tomber.

Tandis que l'homme expulsait bruyamment tout l'air contenu dans ses poumons, Nate le remerciait par la pensée d'avoir amorti sa chute. Incapable de se débattre, l'homme haletait comme une carpe hors de l'eau, cherchant désespérément de l'oxygène.

Nate tira les bras du fuyard dans son dos et glissa l'un des siens à travers, exerçant une pression à la fois sur le coude et sur l'épaule.

Le suspect n'eut d'autre choix que de s'allonger face contre terre. Chaque fois qu'il essayait de se libérer, Nate resserrait sa prise, rendant tout mouvement impossible.

Il fut bientôt rejoint par Cassie et Adam, arrivés des deux extrémités opposées de la ruelle. À bout de souffle, Cassie sortit une paire de menottes. S'approchant du suspect, elle allait les lui passer aux poignets lorsqu'elle se figea.

— Comment fais-tu pour l'immobiliser ? demanda-t-elle. On a l'impression que tu le tiens à peine.

— J'ai la technique, qu'est-ce que tu crois ?

— Cette technique, j'aimerais bien que tu l'enseignes à mes adjoints, dit Cassie en menottant l'homme et en l'aidant à s'asseoir contre le mur.

— Avec plaisir, shérif, répondit Nate avec un sourire.

— Tu veux que j'appelle une voiture ? demanda Adam.

Cassie, qui peinait à retrouver son souffle, hocha la tête.

— Je préfère ne pas prendre le risque de le ramener à pied, dit-elle en désignant le suspect de la pointe du menton.

Pendant qu'Adam contactait le bureau par radio, elle se tourna vers Nate.

— Tu vois tout ce que tu as raté en ne devenant pas adjoint ? Avec quatre Reed dans la police, aucun criminel ne se risquerait à mettre les pieds dans le comté de Boone.

— Mais oui, bien sûr ! ironisa Nate. Je peux te le laisser ? Tu le surveilles ?

— Évidemment. Va rejoindre ta *cliente*.

Il ne se le fit pas dire deux fois. Laissant le suspect aux bons soins de Cassie, il courut jusqu'au Justice Center, impatient d'annoncer à Sara qu'ils avaient appréhendé l'homme au blouson marron. Si celui-ci se révélait être leur homme, Sara n'aurait plus rien à craindre.

Les cernes sous ses yeux disparaîtraient et elle retrouverait enfin le sourire. Ce sourire éblouissant qu'il aimait tant voir sur son visage.

Nate grimaça, ressentant une douleur dans la poitrine qui l'obligea à ralentir. Il songea fugacement à une crise cardiaque mais comprit très vite qu'il s'agissait d'autre chose.

Si Sara ne risquait plus rien, elle n'aurait plus besoin d'un garde du corps.

Et il n'aurait plus qu'à retourner en Californie.

Moins d'une heure plus tard, Nate assistait derrière une glace sans tain à l'interrogatoire de leur suspect. À première vue, il s'agissait bien de leur homme. Nate sentait cependant qu'il y avait quelque chose qui clochait. Et la raideur de ses épaules, ses muscles noués, ne faisait que le conforter dans ce mauvais pressentiment.

— Tu es bien sûre, Sara, de ne l'avoir jamais vu avant ?

Debout à côté de lui, elle avait croisé les bras sur sa poitrine, comme si elle avait froid et cherchait à se réchauffer. Il comprit qu'en fait elle avait peur, et il dut se retenir de la prendre dans ses bras pour la réconforter. Il allait bientôt partir : il était grand temps qu'il se ressaisisse et se mette à considérer Sara comme sa cliente et non son amante.

Elle secoua la tête.

— Jamais.

Elle fronça les sourcils lorsqu'elle vit Cassie et Noah entrer dans la salle d'interrogatoire. Avec son éclairage au néon, ses murs gris acier à la peinture écaillée et sale, et sa table en métal boulonnée au sol et flanquée de deux chaises assorties, la pièce était sordide. Une caméra était fixée en hauteur, dans un coin.

Cassie s'écarta tandis que Noah s'asseyait en face du suspect et lui tendait une petite bouteille d'eau.

Pourquoi Cassie le laissait-elle mener l'interrogatoire ? se demanda Nate, intrigué. Cela ne lui ressemblait pas. Cassie avait toujours été du genre à prendre les choses en main. Certes, Noah semblait s'impliquer davantage dans son travail depuis quelque temps, surtout depuis que Bree et lui avaient démantelé un trafic de méthamphétamine, mais Nate avait du mal à oublier les pitreries légendaires de son jumeau.

— Cet interrogatoire va être enregistré. Je suis le shérif adjoint Noah Reed. Le shérif Cassie Reed est également présent. Maintenant, monsieur, je vais avoir besoin de vos nom et prénom pour nos archives.

Grâce au micro, la voix de Noah leur parvenait très distinctement de l'autre côté de la glace sans tain. Impressionné par le ton ferme de son frère, Nate songea que Cassie savait sans aucun doute ce qu'elle faisait en lui laissant les rênes.

Le suspect avait tellement sué que ses cheveux bruns, fins et mous, étaient plaqués sur son crâne. Ses mâchoires mal rasées se crispèrent et il demanda :

— Suis-je en état d'arrestation ?

— Non, pas à ce stade, répondit Noah en posant les avant-bras sur la table et en se penchant vers lui, comme pour le mettre en confiance. Je vais juste vous poser quelques questions.

L'homme attrapa la bouteille d'eau et la vida d'un trait.

— Moi aussi, je crève de soif. On peut vous apporter une autre bouteille, proposa Noah.

Le suspect hochant la tête, Cassie ramassa la bouteille vide et sortit de la pièce.

Nate comprit tout de suite la manœuvre. Son frère et sa sœur recouraient à cette vieille technique d'interrogatoire qui consistait à mettre le suspect dans une situation inconfortable en surchauffant la pièce et en le faisant boire jusqu'à ce que, pris d'une envie pressante, il soit prêt à passer aux aveux. S'il s'obstinait à garder le silence, ils pourraient toujours relever ses empreintes sur les bouteilles d'eau.

Noah insista :

— Pouvez-vous me donner vos nom et prénom ?

— Si je ne suis pas en état d'arrestation, dites-moi pourquoi vous m'avez traîné jusqu'ici. Sinon, je porte plainte pour arrestation abusive.

L'homme croisa les bras et commença à se balancer sur sa chaise.

— Les quatre pieds de cette chaise doivent rester par terre, dit Noah.

— Sinon quoi ?

— Sinon, je serai obligé de vous menotter. Pour votre propre sécurité.

— N'importe quoi ! marmonna l'homme, qui finit malgré tout par obtempérer.

Bien joué, Noah. Cette autre technique d'interrogatoire consistait à rendre le suspect plus docile. Même si l'homme, en l'occurrence, n'était encore qu'une personne d'intérêt.

— Nous voudrions savoir pourquoi vous suiviez le juge Archer Bennett, demanda Noah tandis que Cassie revenait avec plusieurs bouteilles d'eau.

— Quel juge ? Mec, je ne sais même pas de qui vous parlez.

Après avoir bu une gorgée d'eau, Cassie eut soudain ce regard farouche que Nate lui connaissait bien.

Deviner ce qui allait se passer fut pour lui un jeu d'enfant. La stratégie de sa sœur avait maintes fois fait ses preuves. Tout le monde connaissait le coup du gentil flic et du méchant flic, mais Cassie était un peu plus subtile que ça.

Elle reboucha sa bouteille d'eau et prit la parole d'une voix dont le calme n'était qu'apparent.

— Vous avez pourtant été vu devant chez lui, à Cooley. Et hier soir, on vous a surpris en train de l'épier par la vitrine du Busy B Café.

— Vous racontez n'importe quoi. Je n'ai jamais fichu les pieds à Cooley de toute ma chienne de vie. Je ne sais même pas où ça se trouve. Et autant que je sache, il n'est pas interdit de passer devant un snack-bar.

— Qu'êtes-vous venu faire à Resolute ? enchaîna Noah.

— Ça ne vous regarde pas. J'ai autant le droit d'être là que vous.

Cassie fit une petite grimace.

— Hum, c'est ce qu'on va voir. Si vous n'avez rien à vous reprocher, pourquoi vous êtes-vous enfui, tout à l'heure ?

Et voilà ! Emballé, c'est pesé ! songea Nate. Cassie avait amené l'homme exactement là elle le voulait, comme un agneau à l'abattoir.

— Un type bizarre m'a foncé dessus, alors j'ai détalé comme un lapin, pardi !

Il étendit ses jambes sous la table, comme s'il se mettait à l'aise pour une discussion entre potes.

— Et quand deux uniformes s'en sont mêlés, j'ai couru encore plus vite, expliqua-t-il en haussant les épaules. Qu'est-ce que vous voulez que je vous dise ? Je n'ai pas réfléchi. J'ai suivi mon instinct.

— Je comprends, lui assura Cassie en y allant elle aussi d'un haussement d'épaules. À votre place, qui n'aurait pas pris ses jambes à son cou ? Mais pour que tout soit bien clair : vous aviez pigé que mon adjoint et moi vous poursuivions ?

Le piège était tendu. Il fallait juste que...

L'homme ricana.

— Difficile de ne pas piger alors que vous m'êtes quasiment rentrée dedans !

Esquissant un petit sourire, Nate vit que de l'autre côté de la glace, son jumeau arborait le même rictus.

Sara avait compris le stratagème, elle aussi.

— Elle l'a coincé, murmura-t-elle.

Cassie lança un regard à Noah et hocha la tête.

— Vous êtes en état d'arrestation pour délit de fuite caractérisé. Vous avez le droit de garder le silence, déclara-t-elle.

Pendant que Cassie lisait ses droits au suspect, Noah entreprit de le fouiller. Il vida le contenu de ses poches, posant tout sur la table afin d'effectuer un inventaire dans le cadre de la procédure d'arrestation : un trousseau de clés, un canif, un briquet, un portefeuille et un peu de monnaie. Puis il le menotta à la barre fixée à la table pendant que Cassie sortait son bloc-notes et son stylo.

— Il me faut vos nom, prénom, date et lieu de naissance, ainsi que votre adresse actuelle.

— Allez au diable ! Je ne dirai rien.

Noah eut un claquement de langue désapprobateur.

— Vous êtes sûr de vouloir la jouer comme ça ? En refusant de vous identifier alors que vous êtes en état d'arrestation, vous commettez une autre infraction.

— Une vraie tête de mule, murmura Sara, impassible.

Nate se demanda ce qu'elle ressentait. Était-elle soulagée que ce cauchemar soit terminé et que sa vie puisse reprendre un cours normal ? Ce n'était pas l'impression qu'elle donnait.

Tandis que l'interrogatoire se poursuivait, Nate demanda de nouveau à Sara si elle était sûre de ne pas connaître le suspect.

— Tu aurais pu le croiser au tribunal du comté de Travis, ou dans le bureau du procureur. À moins que ce ne soit quelqu'un de ton immeuble ? Ou un livreur de pizza ?

Sara secoua la tête.

— Je te jure que je ne connais pas cet homme. Et si je l'ai croisé, je n'ai pas fait attention.

Dans la salle d'interrogatoire, Cassie ouvrit le portefeuille du suspect et en sortit ses papiers.

— Patrick Weaver, d'Austin, au Texas, lut-elle avant de relever les yeux et de le fixer. D'où connaissez-vous Sara Bennett ?

L'homme poussa un soupir exaspéré.

— Je vous ai déjà dit que je ne connaissais pas le vieux. Pourquoi voulez-vous que je connaisse sa petite-fille ?

— Comment savez-vous qu'il s'agit de sa petite-fille ?

Soudain beaucoup moins sûr de lui, Weaver se redressa sur sa chaise.

— C'était juste une supposition. Après tout, ils ont le même nom.

— Ça aurait pu être sa mère ou sa femme. Mais vous saviez que c'était sa petite-fille. Vous voyez pourquoi j'ai du mal à croire que vous disiez la vérité ?

— C'est pourtant le cas, je vous le jure. Comme je vous l'ai dit, c'était juste une supposition.

Weaver continua de protester mais Cassie ne l'écoutait plus. Appuyant sur son micro d'épaule, elle demanda :

— Chef adjoint Adam Reed, veuillez apporter un plateau et un formulaire d'inventaire pour les affaires de M. Weaver. Puis incarcérez-le pour délit de fuite et refus de s'identifier.

Hors de lui, Weaver tourna la tête vers la glace sans tain et lança d'un ton haineux :

— Elle est là, je parie ? Je sais que tu es là ! Tu vas le regretter !

Lorsque l'homme la fusilla du regard à travers la glace, Sara eut la chair de poule et son front se couvrit de sueur. La brusque montée d'adrénaline lui provoqua un malaise. Ce n'était pas tous les jours qu'elle avait en face d'elle un individu déterminé à lui pourrir la vie, à défaut de carrément la lui ôter en mettant ses menaces à exécution.

— Les menaces qu'il vient de proférer constituent un nouveau chef d'inculpation, non ? demanda-t-elle en réprimant un frisson. Il n'est pas bien malin.

Comme s'il ne s'était pas rendu compte de son malaise, Nate continuait de fixer la salle d'interrogatoire tandis qu'Adam concluait avec Weaver.

— Il est manifeste qu'il t'en veut, dit-il. Ses vociférations n'ont éveillé aucun souvenir ?

La froideur de Nate, qui ne chercha ni à la réconforter ni à la rassurer, lui fit l'effet d'un coup de poignard dans le cœur.

Patrick Weaver ? Qui êtes-vous donc ? Elle avait beau se creuser la cervelle et fouiller dans ses souvenirs pour le resituer, elle ne voyait vraiment pas qui il était. Il devait pourtant y avoir un lien. Par son métier, elle savait que les harceleurs étaient généralement des gens très motivés. Complètement paranos mais extrêmement motivés.

— Désolée, Nate, mais je ne vois vraiment pas ce qui a pu susciter chez cet homme, que je ne connais ni d'Ève ni d'Adam, autant de haine à mon endroit.

Toujours parcourue de frissons, elle se mit machinalement à

se frotter les bras, s'appuyant contre Nate, dont elle espérait un minimum de soutien.

Mais il ne bougea pas, gardant les bras le long du corps, ces bras qu'elle avait tellement envie de sentir autour d'elle.

Frustrée et peinée, elle s'écarta en réprimant tant bien que mal les larmes brûlantes qui lui étaient montées aux yeux.

Jamais elle ne s'était sentie aussi seule.

— En tout cas, on sait maintenant à qui on a affaire, déclara Nate. Le bureau du shérif va pouvoir se pencher sur ses antécédents judiciaires.

C'était tout ce qu'il trouvait à dire ? Il préférait lui parler de l'enquête plutôt que de lui manifester un peu de tendresse ou au moins d'amitié ? Même si elle n'était pas vouée à durer, leur relation ne devait pas pour autant être dénuée de sentiments, à ce qu'elle sache.

La porte du sas dans lequel ils se trouvaient s'ouvrit brusquement et Adam entra. Nate se poussa pour lui faire de la place.

— Pendant qu'on consulte nos bases de données, pourquoi ne viendriez-vous pas nous rejoindre dans l'open space ?

— Moi, je viens, répondit Sara. Et toi, Nate ? Ou bien considères-tu que cette mission est terminée ?

Si Nate voulait jouer la carte de l'indifférence, il valait mieux qu'elle en fasse autant. Elle ne tolérait pas la bêtise, la sienne encore moins que celle des autres.

Nate plissa les yeux.

— Tout porte à croire que ce Weaver est ton harceleur, mais il est hors de question que je te lâche d'une semelle tant que nous n'en aurons pas la preuve.

Sara hocha la tête et suivit Adam dans le couloir, Nate lui emboîtant le pas. D'un côté, elle se réjouissait qu'il reste en mode garde du corps bien qu'ils aient maintenant un suspect en détention. Mais d'un autre côté, elle n'arrivait pas à se faire à l'idée que l'affaire était bouclée et que Nate allait pouvoir repartir en Californie.

Mais chaque chose en son temps, songea-t-elle en s'asseyant à un bureau libre et en se concentrant sur ce qui se passait dans la pièce. Délaissant leurs bureaux, Cassie et Adam s'étaient installés dans la salle commune de manière à partager leurs résultats avec tout le monde et à faciliter la communication au sein du groupe. De là où elle était, Sara vit que Noah faisait défiler une liste de noms sur son écran.

Pendant qu'ils consultaient leurs bases de données et passaient le nom de Weaver à la moulinette, Sara se rendit compte qu'elle n'avait pas vu son grand-père depuis un bon moment.

— Quelqu'un sait où est Papy ? lança-t-elle à la cantonade.

Noah gloussa.

— Avec Helen. Ces deux-là s'entendent comme larrons en foire. J'ai même entendu Helen rire ; alors c'est dire !

Son grand-père était veuf depuis si longtemps qu'il n'était jamais venu à l'esprit de Sara qu'il puisse rechercher la compagnie de la gent féminine.

Levant les yeux de son écran, Noah déclara :

— J'ai trouvé quelque chose. Weaver travaille, ou travaillait, au bureau du procureur du comté de Travis.

Tous les regards convergèrent vers Sara, frappée de stupeur.

— À quel poste ? demanda Cassie.

— D'après la liste des employés qu'ils nous ont envoyée au début de l'enquête, Patrick Weaver était préposé au courrier.

Nate rapprocha sa chaise de celle de Sara, qui en conclut qu'il devait être pressé de boucler l'enquête. Le dossier contre Weaver se consolidait et Nate venait de dire qu'il partirait une fois que la preuve de sa culpabilité aurait été établie.

— Sara ? Ça te rappelle quelque chose ?

Cette question la fit presque regretter la faculté de concentration dont elle faisait preuve quand elle était occupée à quelque chose. Dans le cadre de son travail comme substitut du procureur, elle avait souvent ignoré les conversations, les disputes, tout ce qui se passait autour d'elle.

— Il me semble avoir déjà entendu mon assistante s'adresser à un certain « Pat » mais je n'y ai jamais vraiment prêté attention. C'était peut-être le gars qui apportait le courrier.

— Peut-être que tout le problème vient de là, dit Adam en faisant pivoter sa chaise vers elle. Peut-être qu'il s'est amouraché de toi et que tu ne lui as jamais accordé le moindre regard.

— Un cas d'amour non réciproque, expliqua Noah d'un ton docte. J'ai lu plein d'études là-dessus. L'amoureux transi finit par ne plus supporter l'indifférence de sa bien-aimée.

— Si je l'ai ignoré, je ne l'ai pas fait sciemment, se défendit Sara d'un ton plus âpre qu'elle ne l'aurait voulu. C'est juste que j'étais concentrée sur mon travail.

Cassie s'approcha et lui posa une main sur l'épaule.

— On ne dit pas que c'est ta faute. On essaie de comprendre son mobile.

— Et son téléphone ? demanda Nate. Quand pourrons-nous consulter ses relevés ?

— Je vais me faire délivrer une ordonnance par un juge d'instruction pour obtenir ses données de localisation. Si les données montrent ce que je pense, on aura des motifs suffisants pour demander un mandat permettant d'accéder à son historique d'appels et de messages.

Elle regagna sa place et reprit la recherche d'antécédents qu'elle avait lancée.

— Puisque Sara est juge, elle pourrait...

— Non, Nate, le coupa Cassie. Il y aurait un conflit d'intérêts. Je vais m'adresser au juge de district du comté de Boone.

En fin d'après-midi, ils durent se rendre à l'évidence : Patrick Weaver n'avait pas de casier judiciaire. Ses empreintes digitales n'apparaissaient dans aucune base de données. Cassie soumit la demande d'ordonnance au tribunal, et tout le monde rentra chez soi pour se reposer et se préparer à la journée du lendemain, qui serait à l'évidence bien remplie.

Sara laissa son grand-père monter à l'avant. Assise sur la banquette arrière, elle put se détendre et faire le point sur son ressenti par rapport aux événements de la journée. En elle, le soulagement le disputait à l'inquiétude. La culpabilité de Weaver ne faisait aucun doute dans son esprit, mais les preuves qu'ils avaient contre lui restaient circonstancielles.

Même s'il était reconnu coupable, elle savait qu'il ne resterait pas longtemps derrière les barreaux. En tant que substitut du procureur, elle n'ignorait pas qu'une condamnation pouvait être annulée à tout moment pour vice de procédure. Ils avaient donc besoin de plus de preuves, car elle ne se voyait pas passer le reste de sa vie à regarder par-dessus son épaule.

En ce qui concernait ses sentiments pour Nate, les choses étaient beaucoup moins claires dans son esprit. Voir son harceleur derrière les barreaux était évidemment le but, mais cette incarcération sonnerait le glas de sa relation avec Nate. Elle n'aurait plus besoin de garde du corps. Il n'aurait plus de raison de rester au Texas.

Ils n'avaient pris aucun engagement l'un envers l'autre. Ils ne s'étaient rien promis. En repensant à l'attitude qu'avait eue Nate dans le sas d'observation, elle comprit qu'il avait déjà commencé à prendre ses distances. Physiquement et émotionnellement. Pas parce que sa mission touchait à sa fin, mais parce que leur histoire était bel et bien terminée.

À partir de Thanksgiving, ils avaient dormi ensemble chaque nuit et n'avaient réintégré leurs chambres respectives que depuis l'arrivée de son grand-père. Elle avait su dès le départ que leur relation serait de courte durée, mais penser qu'elle et Nate ne feraient plus jamais l'amour ensemble la rendait terriblement triste.

Regardant Resolute défiler derrière la vitre du pick-up, Sara secoua la tête. *Nous n'avons pas fait l'amour. Nous avons couché ensemble. L'amour n'a rien à voir là-dedans.*

14

Le lendemain soir, Sara se rendit pour la première fois à L'Enclos, qui passait pour être le meilleur restaurant et bar dansant du comté. Elle en avait entendu parler lors de son premier séjour à Resolute, dix ans plus tôt, et avait déjà eu à l'époque très envie de le découvrir, mais l'occasion ne s'était pas présentée, aussi se faisait-elle une joie de passer la soirée dans ce lieu emblématique.

Suivie de son grand-père et de Nate, qui fermait la marche, elle s'introduisit dans le couloir à bétail par lequel on accédait au comptoir d'accueil du restaurant. Au passage, elle admira le bar très animé qui occupait un côté de la salle, et les tables de billard et les jeux de palet qui se trouvaient de l'autre côté.

— Ça alors ! Il y a même un taureau mécanique ! s'exclama Archer en désignant le fond de la salle. Et regardez-moi tous ces crétins qui font la queue pour se rompre le cou !

Sara se hissa sur la pointe des pieds pour mieux voir l'engin sur lequel elle aurait sauté autrefois sans la moindre hésitation. Mais maintenant qu'elle était juge, et qu'elle se préoccupait de son image, elle se voyait mal cabrioler sur le dos du taureau et risquer de se retrouver les quatre fers en l'air.

— Salut, Nate, lança la jeune et jolie hôtesse en les accueillant avec un grand sourire. Il paraît que tu es un vrai héros local.

Nate haussa les sourcils.

— De quoi parles-tu, Crystal ?

Elle leva les yeux au ciel.

— Tu pensais vraiment pouvoir poursuivre un criminel dans les rues de Resolute, et l'attraper, en plus, sans que personne soit au courant ?

— J'adore ces petites villes, s'esclaffa Archer.

— Je ne suis pas un héros ; je faisais juste mon boulot, déclara Nate en croisant les bras sur sa poitrine.

— Tu ne vas pas faire le modeste, en plus de ça ! le charria Crystal, avant de détourner de Nate son regard aguicheur et de s'adresser à Sara et à son grand-père.

— Bonsoir, madame, bonsoir, monsieur. Bienvenue à l'enclos.

— Par pitié, ne me donnez pas du « madame ». Je ne suis pas si vieille que ça, dit Sara en riant. Je suis...

— Oh ! mon Dieu, vous êtes la juge Bennett, la nouvelle juge ! l'interrompit Crystal en rougissant. J'aurais dû vous reconnaître tout de suite. Je suis vraiment désolée.

— Il n'y a pas de mal. Vous n'aviez aucune raison de me reconnaître. Je ne suis pas beaucoup sortie depuis mon arrivée.

Mais elle avait bien l'intention de se rattraper, songea Sara en décochant un sourire à Crystal.

Son grand-père offrit une poignée de main à l'affriolante hôtesse.

— Je suis le grand-père de la nouvelle juge, dit-il en bombant fièrement le torse. Moi non plus, vous ne risquiez pas de me reconnaître, plaisanta-t-il, mettant aussitôt Crystal à l'aise.

La jeune femme attrapa des menus et des couverts enveloppés dans des serviettes.

— Enchantée, dit-elle. Je suppose que vous faites partie du groupe du shérif Reed ?

Nate acquiesça d'un hochement de tête.

— Vous êtes les premiers. Si vous voulez bien me suivre, je vais vous installer.

Crystal les conduisit jusqu'à une table ronde, à l'autre bout de la salle, dans une alcôve un peu à l'écart, à l'abri des oreilles indiscrètes et du brouhaha ambiant. Elle déposa un menu à chaque place.

— Je vous envoie le serveur pour les commandes de boissons.

Au moment où Sara allait s'asseoir, Nate la prit par le coude et la guida vers une des chaises contre le mur.

— Jusqu'à nouvel ordre, tu es toujours en danger, dit-elle en prenant place à côté d'elle.

Son grand-père, qui s'était assis de l'autre côté, lui tapota le genou.

— J'espère vraiment que ce dîner a pour but de confirmer que le gars arrêté est bien ton harceleur, et qu'il va être incarcéré.

— Merci, Papy. Je l'espère aussi, dit Sara en posant sa tête sur son épaule et en se redressant très vite, refusant de céder à l'épuisement mental qui la guettait. Espérons que Cassie aura découvert des preuves supplémentaires.

Aujourd'hui, au tribunal, Sara avait été si préoccupée par l'arrestation de Weaver qu'elle avait eu du mal à se concentrer sur son travail de juge. Et la présence de Nate, non loin d'elle, qui ne quittait pas des yeux la salle d'audience, n'avait rien arrangé. La veille au soir et ce matin, il s'était montré courtois avec elle, et même amical. Mais elle n'avait toujours pas digéré sa froideur d'hier après-midi.

Un serveur, vêtu d'un jean et d'une chemise de cow-boy, s'approcha de la table.

— Bonsoir, tout le monde ! Je m'appelle Justin, ici pour vous servir. Que souhaitez-vous boire ?

— Bonsoir, Justin, dit Archer en souriant au jeune homme. Je prendrai un bourbon-soda.

— Très bien, monsieur. Et vous, mademoiselle ?

Sara réprima un éclat de rire. Justin savait parler aux femmes, manifestement. En flattant ses clientes, il était assuré de recevoir un bon pourboire.

— Pour moi, ce sera un verre de riesling, dit-elle.

— Et pour moi, juste de l'eau pour l'instant, dit Nate. Je verrai tout à l'heure avec le repas.

— Bien sûr, Nate. Et au fait, bravo pour hier. J'aurais voulu vous voir plaquer ce type au sol, dit Justin avant de filer vers le bar.

— Ça alors ! s'exclama Sara en riant. Les nouvelles vont décidément vite, à Resolute. J'ai l'impression, Papy, que nous dînons avec un véritable héros.

— C'est sûrement pour ça qu'on a droit à une table dans une alcôve privée.

Nate se passa une main dans les cheveux.

— Raison de plus pour laquelle je préfère Los Angeles. Là-bas, personne ne connaît personne.

— Allons, mon garçon. Ça doit être plaisant de savoir que tout le monde vous apprécie autant. Et au cas où vous ne le sauriez pas, ma petite-fille et moi vous considérons aussi comme un héros. Pas vrai, ma chérie ?

— Bien sûr, répondit Sara avec un sourire un peu crispé.

Elle entreprit de déballer ses couverts pour éviter de croiser le regard de Nate.

Par chance, Justin revint avec leurs boissons pour la tirer d'embarras.

— Vous êtes sûr de ne pas vouloir autre chose ? demanda le serveur en posant devant Nate un verre d'eau glacée.

— Non, merci. Je suis encore en service.

— Je pensais que le type était sous les verrous.

— Enquête en cours, répondit laconiquement Nate. Discrétion oblige.

Écarquillant les yeux, Justin jeta un coup d'œil par-dessus son épaule, comme si un danger imminent se profilait, avant de hocher la tête d'un air entendu.

— Pigé.

Sara but une gorgée de vin en fixant son menu d'un regard vide. Nate n'était venu à ce dîner que parce qu'il se considérait encore en service. Si elle se demandait parfois si elle avait été pour lui un peu plus qu'une cliente, eh bien, maintenant, elle était fixée. Quelle idiote elle avait été d'avoir cru à leur histoire ! Si Nate avait eu des sentiments pour elle, il lui témoignerait plus d'égards.

— Au cas où vous changeriez d'avis, Sal a dit qu'à la table des héros, la première tournée était offerte par la maison, déclara Justin avant de repartir en zigzaguant entre les tables.

— Qui est Sal ? demanda Sara.

— Le gérant. Pourvu qu'il ne lui prenne pas l'idée de faire une annonce, tout à l'heure, avant que la musique et la danse commencent, dit Nate en faisant la grimace.

Une femme attirante qui passait près de leur table s'arrêta et se tourna vers Nate.

— Désolée de vous déranger, dit-elle avec un sourire navré et un fort accent texan. Mais j'ai entendu ce que disait le serveur, il y a un instant. C'est vous qui avez arrêté ce drôle de type qui cavalait dans les rues, hier ?

Nate parvint à ne pas lui montrer les dents.

— Non, madame. Je ne fais pas partie des forces de l'ordre. C'est le bureau du shérif qui l'a arrêté.

— Mais vous l'avez attrapé, hein ? C'est ce que tout le monde raconte, dit la femme en lui lançant un regard énamouré avec force battements de cils. Je voulais juste vous remercier de veiller à la sécurité de notre ville. C'est vraiment héroïque de votre part.

— Il me semble vous avoir vue au tribunal, aujourd'hui. Je me trompe ?

— Comme c'est gentil de m'avoir remarquée ! Et ça l'est encore plus de vous souvenir de moi, minauda la femme, dont le regard glissa de Nate à Sara tandis que son sourire devenait suffisant. J'y étais, en effet. Autour de moi, on disait le plus grand bien de notre nouvelle juge. Alors j'ai voulu la voir à l'œuvre. Quel progrès, par rapport au juge Harmon ! déclara-t-elle en adressant à Sara un hochement de tête approbateur. Bon, je vous ai assez embêtés comme ça ; je vous laisse profiter de votre dîner.

Tandis que la femme se dirigeait vers le bar, Sara regarda Nate en haussant les sourcils. Prenant un accent sudiste, elle déclara :

— Avec tous les admirateurs que tu as, Nathaniel Reed, tu devrais ouvrir un fan-club !

Elle faillit s'étouffer de rire en imitant les battements de cils outranciers de la femme.

Mais sous couvert de moquerie, elle riait jaune. Elle qui n'avait jamais eu affaire au monstre aux yeux verts de toute sa vie se demanda ce qu'il lui prenait d'être jalouse.

Nate n'eut aucune réaction, trop occupé qu'il était à regarder son téléphone, qui venait de biper.

— Cassie dit qu'ils viennent de quitter le Justice Center. Ils seront là dans quelques minutes.

Sara se pencha vers Nate.

— Elle ne dit rien d'autre ?

— Non. On en saura plus quand ils seront là, répondit-il en levant son verre d'eau. Aux bonnes nouvelles à venir !

— À mon retour chez moi ! dit Archer en riant. J'ai hâte de retrouver mon lit.

Sara fit tinter son verre contre les leurs. Elle, *son* lit, elle brûlait de le partager une dernière fois avec Nate. Furieuse d'avoir eu cette pensée, qui témoignait d'un manque de volonté flagrant, elle dit en levant son verre :

— Aux nombreuses années que Weaver va passer derrière les barreaux !

Son grand-père se tourna vers Nate.

— Et vous, mon garçon, quand comptez-vous rentrer ? Sara m'a dit que vous aviez un rendez-vous important en Californie.

— En effet. Je ne vais pas pouvoir repousser indéfiniment mon départ, prévu initialement juste après Thanksgiving.

— Mais si vous partez, qui va assurer la sécurité de ma petite-fille ? Vos affaires vous appellent en Californie, je le comprends bien. Mais pour moi, quand on accepte un travail, on ne s'en va pas avant de l'avoir terminé.

— Papy ! dit Sara en posant une main sur son bras.

Nate hocha la tête.

— C'est aussi mon avis, monsieur. Je resterai aussi longtemps que possible, promit-il en jetant un bref regard à Sara. Et dans le pire des cas, je ferai venir de Californie deux de mes meilleurs agents de sécurité pour prendre le relais.

Plissant les yeux, Sara ravala tant bien que mal sa colère. Nate était gonflé de penser qu'il pouvait lui envoyer deux de ses gorilles juste parce qu'il avait autre chose à faire.

Lorsqu'elle se rendit compte que ses doigts s'étaient crispés sur l'avant-bras de son grand-père, elle retira vite sa main et se mit à lisser consciencieusement sa serviette, posée sur ses genoux. Sentant le regard de son grand-père fixé sur elle, elle se frotta les cuisses.

Archer se tourna de nouveau vers Nate.

— Si je comprends bien, il faut deux de vos hommes pour faire ce que vous faites tout seul ? D'où ma question : êtes-vous sûr que ce sont vos meilleurs agents de sécurité ?

Nate se massa le front comme pour juguler un début de mal de tête.

— Vous m'avez mal compris, monsieur. Ce que je veux dire, c'est qu'en cas de besoin, je peux doubler les effectifs si cela peut rassurer Sara. J'ai à cœur de préserver sa tranquillité d'esprit.

Parlons-en de ton cœur ! songea Sara, de plus en plus agacée.

— Hum, fit son grand-père, visiblement peu convaincu.

Du coin de l'œil, elle vit Nate plisser le front, comme s'il était dubitatif, inquiet ou embêté. Elle aurait eu du mal à dire lequel des trois. Mais de toute façon, elle s'en fichait.

— Tout va bien, Sara ? demanda son grand-père. Tu as avalé ta langue ?

— Je vous écoute, répondit-elle du bout des lèvres. Mais oui, tout baigne.

— Ne m'en veux pas d'avoir un peu tarabusté Nate. Ta sécurité est primordiale, pour moi. Mais à vrai dire, je suis moi aussi impatient que les choses reviennent à la normale. Autant j'aime passer du temps avec toi, autant mon petit train-train me manque. Je n'aurais jamais pensé qu'un jour, je serais un de ces vieux schnocks attachés à leurs habitudes, mais voilà à quoi j'en suis réduit.

Sara laissa échapper un petit rire.

— Tu as toujours été attaché à tes habitudes, Papy. Elles variaient juste un peu en fonction des saisons. Tu te souviens quand je venais passer l'été chez toi ? Tu ne renonçais pas à ta routine, tu l'adaptais de manière à me prendre en compte, dit-elle en posant la tête sur son épaule. Maintenant, tes habitudes varient en fonction des saisons de ta vie.

Son grand-père l'embrassa sur la joue.

— Où es-tu allée chercher une telle intelligence ?

— J'en ai hérité, répondit aussi sec Sara, que cette petite plaisanterie entre son grand-père et elle faisait toujours autant rire.

— Dommage qu'elle ait sauté une génération ! ajoutèrent-ils à l'unisson.

Rire lui fit du bien et la ramena à de meilleures dispositions envers Nate, qu'elle n'avait de toute façon pas l'intention de prendre à partie en public. Peut-être même qu'elle n'aurait pas à le faire. Peut-être que Weaver était leur homme, que Nate pourrait rentrer chez lui et qu'elle n'aurait plus besoin de s'encombrer de gardes du corps.

Nate, croisons les doigts pour que ce soit le cas.

Parce que maintenant, elle voulait en finir avec lui. Et le plus tôt serait le mieux.

— Désolée pour le retard.

Nate regarda Cassie s'asseoir à côté d'Archer, tandis qu'Adam et Noah prenaient les deux autres chaises libres. Il les observa attentivement, quêtant sur leurs visages le moindre signe de satisfaction. Ou au contraire de déception.

— Alors ? demanda-t-il, lorsqu'il ne put contenir plus longtemps sa curiosité.

Le sourire de Cassie lui apporta la réponse qu'il espérait.

— On l'a eu.

— Vraiment ? murmura Sara, incrédule. Comment...

Elle s'interrompit lorsque Justin reparut.

— Salut, Cassie, Adam, Noah. Comment ça va ?

— Ça ira mieux quand tu nous auras apporté trois margaritas avec plein de glaçons et de citron vert, répondit Noah.

Adam lorgna le verre d'eau de Nate.

— Tu ne bois pas ?

— Jusqu'à preuve du contraire, je suis en service.

— Nate, ta mission est terminée, annonça Cassie tout à trac.

— Dans ce cas, dit Nate en se tournant vers Justin, je prendrai la même chose qu'Archer.

Il désigna le bourbon-soda de celui-ci.

— C'est noté, dit Justin. Je vais en apporter un autre pour monsieur, ajouta-t-il en regardant Archer, ainsi qu'un autre verre de vin pour mademoiselle. La première tournée est offerte par Sal, expliqua-t-il d'un ton confidentiel aux nouveaux venus.

— L'ordonnance du tribunal est arrivée ! s'exclama Noah, tout excité. Et vous ne devinerez jamais ce que les données de localisation ont révélé.

Adam posa une main sur l'épaule de Noah.

— Laisse Cassie leur raconter. Tout le restaurant n'a pas besoin d'être au courant.

Cassie reprit là où Noah s'était arrêté.

— D'après les données de localisation obtenues par le traçage de son téléphone, Weaver se trouvait à Austin jusqu'à il y a un mois environ.

Elle croisa le regard de Sara et ajouta :

— Il est à Resolute depuis la veille de ton arrivée.

Sara sentit sa mâchoire se décrocher.

— Il est arrivé avant moi ?

— Il a sans doute vu l'article de journal qui annonçait ton arrivée et décidé de prendre de l'avance, dit Nate, inquiet de savoir que Weaver avait soigneusement planifié son opération.

Cassie hocha la tête et continua.

— Depuis, son téléphone n'a borné quasiment que dans le comté de Boone. Je dis bien « quasiment », parce qu'il a aussi borné à Cooley, au Texas, pendant les deux jours qui ont précédé l'aller-retour de Nate là-bas pour aller chercher Archer.

— Bingo ! s'exclama Sara. Cette fois, son compte est bon.

— Mais attendez, ce n'est pas le plus beau, dit Noah d'une voix d'animateur de centre commercial un soir de nocturne.

— Forts des éléments que nous ont fournis les données de localisation, nous avons pu solliciter un mandat pour les appels et les SMS émis par Weaver, dit Cassie. Nous avons eu le feu vert ce matin, ajouta-t-elle avec un sourire. Le téléphone a été réinitialisé mais je l'ai fait porter au laboratoire de criminalistique. Apparemment, ils vont pouvoir tout récupérer. Et si c'est le cas, les SMS qu'il t'a envoyés te relieront directement à lui.

— Savez-vous où il logeait, à Resolute ? demanda Nate.

— Pas encore.

Adam s'interrompit le temps que Justin leur serve leurs boissons, prenne la commande et reparte.

— On a interrogé Doc, évidemment. Il est possible que Weaver ait pris une chambre dans son motel au début de son séjour. Sous un faux nom, cela va sans dire. Mais bigleux comme il l'est, Doc n'est sûr de rien, et depuis, la chambre a été relouée au moins deux fois.

— Donc nous élargissons les recherches, ajouta Cassie avant de boire une gorgée de margarita. Mais Weaver refuse toujours de parler.

Sara fronça les sourcils.

— Donc vous ne savez toujours pas pourquoi il a fait ça ?

Noah secoua la tête.

— Il n'a pas dit un mot depuis qu'on l'a mis en cellule. Il n'a même pas demandé à être assisté d'un avocat.

— Nous nous interrogeons toujours sur le mobile. L'amour non réciproque reste le plus probable, ajouta Cassie en haussant les épaules. Si Weaver était obsédé par toi, et que tu n'avais même pas conscience de son existence, il est possible qu'il ait pensé que tu le rejetais.

— Surtout s'il s'est passé quelque chose sans que tu t'en rendes compte, dit Nate. S'il t'a dit bonjour, par exemple, et que tu n'as pas entendu.

Fixant un point imaginaire, Sara semblait fouiller dans sa mémoire.

— Ce n'est pas impossible, admit-elle. Mais je n'en ai aucun souvenir.

— J'ai l'impression que tout ce que vous avez, ce sont des preuves circonstancielles, dit le juge à la retraite. Solides, mais circonstancielles. Pour l'instant, vous ne pouvez même pas prouver qu'il était avec son téléphone à Cooley.

— C'est vrai, reconnut Cassie d'un ton lugubre. Mais il n'est en détention que depuis hier. Nous finirons bien par réunir les preuves qui nous permettront de le faire inculper.

S'efforçant visiblement de positiver, elle sourit à Sara.

— En attendant, nous savons que c'est lui, sans le moindre doute. Tu n'as plus aucune crainte à avoir.

Sara lui rendit son sourire.

— J'ai hâte de pouvoir de nouveau vivre normalement.

S'il avait apprécié son séjour à Resolute avec sa famille, Nate était lui aussi impatient de retourner à sa propre vie. De rentrer chez lui, de côtoyer des célébrités, de convaincre de nouveaux clients. *D'essayer encore une fois de tirer un trait sur Sara.*

Lorsqu'il demanda quelles avaient été les autres avancées de l'enquête ce jour-là, Adam leur expliqua qu'ils avaient contacté le bureau du procureur du comté de Travis pour consulter les états de service de Weaver, et qu'ils cherchaient à retrouver des proches, des amis ou des voisins susceptibles de les renseigner sur le suspect.

Après que Justin leur eut servi leurs plats, Noah demanda :

— Alors, Nate, quand est-ce que tu te barres au paradis des bikinis ?

Il retrouvait bien là son jumeau, toujours aussi effronté.

— Dès que Sara sera totalement en sécurité, répondit-il en lançant un regard à Cassie, qui lui adressa un hochement de tête rassurant. Soit demain, soit vendredi, selon le temps qu'il va me falloir pour faire mes bagages et réserver un vol.

Alors même qu'il prononçait ces mots, Nate sentait monter en lui le stress. Il aurait aimé l'attribuer à la perspective de son prochain rendez-vous professionnel, mais il se demandait s'il n'était pas plutôt dû au fait de partir avant d'être absolument certain que Sara ne risquait plus rien, quoi qu'en dise Cassie. Il savait pouvoir se fier au jugement de sa sœur. N'empêche que...

— Alors, disons vendredi, déclara Cassie entre deux bouchées. Il faut que demain on t'organise un dîner d'adieu.

— Pas besoin d'en faire tout un plat. On n'a qu'à dire que ce repas est...

Cassie pointa son couteau à steak vers lui.

— Nathaniel Reed, si tu penses avoir la moindre chance de t'en aller sans un adieu en bonne et due forme, c'est que j'ai dû te faire tomber sur la tête une fois de trop quand tu étais petit.

Nate leva les mains en signe de reddition.

— Comme tu voudras.

Cassie se tourna vers Sara.

— Je te donnerai l'heure et les détails dès que possible. J'espère que vous serez encore là demain soir, Archer ?

— Bien sûr. Je ferai peut-être le trajet jusqu'à l'aéroport avec Nate, si nos vols sont à peu près à la même heure.

— Je ne pourrai pas venir, annonça Sara sans ambages. J'ai promis à Papy qu'on passerait sa dernière soirée à Resolute en tête à tête. Nous avons encore beaucoup de choses à nous dire, lui et moi.

Visiblement surpris, Archer haussa les sourcils tandis que Nate, sonné par les paroles de Sara, accusait le coup en silence. De toute évidence, sa tentative de la tenir à distance, de manière à rendre leur séparation moins douloureuse, s'était retournée contre lui. Il s'y était vraiment pris comme un manche.

Tandis qu'un concert de protestations s'élevait autour de lui, ses frères et sœur insistant pour que Sara et Archer viennent au fameux dîner d'adieu, Nate finit son bourbon d'un trait et soupira.

Une fois de plus, il avait déçu quelqu'un qui comptait pour lui. Jetant un coup d'œil à sa montre, il se sentit plus impatient que jamais de retourner en Californie, où il pourrait se consacrer à son agence de sécurité et où il ne risquerait pas de décevoir qui que ce soit.

15

Le lendemain matin, après une nuit blanche à ressasser dans leurs moindres détails les dernières quarante-huit heures, c'est complètement épuisée que Sara descendit pour le petit déjeuner. Elle remarqua tout de suite le sac de voyage de Nate près de la porte d'entrée et songea qu'au moins il n'était pas parti au ranch – où il avait prévu de passer le dernier jour avant son vol du lendemain pour L.A. – sans lui dire au revoir.

Des chuchotements, et un urgentissime besoin de caféine, l'attirèrent à la cuisine. Son grand-père et Nate étaient dans la salle du petit déjeuner, assis devant les écrans des caméras de vidéosurveillance.

Sara se força à prendre un ton enjoué.

— Salut ! lança-t-elle d'une voix qui manquait de chaleur même à ses propres oreilles.

Son manque d'entrain était dû au stress plus qu'à l'insomnie, mais c'était son problème, pas celui de son grand-père. Et encore moins celui de Nate.

— Bonjour, ma grande, dit son grand-père avec un large sourire. Nate me montre comment fonctionne ce système de sécurité dernier cri qu'il t'a installé ici.

— Si tu as un moment, j'aimerais t'en montrer à toi aussi toutes les fonctionnalités, dit Nate, les yeux rivés sur les écrans. Ça ne sera pas long, et il y a un mode d'emploi au cas où tu aurais besoin de te rafraîchir la mémoire par la suite.

Il avait eu un mois pour lui apprendre à utiliser le système de vidéosurveillance, mais il avait préféré tout gérer lui-même. Elle l'avait laissé faire, se reposant entièrement sur lui en ce qui concernait sa sécurité.

— Laisse-moi juste prendre un café et je suis tout à toi, lâcha-t-elle étourdiment.

En se dirigeant vers la cuisine, elle se réprimanda mentalement. Elle n'était pas à lui. Elle n'était à personne.

Lorsqu'elle revint, son grand-père se leva et lui céda sa place.

— Je vous laisse regarder tout ça. Pendant ce temps, je vais aller me rendre présentable pour le tribunal.

— Tu comptes venir avec moi ? demanda Sara sans pouvoir dissimuler son soulagement.

Bien qu'elle fût assez grande pour y aller seule, elle n'était pas fâchée qu'il l'accompagne. La présence de son grand-père l'aiderait à faire la transition entre avoir un garde du corps jour et nuit et voler de ses propres ailes.

— Ma dernière journée ici, je tiens à la passer avec ma petite-fille préférée, déclara son grand-père en se dirigeant vers l'escalier.

— Rassure-moi, Papy. Tu te souviens que je suis ta seule petite-fille, n'est-ce pas ?

— Ça, c'est ce que tu crois. Rappelle-moi de te parler de ma vie secrète, un de ces jours.

Son rire résonna dans toute la maison.

— Quel personnage ! s'esclaffa Nate. Il a un sacré sens de l'humour.

Hochant la tête, elle s'assit à côté de lui et essaya de se concentrer sur la formation accélérée qu'il lui proposait pour apprendre à utiliser la vidéosurveillance. Elle n'avait rien contre le système d'alarme mais il était hors de question qu'elle passe des heures devant les écrans, à scruter les images pour repérer un chat errant ou une chouette en chasse. Surtout maintenant que Weaver était derrière les barreaux.

Nate tapa sur l'épais manuel.

— Si tu oublies quelque chose, tout est là-dedans.

Parfait. Sara avait l'esprit vif mais les explications de Nate eurent vite raison de sa bonne volonté.

— Bon, je ferais mieux de te laisser tranquille, dit Nate lorsqu'il se rendit compte qu'elle avait perdu le fil.

Il se leva et alla poser sa tasse vide dans l'évier.

Elle le suivit jusqu'à la porte d'entrée et le regarda ramasser son sac de voyage et son sac d'ordinateur, les bras croisés sur la poitrine. Pour ne pas être tentée de les refermer autour de Nate pour le serrer contre elle, même si c'était juste pour lui dire au revoir.

— Merci. Euh… pour tout.

Nate hocha la tête, fixant le sol comme s'il s'apprêtait à dire quelque chose. Quelque chose d'important. Quelque chose qui effacerait ces derniers jours et ferait que tout serait de nouveau comme avant. Mais c'était prendre ses désirs pour la réalité. Finalement, Nate la regarda dans les yeux une dernière fois et dit juste :

— À bientôt.

Elle était assise à la table de la salle à manger lorsque son grand-père redescendit quelques minutes plus tard.

— Nate est parti ? demanda-t-il en jetant un coup d'œil vers la porte.

— Oui.

Comme s'il n'avait pas vu que les sacs n'étaient plus là. Comme s'il ne savait pas pertinemment qu'il était parti.

Il tira la chaise en face d'elle et s'assit.

— Et tu le vis comment ?

Elle leva les yeux au ciel.

— Tu t'es mis à la psychologie de comptoir, ou quoi ?

— J'ai surtout regardé à la télé toutes les saisons de la série *In Treatment*.

Sara eut un petit rire.

— Je ne sais plus que penser, Papy. J'ai cru qu'il se passait quelque chose entre nous. Mais du jour où Weaver a été arrêté, j'ai eu l'impression de n'être plus pour Nate qu'un boulot à terminer le plus vite possible pour qu'il puisse rentrer chez lui.

— Il se passait bel et bien quelque chose entre vous ; cela ne fait pas le moindre doute. Quand vous étiez dans la même pièce, il y avait des étincelles qui fusaient de partout. Un vrai feu d'artifice !

Posant ses coudes sur la table, Sara enfouit sa tête dans ses mains.

— Tu tiens beaucoup à lui, n'est-ce pas ?

Sans relever la tête, Sara acquiesça.

— Et c'est évident qu'il tient à toi.

Cette fois, elle releva la tête et fixa son grand-père.

— Il le cache bien.

— Si tu veux mon avis, Nate savait qu'il allait retourner en Californie. Son comportement, ces derniers jours, n'était motivé que par la peur de souffrir.

Son grand-père hocha la tête, comme pour approuver sa propre hypothèse.

— C'est ce qu'on appelle l'instinct de conservation, dit-il.

Il semblait avoir tout compris. Mais cela n'avait plus vraiment d'importance. Elle soupira, finit son café et se leva.

— Bon, il est temps d'aller au tribunal.

Son grand-père se leva et fit le tour de la table.

— Ça va aller, lui assura-t-il en la prenant dans ses bras. Quoi qu'il se passe avec Nate, tu es assez forte pour t'en sortir.

— Oui, je sais.

Mais elle n'en était pas si sûre que ça.

16

L'après-midi du vendredi était déjà bien avancé lorsque Nate arriva à Los Angeles. L'avion roulait encore en direction d'un des terminaux de l'aéroport quand il détacha sa ceinture de sécurité, impatient qu'il était de retrouver son mode de vie californien et la décontraction qui allait avec. Du moins était-ce ce qu'il s'était répété pendant tout le vol.

Malgré le plaisir qu'il avait eu à passer du temps au ranch familial avec ses frères et sœur, la majeure partie des dix-huit derniers mois avait été consacrée à la gestion des biens hérités de son père. Il y avait eu aussi le processus de deuil, que chacun des Reed avait vécu à sa manière.

Mais depuis que le rendez-vous avec Mery Duncan, une future cliente, avait été fixé, Nate avait hâte de retourner en Californie et d'y retrouver la vie qu'il s'était choisie.

Sauf que pendant tout le vol, il n'avait cessé de penser aussi à Sara Bennett, que malgré tous ses efforts il n'avait pas réussi à chasser de son esprit. En fait, depuis le jour où il avait appris qu'elle venait à Resolute, Sara occupait toutes ses pensées.

Dès qu'il était devenu son garde du corps, elle avait trouvé le moyen de bouleverser tout son univers juste en étant elle-même : belle et douce, drôle, travailleuse et intègre, gentille… La liste était interminable, et maintenant, quoi qu'il fasse pour éviter de penser à elle, elle lui manquait.

Il débarqua enfin, mais c'est le cœur beaucoup moins léger que prévu qu'il traversa le terminal. Une fois dehors, il héla un taxi, offrant son visage à la caresse du soleil. Lui qui s'était fait une joie de pouvoir de nouveau profiter de ses rayons sans risquer l'insolation, se surprit à le trouver bien pâle, comme une mauvaise copie de l'astre brûlant du Texas.

Il donna au chauffeur de taxi l'adresse de Reed & Franklin Security, située dans le quartier financier, au sud-est du centre-ville. Grâce à leur plus gros investisseur, qui n'était autre que le célèbre chanteur Byron Cain, l'agence occupait le douzième et dernier étage d'un immeuble historique datant de 1922.

La circulation sur l'autoroute étant relativement fluide, ils gagnèrent le centre-ville en un temps record. Après avoir récupéré ses bagages et payé la course, Nate entra dans l'élégant bâtiment, passant sous une arche imposante pour pénétrer dans un hall tout en marbre et en laiton où il prit l'ascenseur.

Contrastant avec l'ambiance surannée de l'immeuble, la réception de Reed & Franklin était chic et urbaine, avec un parquet clair, des murs en briques apparentes et des touches de couleurs vives qui mettaient en valeur le mobilier de style industriel. Des fenêtres du sol au plafond, qui culminait à six mètres, offraient une vue spectaculaire sur le centre-ville et inondaient l'espace ouvert de lumière naturelle.

— Nate ! Te voilà de retour ! s'exclama son associé, Mathew Franklin en sortant de son bureau pour l'accueillir. Tu aurais dû me prévenir.

Nate laissa ses bagages dans un coin et s'avança vers Mathew. Ils se donnèrent l'accolade et se tapèrent dans le dos.

— Je me suis décidé au dernier moment, expliqua-t-il en s'affalant sur un canapé, étendant ses bras sur le dossier et croisant les jambes.

Matt prit place dans un fauteuil, en face de lui.

— Cette fois, tu es de retour pour de bon, j'espère ?

— Je t'ai manqué tant que ça ? demanda Nate en riant.

— Évidemment que tu m'as manqué ! Qu'est-ce que tu crois ? J'ai passé tellement de temps au bureau que je commence à ressembler à un vampire. Et quand on est blanc comme un cachet d'aspirine, tu sais bien qu'à la plage, on fait tache.

— N'essaie pas de me faire culpabiliser, Matt. À ton teint hâlé, on voit bien que tu es souvent allé surfer.

— Bon, d'accord, j'y suis allé presque tous les jours. Mais ça n'a pas été facile. La paperasse, c'est l'enfer, mec.

— N'exagère pas. Sophia a géré le plus gros pendant mon absence.

Nate minimisait le rôle de son associé et ils le savaient tous les deux. Certes, Sophia avait pris beaucoup de choses en main, mais Matt avait assuré l'essentiel.

— Où est-elle, d'ailleurs, notre merveilleuse assistante ?

— Chez le médecin.

Nate sentit son cœur bondir dans sa poitrine.

— Tout va bien ? s'alarma-t-il.

— Oui, oui, lui assura Matt en balayant son inquiétude d'un revers de main. Il s'agit juste de son bilan de santé annuel. Elle ne devrait pas en avoir pour longtemps.

Trois ans plus tôt, lorsqu'ils s'étaient rendu compte qu'ils ne pourraient pas s'occuper des tâches administratives en plus de tout le reste, Nate et Matt avaient embauché Sophia Rojas, une fringante quinquagénaire célibataire qui ne rechignait jamais à faire des heures supplémentaires. Sophia avait su très vite se rendre indispensable, à tel point qu'à présent ils seraient complètement perdus sans elle.

Pendant l'heure qui suivit, Matt parla à Nate d'un de leurs prochains contrats, qui consistait à assurer la sécurité lors d'un match de football universitaire d'après-saison à Pasadena. Ils auraient pour mission d'empêcher les fans les plus exubérants d'importuner les célébrités et les anciennes gloires du football qui occuperaient les loges du Rose Bowl Stadium.

— Au point de vue des effectifs, on est au complet ? demanda Nate.

Matt hocha la tête.

— Copeland et Webber prendront la tête des opérations. Le stade a été cartographié, toutes les sorties repérées. Nous nous mettrons en place quatre heures avant le match, et deux heures avant le coup d'envoi, nous entrerons en action. Sophia a bien bossé sur le projet. Nous sommes prêts.

— Super ! dit Nate, avant de se lever pour aller chercher une bouteille d'eau dans le minibar. Tu en veux une ?

— Non, ça va.

Nate reprit sa place.

— Et pour la réunion avec Meryl Duncan ? demanda-t-il.

Matt lui décocha un grand sourire.

— Pour le contrat du siècle, tu veux dire ?

Reed & Franklin était une agence bien implantée dans le domaine de la sécurité, sans aucun souci financier. Mais entre le loyer, les charges salariales, les frais généraux, les avantages sociaux et les assurances, Nate et Matt n'avaient d'autre choix que de prospecter en permanence de plus gros clients et de briguer des contrats toujours plus juteux.

Meryl Duncan était l'une des plus grandes figures de Hollywood. D'un mot, elle pouvait faire le succès d'une entreprise ou la mettre en faillite, et sa désinvolture n'avait d'égale que son excentricité. Elle embauchait sur un coup de tête et renvoyait sans état d'âme.

— On est au point pour le show de fin d'année dont elle sera la vedette ? demanda Nate.

— Sophia a étudié le projet dans ses moindres détails et préparé tous les documents. Nous n'avons plus qu'à nous pencher dessus avant d'aller au rendez-vous. Je te rappelle, ajouta Matt en pointant son associé du doigt, qu'elle a insisté pour que tu sois présent. Personnellement, je pense qu'elle a un faible pour toi. Elle cherche peut-être un nouveau jouet…

— Non, merci, dit Nate en grimaçant à l'idée de nouer une relation autre que professionnelle avec la diva.

Sa réaction épidermique fit rire Matt.

— Alors, tu as enfin réglé la succession de ton père ? demanda celui-ci.

— Oui, en grande partie. Mais pour que tout soit bouclé, il faut maintenant que Bishop retrouve ma mère.

Il y avait presque dix ans que Nate connaissait Matt. Ils étaient amis depuis leurs débuts comme gardes du corps à Las Vegas et n'ignoraient plus rien l'un de l'autre.

Dardant sur lui un regard perçant, Matt demanda :

— Et Sara ?

— Quoi, Sara ?

Matt esquissa un sourire.

— Arrête un peu, mec. Il y a bien longtemps que j'ai compris que tu étais raide dingue d'elle.

— Oui, et alors ? demanda Nate en haussant les épaules. J'ai accepté de lui servir de garde du corps pour faire plaisir à ma sœur. Ce boulot est terminé ; on n'en parle plus.

Les tressautements de son cœur dans sa poitrine contredisaient ses paroles.

— Tu veux dire que c'est fini entre vous ?

— En fait, il n'y a jamais rien eu. On le savait dès le départ.

Ces mots sonnaient faux à ses propres oreilles.

— D'accord. Exit, Sara. On passe à autre chose, dit Matt en se tapant sur les cuisses. Tiens, justement, tu trouveras sur ton bureau les deux billets pour le Comic Con de Los Angeles que Nashira est passée déposer. Elle a dit que tu étais au courant et que tu avais intérêt à être là.

Nate se prit la tête dans les mains et gémit.

— Oui, je suis au courant. Et je suis là, malheureusement.

Nashira était l'une des femmes avec qui il sortait de temps en temps.

Le sourire de plus en plus large de Matt montrait clairement qu'il s'amusait aux dépens de Nate.

— Je pensais que tu n'aimais pas ce genre d'événement.

— J'y vais juste parce que j'ai promis à Nashira de l'accompagner.

— Et elle, elle aime ?

— Elle aime tout ce qui peut lui permettre de lancer sa carrière.

Je ne peux pas vraiment lui en vouloir. Son agent est assez nul, mais c'est son beau-frère ; elle n'ose pas l'envoyer promener. Elle m'a dit qu'un producteur important serait là parce qu'il est fan de l'un des auteurs de BD invités à l'événement. Alors tant qu'à y aller, j'ai pensé que je pourrais essayer de nous dégotter de nouveaux clients.

— Bonne idée, dit Matt en levant le pouce. Toi, alors, on peut dire que tu en veux !

— Ce n'est pas pour rien que mon nom précède le tien ! répliqua Nate en riant tandis que Matt se levait pour regagner son bureau, non sans lui avoir fait auparavant un doigt d'honneur.

Nate attrapa ses sacs et reprit l'ascenseur pour rentrer chez lui. Il avait envie de faire un brin de toilette. De se détendre. De retrouver ses repères dans cette Cité des Anges qui, pour une raison qu'il ne s'expliquait pas, lui semblait… avoir perdu de son attrait.

— Pas si vite, Nate. C'est important qu'on me voie.

Accrochée à son bras, Nashira Isa, gloire montante du grand écran, l'obligea à ralentir tandis qu'en ce dernier jour du Comic Con, ils traversaient le Los Angeles Convention Center.

Nate jeta un coup d'œil à sa montre.

— La soirée ne commence pas à 18 heures ? demanda-t-il.

L'*événement*, qui exigeait des participants qu'ils aient reçu une invitation, se tenait dans la suite privée d'une célébrité quelconque dont il avait oublié le nom. C'était le genre de détails auquel il aurait dû prêter davantage attention s'il voulait prospecter de nouveaux clients, mais ce soir, il n'avait vraiment pas la tête à ça.

Même quand il se rendait à des événements qui ne présentaient guère d'intérêt à ses yeux, Nat appréciait les interactions sociales. Mais le sentiment d'insatisfaction qu'il ressentait depuis son retour à Los Angeles ne le quittait pas une minute. Lui qui s'était tellement réjoui de retrouver son appartement s'était mis à tourner en rond après seulement quarante-huit heures passées seul avec ses pensées.

— Si. Elle commence bien à 18 heures, répondit Nashira en levant les yeux au ciel.

— Dans deux minutes, donc. Au lieu de traîner, on ferait mieux de se presser.

Nashira eut un claquement de langue agacé et secoua la tête, tout cela sans se départir un seul instant de son sourire éblouissant.

— Si tu veux faire une entrée remarquée, mieux vaut arriver légèrement en retard. C'est plus stylé. Mais enfin, Nate, d'où tu sors ? Tout le monde sait ça.

Pour ne pas commettre de nouvel impair, il décida de laisser Nashira mener la danse.

À l'allure à laquelle ils marchaient, il eut tout le temps de regarder les stands et expositions consacrés aux bandes dessinées, aux jeux vidéo et à la pop culture. Ils croisèrent des célébrités, des cosplayers entièrement déguisés et des visiteurs habillés normalement.

Nashira aussi attirait les regards. Avec son mètre soixante-dix-huit, ses jambes interminables et ses formes harmonieuses, que soulignaient sa minijupe et son haut dos-nu, elle aurait difficilement pu passer inaperçue. Ses longs cheveux bruns flottaient sur ses épaules tandis qu'ils se dirigeaient vers l'escalator qui les mènerait à la salle VIP où elle espérait rencontrer ce fameux producteur.

En temps normal, Nate aurait été fier d'avoir à son bras une belle femme comme Nashira. Mais ce soir, il se sentait vide, dépourvu d'émotions.

Les femmes qu'il fréquentait étaient comme lui, en quête de relations sans attaches. Après une soirée agréable et une nuit encore plus plaisante, chacun partait de son côté, sans regret, sans promesse.

Sauf que depuis qu'il avait recouché avec Sara, femme qu'il admirait et respectait et pour laquelle il avait beaucoup d'affection, plus rien n'était comme avant. Il n'avait pas prévu qu'elle bouleverserait sa vie à ce point. Et comme il détestait se sentir perdu, en quittant Resolute, il s'était juré d'oublier Sara et de tirer un trait sur leur brève romance. Mais elle continuait de l'obséder, quoi qu'il fasse.

Voilà que les sentiments s'en mêlaient, songea-t-il en soupirant. Il avait bien besoin de ça…

La soirée du dimanche se solda par un double échec pour Nashira : elle ne trouva ni son producteur ni le moyen de finir dans le lit de Nate. Et si cela l'avait mise de mauvaise humeur, lui était encore plus contrarié qu'elle. Nashira aurait pu l'aider à exorciser en lui le souvenir de Sara, mais il n'avait rien trouvé de mieux que de la ramener chez elle et la quitter sans même un baiser. Il n'avait pu se résoudre à une nuit de sexe pour le sexe, sans chaleur ni tendresse.

Le jour du rendez-vous avec Meryl Duncan, Nate était coincé dans les embouteillages du début de matinée lorsque son téléphone sonna. C'était Noah.

Nate se connecta au Bluetooth.

— Que se passe-t-il ?

— Où es-tu ? demanda Noah d'un ton qui était loin d'avoir la légèreté habituelle.

— Au volant, pourquoi ?

— Gare-toi.

— Certainement pas. Je suis déjà en retard et je ne peux pas me permettre de manquer un rendez-vous qui risque d'être crucial pour l'agence. Dis-moi la raison de ton appel, ou rappelle plus tard, mais il est hors de question que je m'arrête.

D'habitude, Nate n'était pas aussi incisif, surtout avec son jumeau, mais depuis le Comic Con, trois jours plus tôt, il était de mauvais poil. Même Sophia lui en avait fait la remarque, mais cela n'avait pas changé grand-chose.

Il mettait cette irritabilité persistante sur le compte du stress, et pensait qu'une fois que la protection de Meryl et de son entourage serait au point et qu'ils auraient le contrat signé en main, tout rentrerait dans l'ordre.

— Gare-toi, Nate. Tout de suite !

— Bon sang ! Tu m'emmerdes ! lâcha-t-il en donnant un grand

coup de volant vers la droite et en s'arrêtant sur la bande d'arrêt d'urgence de l'autoroute. C'est bon, je me suis arrêté. Alors accouche, maintenant ! Qu'y a-t-il de si important ?

— Sara a disparu.

À ces mots, Nate fut pris de vertige tandis que la peur lui étreignait les tripes.

— Comment ça, elle a disparu ?

— Sache, tout d'abord, que tout le monde est sur le pont et enquête non-stop pour la retrouver.

— Dis-moi ce qui s'est passé.

Nate serrait son volant à se briser les doigts.

— Sara a dîné chez Cassie, hier soir. Elles avaient décidé de se faire une soirée entre filles, comme Bishop était en déplacement et que Sara se morfondait depuis que son grand-père et toi étiez partis.

Nate enregistra cette information pour plus tard.

— Et ensuite ? demanda-t-il.

— Sara est partie vers 22 heures, d'après Cassie. Elle a même envoyé un SMS pour dire qu'elle était bien rentrée. Mais elle ne s'est pas présentée à son travail ce matin, et personne ne l'a vue depuis.

Nate appuya son pouce sur l'espace entre ses deux yeux, là où les maux de tête prennent racine.

— L'huissier a appelé Cassie pour la prévenir, continua Noah avant de reprendre son souffle. Cassie a un double des clés du manoir, alors nous y sommes allés tout de suite. Elle n'était pas là. Aucun signe de lutte ou quoi que ce soit.

— Et sa voiture ?

— Garée dans l'allée.

À moins que Sara n'ait cessé de suivre les protocoles de sécurité qu'il avait mis en place, sa voiture aurait dû être dans le garage. Ce qui signifiait que si elle avait été kidnappée, cela s'était produit hier soir à son retour de chez Cassie, avant qu'elle rentre la voiture, ou ce matin, après l'avoir sortie en marche arrière. Mais encore une fois, peut-être qu'elle prenait moins de précautions depuis que Weaver avait été arrêté. Si elle avait été enlevée à l'extérieur, l'alarme de la maison n'avait aucune raison de se déclencher, mais...

— Et les enregistrements des caméras de vidéosurveillance ? Avec toutes les caméras que j'ai installées, personne n'a pu s'introduire dans la propriété sans être filmé.

— Tout ce qu'on voit sur les images, c'est une silhouette vêtue de noir, portant une cagoule et des lunettes de soleil. On voit aussi sa main gantée qui pulvérise de la peinture noire sur chacune des caméras. Nous avons cherché dans le voisinage des témoins de cette scène et de l'enlèvement, mais les voisins les plus proches sont trop loin pour avoir vu quoi que ce soit.

Bon sang. Il s'agissait apparemment de la même personne que celle qu'il avait vue sur la caméra quand les pneus de Sara avaient été crevés.

— Écoute, je me doute que tu connais ton travail et que vous savez tous ce que vous avez à faire, mais regarde donc autour du garage. Surtout du côté opposé à la rue. Il y a peut-être des traces de pas, des mégots de cigarette, ou n'importe quoi d'autre.

— C'est ce que Bree est en train de faire.

— D'accord. Parfait. Dis à Cassie de passer de nouveau Weaver au gril.

— Elle l'a déjà fait. Mais il refuse toujours de parler. Un vrai sournois.

— Et son téléphone, ça a donné quoi ? La police scientifique a trouvé quelque chose ?

— Les résultats sont arrivés ce matin. Il y a une liste de numéros de téléphone mais pas de SMS adressés à Sara. En revanche, il en envoyait à quelqu'un d'autre. Adam cherche à savoir qui.

— Il faut que je vienne.

— Il n'y a rien que tu puisses faire que nous ne fassions déjà. Nous allons la retrouver, Nate. Tu n'auras pas le temps de dire ouf qu'elle sera de retour chez elle.

Tu parles ! songea Nate, à qui on ne la faisait pas. Mais à quoi bon discuter ? Noah avait beaucoup mieux à faire.

— Tiens-moi au courant. Disons toutes les demi-heures, d'accord ?

— Je n'y manquerai pas, promit Noah avant de raccrocher.

Assis dans son pick-up, Nate réfléchissait. Les voitures passaient en trombe sur l'autoroute. Il s'était écoulé de deux à douze heures depuis la disparition de Sara, or Weaver était toujours enfermé. Si son enlèvement était lié au harcèlement dont elle avait été victime – et ce serait bien le diable qu'il ne le soit pas –, cela signifiait qu'il y avait quelqu'un d'autre dans le coup. Quelqu'un dont il ne savait rien. Dieu sait ce que cet individu faisait subir à Sara ! songea Nate, le cœur lourd.

Noah avait beau dire, il y avait beaucoup de choses qu'il pouvait faire à Resolute. Il pouvait participer aux recherches. Il pouvait réexaminer les images des caméras de vidéosurveillance. Et quand Sara serait de retour, il pourrait être là pour elle.

Il avait passé le mois dernier à essayer de la convaincre qu'elle était en danger, même si elle refusait obstinément de l'admettre. Mais peut-être que lui aussi devait arrêter de se voiler la face. Il était grand temps qu'il admette qu'il avait des sentiments pour elle.

Il composa le numéro de Matt.

— Nate. Tu arrives bientôt ?

— Désolé, Matt. Changement de programme.

17

Sara sentit sa tête basculer sur le côté. Essayant de faire abstraction du marteau-piqueur qui lui forait le crâne, elle ouvrit péniblement les yeux. Aveuglée par la lumière du soleil, qui lui brûla les rétines, elle les referma presque aussitôt, mais elle eut un aperçu de la pièce dans laquelle elle se trouvait. Une pièce sale, à peine meublée.

Elle se demanda où elle était puis perdit le fil de ses pensées. Clignant des yeux pour essayer de voir moins flou, elle se rendit compte que la lumière n'était pas vive mais comme tamisée. Lui avait-on bandé les yeux ?

Elle voulut se masser le front mais ses doigts n'étaient pas là. La panique s'empara d'elle : ses doigts, ses mains et même ses bras avaient disparu. Se contorsionnant pour jeter un coup d'œil à son épaule, un nouvel élancement dans la tête lui arracha une grimace. Ses bras étaient là mais elle ne les sentait pas. Attachés dans son dos, ils étaient tout engourdis. Baissant les yeux, elle constata que ses chevilles étaient attachées aux pieds de la chaise.

Elle avait l'impression que sa langue avait doublé de volume mais, quand elle essaya de déglutir, sa gorge refusa de fonctionner. Craignant de s'étouffer, Sara tenta de se débarrasser de ses liens. Sans succès. Alors elle ouvrit la bouche, mais sa langue, lorsqu'elle voulut la tirer, se heurta à un bout de tissu rugueux au goût infect. Un bâillon.

Elle se força à rester immobile, inspirant à fond, puis expirant lentement.

Regardant autour d'elle, elle essaya de s'orienter et chercha tout ce qu'elle pourrait utiliser à son avantage. La pièce ressemblait à un salon, peut-être dans une maison abandonnée. Le sol était jonché de détritus. Des toiles d'araignées ornaient les coins de la pièce et pendaient aux fenêtres comme des rideaux de dentelle.

À part deux vieux fauteuils rembourrés, au tissu sale et déchiré, et deux matelas pneumatiques posés à même le sol et recouverts de sacs de couchage, il y avait une table renversée qui avait perdu un pied, un support de télévision en métal rouillé et la chaise sur laquelle elle était assise.

Sara ne remarqua le silence total qui l'entourait que lorsque des pas lourds résonnèrent sur le sol d'une autre pièce. Elle tendit l'oreille, sur le qui-vive.

Les pas se rapprochant, l'instinct de survie fut plus fort que sa curiosité : elle ferma les yeux et laissa sa tête retomber sur sa poitrine.

Elle entendait crisser sur le plancher les semelles de son ravisseur et, à chaque pas, elle sentait croître la peur qui lui étreignait le cœur. Entrouvrant un œil, elle vit passer devant elle des bottes western.

Le silence revint puis, tout à coup, une main lui empoigna les cheveux et lui tira la tête en arrière, si brutalement qu'elle crut qu'on lui avait brisé le cou.

— Raté ! Tu respires différemment quand tu dors, dit une voix féminine à l'accent traînant qui lui rappelait vaguement quelque chose.

Sans lâcher les cheveux de Sara, la femme contourna sa chaise et se campa face à elle.

— Je ne te punirai pas pour ce mensonge. Ou plutôt cette feinte. Mais ne refais jamais ça, dit-elle d'un ton menaçant en lui tirant les cheveux à chaque mot.

Puis sa ravisseuse la lâcha et la débarrassa de son bâillon, qu'elle laissa pendre autour de son cou.

Brusquement, Sara la reconnut : c'était la femme qui s'était approchée de leur table, à L'Enclos, et qui avait aguiché Nate. Cette femme qu'il avait vue au tribunal, ce même jour.

Clignant des yeux pour tenter de juguler le martèlement douloureux dans sa tête, Sara ouvrit la bouche mais sa gorge était si sèche qu'elle avait le plus grand mal à articuler.

— Qui... êtes... vous ?

— Tu vas bientôt le savoir.

Sa ravisseuse rapprocha un fauteuil et s'affala dedans.

— Intéressant que ton petit ami m'ait remarquée tout de suite au tribunal, alors que toi, à Austin, pendant la semaine qu'a duré le procès de mon frère, tu n'as pas daigné jeter le moindre regard au public qui était dans la salle.

— Le procès de votre frère ?

Sara ignorait délibérément le public lorsqu'elle plaidait une affaire. Elle préférait se concentrer sur l'accusé, le juge et le jury, plutôt que sur la famille en pleurs de la victime, ou sur les proches de l'accusé, qui ne se gênaient pas pour invectiver les magistrats, voire les insulter.

— Je vais te rafraîchir la mémoire, dit la femme. Je m'appelle Joan Dillon.

Ce nom lui disait quelque chose mais Sara n'arrivait pas à se rappeler quoi. Elle avait beau essayer de se remémorer ses affaires, son esprit encore embrumé refusait de coopérer.

Mais à la seconde où elle cessa d'y penser, le visage du dénommé Dillon lui apparut.

Non pas dans la salle d'audience, mais dans les dossiers qu'elle et Nate avaient examinés avec Cassie et Adam. Il faisait partie de ceux qu'ils avaient jugés peu susceptibles d'être impliqués dans cette affaire.

Ils s'étaient bel et bien trompés.

— David Dillon, dit-elle. Conduite en état d'ivresse, si mes souvenirs sont bons. Et possession de drogue.

Fixant Joan, elle ajouta d'un ton ironique :

— Oui, maintenant, je vois l'air de famille.

La femme laissa échapper un rire bref.

— Toi, alors, on peut dire que tu as du répondant face au danger !

Sara leva les yeux au ciel.

— Et Patrick, demanda-t-elle, que vient-il faire là-dedans ? Autant que je sache, vous êtes la seule parente de David.

Joan brassa l'air d'un revers de main.

— Oh ! lui, c'est un pauvre type. Un incompétent éperdument amoureux de moi. Son arrestation a bien fichu le bazar mais au moins, il a été assez loyal pour ne pas me dénoncer. Inutile de te dire que le sentiment n'est pas réciproque.

— Laissez-moi deviner, railla Sara. Parce qu'il travaillait au bureau du procureur, vous vous êtes arrangée pour le rencontrer après que votre frère a été envoyé en prison.

— Tu es mal placée pour me faire la morale. Il me semble que tu as fait la même chose avec ton garde du corps ; à vous bécoter un jour et à vous ignorer le lendemain.

Un sourire narquois sur les lèvres, elle quitta la pièce.

Sara soupira. Malgré toutes les précautions qu'avait prises Nate, cette femme savait tant de choses sur eux, alors qu'eux ignoraient presque tout d'elle, songea-t-elle en retenant ses larmes. Il lui manquait tellement depuis son départ. Et pas seulement à cause de la sécurité qu'il lui apportait, même si, en cet instant précis, elle aurait donné tout ce qu'elle avait pour qu'il vienne la secourir. Elle maudit intérieurement la Californie et l'attrait qu'elle avait sur lui.

Elle n'avait aucune idée de ce que Joan Dillon avait l'intention de lui faire, mais elle lui avait montré son visage, et ça, ça ne présageait rien de bon. Son grand-père lui avait toujours dit de vivre sa vie sans regret. Sauf que là, des regrets, elle en avait. Elle regrettait infiniment la manière dont les choses s'étaient terminées entre Nate et elle. Cette fois-ci, mais aussi la première fois, dix ans plus tôt. Elle regrettait de ne pas avoir une troisième chance et de ne pas pouvoir changer leur avenir. D'autant plus que le sien semblait sérieusement compromis.

Nate attendait dans la zone de dépose rapide de l'aéroport, guettant la voiture de Noah. Pendant le trajet jusqu'à LAX, il avait appelé les compagnies aériennes et réussit à trouver une place sur le prochain vol direct pour San Antonio. Entre le temps de vol et le décalage horaire, il ne savait plus très bien où il en était. À Resolute, c'était déjà le milieu d'après-midi et il n'en pouvait plus de se ronger les sangs.

Il avait appelé plusieurs fois ses frères et sa sœur au cours de la journée, leur posant toujours la même question et obtenant toujours la même réponse.

Cette question, il la posa de nouveau dès qu'il se fut glissé sur le siège passager du pick-up de Noah.

— Vous l'avez retrouvée ?

— Non, pas encore. Je vais tout t'expliquer sur le retour.

À bout de nerfs, Nate boucla sa ceinture.

— Je t'écoute, dit-il en étendant ses jambes devant lui.

— Quand on a récupéré les données du téléphone de Weaver, on s'est rendu compte qu'il y avait un numéro qu'il appelait souvent. Adam l'a croisé avec les numéros de téléphone que nous avions listés à partir des dossiers des détenus.

— Ceux qu'on a examinés lors de notre première réunion ?

— Oui. Le numéro en question correspond à l'un des numéros listés, dit Noah en jetant un regard à son frère. C'est celui d'une certaine Joan Dillon. Son frère cadet, David Dillon, faisait partie des personnes qui ont menacé Sara après avoir écopé d'une peine de prison.

Nate fouilla dans sa mémoire.

— Ce David, il avait été condamné pour une affaire de drogue, non ?

— Exact.

— Et donc ? Il a demandé à sa sœur d'engager Weaver pour harceler Sara ? Mais en ce cas, *qui* l'a kidnappée ? demanda Nate en frappant du poing le tableau de bord.

— Eh, doucement ! protesta Noah en lui donnant une tape

sur l'épaule. D'abord parce que ce pick-up étant la propriété du gouvernement, tu es prié de ne pas le détériorer. Et ensuite, parce que Cassie a obtenu l'autorisation d'appeler Dillon en vidéo au centre de détention, et qu'il n'était au courant de rien.

— Ça, c'est ce qu'il dit ! railla Nate. Mais bon sang, comment Cassie a-t-elle pu se laisser berner par un criminel ?

— Je sais que tu es à cran, mais laisse-moi finir. Sinon, on y sera encore demain.

— OK, je t'écoute.

— Bien. Cassie n'a pas dit tout de suite à David ce qui se passait. Elle lui a juste demandé s'il savait où était Joan parce que nous avions quelques questions à lui poser.

Noah mit son clignotant et s'inséra dans la circulation, déjà très dense.

— Il a dit que sa sœur avait des problèmes. Qu'elle souffrait peut-être de schizophrénie. Apparemment, elle alterne en permanence les moments où elle va bien et ceux où elle perd la boule et se met à divaguer, à élaborer des théories conspirationnistes et autres délires.

Nate s'abstint de prendre la parole, attendant que Noah ait fini.

— Il semble qu'elle soit très attachée à son frère et qu'elle ait très mal supporté sa condamnation. Au début, elle lui rendait visite chaque semaine, mais quand elle a commencé à parler de le faire évader, lui soumettant toutes sortes de plans farfelus, il lui a demandé de ne plus venir. Il ne voulait pas qu'elle lui gâche ses chances d'obtenir plus tard la liberté conditionnelle. Apparemment, elle lui avait parlé d'un gars – un certain Pat – avec qui elle sortait et qu'elle tenait sous sa coupe. Ce type était soi-disant prêt à faire n'importe quoi par amour pour elle et juste pour qu'elle l'aime en retour. Mais d'après David, sa sœur était incapable d'aimer.

— Encore une fois, pourquoi êtes-vous tous aussi sûrs qu'il dit la vérité ? demanda Nate.

— Parce que quand Cassie lui a expliqué ce qui se passait, il a vraiment flippé. Il a dit que si sa sœur était impliquée là-dedans, il fallait vite la retrouver et lui venir en aide.

Regardant par sa vitre, Nate, incrédule, secoua la tête.

— Et aussi parce qu'en plus, David avait parlé au gardien des lubies de sa sœur, qui voulait à tout prix le faire évader. Craignant qu'elle ne lui attire des ennuis, il a demandé qu'on la retire de sa liste de visiteurs autorisés.

Après avoir jeté un coup d'œil par-dessus son épaule, Noah changea de voie et prit à toute vitesse la bretelle d'accès à l'autoroute.

Nate, qui rongeait son frein en silence, recula son siège et croisa les bras sur sa poitrine.

— Mec, je comprends ton scepticisme, continua Noah. Mais les intuitions de Cassie sont presque toujours justes. Et j'étais là quand elle a appelé Dillon. En fait, nous avons tous assisté à la conversation. Tous vu le visage de Dillon quand il parlait à Cassie. Il avait l'air sincère, crois-moi.

— Peu importe, lâcha Nate, qui n'avait pas de temps à perdre à discuter.

— Que David soit impliqué ou non n'a aucune importance pour l'instant, concéda Noah. Il nous a fourni des informations. Nous verrons plus tard pour le reste.

— Si tu mettais le gyrophare, on irait plus vite, fit remarquer Nate.

Il avait bien conscience de passer sa mauvaise humeur sur Noah, mais c'était bien à ça que servaient les jumeaux.

— Et si tu me laissais gérer la conduite et que tu jetais un coup d'œil au dossier posé sur le tableau de bord ?

— Qu'est-ce que c'est ? demanda Nate en ouvrant le dossier.

— Un tirage des SMS que se sont envoyés Weaver et la sœur de David.

Les messages dataient d'avant le départ de Sara d'Austin. Nate les parcourut rapidement. De toute évidence, les deux amants manigançaient quelque chose.

— Et ceux qui ont été envoyés à Sara ? demanda-t-il en relevant les yeux.

Noah haussa les épaules.

— Ils émanaient probablement de Joan, qui a utilisé un téléphone jetable ou un VPN.

Laissant Noah se concentrer sur la route, Nate lut tous les textos. Ces messages non seulement prouvaient de manière irréfutable le lien entre Patrick et Joan, mais témoignaient également de l'ascendant que la sœur de David avait sur son amant.

Il était presque 17 heures lorsque les jumeaux arrivèrent au Justice Center.

— Vous arrivez juste à temps, dit Helen, qui les intercepta dans le hall. Vous devez aller directement dans le sas d'observation. Votre sœur est sur le point de faire cracher le morceau à cet affreux jojo que vous avez attrapé.

— Tut-tut ! Ce n'est pas comme ça qu'on parle de nos détenus, Helen, la sermonna Noah, qui ne manquait jamais une occasion de lui renvoyer ses réprimandes.

— Faites ce que vous avez à faire pour retrouver Sara.

Elle marmonnait encore quand ils disparurent au coin.

Nate se précipita dans la petite pièce, dans laquelle Adam et Bree se trouvaient déjà. Ceux-ci durent se pousser un peu pour leur faire de la place derrière la glace sans tain.

— Vous perdez votre temps, dit Weaver en se calant au fond de sa chaise. Je n'ai rien à dire.

— Je veux juste vous informer de ce que nous avons découvert.

Weaver se contenta de hausser les épaules.

Croisant les bras, Cassie continua :

— Nous avons découvert que vous êtes en couple avec Joan Dillon, la sœur de David Dillon.

Weaver écarquilla les yeux mais garda le silence.

— Non seulement nous avons la preuve que vous êtes lié au harcèlement de la juge Sara Bennett, mais le problème, Patrick, c'est que nous allons maintenant devoir vous accuser de l'avoir kidnappée.

— Vous racontez n'importe quoi !

Il tenta de bondir mais ses mains, menottées à la table, l'empêchèrent de bouger.

— Je n'ai rien à voir avec cette histoire de kidnapping.

— Mais vous saviez que Joan avait l'intention d'enlever la juge. Dans quel but ? Lui faire du mal ? La tuer pour avoir inculpé son frère et l'avoir envoyé en prison ?

Nate comprenait pourquoi Cassie avait posé cette question, mais en l'entendant énoncer à voix haute sa plus grande crainte, il fut pris de vertiges. Respirant à fond, il s'efforça de recouvrer son sang-froid.

— Je ne dirai plus un mot.

— Comme vous voulez. Mais Joan a kidnappé le juge Sara Bennett et vous serez accusé de complicité dans tout ce qu'elle a fait ou s'apprête à faire, déclara Cassie en se levant. J'espérais que vous coopéreriez avec nous en échange d'une réduction des charges qui pèsent sur vous. D'autant plus que Joan sait que vous êtes en prison et qu'elle vous a laissé tomber...

Cassie n'eut pas le temps d'atteindre la porte que Weaver l'interpellait.

— Attendez !

Il passa sa langue sur ses lèvres.

— Franchement, je ne savais pas qu'elle irait jusqu'à kidnapper la dame. Elle m'a juste dit qu'elle voulait lui faire peur à cause de son frère. Rien de plus, je vous jure.

Cassie revint s'asseoir en face de lui.

— Où est Joan ? demanda-t-elle.

Il ouvrit la bouche, la referma, puis pencha la tête.

— Vous pourriez vraiment obtenir une réduction des charges contre moi ?

— Oui. Il suffit que j'aille voir le procureur et que je lui demande de ne pas vous accuser de l'enlèvement.

Marquant une pause, Cassie lui laissa le temps de peser le pour et le contre. Puis elle demanda :

— Où habite Joan ?

— Je ne sais pas exactement. Elle est tellement instable, toujours à…

Cassie soupira et se leva.

— Bonne chance en prison, Patrick !

Cette fois, elle ne fit même pas un pas.

— C'est une maison abandonnée à la campagne, lâcha Weaver d'une voix tremblante. Je ne sais pas exactement où elle se situe. Je n'y suis allé qu'une fois et c'était Joan qui conduisait. Une maison blanche avec plusieurs fenêtres condamnées. Et pas d'autres habitations autour.

— Si vous n'y êtes allé qu'une fois, où étiez-vous le reste du temps ? demanda Cassie en levant les yeux des notes qu'elle griffonnait.

— Joan nous avait dégotté une chambre dans un motel pouilleux en dehors de la ville. Nous n'avons déménagé dans la maison que la veille du jour où vous m'avez chopé.

— Quelle direction avez-vous prise pour y aller ?

— Hum, notre motel était à l'ouest de la ville. Il me semble qu'on est passés devant une école et qu'après, on a tourné à droite. On a dû prendre vers le sud, donc. Ouais, c'est ça. Je dirais que la baraque se trouve au sud-est de la ville.

— Elle a quoi, comme voiture, Joan ?

— Une camionnette bleue toute cabossée. Elle conduit comme un pied.

Voyant que Cassie le fusillait du regard, il ajouta :

— Je ne connais ni la marque ni le modèle. Tout ce que je sais, c'est qu'elle est moche.

Cassie quitta la salle d'interrogatoire, ignorant Weaver, qui essayait de la retenir.

— Eh, et notre accord ? Vous allez parler au procureur ? C'est ce qui était convenu, non ?

Rejoignant les autres, elle décocha un clin d'œil à Nate.

— Je l'ai eu.

— Une maison blanche au sud-est de la ville, marmonna Nate avant de pousser un juron. Soixante-quinze pour cent des maisons du comté de Boone doivent être blanches.

— Adam a délimité plusieurs secteurs. Chacun de nous va en prendre un et chercher cette fichue maison. Si vous la trouvez, vous appelez des renforts, compris ?

Cassie les dévisagea les uns après les autres, puis elle distribua à chacun d'eux une copie de la carte du comté, avec le secteur qui leur était attribué.

Sa feuille à la main, Nate se dirigeait déjà vers la porte, mais Cassie le rappela.

— Voici une photo de Joan Dillon. Histoire que tu saches à quoi elle ressemble.

Nate prit la photo, y jeta un coup d'œil et se figea.

— Qu'est-ce qu'il y a ? s'alarma Noah.

— Rien.

Il n'avait pas le temps d'expliquer où il avait déjà vu Joan. Et cela n'avait pas vraiment d'importance. Tout ce qui comptait, c'était de retrouver Sara. Avant qu'il soit trop tard.

À la tombée de la nuit, Nate roulait vers le sud, l'application Google Maps ouverte devant lui sur la tablette qu'il avait empruntée à l'un des adjoints. Il profitait des feux rouges et des panneaux stop pour scruter la carte, à la recherche des maisons isolées. Il devait ensuite aller vérifier si elles avaient des fenêtres condamnées et s'il y avait une vieille camionnette bleue garée devant.

Comme il avait laissé son propre véhicule au ranch lorsqu'il s'était envolé pour Los Angeles, Cassie lui avait prêté une voiture de patrouille équipée d'un projecteur. Il pourrait l'allumer en cas de besoin, quand il ferait trop noir pour y voir quelque chose. Sauf que cela signalerait sa présence. La lune étant presque pleine, peut-être pourrait-il s'en passer.

Tout en cherchant des yeux la maison blanche et la camionnette bleue, et en restant à l'écoute des bavardages radio occasionnels de ses frères et sœur, qui exploraient les autres secteurs, Nate ne cessait de penser à Sara.

Il se maudissait intérieurement d'avoir quitté la ville alors qu'il était encore inquiet pour sa sécurité. Mais après s'être assuré que le gars qu'ils avaient arrêté était bien le coupable, Nate avait pensé que son mauvais pressentiment était dû au fait que Sara et lui ne s'étaient pas quittés en bons termes.

— J'ai peut-être quelque chose, annonça Noah dans la radio.

Il y eut un silence pendant lequel Nate retint son souffle. Puis la voix de Noah retentit de nouveau.

— Fausse alerte. La maison est jaune pâle.

Nate reprit le quadrillage de son secteur, à environ trois kilomètres au sud de la ville. Plus espacées les unes des autres, les maisons se trouvaient en retrait de la route. Il s'agissait pour la plupart d'exploitations agricoles, dont certaines avaient des granges. Il roulait plus lentement maintenant qu'il faisait nuit et qu'il avait plus de mal à discerner les détails. À cause de cette allure d'escargot, il était de plus en plus à cran.

Comme il passait devant une ferme entourée de terres en friche, les nuages s'écartèrent et la lune éclaira le bâtiment. La peinture qui recouvrait la façade était presque entièrement écaillée, mais ce qu'il en restait était blanc. S'approchant, Nate chercha des signes de vie, mais il n'en vit aucun.

Soudain, un reflet dans son rétroviseur latéral attira son attention. Ce n'était peut-être rien mais son instinct lui souffla de faire demi-tour et d'aller jeter un coup d'œil. Il tourna à la première occasion et se gara sur le bas-côté de la route, après s'être assuré que son véhicule n'était pas visible depuis la ferme.

La propriété n'étant pas clôturée, il traversa le champ derrière la ferme. Il courut d'arbre en arbre et lorsqu'il fut tout près, il pria pour que les nuages bloquent de nouveau le clair de lune afin qu'on ne le voie pas arriver.

Une grange délabrée se trouvait derrière la maison. Il se précipita à l'intérieur, se plaquant contre l'encadrement de la porte. Puis il jeta un coup d'œil autour de lui. Le reflet qu'il avait vu dans son rétroviseur était celui d'un véhicule. Une camionnette bleue dont la carrosserie avait été à plusieurs endroits colmatée avec de l'enduit.

Le soulagement d'avoir trouvé la maison fut de courte durée. Car restait maintenant à savoir s'il l'avait trouvée *à temps*.

Il fit le tour du bâtiment à un étage, dont les fenêtres étaient pour la plupart manquantes ou condamnées. Il y en avait cependant quelques-unes qui étaient intactes ou avaient juste un carreau cassé. La porte d'entrée était dégagée, mais la camionnette bloquait l'accès à la porte de derrière. Lorsqu'il tenta de s'approcher d'une des fenêtres en se faufilant à travers un buisson de houx, il accrocha son jean aux feuilles piquantes et s'écorcha les mains. Collant son nez à la vitre sale, il réussit cependant à jeter un coup d'œil à l'intérieur.

Bingo ! Il avait choisi la bonne fenêtre, pile celle de la pièce dans laquelle se trouvait Sara, les bras attachés dans le dos et les chevilles liées aux pieds de la chaise sur laquelle elle était assise. Sur son visage, il ne décela ni peur ni découragement. C'est la tête haute qu'elle défiait du regard la femme qu'il connaissait désormais sous le nom de Joan Dillon.

Nate aurait aimé pouvoir appeler des renforts. Mais il n'avait pas de micro d'épaule et il n'avait pas le temps de retourner à la voiture de patrouille pour utiliser la radio de bord. Nate colla son oreille à la vitre.

— Qu'est-ce vous croyez ? Que je peux entrer dans une prison et exiger la libération d'un détenu ? railla Sara.

— Tu l'as envoyé en prison, alors tu peux sûrement le faire sortir, dit Joan, qui apparut dans le champ de vision de Nate. Tu n'as qu'à appeler le juge qui était au procès de mon frère et lui dire que tu as merdé.

— Ça ne marche pas comme ça.

— En plus, maintenant que tu es juge, toi aussi, ça devrait être encore plus facile. Entre juges, on se rend service. Dis-lui que tu le lui revaudras.

Sara regarda sa ravisseuse comme si elle débarquait d'une autre planète.

— Écoutez, si vous voulez faire sortir votre frère, il faut que vous retourniez à Austin et que vous preniez un avocat pour faire appel. Mais pour ça, il faut prouver qu'il est innocent. Et il n'y a rien que moi, ou qui que ce soit d'autre, puisse faire pour contourner la procédure judiciaire.

— Tu es donc en train de me dire que tu ne m'es d'aucune utilité, dit Joan en allant prendre quelque chose sur la table. C'est bien ça ?

Elle revint se planter devant Sara. La lumière vacillante d'une lanterne de camping se réfléchit sur la lame du couteau à trancher qu'elle avait à la main.

Nate ne fit ni une ni deux. Déterminé à détourner l'attention de Joan, il traversa de nouveau les buissons épineux et enfonça la porte d'entrée à coups de pied.

Joan se tourna vers lui, son couteau brandi en l'air.

— Ah, voilà le petit ami du juge qui vient à la rescousse !

Levant les mains, Nate lui montra qu'il n'avait pas d'arme.

— On va éviter qu'il y ait des blessés, dit-il en regardant Joan puis Sara, qui esquissa un petit sourire de soulagement.

Joan, qui avait suivi son regard, lança, le visage déformé par la colère :

— Arrêtez de vous parler avec les yeux ! Je vois clair dans votre petit manège. Tu crois que je ne comprends pas ce que tu lui dis ?

S'il avait pu dire à Sara quelque chose avec ses yeux, il lui aurait dit combien il l'aimait. Il lui aurait dit aussi à quel point il avait peur de la perdre. Mais il doutait que son message ne parvienne à destination avec, entre eux deux, cette furie en plein délire armée d'un grand couteau.

Pendant qu'elle les invectivait, Nate avait commencé à la contourner en ne faisant semblant de rien et à se rapprocher de Sara. Mais soudain, Joan se tut, son regard dément passant plusieurs fois de l'un à l'autre.

— Où tu vas, comme ça ? demanda-t-elle en s'approchant de Nate, plus menaçante que jamais.

— Je m'assure juste que Sara va bien.

Il haussa les épaules et inspira à fond, comme avant de se jeter à l'eau. Il savait que ce qu'il allait dire pouvait les tirer de ce pétrin, ou au contraire, les y enfoncer davantage.

— David tient à ce qu'il ne lui arrive rien, déclara-t-il.

— David ? Et pourquoi donc s'en ferait-il pour elle. En plus, tu ne le connais même pas.

— Si, je le connais. Il s'inquiète aussi pour vous. Il ne voudrait pas que vous soyez blessée.

Nate s'immobilisa. Il craignait que s'il s'approchait trop de Sara, Joan ne s'en prenne à elle.

— Et je dois dire qu'il avait l'air furax contre vous, continua-t-il. Il a dit que si vous faisiez du mal au juge Bennett, on le mettrait en cellule d'isolement. Et qu'il ne serait pas près de sortir de prison.

— Tu n'étais pas censé cafter ! Ça devait être une surprise !

Avec un cri démoniaque, Joan se jeta sur Nate. Se jetant sur le côté, il esquiva le couteau et attrapa le bras de la jeune femme. Ils s'écrasèrent contre une chaise et la renversèrent, tombant eux-mêmes l'un par-dessus l'autre. Dans sa chute, Joan lâcha son arme. Elle se débattait, essayait de se dégager, mais Nate voulait à tout prix l'empêcher d'atteindre le couteau. Enroulant ses bras autour d'elle, il la maintenait au sol, leurs jambes toujours emmêlées contre le dossier de la chaise. S'il arrivait à lui bloquer les bras...

— Merde !

La folle venait de lui mordre le haut du bras et ne voulait pas le lâcher.

Il sentait ses dents plantées dans son biceps, lacérant la chair, et le sang dégouliner le long de son coude. De son autre main, il l'empoigna par les cheveux et tira sa tête en arrière.

Elle en profita pour se dégager de sous lui. Il lui attrapa la cheville mais elle lui enfonça le talon de sa botte dans la figure. Sonné, Nate tenta de riposter malgré la douleur. Malgré le sang et le trou qu'il avait dans l'épaule. Serrant les dents, il se releva pour affronter la folle comme si la vie de Sara en dépendait. Parce que c'était le cas.

Joan s'empara du couteau et se releva péniblement. Lorsqu'elle brandit la lame vers Nate, ses doigts glissèrent sur le manche et le couteau lui échappa des mains, de nouveau. Emportée par son élan, elle perdit l'équilibre et voulut se rattraper à la petite table, qu'elle entraîna dans sa chute, faisant tomber la lanterne de camping qui était posée dessus. L'huile se répandit sur le plancher et s'enflamma.

Nate ramassa le couteau et se précipita vers Sara pour couper ses liens.

— Ça va ? demanda-t-il lorsqu'il l'eut libérée.

Elle hocha la tête.

— Oui, mais je suis tout engourdie. Il faut que la circulation se rétablisse, dit-elle en secouant vigoureusement ses bras et en essayant de se lever.

Nate la souleva dans ses bras et se rua dehors pour la mettre à l'abri. Une fois Sara hors de danger, il retourna à l'intérieur pour sauver Joan.

La maison n'étant qu'un amas de bois sec et pourri, le feu avait déjà grimpé le long des murs et atteint le plafond. Nate essayait de s'approcher de Joan, mais à chaque tentative, il était repoussé par la chaleur et les flammes. Suffoquant à cause de la fumée âcre, n'y voyant plus rien, il finit par renoncer et rebroussa chemin.

Il avait presque gagné la porte lorsqu'un craquement sourd retentit. Juste au moment où il levait les yeux, le premier étage s'effondra sur lui.

18

Bercée par les bips des moniteurs qui surveillaient les signes vitaux de Nate, admis en soins intensifs à l'hôpital, Sara avait failli s'endormir. Luttant contre le sommeil, elle regarda une émission de bricolage sur la petite télévision dont elle avait baissé le son, car elle voulait entendre ces bips qui prouvaient que tout allait bien pour Nate. Qu'il respirait. Que son cœur battait. Qu'il était en vie.

Elle se tourna vers lui. Au cours des douze heures qui s'étaient écoulées depuis qu'elle l'avait sorti de la maison en flammes, l'énorme ecchymose qu'il avait sur le visage avait commencé à bleuir, lui faisant comme un masque de super-héros. C'était exactement ce qu'il était pour elle.

Cassie, Adam et Noah l'avaient mise au courant de tout ce qui s'était passé après son enlèvement. Les recherches, les confidences de Weaver, le retour de Nate à Resolute dès qu'il avait appris sa disparition. Elle avait même entendu Noah dire à Cassie que Nate avait filé à l'aéroport au lieu de se rendre à sa réunion, et que celle-ci avait eu lieu sans lui.

La culpabilité qu'elle ressentait de lui avoir fait manquer ce rendez-vous, dont semblait dépendre la suite de sa carrière, n'était qu'un fragment de l'amour immense qu'elle éprouvait pour lui. Bien qu'elle ait longtemps refusé de l'admettre, elle l'aimait. Il n'en saurait probablement jamais rien. Elle avait déjà bien assez chamboulé sa vie comme ça.

Après avoir rapproché sa chaise de son chevet, elle toucha

sa joue et sentit sa barbe lui piquer le bout des doigts. Elle retira précipitamment sa main lorsqu'il remua, puis ouvrit les yeux, ses lèvres sèches et gercées esquissant un sourire.

— Salut, toi, dit-elle doucement, sa voix menaçant de se briser.

Submergée par l'émotion et le soulagement de le voir enfin réveillé, Sara lui rendit son sourire.

Il croassa une espèce de « salut » puis porta une main à sa gorge. Sara prit le gobelet de glaçons que les infirmières avaient apporté en prévision de son réveil et en fit glisser quelques-uns dans sa bouche.

— Ça devrait te soulager un peu, dit-elle en écartant une mèche de cheveux qui lui tombait sur le front.

Nate suivit son geste des yeux, deux petites rides parallèles se creusant entre ses sourcils.

— Que s'est-il passé ? demanda-t-il d'une voix rauque en pointant du doigt ses mains et ses bras enveloppés de gaze.

— Ça ? Oh ! ce n'est rien. Juste quelques cloques. Des brûlures sans gravité.

Il se mit alors à la scruter, en commençant par le haut. Ses cheveux roussis, la traînée rouge sur une joue, ses bandages sur ses bras et ses mains.

— Comment t'es-tu brûlée ?

— Tu aurais voulu que je te laisse mourir dans cette baraque ? C'eût été trop injuste après ce que tu venais de faire pour moi.

— Le plafond s'est effondré, dit Nate. C'est toi qui m'as sorti de là ?

— On dirait que ça t'étonne ! plaisanta Sara, qui sentait sa gorge se serrer et les larmes lui monter aux yeux. J'ai plus de ressources que tu ne semblais le penser quand tu étais mon garde du corps, figure-toi !

Il gloussa puis poussa un gémissement.

— Aïe !

Inquiète, Sara se leva à moitié de sa chaise.

— Ça va ? Où as-tu mal ?

— Demande-moi plutôt où je n'ai pas mal ; ce sera plus simple, ironisa-t-il.

Rassurée, elle se rassit.

— Mais c'est mon épaule et mon visage qui me font le plus mal.

— Encore une chance que tu ne le voies pas, ton visage, dit Sara. Parce qu'en plus d'avoir mal, tu prendrais peur !

— Je ne te connaissais pas un tel sens de l'humour, s'esclaffa Nate, en feignant l'indignation. On dirait que j'ai encore beaucoup à apprendre sur toi.

— Plus que tu ne l'imagines, répondit Sara avec un sourire espiègle.

— C'est quoi, tous ces tuyaux qu'on m'a enfoncés dans les bras ?

Il regarda les moniteurs multiparamétriques et la poche de perfusion suspendue au-dessus de son lit.

— Je serais bien en peine de te répondre, mais ce que je sais, c'est qu'on t'injecte des antibiotiques à fortes doses. Il paraît que les morsures humaines sont extrêmement dangereuses. Elles véhiculent toutes sortes de bactéries et autres saloperies. L'infirmière a dit que tu allais rester sous perfusion pendant encore au moins une journée, et qu'ensuite, on t'opérera pour réparer le muscle déchiré de ton épaule. Cette tarée de Joan Dillon avait de sacrées mâchoires, apparemment.

— À propos, on a retrouvé son corps ?

Sara acquiesça.

— Ils n'ont pas encore fait d'autopsie sur ce qui reste du corps. D'après le médecin légiste, à qui j'ai expliqué ce qui s'était passé, l'huile renversée a dû imprégner les vêtements de Joan.

Baissant les yeux sur ses mains, posées sur ses genoux, Sara se mit à tripoter un bout de gaze.

— C'est pour la sauver que tu es retourné à l'intérieur ?

Nate garda le silence un long moment. Si longtemps que Sara crut qu'il ne répondrait pas.

Finalement, les yeux fixés sur le côté du lit opposé à celui où elle était assise, il dit :

— S'il y avait une chance qu'elle soit en vie, je devais tout faire pour la tirer de là.

Savoir qu'il ne laisserait jamais personne – même pas la plus infâme créature – mourir s'il pouvait l'en empêcher renforça l'opinion qu'elle avait de lui.

— Tu es un type bien, Nate. J'admire ton intégrité.

— C'est juste le fruit de l'éducation que j'ai reçue. Je ne m'entendais pas toujours bien avec mon père mais j'ai beaucoup appris de lui. Pour rien au monde il n'aurait dérogé aux principes et à l'éthique qui gouvernaient sa vie.

Nate haussa à moitié les épaules mais cette ébauche de mouvement lui arracha une grimace.

— Je parie qu'après tout ça, continua-t-il, tu as hâte de retourner à Austin et d'oublier Resolute. Tu vas terminer le mandat de Harmon ou partir le plus vite possible ?

Déconcertée par le tour qu'avait pris la conversation, Sara répondit :

— Je n'ai pas l'intention de me défiler. Je me suis engagée à le remplacer jusqu'à la fin de son mandat. Je ne partirai donc pas avant.

Puis elle se tut, hésitant à exprimer les pensées qui lui avaient traversé l'esprit quand elle était attachée à sa chaise, dans la maison abandonnée, et qu'elle croyait sa dernière heure arrivée.

— D'autant plus que tout cela a commencé quand j'étais encore à Austin. Donc je…

Elle lissa le pan de couverture juste devant elle.

— J'ai beaucoup réfléchi. Je ne suis pas sûre de vouloir y retourner.

Nate fronça les sourcils.

— Où vas-tu aller, alors ?

— Nulle part.

Comme il semblait perplexe, elle continua.

— Je vais rester ici, à Resolute. Quand le mandat de Harmon sera terminé, je me présenterai et j'espère remporter l'élection.

Nate ferma les yeux puis les rouvrit et capta son regard.

— Tu renonces à ton penthouse ? Tu renonces à ta vie de citadine et à tous les attraits de la grande ville ? Je pensais que tu briguais ce poste de juge du comté de Travis ?

Sara soutint son regard sans ciller.

— J'ai confondu ce que je pensais vouloir avec ce que je voulais vraiment, confia-t-elle d'un ton humble.

— Je ne comprends pas.

Nate appuya sur la télécommande qui permettait de relever la tête de son lit médicalisé.

— Dans mon esprit, devenir juge de district dans le comté de Travis était un moyen de me rapprocher de mon grand-père. Je suivais ses traces puisqu'il avait été juge de district. Et le comté de Travis, parce que c'est là que je vivais et que ce n'était pas si loin que ça de chez lui.

— Qu'est-ce qui a changé ?

— Moi. Ma vie.

Sara soupira, soudain mal à l'aise. Elle n'avait pas prévu de se confier à Nate.

— Je pense que j'ai toujours associé carrière et famille, dit-elle. Papy mis à part, ce que je n'ai jamais eu, ce que j'ai toujours voulu, c'est une famille. Une famille, des amis et une vie simple. Et tout ça, je l'ai trouvé ici, à Resolute. Au ranch, j'ai l'impression de faire partie de la famille, et en un mois, j'ai rencontré ici plus de gens que je n'en rencontre en un an à Austin. À moins de compter les criminels, ajouta-t-elle en riant. Entre Cassie, Rachel, Bree et Marge, je me retrouve avec tout un tas d'amies, moi qui n'en avais quasiment pas. Même Helen essaie de me materner, mais dans le bon sens du terme.

Nate changea de position dans le lit, grimaçant de douleur lorsque son épaule blessée se rappela à lui.

— Si je comprends bien, dit-il, tu envisages de t'installer à Resolute de manière permanente et de continuer à être juge du comté de Boone…

— Si je suis élue, l'interrompit Sara.

— Pour moi, cela ne fait pas l'ombre d'un doute. Mais franchement, Sara, dit Nate en plissant les yeux, tu n'as pas peur de t'ennuyer dans notre petit bled ? D'en avoir marre de devoir aller à Victoria pour acheter tes appareils culinaires sophistiqués, ton café et tout ça ?

— Voyons, Nate, toi qui vis en Californie, tu dois bien savoir qu'on peut tout acheter en ligne et se faire livrer à domicile. Et puis, une fois que j'aurai rapporté toutes mes affaires ici, je n'aurai plus besoin de grand-chose. Et à dire vrai, ajouta-t-elle en redevenant sérieuse, je n'ai jamais vraiment aimé vivre à Austin. J'ai essayé. Je me suis persuadée que je m'y sentais bien, mais ce n'est pas le cas. Mon existence entière tournait autour du travail. Or je sais maintenant qu'il n'y a pas que ça dans la vie.

Nate hocha la tête.

— Je comprends ce que tu veux dire.

Il avait l'air pensif et Sara craignit de l'avoir fatigué avec son bavardage.

— Je suis désolée, dit-elle en se levant de sa chaise. Tu dois être épuisé. Merci encore de m'avoir sauvé la vie.

Il leva les yeux vers elle, une expression énigmatique sur le visage.

— Merci d'avoir sauvé la mienne.

Du coin de l'œil, Nate capta un mouvement vers la porte. Il tourna la tête et vit trois ballons gonflables en forme de bananes flotter dans les airs.

— Entre, Noah.

La porte s'ouvrit plus largement et les ballons précédèrent son jumeau dans la chambre.

— Tu t'es remis de ton opération ?

Noah tira une chaise près du lit, s'assit et lâcha les ballons qui, bizarrement, restèrent à côté de lui au lieu de s'élever jusqu'au plafond.

— Plus ou moins. Je sors lundi, d'après ce que j'ai compris. Quel jour sommes-nous ?

— Waouh, tu m'as l'air bien shooté. Nous sommes samedi, mec. Tu as été opéré, hier, vendredi. Ça va, tu suis ?

— Pourquoi ces ballons sont-ils statiques ?

— Parce qu'en fait, ils sont posés, rigola Noah en lui montrant les supports en carton attachés au bout des ficelles. Tu vois ?

Nate voulut hocher la tête mais il renonça vite. Au moindre mouvement, il avait mal partout.

— Pourquoi des bananes ? demanda-t-il.

— Elles étaient en solde.

Il poussa l'un des ballons en forme de banane et le regarda s'éloigner en se dandinant.

— Des heures d'amusement en perspective quand on est comme toi cloué au lit, dit Noah avant de poser son regard sur son frère. En vrai, mec, comment tu te sens ?

— Sans doute mieux que je n'en ai l'air, répondit Nate, qui parvint à esquisser un sourire.

— Tant mieux, parce que ce ne serait pas pire si on t'avait passé à tabac.

Ils rirent ensemble mais en voyant grimacer son frère, Noah se calma.

— J'aurais dû attendre que tu ailles mieux avant de dire quelque chose de drôle. Même si c'est vrai.

Il se racla la gorge et ajouta :

— Mais au moins, maintenant, je peux prouver que c'est moi le plus beau au lieu de juste l'affirmer.

— Eh bien, profites-en tant que ça dure, parce que dès que cette ecchymose aura disparu de mon menton et que le reste sera guéri aussi, tu retrouveras ta place de second au classement des jumeaux de l'année !

— Je suppose que frôler la mort comme tu l'as fait laisse des traces, hein ?

Noah tapa dans un des ballons.

— Ce n'est pas ça, répondit Nate en passant sa main valide dans ses cheveux.

— C'est quoi, alors ?

— Sara est passée me voir. Elle a dit qu'elle ne retournerait pas à Austin. Elle envisage de rester ici, à Resolute.

Croisant les mains, Noah posa son menton sur ses deux index.

— C'est une bonne chose ? Ou une mauvaise ?

Nate haussa les épaules.

— Aïe ! Il faut que j'arrête de faire ça, bon sang !

— Il faut surtout que tu arrêtes d'éluder la question, mec !

— C'est une bonne chose pour elle, je suppose, puisque c'est ce qu'elle veut, apparemment. Mais ça m'a surpris. Elle avait un plan de vie tout tracé et tout d'un coup, elle le modifie.

— Parfois, les gens changent et leurs plans changent avec eux. C'est super que Sara ait pris conscience de ce qui la rendait vraiment heureuse, et qu'elle se donne les moyens de l'être. Et toi ? demanda Noah sans quitter son jumeau des yeux.

— Quoi, moi ?

— Tu n'as jamais envisagé de changer ton plan de vie ?

— Non. Du moins, pas volontairement. Mais quand j'y suis retourné, la semaine dernière, j'ai trouvé que Los Angeles n'était pas comme d'habitude. Ça m'a fait bizarre.

— Comment ça ?

— Je ne sais pas, dit Nate. Comme si le Golden State avait perdu son éclat. Mais je commence à douter qu'il en ait eu un jour. En fait, je n'ai jamais été vraiment attiré par la Californie. Au départ, j'y suis allé pour m'éloigner le plus possible de papa pendant que je cherchais ma voie.

Il se sentait un peu ridicule de raconter tout ça à Noah, mais en même temps, cela lui faisait du bien de vider son sac.

— Je n'ai jamais eu l'impression de m'intégrer, là-bas. Même après y avoir vécu toutes ces années, je me sens un peu comme un imposteur. Un plouc qui a mis son plus beau costard pour se mêler aux gens de la ville.

— Alors pourquoi y retourner ?

Nate fronça les sourcils. Le Noah qu'il avait en face de lui était méconnaissable, lui aussi. Il lui posait des questions graves et intrusives, au lieu de plaisanter sans arrêt.

— Laisse tomber, dit Noah en chassant la question d'un revers de main. Mais dis-moi : pourquoi n'es-tu jamais revenu à Resolute ?

Nate n'eut pas à réfléchir longtemps.

— Pour que faire ? À part pour vous voir, je n'avais aucune raison de revenir. En plus, comme vous faites tous partie des forces de l'ordre, vous formez un clan dont je me sens un peu exclu.

— C'est ce que tu as ressenti, récemment ? demanda Noah, qui semblait déterminer à ne pas lâcher le morceau.

— Non, admit Nate.

— Mais tu n'as toujours aucune raison de revenir ? demanda Noah en étendant ses longues jambes devant lui.

Nate se mordilla la lèvre inférieure lorsque l'image de Sara s'imposa à son esprit. Il était revenu à temps pour lui sauver la vie, mais était-il revenu à temps pour gagner son cœur ?

— J'en ai peut-être une, marmonna-t-il.

— C'était si difficile à admettre ? railla Noah. Vous avez tous les deux pris la même décision, Sara et toi, mais elle est plus futée et plus courageuse que toi, alors elle l'a fait en premier.

— Ouais, mais je ne sais pas si j'ai la moindre chance avec elle.

— Tu as toutes tes chances, au contraire. Et je ne suis pas le seul à le penser, figure-toi !

Noah prit un des ballons et le fit danser dans la chambre en chantant :

— Mon frère est enfin amoureux !

— Oui, Matt, je sais.

Le premier jour de Nate à la maison, après son retour de l'hôpital, ne se passait pas aussi bien que prévu. La douleur pulsait dans son épaule. Et avec le bras en écharpe, il était manchot. En plus de ça, n'échappant pas aux lois de la gravité, l'ecchymose sur son visage était maintenant violacée au niveau du menton, et jaune moutarde plus haut.

C'était la première fois qu'il parlait à Matt depuis qu'il avait séché la réunion avec Meryl Duncan.

— Je suis désolé, dit-il.

— Quand seras-tu de retour sur la côte Ouest ?

La légèreté habituelle de Matt semblait s'être envolée et avoir quitté l'atmosphère terrestre.

Coinçant son téléphone entre son épaule valide et son oreille, Nate s'allongea sur le canapé. Il se rétablissait au ranch, où ses frères et sœur s'occupaient de lui. Pour leur éviter de monter et descendre l'escalier dix fois par jour, il avait insisté pour s'installer en bas.

— Difficile à dire. J'ai été opéré vendredi et cette épaule me fait un mal de chien.

— Je compatis, Nate, mais tout seul, je ne m'en sors pas, dit Matt.

Au ton de sa voix, Nate comprit qu'il y avait anguille sous roche et poussa un soupir.

— Il faut qu'on parle, Matt.

Matt ricana.

— Mec, j'ai entendu tellement de femmes prononcer ces paroles au fil des ans que je sais exactement ce que ça veut dire.

— Je suis désolé mais j'ai décidé de retourner au Texas, lâcha Nate tout à trac.

Comme si une soupape de sécurité avait lâché, son stress se dissipa en un instant.

— Waouh ! Bon, eh bien, ça me facilite les choses parce que j'ai une nouvelle à t'annoncer.

Matt toussa nerveusement.

— Tu te souviens que je pensais que Meryl avait le béguin pour toi ? Figure-toi que j'étais complètement à côté de la plaque.

— Ne me dis pas que...

— Si. Je te présente le nouveau garde du corps de Meryl Duncan.

— Alors elle a signé le contrat ? demanda Nate, déconcerté.

— Plutôt deux fois qu'une ! Mais, euh, elle veut que je prenne la direction des opérations le jour de l'événement.

— Pas de problème. Tu étais déjà aux commandes de toute façon.

Nate ne comprenait pas pourquoi son associé était si mal à l'aise.

Matt prit une grande inspiration.

— Le problème, c'est qu'à partir du réveillon du nouvel an, elle me veut comme garde du corps à plein temps.

— Ça alors !

Une fois de plus, Nate ne savait pas que dire.

— Mais elle veut m'embaucher directement, sans passer par l'agence, expliqua Matt. Elle a dit qu'elle solliciterait Reed & Franklin Security pour les grands événements et les galas, mais en gros, elle m'achète à toi.

Matt laissa échapper un petit rire.

— Tu vas adorer le prix, dit-il.

Nate ne savait pas si c'était à cause de ses médicaments, du manque de sommeil ou des lésions nerveuses dues au coup de pied qu'il avait reçu dans la figure, mais il se sentit soudain complètement hébété.

— Je suis content pour toi, bredouilla-t-il.

Il se réjouissait pour son ami. Il se demandait juste combien de temps Matt survivrait entre les griffes de Meryl.

À sa voix, Nate devina que Matt souriait à l'autre bout du fil.

— Moi aussi, je suis content pour toi, dit Matt. Ta décision a-t-elle quelque chose à voir avec Sara ?

— Peut-être, mais c'est trop tôt pour le dire.

— J'espère que ça va marcher pour toi. Quand tu es revenu l'autre jour, j'ai bien vu que tu avais laissé une partie de ton âme au Texas.

Noah avait raison, songea Nate. Apparemment, tout le monde avait compris bien avant lui qu'il n'avait plus envie de vivre en Californie.

Matt le tira de ses pensées.

— Et l'agence ? Qu'est-ce qu'elle devient, finalement ? Si tu restes au Texas...

— Ne t'inquiète pas pour ça.

Son esprit carburait mais à une vitesse d'escargot.

— Sophia et toi pouvez gérer l'événement sans mon aide ?

— Absolument. Tout est prévu et nous sommes prêts à entrer en piste. Je peux aussi honorer les contrats que nous avons jusqu'à la fin de l'année.

— Parfait. On se retrouve après les fêtes pour tout régler.

Nate était soulagé et de plus en plus convaincu qu'il prenait la bonne décision.

Après avoir raccroché, il faillit zapper son antalgique. Mais l'infirmière lui ayant fait promettre de le prendre régulièrement, sans attendre d'avoir mal, il tendit le bras pour attraper le tube de comprimés. Juste à ce moment-là, Sara sortit de la cuisine. Cassie avait insisté pour qu'elle dorme dans la chambre d'amis jusqu'à ce que ses brûlures soient guéries.

— Attends, je vais t'aider, dit-elle en se précipitant vers la table basse.

Elle prit le tube et le lui tendit lorsqu'elle se rendit compte que ses doigts brûlés l'empêchaient de l'ouvrir.

— Nous faisons la paire, tous les deux ! dit-elle avec un sourire. Une seule main valide à nous deux.

Il gloussa.

— La bonne nouvelle, c'est qu'on sera bientôt guéris.

Cassie avait posé une pile d'oreillers et de couvertures dans le fauteuil en cuir près du canapé, aussi Nate se tourna-t-il sur le côté pour lui faire de la place à côté de lui.

Sara s'assit au bord, toute raide et guindée.

— Je ne veux pas te faire mal à l'épaule.

— Ne t'inquiète pas. Il y a assez de place, lui assura-t-il en se poussant au maximum contre le dossier du canapé.

Elle s'assit plus franchement, s'appuyant contre ses cuisses.

— Désolée, mais j'étais dans la cuisine et je n'ai pu faire autrement qu'entendre ta conversation téléphonique. Tu vas rester au Texas, finalement ?

Il hocha la tête.

— Oui, je pense que le moment est venu pour moi de rentrer définitivement.

— Ta famille sera ravie de l'apprendre, dit-elle en caressant le bord du plaid, comme elle l'avait fait avec la couverture à l'hôpital.

— Et toi ?

Sara déglutit et détourna les yeux.

— Moi aussi.

Elle se racla la gorge et émit un petit rire.

— Dommage que tu aies été un héros si efficace, parce que maintenant, je n'ai plus besoin de garde du corps.

— Et d'un petit ami ?

Ses grands yeux bleus s'ouvrirent encore plus grands.

— Je...

— Je t'aime, Sara. Et je suis vraiment désolé qu'il m'ait fallu autant de temps pour m'en rendre compte. Et encore plus longtemps pour l'admettre. Cassie m'a fait tomber sur la tête quand j'étais petit, ceci expliquant peut-être cela, dit-il en gloussant.

— On dit bien « jamais deux sans trois », fit remarquer Sara en riant. Toujours est-il que j'ai eu largement le temps de tomber amoureuse de toi. Mais tu es sûr que tu seras heureux à Resolute ? Tu as toujours voulu fuir cet endroit.

— Je n'avais jamais eu de raison de rester avant.

Nate passa les doigts dans la nouvelle coupe de cheveux de Sara, l'incendie l'ayant obligée à aller chez le coiffeur. Ce carré court lui allait bien ; encadrant son visage, il mettait en valeur ses magnifiques yeux bleus.

— Mais j'ai maintenant la meilleure des raisons.

Épilogue

Noël, un an plus tard

— Une minute ! cria Sara en s'assurant d'un dernier coup d'œil que tout était en ordre dans sa maison – leur maison – avant d'aller ouvrir.

L'année précédente, elle avait passé au ranch son premier vrai Noël en famille. Mais cette année, elle avait proposé d'organiser la fête chez elle, et tout le monde avait accepté avec enthousiasme.

Nate avait emménagé avec elle dans le manoir du juge après leur convalescence, presque un an auparavant, et leur vie, depuis, était un long fleuve tranquille.

La sonnette retentit de nouveau. Sara s'empressa d'aller ouvrir.

— Joyeux Noël ! lança Noah en entrant, les bras chargés de cadeaux. Je mets tout ça où ?

Elle désigna le salon.

— Sous le sapin, répondit-elle en prenant un des plats qu'avait apportés Bree, qu'elle entraîna à la cuisine.

— Oh ! mon Dieu ! Ça sent divinement bon, ici !

Posant son plateau de crudités sur le plan de travail, Bree huma longuement le fumet qui flottait dans la pièce.

— Merci, dit Sara, toute contente. La cuisine n'a jamais été mon fort mais étant beaucoup moins accaparée par mon travail de juge que je ne l'étais quand j'étais substitut du procureur, je peux enfin y consacrer un peu de temps.

Bree jeta un coup d'œil à la rangée de pots d'herbes aromatiques sur le rebord de la fenêtre. Elles avaient toutes séché et pendaient lamentablement.

— Hum !

Sara, qui avait suivi son regard, éclata de rire.

— Je n'ai jamais eu la main verte, mais là aussi, j'espère bien faire des progrès.

Un coup de sonnette les interrompit.

— J'y vais ! cria Nate.

De retour dans l'entrée, Sara aida son compagnon à accueillir leurs invités. Nate prit les manteaux et les vestes pendant qu'elle dirigeait vers la cuisine Adam et Martina, la mère de Rachel, pour qu'ils se débarrassent des plats qu'ils avaient apportés, tandis que Bree, qui n'allait pas tarder à accoucher, emmenait Brad et Daisy au salon.

La porte d'entrée s'ouvrit de nouveau quelques instants plus tard, et Marge et Doc arrivèrent à leur tour, apportant chacun quatre tartes du Busy B Café.

— Si tu avais vu la tête de Cassie quand je lui ai dit que j'apportais les tartes ! s'esclaffa Marge. Ne t'inquiète pas, ma chérie, je trouverai la cuisine toute seule. Je vais me laisser guider par mon flair.

Marge s'éloigna, Doc sur ses talons.

— La maison est magnifique, Sara, dit Martina en la serrant dans ses bras. J'ai tout posé à la cuisine ; j'espère que ça te va.

— Oui, bien sûr. Merci, Martina. Comment va Rachel ? s'enquit Sara à voix basse. Elle a l'air... encombrée.

Toutes les deux regardèrent la fille de Martina se diriger vers le canapé en se dandinant.

— C'est le moins qu'on puisse dire. Mais elle est ravie d'attendre des filles parce qu'elle trouve que Daisy est bien plus facile que Brad. Je pense qu'elle ne se rend pas compte qu'elle compare une fillette de deux ans à un garçon de six. Ce qui est sûr, en tout cas, c'est qu'elle va avoir du boulot.

Sara se retourna et rentra dans Adam.

— Joyeux Noël ! Et bravo pour la cuisine ! dit-il en lui faisant la bise.

— Merci pour toutes les ficelles que tu m'as données.

Adam huma à son tour les odeurs de cuisine.

— J'ai l'impression que l'élève a dépassé le maître, dit-il.

— Oh ! cela ne risque pas ! répliqua-t-elle en baissant les yeux sur les coupures qu'elle s'était faites aux doigts en cuisinant.

Adam rejoignit les autres au salon, où il fut accueilli à bras ouverts par Daisy.

— Papa !

Il la souleva dans ses bras sous le regard attendri de Sara, devant laquelle Brad vint parader, tout rempli d'importance.

— Ma maman va avoir deux bébés !

Sara hocha la tête.

— Deux filles, ajouta le petit garçon en roulant les yeux avant de partir en courant.

Sara sentit un souffle d'air froid lorsque Cassie et Helen entrèrent.

— Tiens, dit Cassie en lui tendant deux paquets de petits pains industriels. Il suffit de les réchauffer au four. Marge m'ayant privé de ma contribution habituelle, c'est tout ce que j'ai trouvé.

Se débarrassant de sa veste d'un coup d'épaule, Cassie la tendit à Nate, qui passait par là.

— Ça tombe bien, dit Sara en embrassant sa meilleure amie. J'avais complètement oublié les petits pains.

— Je les apporte à la cuisine, proposa Cassie en les lui reprenant. Je vais en profiter pour me servir à boire. Tu veux quelque chose ?

— Non, rien pour le moment. On passe à table dans cinq minutes.

Nate arriva dans son dos et passa un bras autour de sa taille.

— Je crois que tous les invités sont là. Dans combien de temps penses-tu qu'on pourra se débarrasser d'eux ? murmura-t-il en l'embrassant dans le cou.

En riant, elle lui donna une tape sur le bras.

— Très bien, tout le monde, dit-elle en élevant la voix pour couvrir le brouhaha des conversations. Je propose qu'on passe à table. On ouvrira les cadeaux après le repas.

— Archer n'est pas là ? demanda Helen d'un ton faussement détaché.

Sara réprima un sourire. Tout le monde savait depuis longtemps qu'Helen et son grand-père se tournaient autour. Ces dernières semaines, les visites de celui-ci s'étaient multipliées mais Sara n'était pas dupe. Elle se doutait bien aussi que ce n'était pas seulement pour se rapprocher de sa petite-fille qu'il s'était mis à écumer les agences immobilières.

— Comme il n'y aura pas assez de place pour tout le monde dans la salle à manger, il est en train de dresser la table dans le coin petit déjeuner.

Helen se précipita dans le couloir.

Sara fit un clin d'œil à Nate et se dirigea vers la cuisine.

— Chaud devant ! cria Cassie en arrivant avec un plat.

Lorsqu'ils eurent transporté tous les plats de la cuisine à la salle à manger et que Noah eut servi le vin, Adam tendit le couteau à découper à Nate, qui eut l'air bien embêté.

— Allez, mon vieux ! C'est *ta* maison et *ta* dinde, dit Adam en se carrant sur sa chaise. Moi, je suis là pour manger. En invité.

— Pour l'instant, c'est la maison de Sara, rectifia Cassie en s'asseyant à son tour. Ça pourrait être aussi celle de Nate s'il se décidait à faire de ma meilleure amie une honnête femme.

Les rires fusèrent autour de la table car depuis que Nate s'était installé au manoir, l'année précédente, ce n'était pas la première fois qu'on le charriait à ce sujet.

Il tendit le couteau à Sara.

— À toi l'honneur !

Sara leva les mains en riant.

— Pas question ! J'ai déjà fait ma part. Quant à ma respectabilité,

Cassie, en tant que juge de ce comté, je ne te permets pas de la mettre en doute simplement parce que je n'ai pas de bague au doigt.

Sara savait que tout le monde attendait que Nate officialise leur union, mais depuis qu'il vivait à ses côtés, elle était comblée et ne se plaignait pas de son statut de demoiselle.

— Tu sais découper une dinde, hein, fiston ? demanda son grand-père en levant un sourcil en direction de Nate.

Lorsqu'il lui décocha un clin d'œil malicieux, Sara eut du mal à retenir ses larmes. Les Noëls qu'ils avaient passés ensemble, quand elle était enfant, étaient simples puisqu'ils les fêtaient à deux, mais heureux. Elle comprit cependant, en voyant la joie sur son visage et l'éclat dans ses yeux, qu'elle n'avait pas été la seule à désirer davantage. Davantage de famille. Davantage d'esprit de fête. Davantage de bruit.

Et tout cela, ils l'avaient enfin.

Couteau en main, Nate se campa face à la dinde comme un homme prêt à livrer bataille.

— Oui, monsieur.

La dinde ne fut sans doute pas découpée dans les règles de l'art mais elle n'en fut pas moins délicieuse.

Bien plus tard, une fois les invités partis, Sara trouva Nate assis sur l'un des canapés du salon. Il contemplait le sapin illuminé en écoutant des chants de Noël, diffusés en sourdine. Elle se laissa tomber à côté de lui et s'appuya contre son épaule, fourbue et repue, à l'affût des bouts de ruban et de papier d'emballage que Cassie et elle avaient oubliés lorsqu'elles avaient donné un coup de balai. Nate posa une main sur sa cuisse et la serra doucement.

Sara n'avait jamais été aussi heureuse. Ses paupières commençaient à s'alourdir lorsque la voix de Nate la fit sursauter.

— C'est quoi, ça ? demanda-t-il en montrant la cheminée.

Elle se redressa et, plissant les yeux, regarda dans la direction indiquée.

— Quoi donc ?

— Ta chaussette, là-bas. On dirait que le Père Noël est repassé, dit Nate avec un petit sourire.

— Ah bon ?

Nate se carra plus confortablement sur le canapé.

— Tu devrais aller voir ce qu'il t'a apporté.

Jouant le jeu, Sara se leva et contourna la table basse pour aller récupérer au pied de la cheminée la chaussette à carreaux rouges et verts qu'elle et Nate avaient achetée au marché de Noël de Victoria. Il y avait quelque chose dedans.

— Tu m'as déjà offert un cadeau, fit-elle remarquer.

— Ce n'est pas moi, mais le Père Noël.

— Mouais, bien sûr.

Elle revint s'asseoir sur le canapé, la chaussette à la main.

Son sourire s'évanouit, remplacé par une expression de stupeur, lorsqu'elle retourna la chaussette et qu'une petite boîte en velours noir surmonté d'un minuscule nœud tomba sur ses genoux.

— Oh !

Nate prit la boîte.

— Ça, par contre, c'est bien de moi.

Sara ouvrit la bouche mais aucun son n'en sortit. Elle eut soudain du mal à respirer.

S'agenouillant devant elle, Nate ouvrit la boîte. Le solitaire scintilla de toutes ses facettes sous les lumières du sapin de Noël.

— Rares sont les gens qui se voient offrir plus d'une chance de vivre le grand amour avec la personne qui leur est destinée. Toi et moi n'avons pas su saisir cette chance lorsque à deux reprises elle s'est présentée.

Il sortit la bague de son écrin et posa la boîte à côté de lui.

— Je t'aime, Sara Bennett, déclara-t-il en prenant sa main gauche dans la sienne. Veux-tu saisir enfin cette chance en devenant ma femme ?

La gorge nouée par l'émotion, Sara dut s'éclaircir la voix. Malgré ce qu'elle avait affirmé à table, un peu plus tôt, elle avait très envie de cette bague.

— Oui, bien sûr. Il n'y a rien au monde que je veuille davantage.

Il lui passa la bague au doigt mais avant qu'il puisse ajouter un mot, elle se leva et l'incita à en faire autant.

— Je t'aime.

Se hissant sur la pointe des pieds, elle l'embrassa puis murmura :

— Moi aussi, j'ai encore un cadeau pour toi. Il t'attend à l'étage. Tu veux aller l'ouvrir ?

Vous avez aimé ce roman ?
Retrouvez en numérique Resolute et ses mystères :

1. Un allié inattendu
2. Irrésistibles partenaires
3. Ensemble face au doute
4. Un cœur à sauver

Harlequin vous offre un large choix de littérature sentimentale

[illegible]

de lecture proposés

[illegible]